重点大学软件工程规划系列教材

软件工程项目实训教程
——基于微软VSTS

张家浩 主编

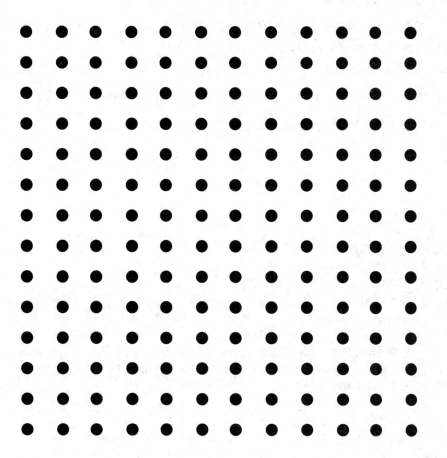

清华大学出版社

北京

内 容 简 介

本书在简单回顾软件工程理论和技术方法的同时,介绍基于VSTS的软件过程管理方法,并带领学生实际使用这些管理工具。全书采用"ATM扩展"项目作为案例。每章还配有课堂作业与问题思考,方便老师和学生使用。

本书可作为软件学院或软件工程专业的软件工程实践教材,也可作为其他相关专业的实践教学用书,还可作为从事软件开发的科技人员的参考书、培训教材等。

图书在版编目(CIP)数据

软件工程项目实训教程——基于微软 VSTS/张家浩主编. --北京:清华大学出版社,2011.6
(重点大学软件工程规划系列教材)

ISBN 978-7-302-24895-8

Ⅰ. ①软… Ⅱ. ①张… Ⅲ. ①软件工程—高等学校—教材 Ⅳ. ①TP311.5

中国版本图书馆 CIP 数据核字(2011)第 033300 号

责任编辑:付弘宇 赵晓宁
责任校对:白 蕾
责任印制:王秀菊

出版发行:清华大学出版社   地   址:北京清华大学学研大厦 A 座
         http://www.tup.com.cn   邮   编:100084
         社 总 机:010-62770175   邮   购:010-62786544
         投稿与读者服务:010-62795954,jsjjc@tup.tsinghua.edu.cn
         质 量 反 馈:010-62772015,zhiliang@tup.tsinghua.edu.cn
印 装 者:北京市清华园胶印厂
经   销:全国新华书店
开   本:185×260 印 张:16.25 字 数:394 千字
版   次:2011 年 6 月第 1 版   印   次:2011 年 6 月第 1 次印刷
印   数:1~3000
定   价:27.00 元

产品编号:040382-01

前　言

本书是什么,不是什么

本书是给软件学院软件工程专业高年级或研究生的"软件工程"课程配套的实践书,它是一个动手的"脚本",是更适合在"机房"里、对照着屏幕"操作"的书。基本上不是仅仅在课堂上讲,在图书馆里看的书。

如果在"软件工程"课程之外,专门开有"软件工程实训"课程(软件学院暑期通常为高年级或研究生专门开设此类课程),则可以直接使用本教程。如果并非实训课程,则作者给任课教师以下建议:以理论为主、实践为辅的,可选作者已出版的《现代软件工程》(机械工业出版社,2008 年 8 月)为主教材,本书为实践辅导教材。

既然本书只是一个"脚本",因此,在不同的导演(老师)和不同的演员(学生)手中,当然会产生出完全不同的效果。本书作者使用此讲稿,已经在本科高年级和研究生中讲过 4 次,每次也都有新的变化。因此,本书只是提出一些思路,任课教师不必受本书的约束,这也是作者所希望的。

本书如何取舍

IEEE 的《软件工程知识体系指南(SWEBOK 2004)》有 11 个知识领域、PMI 的《项目管理知识体系指南 2008 第 4 版(PMBOK 2008)》定义了 9 个知识领域、42 个过程,CMM/CMMI 有 5 级,软件质量过程有 6 个关键活动……软件工程涉及内容包罗万象,必须进行适当的裁剪。取舍的原则只能是根据实训条件(包括时间)和学生可接受程度。

本书有何新意

有关"软件工程"的实践教程,图书云集,著者众多。作者跻身其中,若无一点新意,很怕滥竽充数,自取其辱。

"案例教学"方式已少新意;采用 VSTS 平台也算不上太多创新;若能将学生的项目实践活动真正按照一个规范(并非书本上的规范,而是业界流行,下同)的软件工程过程模式进行,并在规范的软件过程管理工具和平台的支撑与控制下完成,使学生在完成项目开发的同时,甚至项目开发目标都在其次,更重要的是能够真实、具体地体验一遍现代软件工程的开发管理过程,这才算有点新意,这样,才能算得上是"软件工程"的项目实训(重点是"实")。

作者的另一个目的，就是把"软件工程"课程的教学看成是一个项目（某个学期、某位老师上某门课，应该可以算是一个项目）。希望通过尝试，通过成功或失败的实际案例，从课程目标设置、过程设计、内容安排，直至成果检验，提出一个教学项目的"目标与过程管理"的可行方案。希望（至少在这门课上）从此不要再搞那些无作用的"督导"、无聊的"网评"了吧！

如果做不到这些，可能我们都无颜站在讲台上教学生什么软件工程了，用"作坊"的方式能教出"现代软件工程"的能手？我不相信。

是为前言。

张家浩

2011 年 2 月

于南京百合果园

目 录

第 1 章

软件工程实训项目课程导论

1.1 软件工程与我

1.1.1 角色认知：我的未来不是梦

不论同学们是自觉还是盲目，是喜欢还是厌倦，既然已经选择了软件学院，并且完成了三年的课程学习，即将面临企业实习和走上社会，那么此时同学们的职业去向实际上已经是一个没有多少选择余地的"选答题"。根据统计，软件学院大部分同学毕业后的职业去向，是IT企业的软件工程师。这个职业生涯的发展方向对于软件学院的同学们而言，是最合适的，也是最具有优势的选择。IT企业之外的选择（如公务员、其他行业等）是非常少的，而考研则只是这种选择的"延期"而已，并不算"转行"。这看上去是一种"命运"，这是在你填写高考志愿的时候就已经"确定"了的命运。喜欢的同学自不待言，不喜欢的同学是否有些不服气？

作者本人是恢复高考后第一届计算机软件专业（77级）的学生，在大学的4年时间里，没有见过计算机，更不要说上机编程。只是到了大学毕业以后，分配到计算机厂里，才有每天一小时的上机工作时间。可以想象，在这样的环境下，没有办法培养我对计算机的感情。但是，从业30年，我不但热爱我自己的专业，还把儿子也带进了这个领域。

我想，这里并不需要讨论对自己的专业喜欢还是不喜欢这样的问题。因为喜欢也罢，不喜欢也罢，你实质上已经没有选择地走上了"软件人"这条职业生涯之路。所以，我们所能做的，被动的是适应职业需要，主动的是发现职业生活中的乐趣。有位大师说过，在人生旅途中，如果说谈"理想"可能太沉重了一点，不妨试试把"理想"换成"兴趣"，则可能效果更好一点。"痛苦"地过是一天，"快乐"地过也是过一天。所以，培养你对自己所从事专业的兴趣，从你的工作中发现"乐趣"，可能更有效。这一点，你应该有所体会，当调试程序时，时间过得是那么地快，这是为什么呢？

有人会说，编程有乐趣，但我对软件工程没有兴趣。我说，希望你的乐趣能保持到50岁以后……软件工程的乐趣在哪里呢？先看一个例子。

现在，在国内，不但是动车组，甚至高铁都已经开始了商业运行（如图1-1所示）。过去，拥挤的人流、从火车的窗子上爬进爬出的画面，在我们的脑子里，还是不太久远的事情。动车怎么保证2分钟完成乘客上下车的任务？换一个场景：银行现在普遍采用"电子叫号排队"系统，解决了过去顾客排队的痛苦（如图1-2所示）。但是，银行为什么暂时还做不到现场预约时间（拿到号以后，不是告知前面还有多少人在等待，而是告知还需要等待多少时间）。动车对那么大的群体（上下车人流）都能够实现预约到站后的发车时间（2分钟），银行，前面可能区区只有10多个人，为什么做不到时间预约？如果能够实现预约，20分钟出去吃个早点，而不需要在银行坐等，银行的服务岂不更人性化？

图1-1　动车的例子

图1-2　银行排队的例子

为什么动车可以，银行不行呢？过程！动车可以知道在某一站，有多少人上车、下车，他们都在哪节车厢（甚至哪个座位）上，以及他们下车（或上车）最多需要多少时间。所以，一计算——OK！2分钟是可以的。银行怎么样呢？不错，你前面可能有三位顾客在等待银行服务，可是，银行完全不知道这三个人到银行来干什么（抢银行也是可能的）？银行怎么告诉你，你还需要等待多久？关键是银行服务的过程，不受银行所控制。

这跟软件工程有什么关系？

看一下图1-3。对软件工程略有了解的同学，看到这张图一定不会陌生，这是软件过程成熟度CMM五级的示意图。对软件开发过程管理的成熟度，通过一个5个等级机制进行评价。CMM对于软件工程的过程而言，是一种过程管理、控制和机制约束，以此保证软件开发结果的水准。因此，现代软件工程更多的是讲软件过程控制和管理。而你的职业生涯在度过了编程这个基本阶段之后，下一个目标就是从事软件开发技术以及工程的控制和管理工作。具体来说，可能是需求分析师、架构师、项目经理等这些更富挑战性、也更具有职业经理人特色的岗位，当然这也同时给你带来与之相应的机遇、挑战、尊重、待遇……你说没有兴趣？

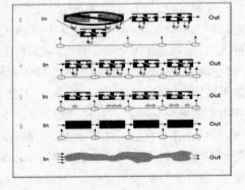
图1-3　CMM五级

所以，学习软件工程，是你的个人职业生涯发展中不太遥远、非常真实的需要。当然，更是社会和行业发展的需要，是企业的需要。

按照教育部与原国家计委开办软件学院相关文件的设想，软件学院的培养目标是：为国家培养急需的、符合国内外软件企业发展需求的高层次、应用型、复合型、国际化的软件精英人才。具体而言，软件学院的大部分学生，其未来的职业志向，应该是在未来的若干年后，有望成为国内外大中型软件企业的职业经理人，包括需求分析师、软件构架师、项目经理以及研发部门的技术主管。

在这一点上，我们达成了一致。具体来说，软件学院的培养目标是为软件生产企业培养软件工程的"工程技术"和"管理"人才。而软件工程课程，正是这个专业方向最核心和最关键的课程（必修课程）。

这也说明了软件工程课程所设计的培养对象是什么，培养目标是什么？本课程的（实际上更是本专业的）培养对象和目标是：

- 以现代软件企业、软件开发过程技术管理岗位为对象；
- 以软件项目经理等职业经理人为培养目标。

如果要更进一步形象地描述培养对象和目标的话，不妨把软件企业的开发过程想象为有多个流水线的车间；而培养对象，就是管理这个车间流水线的"拉长"，他们更高目标是成为管理整个车间的车间主任。

在这样的一个软件车间里，车间主任是干什么的？是对目标做出承诺的人，更是控制过程，以实现目标的人。这就是你未来5年，甚至10年的定位。

10年？现在是不是还太早？谁都知道，机会是留给有准备的人。这句话任何时候都是对的。当你学完本课程，知道了一点点软件车间主任应该是什么样子的时候？可以肯定，暂时还没有车间主任给你当，但是，这不妨碍你挑选要去的车间？更不妨碍你挑选老板的时候，拿这个"掂量、掂量"他，这"小子"能教我点什么？别让我的"宝贵青春"，浪费在这个"半吊子"手中吧？你说，这门课"值不值"？

1.1.2　课程定位：软件车间主任的培训班

未来的车间主任要学什么？培训班与"科班"又有什么不同？

1. 教学模式的特色

首先，与一般计算机学院多元化培养、多目标选择不同，软件学院的培养目标是非常具体、明确的，甚至是单一的，就是培养"软件工程"一个专业、一个方向。从某种意义上说，也是非常"功利"的。这个"功"在符合国家、社会发展的需求，而"利"则是对学生个人职业发展有"利"。从某种意义上说，软件学院的"示范性"改革也体现在这里。

在软件工程专业课程群中，"软件工程"是所有专业课程中的核心课程，为了巩固相关课程的知识，进一步强化学生的工程实践能力，"软件工程"课程的实训课程，是对常规课堂教学的一个重要补充和强化，是学生集中一段时间，进行实际软件开发训练的一个重要环节。通过这个阶段的学习和强化训练，同学们能够在具体开发过程中获得现代软件工程知识和实际工程组织、管理能力的极大提升。这是十分必要的，也是软件学院的教学特色。

与常规课堂教学方式不同，在实训课程中，我们有必要的、少量的讲解，最主要的是辅导同学们从选题开始,直到项目开发完成,用最新的软件工程的工具和过程管理方法,实际动手参与并完成一个较大的软件开发项目。通过这样的理论与实践环节结合的形式,特别是由于借助了微软 VSTS 这样的过程开发和管理工具的支持,可以让同学们参与并亲身体验现代软件工程的一个完整过程,既从项目、产品、研发和工程管理者的多重角度,实践现代软件工程开发与过程管理的主要知识,通过自己的体验,掌握软件工程的基本工具、技术和方法,体会软件工程和管理的精髓。

2. 教学内容的特色

什么是现代工程? 与传统软件工程比较,现代软件工程的特点如下:

- 从开发过程(需求、设计、编码、测试、维护)到产品过程、项目过程、再过程(维护过程)。
- 从传统意义的软件开发及管理,到软件合同、运作、管理,包括基本过程、支持过程、组织过程 3 个方面和采购、开发、维护、运作、获取、管理、支持 7 大活动的软件过程工程。
- 从侧重计算机开发技术,到以产品、开发过程和项目实施管理为重点的管理。

对立志成为未来软件车间主任的你来说,软件工程是掌握知识结构的最基本的基础和框架,仅仅会编程,熟悉几个开发工具和技术还不行,还需要懂得开发环境和开发过程。其中,软件工程是主线:从产品和市场到研发和项目管理。软件过程能力是核心竞争力,编程是软件蓝领,是你 30 岁之前的必经之路,但软件公司和软件人的价值是管理。

基于这样的需求,更基于几年来软件学院教学改革所形成的软件工程课程群教学模式的基础,有理由假定:三年来,你不但已经学习了很多软件开发的基础知识,也已经修完了软件工程课程群(如图 1-4 所示)的相关课程,在(软件)系统、(软件)项目、(软件)过程、(软件)工程 4 个方面,已经有了一定的基础(先修课程)。特别是通过(或正在)"现代软件工程"课程的学习,已经掌握了一些现代软件工程的基本知识。现在所缺的,是真实地把这些知识和方法融会贯通、亲手实践一下、检验一下自己的真实能力和水平。这个实训课程,就是为了这个目的而设计的。

导论   UML   系统结构   测试   项目管理

图 1-4   软件工程课程群

在实训课程中,开发、实现的案例是来自社会或企业实际的,开发过程应尽可能完整模拟真实的环境(如图 1-5 所示)、开发和管理工具是目前较为先进、较为完整的软件过程开发管理工具(微软公司的 VSTS),因此,实训课程几乎可以模拟现实软件企业的真实开发环境和过程,唯一欠缺的是没有真正的用户站在你的旁边而已。这就是我们的"培训班"模式。

1.1.3   实训与实战:态度决定一切

由于本课程是实训课程,课堂讲解占的比例将大大少于其他教学课程。而动手实战,是本课程的主要内容和特点。

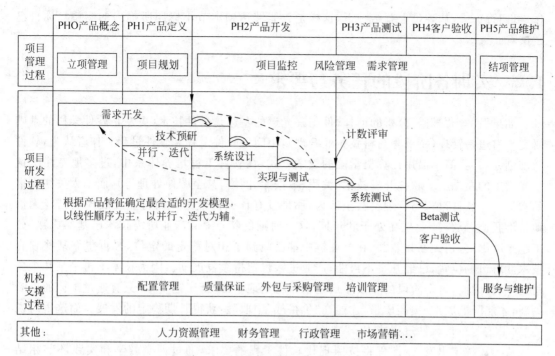

图 1-5 软件开发过程(来自林锐博士)

另一方面,本课程在提倡组成团队,集体配合,完成项目开发的同时,借助 VSTS 工具,可以真实地跟踪、监督团队开发中每一个人的实际工作情况,包括任务分配多少、实际工作内容、完成提交时间、测试和评审结果、个人绩效情况等。因此,可以部分改变过去学校项目开发实践中,一个人干活,三个甚至更多的同学基本不动手,而照样可以取得好成绩的情况。

因此,如果以前不太爱动手的同学,会觉得压力比较大。

平时在学校学习的时候,可能会有同学好心"帮你一把"。到了企业,可千万不能指望有人可以帮你(主要指完成工作任务,如编程)。自己的 BUG,只能自己找。这是学软件、以软件开发为职业(人)的基本"生存方式"。如果你这一关过不去,你可能真的不适合"吃这碗饭"。

这个时候,就用得上著名的米卢教练的一句话:"态度决定一切"。实际上,"态度决定一切"有一个前提,就是:当结果与你"利益攸关"的时候,态度才决定一切。现在,正是结果与你的未来前途"利益攸关"。认清自己未来的生存方式,尽快端正自己的"态度",强化自己的动手能力,从头做起,还有时间。

1.1.4 理论与实践:相映成趣、相得益彰

软件工程只有理论是"书呆子",只知道"做"则可能是"瞎忙乎"。理论是方向;是目标;是框架,实践是通向目标的具体路线和方法;是行动步骤;是填充框架的"血肉"。

由于本书主要用于软件工程的实训课程,因此,有关软件工程相关理论和方法的介绍,请参考本书作者已出版并可与本教程配套使用的《现代软件工程》(机械工业出版社 2008 年10 月)一书。希望大家将这两本书的相关章节对应一起看,先看一点理论,再体验一下实际操

作,再回过头去,从理论上总结一下,这样是否能够达到本节小标题所提出的愿望？你自己试试看。

1.2　实训各阶段的任务与要求

如果做一个"光谱"分析的话,软件工程光谱的左边是软件技术(更左是软件学科的基础研究),右边是管理(特别是高科技企业管理),中间是软件工程和软件过程。作者认为,软件学院创办初期,简单沿用计算机学院的教学方式,在软件工程培养体系中,过多地专注于这个光谱中的左端——软件开发技术(编程、数据库、网络,甚至图像处理等),而不太关注光谱的右端——软件过程与管理。甚至认为,那是没有什么价值的。而行业发展现实已经无情地告诉我们,软件产业现在处于壮年期,这个时期的特点是：产业所需技术已基本成熟,分工越来越细,公司经互相兼并,在产业链中都已找到了相对稳定的定位,要再想靠某些独有技术获得市场位置,已经几乎不可能,产业进入稳定持续发展期。因为技术不再是某几个公司的专利,因而,这个阶段的主要矛盾是谁将稳定地掌握"新工艺"——只有通过工艺的不断创新,才能降低成本、提高质量,才能在"价格战"中取胜,获得长期稳定的发展。而这里所说的"新工艺",正是软件过程能力。

从上述推定出发,本课程将按照现代软件工程的要求,通过课堂教学和实践环节相结合,特别是通过实际操练,结合学生和学校的条件和特点,以微软 VSTS 工具平台为基础,"走"一遍软件开发工程的"瀑布"模型过程。把现代软件工程的一个完整过程,既从项目、产品、研发管理者的角度将软件工程过程管理的主要知识呈现给学生,又通过实际动手的实践环节让学生能够在实际演练中掌握软件工程的基本工具、技术和方法。

各阶段任务及相关要求如下。

1.2.1　阶段 1：组成项目团队

1. 工作目标(课程教材第 1 章)

完成对实训课程的思想、组织和环境准备。

2. 主要工作

(1) 了解实训课程目的、内容、特点,做好完成实训课程的思想准备。

(2) 组建课程项目开发团队,选出项目经理,明确项目经理的职责。

(3) 了解课程各阶段的工作任务和结果验收要求,为各阶段项目的开展做初步的条件和环境准备。

3. 阶段成果检验

完成团队组成,推选出项目经理并报课程指导老师备案。在项目经理的组织下,开始进行项目准备。

1.2.2　阶段 2：提出项目目标

1. 工作目标(课程教材第 2 章)

按照《项目计划书》的格式要求和评价标准,完成《项目计划书》。组织评审或点评,推选优秀项目和团队,参加正式的比赛。

2. 主要工作

(1) 确定参加大赛作为我们的项目目标,了解比赛的目的与要求。为了取得更大的成功,需要了解更多:了解过去成功与失败的原因,了解自己的技术和资源的可行性,为提出良好的主题打好基础。

(2) 在充分调查和研究的基础上,发掘、发挥出自己的创新性与实力,提出有竞争力的创意主题。

(3) 完善构思,充分研究技术和资源的可行性,规划项目。

(4) 在充分规划的基础上,按模板要求,写好《项目计划书》,并按时提交。

3. 成果检验

完成《项目计划书》提交,并通过评审。

1.2.3　阶段 3:制定项目计划

1. 工作目标(课程教材第 3 章)

完善《项目计划书》的内容,并在 VSTS 上创建团队项目、基线和团队门户。

2. 主要工作

(1) 安装 VSTS。

(2) 细化《项目计划书》,并在 VSTS 上创建自己的项目。

(3) 在 VSTS 上定义项目的生命周期模型、工作项。

(4) 在 VSTS 上定义项目的基线和状态控制要求。

(5) 在 VSTS 上开通项目团队门户。

(6) 召开第一次项目经理例会,小结项目进展。

3. 成果检验

第一次依据在 VSTS 上观察到的项目情况,召开项目例会。

1.2.4　阶段 4:完成需求定义

1. 工作目标(课程教材第 4 章)

完成需求定义阶段的工作,提交《项目需求规格说明书》,安装 Borland 公司的 Caliber 2008,在 VSTS 总体框架下,实现需求管理,通过需求评审。

2. 主要工作

(1) 完成需求定义的获取、关键需求分析阶段的工作。

(2) 根据获取和分析后的需求,编写《项目需求规格说明书》(文本形式)。

(3) 安装 Caliber 需求管理软件。

(4) 使用 Caliber 定义需求,即将文字形式的《项目需求规格说明书》转换成可用 Caliber 管理的形式。

(5) 用 Caliber 对需求进行基线定义和管理。

(6) 将 Caliber 的需求管理与 VSTS 的过程管理结合起来,跟踪需求的变化。

（7）从跟踪矩阵中，可看到需求的变化，并评价需求变更的影响和需求稳定性指标。

3．成果检验

完成《项目需求规格说明书》，并用 Caliber 管理需求，通过需求评审。

1.2.5　阶段 5：设计系统架构

1．工作目标（课程教材第 5 章）

根据关键需求，形成并验证架构设计方案，完成《架构设计报告》，通过架构设计评审。

2．主要工作

（1）完善关键需求的获取和分析工作。

（2）根据关键需求，提出设计对策，形成初步的软件系统架构设计方案。

（3）搭建一个轻量级的架构框架（如 Struts 或使用微软的分布式系统设计器），在架构框架上，实现和验证项目的架构方案。

（4）完成《架构设计报告》。

3．成果检验

完成《架构设计报告》，通过架构设计评审。

1.2.6　阶段 6：完成代码开发

1．工作目标（课程教材第 6 章）

在 VSTS 源代码管理、版本管理、构建管理、测试管理等管理方式下，进行透明的代码开发和管理，并达到项目进度和质量要求。

2．主要工作

（1）在 VSTS 上，搭建源代码管理、版本管理、构建管理环境。

（2）在上述环境下，完成代码编写，全过程采用签入签出方式进行管理和跟踪。

（3）在上述环境下，进行单元测试、版本管理和构建。

（4）在单元测试中，加入预期测试结果验证、代码覆盖、代码分析等内容，并将测试结果发布到 TFS 服务器上，使团队其他成员，在团队门户上可以看见每个团队成员的工作情况和进展。

3．成果检验

保证在 VSTS 过程管理工具上，让项目管理者可以看到项目团队的代码开发进度，测试结果都是符合项目进度和质量要求的。

1.2.7　阶段 7：提交测试验收

1．工作目标（课程教材第 7 章）

在 VSTS 集成测试、系统测试环境下，测试项目，并进行用户模拟验收。

2．阶段主要工作

（1）在 VSTS 上，搭建集成测试、系统测试环境。

（2）在上述环境下，完成项目的集成测试和系统测试。

（3）在上述环境下，进行模拟用户验收测试。

3．成果检验

根据模拟用户验收测试成绩，进行项目成果评价，取得最后的实训课程项目成绩。

1.2.8　阶段 8：进行项目总结

1．工作目标（课程教材第 8 章）

在 VSTS 环境下，根据 VSTS 提供的项目开发过程数据，进行项目总结。

2．主要工作

（1）提交各阶段的检查、评审、验收结果。

（2）提交各阶段 VSTS 的过程数据。

（3）根据阶段评审结果和过程数据，从项目目标和需求的实现以及软件工程过程控制管理两个角度，对项目团队的实训结果，进行总结。

3．成果检验

在结果与过程两个方向上，总结项目团队和实训课程本身的得失。

1.3　实训项目课题的选择

1.3.1　关于实训项目课题的选择

实训课程的项目选择，是一个"头疼"的问题。由学生自主选择项目，是最佳的选择，既可以调动学生主动探索的兴趣，也能够激发学生最终完成开发的积极性。由于学生实际能力（包括对困难和自身能力的估计）和各方面条件的限制，自选项目有时很难满足本课程的目标要求。课程的目标不仅仅只是完成一个软件系统的开发，而是从软件开发全过程、用现代软件工程的理论与实践，进行开发和管理实践的体验。例如，需求本身过于简单或过于复杂；没有或很难抽取关键属性需求，因而就难于进行很好地架构设计；开发和测试的工作量过大，但开发过程仅仅是大量的简单工作的重复等。因此，建议对软件开发基础比较扎实、动手能力比较强的学生，可自选项目课题；相反，则建议选用下小节推荐的项目课题案例。

1.3.2　实训项目案例——ATM 系统扩展

用一个项目案例贯穿一本教材，是目前国内外相关课程的通常做法。但这个课题案例的选择，确实非常困难。经过反复权衡，我们选择了"ATM 扩展"这个课题。

课题的主要工作，是在已有银行 ATM 系统的基础上，扩展新的功能。这些功能包括完善并扩展已有的银行业务功能，在性能及内部安全管理、监控机制上进一步完善，以及扩展至非传统银行业务，如代售火车票等。可扩展的功能并不局限于教材给出的内容，在分析和了解已有 ATM 业务的基础上，由学生自主创新，发挥想象，这也是本课程的追求之一。

用这个案例作为实训课题的好处是：ATM 系统是学生比较熟悉，甚至是面向对象课程已经分析过的经典案例。在网上搜索一下 ATM 源代码下载的话,可以毫不费劲地得到 Visual Basic、C++ / ♯以及 Java 等各种语言编写的 ATM 系统程序,甚至包括全套软件工程文件。但是,检看这些已经"实现"的系统,不难发现,其已经实现的功能需求和性能,是非常简单的。用银行人士的眼光看,基本就是非常不专业的"小儿科"系统。但正是因为如此,它提供了一个 ATM 系统模拟实现的基础:可以在不需要很大开发工作量的基础上,专注于"扩展"。而作为其扩展部分,应在分析和了解既有系统的基础上,仔细地开发出新需求,找准关键质量属性,进行良好的架构设计和代码实现,并在软件测试、过程管理、团队合作等软件工程的若干环节上,采用 VSTS 等工具进行实践体验。这也正是本课程所要求的。

该课题各环节的目标与要求,以及具体的实现步骤,将在本教材的 2～7 章中逐步展示给大家,希望能够成为学生学习相关课程内容,并亲自动手实践时的一个参考案例。

1.3.3　在相同基础上的个性化发挥

在上述相同的"既定"课题基础之上,实训课程仍然还可以设计出一些具有差异化的发展空间。例如,可以考虑让全班同学(100 人以上),按 4～6 人为一个项目组,全班分成约 20 个项目组,在基本相同的开发基础(已有 ATM 系统)之上,发挥各自的想象和创新能力,分别设计出不同的扩展功能,并加以实现。一定的差异化,除了可以让学生有自己的想象和创新机会之外,也给课程成果考查,提供了检查、排除"抄袭"的条件。

1.4　带着兄弟们上路

现在,我们大致明白了这门课到底要干什么,接下来的工作就是开始组建自己的项目团队。我们提倡自由组合,不赞同指定或按学号划分。自由组合更符合社会生活和企业的实际,也有利于同学们发挥自己的优势。

1.4.1　组成项目团队

在组建项目团队的时候,请特别注意以下问题:

(1) 项目经理:在团队组建过程中,项目经理可能是最重要的角色。他/她是组建过程的发起人和召集人。然后,在他/她的周围聚集起不同能力、个性和特色的同学一起工作。项目经理的"领袖魅力"和"领导才能",是能否成功带领团队克服重重困难,达到成功彼岸的关键。

(2) 挑选团队成员:《组织行为学》知识告诉我们,什么是群体,什么是团队,什么是高效的团队。在构成高效团队的因素中,团队如何构成又是 4 个因素中的一个"先天性"的重要因素。因此,挑选合适的团队成员,是组建一只高效的团队,顺利达到项目目标的重要环节。

(3) 团队规模:从课程的特性出发,建议团队的规模以 4～6 人为宜。过小或过大都不利于任务的实现以及能力的锻炼。

1.4.2　从角色需要考虑人选

在组建团队的时候,需要认真考虑团队中角色的划分和谁是合适的扮演者。由于这是学生项目,是软件开发的学习过程。因此,并不是说,明确了角色责任,这个角色就只做这个角色的事情,那他/她将没有机会得到其他角色工作的锻炼。这里的角色定位,是指相应角色的责任分配,而并非工作任务划分。即在这个角色上(如项目经理),他/她起召集者、最后拍板的作用,团队其他成员,服从、尊重他/她的最后决定。这就像别人也会尊重和服从你的角色决定一样。

实训课程建议:按照课程的需要,以及团队的规模考虑,项目团队至少应有人出演以下4个角色——项目经理(兼架构师)、产品经理(需求分析师)、开发经理、测试经理。

这样的角色扮演规则,与微软的 MSF 模型十分匹配。既然在以后的各阶段,采用微软的 MSF 模型,所以在角色分工的时候,也可以参考 MSF 模型。微软公司的 VSTS 提供支持整个软件开发团队各角色的功能,包括架构师,提供直观地构建面向服务解决方案的分布式系统设计工具;开发人员,提供高级的静态分析、代码剖析、代码涵盖以及单元测试工具;测试人员,提供了用于管理和运行各种测试(包括单元测试、手工测试和 Web 测试)的工具,以及检验性能的高级负载测试工具;项目经理等。有关每个角色的具体工作职责,将在第3章中介绍。

1.4.3　准备 VSTS 环境

VSTS(Microsoft Visual Studio 2005 Team System)(当看到本书的时候,它可能已经是 2012 版,选择 2005 实属无奈,好在它并不影响学习和体验的主要内容),它是由微软开发的一套软件生命周期开发和管理工具。其主要功能包括提供一套分布式开发应用程序的工具与技术,以及同时提供软件开发生命周期中,一套必需的工具和指导方法,解决由应用程序复杂性及其设计、开发和部署所必需的软件过程管理问题。

VSTS 对软件开发生命周期做了必要的改进,提供了丰富的信息交流方法,可以自动从开发工具那里收集信息,将采集到的数据集中保存在数据仓库中,简化了报告过程。VSTS 还集成了多种工具,例如,将测试有关的工具(单元测试、代码分析和性能分析)集成在一起。VSTS 通过简化的、集成的工作流和过程,将过程体现为实际的工具行为。既将过程集成到团队成员日常使用的基本工具中。

VSTS 的集成主要体现在如下方法:

(1) 用户界面集成。

VSTS 提供跨整个生命周期的工具套件。例如,单元测试、工作项跟踪、代码剖析以及代码分析。

(2) 数据集成。

VSTS 使用一个跨工具集的数据仓库,启动了一个聚合的项目状态视图。结果使得项目团队能够根据预先制定的规则来管理项目,并通过利用生命周期的数据来管理项目规则,这不仅局限于缺陷跟踪,而且还是包括测试结果、代码涵盖、代码生成、任务进度等。项目团队还能够创建自定义报告。

(3) 过程集成。

VSTS 将过程与工具相集成,确保在项目各阶段之间或各种项目角色之间不丢失内容。

VSTS 2005 包括 Visual Studio Team Foundation 平台和一套工具。其核心功能包括工作项跟踪、项目管理、源代码管理、集成服务等,这些组件统称为 Visual Studio Team Foundation。VSTS 2005 的附加工具有 Architecture and Design、Public Builds、Code Analysis 和 Testing。

通过 VSTS,我们能做什么?

(1) 创建团队项目:设置方法模板,创建 Windows SharePoint Server 服务（WSS）团队站点。

(2) 配置项目:设置安全权限(添加成员,用户组),源代码控制策略,建立项目结构(迭代次数)。

(3) 项目文档:创建文档(提供模板),存储在 WSS 站点中,工作项的导入。

(4) 管理工作项:(包括文档任务、设计任务、开发任务、错误或需求,软件开发过程中需要完成的每个任务都可以被认为是一个工作项),创建工作项,工作项跟踪。

(5) 开发:编写代码,托管代码分析。

(6) 测试。

① 单元测试:测试的创建,创建数据驱动的单元测试,执行测试,测试的组织,测试报告,代码覆盖,结果发布。

② 负载测试:创建、管理和运行 Web 负载测试。

③ 手动测试器:存储并管理项目现有的各种手动测试。

④ 错误跟踪:嵌入在 Team System 之中,并作为任务分配给某人使用。

(7) 源代码管理。

(8) 团队站点和报告。

团队包括管理人员、项目管理人员、测试人员、业务用户、分析人员,以及对开发项目状态有兴趣的任何人。

本课程所使用的软件及版本信息,将在相应章节中介绍。

1.4.4　阅读教材与参考书

(1) 教材。

本书。

(2) 参考书。

核心参考书:

《现代软件工程》(图 1-6),张家浩主编,机械工业出版社 2008 年 10 月出版,ISBN 号:9787111253525,价格:45.00 元。作为本课程的核心参考书,也可与本教材对照使用。是现代软件工程的主要概念、理论阐述以及软件过程开发、管理的主要方法描述的来源(严格意义上说,本书是为上述教材配套的)。

其他参考书 1:

《Visual Studio 2005 Team System 专家教程》(图 1-7),(美)戴维等著,金宇林,唐海洋,周耘译,清华大学出版社 2007 年 10月出版,ISBN 号:9787302160793,价格:78.30 元。此书对VSTS 2005 的介绍较为详细,可作操作手册使用。书中部分章节的案例代码,可在网上免费下载。

其他参考书 2:

《Visual Studio Team System 更佳敏捷软件开发》(图 1-8)(美)Will Stott,James Newkirk 著,刘志杰译,电子工业出版社

图 1-6　核心参考书

2009 年 6 月出版,ISBN 号:9787121084775,价格:98.00 元。本书更多地从敏捷过程的角度,介绍了如何使用 VSTS,是对前书的较好补充(前者更关注 CMMI 过程,后者则强调敏捷)。

图 1-7　参考书一

图 1-8　参考书二

其他参考书 3：

《软件工程实践》(图 1-9),(美)古肯海默著,苏南等译,机械工业出版社 2007 年 3 月出版,ISBN 号:9787111207580,价格:39.00 元(附光盘)。本书可以看成是 VSTS 的入门级、导论性质的书。

其他参考书 4：

《移山之道:VSTS 软件开发指南(第 2 版)》(图 1-10),邹欣,电子工业出版社 2008 年 8月,ISBN 号:9787121071485,价格:48.00 元。本书是目前为止唯一一本中文作者编写的介绍 VSTS 的书,该书采用"大话西游"的笔法,介绍 VSTS 这样的软件过程工具,可谓"良苦用心"。较适合非软件专业的人士饭后茶余阅读。

图 1-9　参考书三

图 1-10　参考书四

1.5　本阶段小结——组成项目团队

1.5.1　理解实训项目的课程目标

实训课程与一般课堂教学课程有着很大的区别。最大的区别是不但要用脑,还要动手。本课程的一个特点,就是阶段明确、任务目标明确、考查手段直接具体。因此,对同学们而言,对动手能力的要求比较高,相对个别同学的压力会比较大。唯一的办法,只有多花时间,加点夜班。干这行,没有不开夜车的,从学生的学习阶段开始,就熟悉这样的生活吧。而实训课程的最终目的,也就是实际训练、锻炼你的动手能力。

在本课程中,动手能力主要体现在学习现代软件工程知识的同时,用VSTS工具,动手实现对软件开发过程的控制和管理的能力,这是理论与实践相结合的最好形式,也是本课程的课程目标。

1.5.2   了解如何进行课程阶段成果的检查

课程目标分解到8个课程阶段,每个阶段的目标、工作、结果检验都在前面说清楚了。具体细节,还可以看以下各章的内容。

课前阅读教材,了解课程内容和结果要求,甚至提前动手,有所熟悉和准备,就可以顺利完成阶段作业要求,提交符合验收标准的成果。否则,越拖越难、越拖越累,最后终于想到"放弃"。今天,你可能放弃的是一次作业,明天你可能放弃的是一门课。走向社会,你可能放弃的是一个很好的岗位和事业的机会,最终,你放弃的是你的人生。"不抛弃、不放弃",在哪里都是一样。

1.5.3   本章的理论基础和实践内容小结

在本章结束的时候,建议阅读一下《现代软件工程》一书的第1章(现代软件工程导论),在这一章中,除介绍软件工程的一些最基本的概念之外,重点探讨克服软件危机是否有什么良方? 到底还存不存在杀死"人狼"的银弹? 布鲁克斯博士对面向对象等方法,都已经失望了。希望在哪里? ——像其他工业产业的生产过程控制一样,关注并改进软件的生产方式和生产过程,可能是克服软件危机的一个方向,为什么?

尽可能地阅读其他参考书。对课程内容中所涉及的软件工程知识,有个大致的了解。

第1章是课程的导论,也是课程项目的思想动员。明确课程目标和阶段任务,组织好团队,找一个有能力的项目经理,带领团队做好必要的环境准备,迎接艰巨的挑战。

1.6   本章作业与问题

1.6.1   本章作业

作业:按照课程项目的要求,组建项目团队,确定项目经理,并将团队成员名单,提交给课程辅导老师。

1.6.2   问题:更进一步的思考

(1) 为什么现代软件工程比强调软件开发技术更强调软件过程管理?

(2) 用软件车间主任形容软件过程的控制和管理者是想突出什么含义?

(3) 将项目实训课程划分为若干个阶段,用意何在?

(4) 组建项目团队时,项目经理的作用为什么很重要?

(5) 你对使用微软的VSTS工具实现软件过程的开发和管理,有什么期待?

第 2 章

实训项目的选题与
目标范围确定

一个规范的软件公司要想开发一个软件产品,会根据企业战略、市场战略、产品战略做出产品定位与决策,然后才会开始进行具体的产品设计。而软件产品的开发、测试、用户化实施,则被称为软件项目。

在实训课程中,由于没有条件复制软件企业完整、复杂的过程,那么,怎样才能尽可能完整、全面、真实地体验一个软件过程呢?参加软件创新比赛,可以提供一个模拟的机会。

参加全球的或国内的各种各类软件创新大赛,是一个不错的主意。这样的大赛,需要完成一个实际的开发项目,并提交评审。它既可以锻炼实际开发能力,也是未来的顾主(企业),选择和评价应聘者,提供了一个相对比较直观、可比性比较强的度量尺度。

2.1 认识我们的目标

凡事如果有一个明确的目标,那么工作起来就会比较有效率。我们不妨也给自己的实训设定一个目标,这个目标就是:通过整个实训课程的学习,完成一个项目,去参加每年一度的微软"创新杯"全球学生大赛(Imagine Cup),并争取至少进入国内选拔赛,当然,希望还能走得更远。

如果你觉得还是用上一章老师给出的"ATM 扩展"案例做个练习,也没有问题。

2.1.1 微软创新杯

微软"创新杯"全球学生大赛创始于 2003 年,旨在鼓励学生发挥想象和创新能力,投身科技创新。目前已成为世界上规模最大的学生科技竞赛,2009 年有来自 100 多个国家和地区,超过 30 万名学生参与,并得到联合国教科文组织的支持。"创新杯"大赛为全球学生提供一个激发技术创新潜力和利用科技创新解决社会面临的实际难题的平台,向学生展示科技为真实世界所带来的各种机会,使来自世界各地的学生沟通和交流他们的科技创新体验。

微软"创新杯"全球学生大赛首届比赛于 2003 年在西班牙巴塞罗那举行。中国学生从 2004 年起开始参加大赛。在过去的几年里,中国学生取得了骄人的成绩,他们的杰出表现令大赛评委和参赛各国的代表队印象深刻!

2.1.2　大赛主题与选题

每届大赛的参赛标准第一条就是,要成为一个合格的参赛作品,你提交的作品必须满足的要求是:参赛作品必须符合"创新杯"的主题。那么,什么是大赛的主题呢?每年一度的"创新杯"都有一个主题,各届比赛的决赛地和主题分别如下。

2003 年:西班牙巴塞罗那,用 Web 服务和.NET 连接人、信息、系统和设备。

2004 年:巴西圣保罗,智能科技使生活更轻松。

2005 年:日本横滨,用科技和创意消弭人与人之间的沟壑。

2006 年:印度德里,科技是我们的生活更健康。

2007 年:韩国首尔,科技可以使所有人受到更好的教育。

2008 年:法国巴黎,科技可以实现环境的可持续发展。

2009 年:埃及开罗,科技可以解决我们当今面临的最棘手的问题。

2010 年的决赛地是波兰华沙,而主题与 09 年相同,依然是科技帮我们解决最棘手的问题。

关于"创新杯"的更多信息,可访问微软的相关主页: http://imaginecup.com/Support/exploreimaginecup. aspx。

2.1.3　理解大赛主题

"创新杯"各届大赛的主题,感觉都非常抽象。什么叫"符合",哪些情况会被判定为不符合呢?我们不去做文字游戏,最有效的判断方法不是看它怎么说,而是看它怎么做——从参赛获奖作品中,去理解大赛主题。大赛评委显然不会将一个奖项颁发给明显不符合主题的作品。

2009 年"创新杯"大赛的主题是"科技可以解决我们当前面临的最棘手的问题(Imagine a world where technology helps solve the toughest problems facing us today)"。嵌入式开发项目的冠、亚军是代表韩国和中国参赛的 Wafree 和 iSee。

依据当年大赛的主题,韩国 Wafree 团队带来的作品是昆虫养殖的自动化嵌入系统,该系统根据饲养锹甲科昆虫(Lucanidae)所需的环境要求,对温度及湿度进行自动调整,以达到适合这种昆虫生长的最佳状态。来自中国 iSee 团队的 iSee 系统,能够为视力障碍人士提供丰富的包括书籍以及新闻在内的电子读物,并将普通网络文本格式转化为盲文或语音格式,通过特殊设计的人机交互(HCI)设备实现盲文或语音输出。iSee 系统还能帮助视力障碍者与其他在线用户,包括视力障碍人群以及正常视力人群一同进行即时通信。

从获奖项目中,可以得到以下几点启发。所谓主题就是:

(1)科技或技术:从 2004 年开始,每年的主题都离不开科技。所谓科技,就是采用一定的计算机技术和手段。

（2）解决问题：每年或有所侧重，但都涉及人类所面临的、我们生活中的、我们身边的问题。

（3）两者相结合，这就是主题。

微软"创新杯"特别强调技术手段的实际应用性和围绕生活领域的实用性，概括成一句话，就是技术应用。纯技术研究、看不出实际应用前景的选题，在微软"创新杯"上是不可能走得太远的。

微软公司为什么要强调这个？我们为什么要鼓励同学们去参加？它对微软公司及我们大家有什么价值和意义？这是不难理解的，在此就不多说了。

2.2 有一个好的点子

大赛的过程很长、要求很多。到目前为止，如果用两个字来概括"创新杯"初赛阶段要求的话，那就是"点子"（创新课题）。这就是参赛的目标，是实训项目的目标，也是本章的目标。

目标已经明确，下面就开始想"点子"吧。到哪里去找好的点子呢？下面，提供给同学们若干个选题的思路。

如图 2-1 所示，在讲思路之前，先介绍运用拓展性思维的方法。所谓拓展性思维的方法，就是可以确定在一个四维方向上进行思维拓展。选择的这 4 个方向是：技术、领域、既有、创新。因为这 4 个方向正是"创新杯"价值评价所关注的方向。4 个方向构成一个矩阵，而矩阵的厚度，可以理解在 4 个方向上所实现的程度（"价值"）。

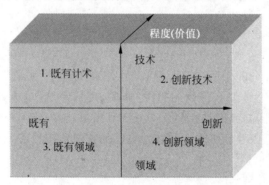

图 2-1 四维创新思维矩阵

根据拓展性思维的方法，可以在既有技术、既有领域、创新技术和创新领域 4 个不同的维度（方向）上找"点子"。

在技术方向上，根据既有/创新技术的热点话题，找新的课题或创意，而在领域方向上，是在既有（传统）领域或寻找新领域中，发现其中待解决的问题。把这 4 个方向归纳为以下 4 个方面的课题：

（1）更新改造传统领域。

（2）发现新的应用领域。

（3）寻找新技术的应用热点。

（4）对已有技术和领域进行新的发挥和发展。

2.2.1　基于传统问题域的创新选题

对传统领域进行信息化改造，是技术创新的一个重要方向，也是一项由来已久的工作。2008年3月，全国人大十一届一次会议审议通过《国务院机构改革方案》，将信息产业部与国防科工委、国务院信息化工作办公室、国家发改委的相关司局，组建工业与信息化部。即体现了国家加大用现代信息技术改造传统产业的决心，也揭示了未来国家工业化发展的方向，将离不开信息技术。

2005年之前，用信息化带动工业化、带动传统产业改造、升级主要在制造业、电力、石化、钢铁、冶金、纺织、交通运输等领域。而现在，信息化进程获得快速推进。应用信息技术改造提升传统产业不断取得新的进展，工业设计研发信息化、生产装备数字化、生产过程智能化和经营管理网络化，成为新的热点。在这些领域中，创新的课题可谓层出不穷。这个方面的选题，可以归结到一个方向，就是行业应用。

1. 选题分析1

这里举几个同学们"选题"的例子，看看问题所在：

选题1：疫情的控制
背景：随着这些年国内疫情的频繁发生，从"非典"到"甲流"，疫情发生时候，信息没有一个共享的集成平台。
功能：为疫情创造一个信息共享的平台。地图式的显示(Virtual Earth)。
对象：医院，中央医疗机构。

选题的问题：

背景似乎对当前社会的生活也有所观察，但是，判断却严重脱离现实。"信息没有一个共享的集成平台"的结论是怎么得到的？用"非典、疫情系统"这么几个关键词到网上搜一下，马上就可以看到中国新闻网2003年11月5日报道，全国非典疫情监测网络直报系统今起正式全面启动。还可以看到更多全国各地自己的疫情监控报告系统。

2. 选题分析2

选题2：电流的监控与传输
背景：一些小县城经常受到断电的困扰，电能源是否被合理利用这个问题被提了出来。
功能：对电能进行统计与信息共享，在不得已时选择最优的电能使用方案。地图式的显示。
对象：城、乡、县的政府电力部门。

选题的问题：

这个选题不但对行业应用的现状完全不了解，更体现了对行业业务的无知。电力调度自动化系统是我国应用计算机技术较早，也较成熟的领域，早在1994年，电自院南瑞系统控制公司在淄博电业局就已经开始运行我国第一套自主研制的电力调度自动化系统。当前常见的电力调度自动化系统有：监视控制和数据收集系统(SCA-DA)、能量管理系统(EMS)、配电管理系统(DMS)、电能量计量系统(Metering System)等。

这里，不但有一个行业知识的问题，更有一个科学方法的问题。有了一个想法以后，为什么不到网上看看呢，哪怕做一点点简单的搜索？这种现象，也反映了目前学校教育脱离实际、脱离社会发展，才造成学生这样的"毛病"，这正是教学改革、开始实训课程的目的所在。

3. 选题分析3

关注一下2004年4月15日，国务院正式出台的《电子信息产业调整和振兴规划》。《规划》中明确提出在通信设备、信息服务、信息技术应用等领域培育新的增长点，并将加快信息技术融合应用作为主要任务之一。概括来说，我们可以在以下几个方面，做一个宏观层面的了解，为我们寻找新的课题，指明了方向。

(1) 关注国家重点扶持的"中高端通用芯片、嵌入式软件、基础软件、关键元器件"等核心技术，以及"新一代宽带无线移动通信网"等重大专项的突破，关注围绕着这几个关键技术的集成电路升级、软件及信息服务业培育、平板显示及彩电工业转型等6大重点工程。这几个方面的突破，将为国家加快整机产品结构升级，为信息技术应用提供重要技术支撑。

(2) 为配合国家扩大内需政策培育潜在市场的领域。例如，拓展国产软件产业发展空间；通过培育国内光伏发电市场与半导体照明市场，给太阳能电池与半导体照明产业提供新的市场空间等。

(3) 推动信息技术与传统工业融合。例如，以研发设计、流程控制、企业管理、市场营销、人力资源开发等关键环节为突破口，提高工业自动化、智能化和管理现代化水平，提升设备的利用效率，促进资源节约型生产方式的形成。

(4) 把信息技术应用落实到企业技术改造之中。技术改造就是企业应用新技术、新工艺、新材料、新设备，实现产业结构、产品结构优化升级和提升生产经营水平。信息技术、产品、系统和装备是企业技术改造的重要内容和有力抓手。

(5) 加速行业解决方案的开发和推广。例如，公共服务平台建设、RFID、应用电子、工业控制及检测等产品和系统的开发。

(6) 围绕解决"三农"问题，加快农村信息化建设的课题。

(7) 结合国家改善民生相关工程的实施，加强信息技术在教育、医疗、社保、交通等领域的应用，带动电子信息产品以及相关服务发展的课题等。

在"基于传统问题域"的创新选题方向上进行的创新，需要的是比较扎实的行业知识和背景。只有到行业企业中去扎扎实实地学习和实践，在企业导师的帮助下，才能在行业领域中发现问题，进行创新。异想天开，闭门造车，自说自话是不可能想出真正有实际意义的课题的。

2.2.2 关注新的应用领域

技术创新的一个重要、有效的方法，是将新技术(不一定是最新、最尖端的)与传统应用领域结合，产生出一个新的应用领域。在两个领域的结合部，更容易创造和产生新的成果。

这几年，随着信息技术的发展，催生了一批新的应用领域，包括以阿里巴巴、淘宝、腾讯等公司为代表的一批新兴的产业。例如，科技咨询、工业设计、现代物流、软件服务、信息发布、创意产业等，它们服务于传统工业，促进传统产业优化升级的同时，悄然也为自身的发展,开辟了新的领域。改变了人们传统的生活方式,扩展了消费需求,成为新的经济增长点。

这方面的例子很多,具体如下:

(1) 电信、互联、广播网的"三网合一"。

(2) 3G、手机的应用。

(3) 物联网、社区网。

(4) 消费电子、电子商务。

(5) 汽车电子。

另外,可以把创新范围想得更广一点,如新的网络生活与消费文化、动漫游戏、数字休闲娱乐、数字家庭(电器)、虚拟网络社区、无线城市(WiFi)等的结合。

与 2.2.1 节"基于传统问题域的创新选题"的难点在对传统领域的了解不同,在"新的应用领域"方向上的创新,更需要一点有关创新的"想象力",这同样也是一个挑战。

2.2.3   寻找新的技术应用热点

国家 863、973 计划是寻找技术热点的一个可参考方向,可能成为从新技术角度寻找课题的一个好方法。列出一下 2006 年以来,863 计划重点支持的研究方向:

2006 年重点项目:中文为核心的多语言处理技术、低成本先进计算机系统。

2007 年重点项目:高可信软件生产工具及集成环境、面向行业/领域的 IT 资源库关键技术及系统、网络安全事件监控技术及系统、开源软件 IP 资源库关键技术及系统等。

2008 年:新型计算机系统结构、高密度与低功耗新型存储器件技术、自适应网构软件技术、低功耗计算系统关键技术、多协议混合存储技术、虚拟化跨域共享与协同技术、模型驱动测试技术、关系数据库纯 XML 引擎技术、网络透明计算技术等。

2009 年:高可信软件生产工具及集成环境、高效能计算机及网格服务环境、新一代高可信网络、高可信软件生产工具及集成环境、频谱资源共享无线通信系统、普适计算基础软硬件关键技术及系统、虚实融合的协同工作环境技术与系统等。

了解上述技术方向,可能会觉得,课题太大、离实际应用太远。下面,列出一些比较实用的新技术,可以从中选择。

(1) 基于 RFID、蓝牙、传感器网络技术的应用。

(2) 基于 GPS 定位、地图技术的应用。

(3) 手机应用。

(4) 基于图像/语音识别、处理技术的应用。

(5) 基于网络、多媒体技术的应用。

(6) 基于信息安全技术的应用。

2.2.4   参考各类软件创新大赛的获奖选题

可以从不同的地方,收集到以往各届大赛的获奖项目情况,这是判断大赛组织方的选题和评价标准的一个最直接的方式。

"创新杯 2008"(法国巴黎)的主题是"科技可以实现环境的可持续发展",因此,不少参赛项目将关注的焦点定位在环境问题上。

来自中国北京邮电大学的王中杰、李俊杰、徐士彪和闫蕾组成的 Wings 团队,获得了嵌入式开发项目二等奖。Wings 团队的决赛获胜设计 AquaMarine 旨在减除溢油事故。AquaMarine 是一个实时数据采集和处理系统,通过嵌入式技术和无线网络技术,帮助人们发现漏油事故,并及时进行早期预警,以求尽量减少队伍反应时间以及对环境所带来的负面影响。

同学们注意到,海洋石油污染已经成为"海洋污染超级杀手"(2010 年美国墨西哥湾的原油泄漏更是使奥巴马头痛)。因此,他们专门去了青岛对国家海洋局进行了走访和相关调研之后,开发出了这套 AquaMarine 分布式海洋石油污染实时监测系统。

AquaMarine 是一个对石油污染实时监控的分布式系统,主要分为数据采集、数据传输和数据处理。系统将数据采集部分嵌入到海洋的浮标中,从结点有两类传感器,第一类传感器是判断石油污染发生的,主要是透光度传感器,红外传感器。还有是预测未来的石油污染的状况的,主要有风向、风速传感器,还有是水的流速传感器,采集到的数据传到主结点上;主结点通过内嵌的 GPRS 与陆地上的处理中心进行数据传输,数据处理中心通过专门的软件进行处理,包括专门的处理数据的软件。在系统的具体开发和实施过程中,系统利用了无线传感器网络(Wireless Sensor Network,WSN)、专家系统、数学模型预测分析等技术和数据处理方法,保证了系统的有效性和可靠性,并将整套系统维持在一个较低的成本上。

这个项目是一个典型的将领域问题与新技术方法相结合的课题。

更多的信息,可以通过 http://imaginecup.com/Support/exploreimaginecup.aspx 了解。

在历届的"创新杯"大赛中,选题一般侧重于两个方向:技术和应用。同时在上述两个方向上都有亮点的项目,无疑更受评委的青睐。

2.2.5 从既往的项目中选择课题

从学哥学姐那里,接过正在进行的课题,也是同学们选择课题方向的一个好方法。"继承"和"迭代"是软件开发"多、快、好、省"的一大重要优势。在项目选择上,也可以发挥这个策略优势。

收集这方面的信息,甚至全盘"端"过来。问题是,按照自己的想法从"头"开始容易,而沿用别人的想法,在已经打好的基础上盖楼,会受到很多限制,做法也会有很多不同,这可能是刚开始"拿"过来的时候,所没有想到的。

另一方面,由教育部示范性软件学院建设办公室主办的第三届软件创新大赛增加了很多对软件开发过程的要求、检查和验证环节,而不是仅看结果。因此,如果仅提交一个项目结果(如基本完成了课题的主要功能),但不能很好地展现这个功能结果的实现过程。功能的很大部分不是项目组在大赛期间完成的,有可能是前一届同学做的,在这个基础上,并没有做出什么实质性的二次开发工作。在这届大赛中,这种情况是不行的。因此这届大赛要求在展示成果的同时,还需要检验过程。

2.3 选题的目标设计与价值评价

2.3.1 目标与方案

选题,只是一个点子。光有点子是不行的。有了好点子,接下来的工作就是为参赛项目确定一个目标。

通过项目管理的学习我们知道,项目之所以能够被称为是"项目"的一个关键条件,是项目是一个具有明确目标的、有待完成的任务。这个目标是明确的、完成这个目标的资源是有限的。基于这样的目标,规划任务的时间、成本、质量,确定项目团队的责任、资源、激励。

如何说想一个好的点子是项目管理的启动阶段,确定项目目标,并论证其可行性,就是启动阶段结束的标志和阶段可交付的成果。

目标不但和目标结果形式有关,还与结果的度量方法有关。看另一类目标:

目标:中国男子体操队战胜俄罗斯队,获得世界锦标赛男团冠军。虽然打分的标准是公开、明确的,但裁判打分是人为的。真正的标准在裁判心里。

目标:超女。这个比赛可能什么是冠军的标准都不唯一、完全看市场需要和观众的选择(由遥控器决定)……

在这类目标中,目标的结果及其度量,非常困难。有时,并不存在现成的、可以直接、客观、明确的目标成果评价方法。

软件系统的开发,经常也是这样一种情况。软件系统的目标,常常是一个尚不存在的事实。所以,为了易于对目标进行度量和评价,一个好的目标,需要有一个好的载体,我们称之为"项目方案"。

这样,确定目标的工作就转化为:如何向用户描述我们的项目方案。以提供他们评价、判断和选择。项目方案是目标的具体描述和进一步说明

(1) 描述方法 1:比拟的方法。

什么是上天堂? 就是喝醉了酒(吸毒)以后的感觉——软件开发的原型方法。

(2) 描述方法 2:具体描述的方法。

天堂的具体方位、地址、行车路线、车程——软件的功能、性能、其他质量属性描述。

(3) 描述方法 3:UML 的方法。

如果怎么说你都不明白的话,我就给你画个图吧! ——UML 方法。

2.3.2　最初的目标:大赛通知

目标有最终目标,有当前目标。交付一个软件系统,通过用户的验收是最后的目标。软件大赛,进入第二阶段是你的当前目标,进不了下一阶段,再伟大的最终目标也是"白费"(就参加大赛而言)。

那么,当前目标是什么? 进前 100 名? 那是当然。但是,具体是什么? 怎么才能战胜其他 10 000 名竞争者? 这个时候我们所要做的工作,就是具体分析用户的需求(评委的要求),做到让用户(评委)满意。

第一份用户需求就是大赛通知。很多同学不看这个,或者简单看两眼,就埋头编程去了。你花了好几个通宵做出来的东西,根本不符合大赛的基本要求,被淘汰一点都不冤枉。以 2010 年微软"创新杯"的软件设计大赛为例,以下有关大赛信息,均来自 http://www.mscampus.cn/imaginecup/Competition/SoftwareDesign.aspx。

参赛通知除了组队、注册、提交时间等基本信息外,还有一些可以理解为准予入围的基本要求,这个要求分为形式与内容两大部分:

1. 形式要求

形式要求体现为参赛作品必须符合的一些"标准"如下:

（1）分阶段提交作品的格式（按照模板要求）。

（2）分阶段的提交时间。

（3）入围、初赛、决赛的时间和参赛要求等。

2. 内容要求

内容要求包括（以软件设计比赛为例）：

（1）参赛作品必须符合"创新杯"的主题。

（2）所有提交的文档必须采用英文（软件设计中国区比赛阶段的作品可以用中文）。

（3）软件设计大赛作品的实现，需使用 XML Web Services。

（4）软件设计大赛的作品应用，需运行在 .NET Framework 之上。

（5）应用的开发需要至少使用一种 Visual Studio 工具。

（6）参赛作品的开发平台、工具、技术手段应当至少应有下列技术中的一项：Windows 7、Windows Live SDK、Windows Mobile 技术，以及 SMS Server Toolkit、Silverlight、通过 Windows Azure 实现 S＋S 架构；

除上述要求外，参赛作品还必须符合每一阶段比赛的具体要求等。

团队所有成员都需要知道这些要求，项目经理更要严格控制团队满足这些要求；否则，因"不符合大赛要求"而在第一轮就被淘汰，将是最直接的结果。

2.3.3 第一个交付成果：《项目计划书》

一般而言，第一阶段（报名与入围）只要求提交文档（大多数比赛都是如此）。这就是第一次交付成果——《项目计划书》。它也是项目方案的载体。下面，重点分析《项目计划书》应该怎么写。讨论也分两个部分：形式与内容。

1.《项目计划书》的形式

初赛，项目团队根据大赛规定的模板，完成并提交《项目计划书》。《项目计划书》是初赛阶段的阶段成果，模板是形式要求、而评分标准则是初赛的内容要求。

形式总是为内容服务的，除非已经发展到了"八股"的地步（形式已经严重脱离了内容）。为了突出考查重点，为了减少过多的枝节，为了便于比较和评判，要对所提交的内容进行一定形式的约束和规范，这就是形式要求。在第一阶段提交文档要求中，形式要求就体现为对《项目计划书》可能会有一个格式要求。我们必须理解、必须遵守。

先看表 2-1 的《项目计划书》的模板，它说明《项目计划书》要写什么，不需要写什么？

表 2-1 "创新杯"2010 软件设计（中国区）选拔赛项目计划书（建议填写内容部分）

微软建议项目计划书包括下面的部分，但参赛队可以选择自己认为最合适的表达顺序和方式。项目计划书的长度以不超过 10 页 Word 文档为宜。 1. 系统主题 （1）引言 （2）背景/选题动机/目的 （3）系统与"创新杯"的主题关系 （4）市场调查过程和结论 2. 需求分析 （1）概要

（2）使用场景

（3）应用领域/实用性分析

（4）未来发展方向

3. 团队组成和分工

4. 系统功能概述

5. 系统设计概述

（1）实现系统所采用的技术方案和技术亮点

（2）系统构架

（3）功能模块描述

6. 系统环境

体系结构	
开发平台	
开发工具	
开发语言	
Client 运行环境	
Server 运行环境	
Web 服务	
数据库	

7. 项目时间进度表

项目重要里程碑	预计完成日期

这个目录告诉我们，评委在这个时候（入围）所关注的内容。同学千万不要在这里，有意不按照格式规范来写，甚至自己搞什么创新。创新不体现在这里。而恰好相反，格式要求可以理解为最初的"用户需求"，如果对用户需求不以为然，不认真对待，那么这样的团队是不可能成功走到最后的，所以，首先淘汰你，一点都不奇怪！

2.《项目计划书》的内容

形式已经固定了，内容怎么写？这就好比一个演员，给他/她的舞台和剧本都已经确定了，怎么演就反映出大师与平庸之辈间的差别了。

先简单看一下《项目计划书》的主要内容及其含义：

1）**系统主题部分**

（1）**背景/选题动机/目的**：需要说明课题所在的问题领域、课题的创意动机和目标愿景。

（2）**系统与"创新杯"的主题关系**：解释项目目标与大赛主题的关系，是否符合大赛主题。

（3）**市场调查过程和结论**：这个部分评委需要了解你对相关问题域的知识面和熟悉、了解程度。特别是项目方案是否符合现实实际情况，将来能否投入实际应用，而不是闭门造车的东西。

2）需求分析部分

（1）概要：请你简单地描述项目课题的需求，重点是课题的总体解决方案。

（2）使用场景：要求从用户、使用者的角度，描述项目最终结果的呈现形式，以及与你的愿景的实现情景。微软特别重视用户体验，这是微软一贯的特色和风格。是的，当你自己都不能很好地说清楚你的作品最终呈现的情景、更不能描述有效的用户体验的时候，你怎么能够保证，项目将最终达到你的愿景呢？

（3）应用领域/实用性分析：这里的分析，不是传统软件工程的需求分析，而更类似市场分析、产品分析和用户分析。明确的应用领域就是市场定位、详细的实用分析就是产品定位。这也是产品设计，在这个方面微软是强项，也是微软举办大赛的目的（发现新应用）。

（4）未来发展方向：学生的作品并不会被要求有很高的商业化、产品化、用户化程度，如果做不到，能看到也很好啊。一个设想、一个算法，可能本身在理论上很有意义，但是，"创新杯"这样的大赛不需要这个。根据以往几届比赛的情况，在这方面，中国学生相对较弱。

2.3.4 再谈目标——大赛的评价标准

形式要求容易理解，实现起来也并不困难。相比形式上的限制，微软"创新杯"的评分标准，是微软的价值导向，要想取得好的成绩，一定要好好理解、体会评分标准。

表2-2是大赛总的评分标准，这是总体的目标要求。先把这个要求列出来，然后结合每个阶段的要求，再来看总要求和具体要求之间的关系。主题只是一个大范围的、总体的要求。而具体参赛要求和评分标准，则需求我们认真阅读、仔细理解。

表2-2 "创新杯"软件设计比赛评分标准

评审项目	百分比	评审标准
问题定义	10%	在这个部分我们将关注作品要解决的问题，而不是作品本身。作品是否符合"创新杯"比赛的主题？所要解决的问题是否有明确的现实意义？所要解决的问题在功能上和技术上是否有难度
解决方案设计和创新	35%	作品是否解决了一个新的问题，或是用新的方式解决了已有问题。作品是否完全的创新，还是借鉴了已有的概念和技术。作品是否能对大量的人群产生广泛的影响，或是对特定人群产生深远影响。作品在多大程度上解决了所要解决的问题
技术结构和用户体验	30%	作品的系统架构是否被合理的分解为模块？作品在技术上是否支持将来的发展？作品是否通过SDK或是API实现可扩展性。作品是否易于人机交互，便于使用。作品是否能利用最新或者实时的数据
商业可行性	15%	作品在技术上和商业操作上是否可行？作品是否仅停留在设想阶段还是现实的商业目的（作品并不需要在比赛时就有成熟的商业应用，但是需要展示出将来或是针对某一特定市场的商业前景）
项目展现	10%	在全球总决赛阶段，评委将通过参赛团队的演讲和展示来了解项目的背景和应用场景，作品所解决的问题的意义，系统工作的亮点。参赛团队回答评委提问的能力也将作为评分的依据之一

　　表2-3是微软2010年软件设计大赛初赛阶段《项目计划书》的评审标准：

表2-3　"创新杯"2010软件设计（中国区）选拔赛初赛阶段《项目计划书》的评审标准

评审项目	百分比	评审标准
创意与实用性	40%	项目构想的创意、动机、需求分析以及实用性 良好的需求分析及有创意、实用的解决方案可以得到较高分数
难度	20%	所使用的技术及工具难度，或问题本身的难度
可行性	20%	项目计划的可行程度、解决方案所需成本。解决方案越简单扼要、成本低、有扩展性，则分数越高
项目计划书完整性	20%	内容完整、文字流畅、构架完整

　　表2-2是总体要求，表2-3是初赛的要求，两者有一致的地方，也有不同。

　　首先看到，作为初赛入围的评价标准，初赛阶段评委关注什么？

　　在初赛阶段，评委首先关注的是参赛项目的创意与实用性，这个部分占了初赛成绩的40%。而在大赛总的评价标准（表2-1）中，问题定义和解决方案设计和创新两个部分，对此做了比较明确的提示。

　　这个总体要求，主要体现在《项目计划书》的第1节"系统主题"和第2节"需求分析"中。

　　系统主题是《项目计划书》中最核心、最关键的内容。如果你很难揣摩评委的评价标准的话，我们试试从反面看看评委们从提交的文档中能看出什么？评委如何从文档中进行筛选？而不被评委淘汰就是我们的目标！

　　换位思考一下：评委从几千份《项目计划书》中看什么（能看出什么）？评委不看什么（看不出什么）？

　　如果你是评委，拿到这10页纸（超过10页，评委一定不会给你加分）的文档，一般会先看一下《项目计划书》是否按目录的要求去写。这主要是先筛掉一些不按规则出牌的人。第一轮可能有成千上万的队伍，评委们没有时间和兴趣与那些"乱来"的人"过招"。

　　"形式"没有问题，那好，顺着目录顺序（关键是顺着评委自己的思路），看几个关键的、核心的内容是否有。什么是关键问题？

　　参赛作品到底要干什么（系统主题），有什么价值（如何体现创新性和应用价值）？这个问题是核心关键，是第一轮淘汰目标。

　　在这个关键问题上首先会犯的错误是：你自己都不知道自己到底要干什么（这个问题我们在后面将详细讲解）？你都不知道做出来的是个什么东西，你怎么让评委知道呢？其次才是这个东西有什么价值。

　　什么不是关键问题？用什么技术、平台、实现的功能是否完整（具有核心价值的功能除外），文档是否符合软件工程规范（现在不看）等。

　　所以，在第一阶段所提交的《项目计划书》中，目标是：严格按模板编写《项目计划书》，在规定的格式下，用最简单、最清晰的方法，描述参赛作品的最终的呈现形式和结果（创新功能），用最能打动评委的语言，描述作品结果的价值。如果时间来不及，"系统主题"部分要花80%的时间和精力，认真准备，其他内容可以简单一点，不要花过多的时间和精力，更不要因此而影响"系统主题"的编写。

2.4　课题的难度与可行性

初赛阶段的评审标准中,除了创意和实用性之外,另一个指标就是难度和可行性。

2.4.1　何谓"难度"

难度与可行性有关,如果不难,则自然易行。所以,我们先理解"难度"。在微软"创新杯"比赛中,所谓难度,决不单纯是指软件开发的技术或手段上的难度,而是有更大范围的所指。从评价标准中,我们可以认识到难度是什么,以及怎么评价难度及其价值?

微软给出了一个"创新"性的价值评价尺度:不论是完全的技术创新,还是借鉴了已有的概念和技术;不论是解决了一个新的问题,或是用新的方式解决了已有的老问题;关键是看其结果是否能对大量的人群产生广泛的影响,或是对特定人群产生深远影响。在这里,所谓"难度",本质上是评价参赛作品在多大程度上解决了所要解决的问题——创新与应用的程度。可以这样理解,"难度"的评价就是对创新结果"程度"的度量,并非仅仅是技术或实现过程的难度。例如,我本来不熟悉 C♯ 编程,采用 C♯ 实现项目,对我来说难度很高。但大赛并不这么认为。

这个"难度"的"程度"是非常高的,正因为其高,才是"创新"的价值。换言之,如果仅仅技术上如何"高深(假设真有的话)"而并没有解决任何实际问题(如纯技术或基础理论研究),则也是不符合评价标准的。因为标准明确说:我们将关注作品要解决的问题,而不是作品本身。这里并没有贬低基础理论研究的意思,只是说明,创新大赛更关注实际应用。

2.4.2　难度与可行性的关系

根据"创新杯"对难度的定义,难度是解决问题的深度和广度,总称为"程度"。用图 2-2 来说明这个问题。

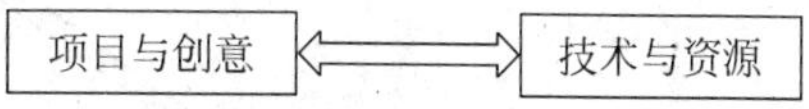

图 2-2 把项目和技术(还包括资源,在后面介绍)作为一个"担子"的两头,两头都很重。但只有这两头是不行的,还需要把他们联系起来,怎么联系,

| 项目与创意 | ⟺ | 技术与资源 |

图 2-2　"创新杯"对难度的要求

路径是什么,中间有什么困难,是否能够克服,所有这一切,就是项目实现的可行性。考虑项目实现的可行性,就是建立项目创意与技术实现的关联。

可以先确定项目目标与所采用的主要技术与方法,然后再考虑技术和方法如何获得并用来实现目标,这就是"技术路线"。如何实现不是只有一条路,可以有多种选择。

在考虑技术路线的时候,我们会正向、逆向地考虑,中间的关键环节与难点在哪里?如何综合地平衡,有时甚至要修改目标和方案,或另寻技术方法。

下面举一个简单的例子,说明技术路线的考虑。

(1) 项目与创意:安全舒适的生活空间——智能识别的视频监控系统。

(2) 技术与资源:图像采集/获取技术、图像识别技术、安全模式判断技术、控制技术等。

(3) 技术路线:集成上述技术,实现根据图像识别、安全设定、反向控制动作的安全监控系统。

（4）技术路线实现的主要关键点与难点：

① 采集：摄像采集设备、接口、图像质量、传输速度。

② 获取：视频图像数字化、图像特征的提取。

③ 识别：简单识别；特征识别；智能识别，识别模式。

④ 安全：不安全特征、安全指标。

⑤ 控制：前端，对摄像头的控制；后端，记录/报警。

（5）技术路线的综合考虑：整体性能、功能取舍、资源可获得性、目标调整。

对软件学院的同学来说，涉及硬件（广义的）越深，则越难；越是涉及业务逻辑背景，越难。

图 2-3 是项目所涉及的软硬件系统的难易关系示意图。对同学而言，纯软件可能相对比较容易一点。

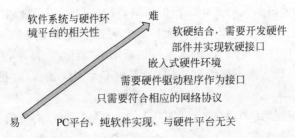

图 2-3　课题所涉及的软硬件系统的难易关系示意图

图 2-4 是课题所涉及的业务逻辑背景相关性的难易示意图，逻辑背景越深，则越难。

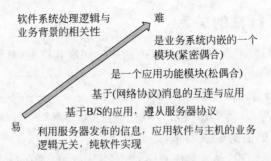

图 2-4　课题所涉及的业务逻辑背景相关性的难易示意图

但课题越难，取得好成绩的机会就越大，这就是"辩证法"。

2.4.3　可行性的非技术性考虑

在讨论可行性的时候，关注的不仅是实现技术的难度。除了技术实现本身的难度以外，还应考虑时间、成本、资源可获得、风险（目标可达成的概率，没有 100%）。例如，图像采集的摄像头的驱动，是自己编写，还是使用现成的。现成的可以支持 API 编程吗？采用现成的是购买，还是可以免费获得？什么时间能够拿得到……这些虽然不是技术，但却决定了最终能否获得所需要的图像，决定了项目最终能否按时完成。

第一次做这个课题，会发生什么情况？问题有多严重？可能一概不清楚，所以要想项目取得成功，风险意识是绝对不能少的。

2.5 确定项目的范围

到这里,我们已经不再局限于"点子"了,开始比较深入地考虑"项目"了。在大脑中,开始有了一棵"树"的影子(搞软件的人,动不动就想到"树")。树上结的果子,是评委要的。而能否长出甜美的果子,怎么才能长出来,则需要我们自己。

在2.4节讨论"难度与可行性"的时候,开始的感觉就是技术和资源都是有限的,所以决不可能"无所不能",因此需要选择(筛选)。从项目管理的角度来看,就是需要确定范围。只有定义明确的、符合目标的范围,并加以严格控制,才能最终达到目标。

2.5.1 为目标而确定范围

到目前为止,应该对所希望达到的目标有了一个更"切合实际"的了解。这个了解,不仅仅是感性的——我感觉到了! 而是要落实到"实处"——描述你的"果子",是什么而不是什么。

通过项目管理的学习我们知道,什么叫范围? 范围也分为结果与过程两个部分,而范围管理则是对这两个部分有什么(做什么)和没有什么的定义和控制过程。

结果是什么? 是一个可在某一环境/平台(如软件设计大赛规定,参赛作品的实现需要使用 XML Web Services,并运行在 .NET Framework 之上)运行的软件系统。作为一个软件系统(区别于一段可执行代码),它应具有一组特定的功能。例如,被划分为服务器端和客户端等。这样的系统被压缩、打成一个软件包,存放在一张光盘上,只要按照简单的安装提示,它们就可以被自动地解压缩后,安装在指定的计算机上,并完成部署和系统初始化工作。在用户注册后,就可以正常实现设定的应用功能了。结果有可能不是什么? 项目的成果有简单的操作手册和用户手册,但不提供(因为是学生的作品)用户培训、系统进一步的商业化、用户化、本地化的升级服务。基于特定的原因(如不可能真的与银行系统接口),某些功能(如在线支付和交易)是"受限"或"模拟"实现的。

所有这些都需要在开始的时候想明白、写下来。因为只有这样,才会有一个明确的任务目标,而不是背着一个"无限责任"的包袱。

过程是什么? "现代软件工程"课程是讲控制软件开发过程的。在软件开发中,有很多中间制品和过程控制要求。对于过程制品及其应达到的程度,有些比赛是不要求的。也可以称这些比赛是只赛"结果"。但是,对于软件开发而言,没有过程就没有结果。没有好的过程,一定就不会有好的结果,甚至根本产生不出结果。有关过程方面的内容,如需求、构架、质量等方面,在以后的章节中将专门进行讨论。这里只需要知道一点:过程与结果同样重要,也需要进行范围定义和控制。

2.5.2 考虑条件和资源

学生的项目有点像探险,目标(不仅是要做什么,而且是能做到什么程度)不确定,技术是否可行,是否可获得、各位同学的个人能力,甚至投入的热情和积极性都不确定,能投入的时间与需要花费的时间不确定,成本/开销不确定,由于项目本身是第一次做,过程不确定,存在很大的风险。因此,如果按照软件项目管理的要求来进行管理的话,这样的项目在启动的时候就应该被否定掉。但是,正因为是学生,所以才需要学习、实践。不然,哪有第一次呢?

现在,我们只好硬着头皮上了。

为了要保证(不能说"保证",只能说尽最大的努力争取)项目的成功,要对已有的条件进行评估。评估最低需要多少资源(底线),以及是否能够满足。如果明显不能满足,现在就"结束"项目。

这么说起来,我们什么条件都不具备。从哪里开始啊?

(1) 时间:什么时候第一次提交,什么时候第二次(如果一不小心入了围的话)。这个时间要求(时间是最宝贵的资源),是大赛最基本的要求。不按时提交,等同放弃。怎么估计团队的时间?要建立多少个里程碑,每个里程碑规定哪些关键事件/关键交付物成果,什么人应对此负责?2.6节会讨论这个话题。

(2) 软硬件环境:环境,泛指一切不是由自己写出来的代码、做出来的板子。网上有一些有用的资源,大赛组织方(如微软)也会提供一些资源。例如,微软公司的嵌入式系统开发会提供一个硬件平台和操作系统、开发工具支持等。

(3) 人:不只是项目团队的几个同学,还可能包括指导老师(真的有帮助的)、外面的技术支持(学长、朋友、家长什么的,可能起关键作用)等。有的时候,他们的一句话,胜过你自己熬上三天三夜。学习利用资源也很重要。

(4) 钱:不要忘记,学校会有一些支持,但很有限。

(5) 其他。

项目经理要尽量考虑团队所需要的资源,以及可能得到的资源,并依据可获得的情况,来调整策略,制定目标范围。最坏的情况是,大家只埋头编程,当发现时间不够(计划安排),关键问题没有办法解决(提前动手解决)而无法按时、按预想的目标完成,只好草草提交的时候,项目经理要负最主要的责任。软件工程专业的同学与其他同学相比,你的优势就应该在这里(现在就开始过程控制与管理了)。

2.5.3　修剪你的"范围树"

项目经理现在知道,这棵"需求"树(如 UML 用例形式)有点"疯"长了,最初的想法现在看来是有点"不切实际"了。怎么办?"剪"啊!

真正经过修剪的树,才能成材。真正经过"修剪"的需求,才真的能实现。

2.6　项目团队组建与项目初步规划

到目前为止,"头脑风暴"式的"项目启动"阶段已经接近尾声,可以考虑开始组建项目团队了。实际上,到目前为止,已经有好几个同学参加了讨论,扮演了不同的角色。现在要做的事情,就是把这些角色固定下来。而最主要的是把每个角色的责任固定下来。对于学生的团队来说,这是非常重要的。

角色是与责任挂钩的。是不是我担负了这个角色,就可以不做别的事情了?例如,我是整个团队的项目经理,我就不用编程?实际上,学生团队人力资源有限,而且每个角色都有必要亲自学习、实践一下。因此,完全没有必要在工作分担上,划分得那么清楚。

关键一点就是，在团队中，在不同的场合与阶段上，都需要一个"最后说话"的人，这就是角色的含义——角色是责任的划分，而不是工作任务的"包干"，至少对于学生团队是如此。

2.6.1　角色与分工

建议：以 4～5 人的规模，组成项目团队。"组织行为学"中对不同团队的规模和角色安排，有专门的研究，可以去看看。

假定，按 5 个人的团队规模，划分角色：

(1) 项目经理：负责整个团队的组织和管理，包括了解大赛的基本信息、确定团队目标和课题范围、明确大赛每个阶段的要求、落实团队角色和任务、制定工作规划、督促团队成员按计划完成工作，协调各成员之间的工作，对重要的事情最后"拍板"。打个比拟来说，项目经理就是整个团队的"导游"。

(2) 产品经理：负责提出符合大赛主题的创意和产品设计，包括业务需求、功能点、目标与范围、价值与卖点等。产品经理是"出主意"的人。

(3) 技术经理：考虑实现产品的技术手段和条件、难点解决和技术可行性。并具体组织实施技术开发与实现。包括负责开发平台、工具与环境、系统设计、编码实现等。他/她有可能是团队中"炮弹"的最主要提供者(基于技术热点的创新)，也可能是最"保守"的人，经常说：NO(产品经理的点子过于"超前"了)！

(4) 测试经理：人人都讨厌他/她，但离开他/她也不行。找个脾气好的同学来干吧！

(5) 文档与支持：负责文档编写和资源支持，需要比较细心一点的，但不是专门留给女生的岗位。

最后，再说一遍，不是分配给我这个角色，我就不干别的啊。项目的团队没有大(奢侈)到可以专职任一个角色的地步，在这里，角色只是某一方面的"召集人"而已。

2.6.2　项目总体规划

通过项目管理的学习，我们知道，团队角色与项目的生命周期构成了一个"矩阵"型的工作框架。在微软，这被称为"MSF 模型"，在 IBM，则是"RUP 模型"，其他模型基本类似。

角色在上面已经介绍了，下面将讨论生命周期(这在第 3 章将重点讨论)。

以大赛为目标，大赛的进度计划要求，就是生命周期。这个生命周期与软件工程的生命周期并不完全相符合，甚至完全不符合。例如，有些比赛，只需要提交一次作品，这样，就把软件生命周期的不同阶段，压缩在一个周期中。因为他们只看结果，不看过程。不看过程也可以，但不可能没有过程；否则，只能"抄"。

微软的比赛还是看一些过程的，因为他们毕竟也是软件公司嘛！

在开始写项目总体计划之前，请项目经理为自己开列一个清单：

(1) 用时间、成果形式、要求等要素，明确地描述本项目的最后交付物成果(直到决赛，不论是否有机会)，以及各阶段(初赛、复赛等)的交付成果。

(2) 为每个阶段应完成的任务(提交的成果)写出必须的资源和条件。例如，第一阶段要完成报名注册并提交《项目计划书》，需要组建项目团队，收集报名注册所需要的团队基本信息。开始想"点子"，并做一些基本的可行性调研，看看项目的主题有什么价值，技术上有什么难点,资源是否可能。

（3）为每个阶段要做的事,确定角色和责任人。不仅仅是张三负责项目管理,李四负责技术开发,而是标上时间、标上交付物成果——标上张三或李四的责任。

（4）把上面三个内容：交付成果和要求、资源与条件、责任人,按时间顺序写出来,这就是项目的总体计划。这里要你写的内容,似乎比微软《项目计划书》中所要求的(项目时间进度表)稍多了一点。想想有必要吗? 如果你会画甘特图的话,画一张甘特图给自己,也给团队全体同学看看? 不过,现在只是对要完成的项目过程做一个初步的规划,只需要考虑到几个关键的(提交)时间点,第3章将专门介绍并学习微软 VSTS 系统,用专业的工具来管理项目。

2.6.3　为第一次提交,制订更详细的工作计划

还有一个月时间,还有一个寒假,离提交《项目计划书》的时间还早。很多同学就是抱着这样的心情,开始放假了。到开学回来,离提交还有一个星期的时候,才开始动手。等到他们一上手,才知道——"完了",想一个好"点子",写一个不到 10 页纸的《项目计划书》,怎么会那么麻烦? 根本来不及了。胡乱搞一个去撞"运气"吧——那就被淘汰吧!

为第一次作品提交之前的工作列一个清单。

（1）再一次审视项目的主题和目标,有没有什么需要修改的地方?

（2）深入研究一下实现技术和方法,是从外部获取还是自行开发?

（3）考虑一下开发过程,各阶段的目标是否已经明确?

（4）计算一下时间和其他资源。

（5）看看人员是否都已经到位,职责是否明确?

（6）尽可能地减少未知的部分,将风险降到最低。

2.7　实训项目案例——《ATM 扩展项目计划书》

首先需要申明的是：当你读到这里的时候,由于教材编辑、出版等环节的因素,本案例可能已经完全没有了本章所介绍的"创新性"意义上的价值,它的作用或许只能提供你一些"过程"思路,这一点相信你能够谅解。

根据 1.3 节所介绍的课程设计要求,本教程将采用一个实际的项目开发案例——"ATM 扩展"贯穿全篇,展现一个真实的软件开发与管理过程。本节所编写的《项目计划书》参考了第三届全国大学生软件创新大赛《项目计划书》模板要求,与微软的要求基本类似(由作者担任主要策划人的第三届软件创新大赛也是在学习微软的基础上,增加软件学院的特色并进行了改进)。由于考虑篇幅限制,部分内容有所压缩和删减。

2.7.1　参赛作品构思的创意与价值

1. 背景：问题领域

银行《ATM 系统》是学习软件开发的各类学生常见的一个经典案例,在《程序设计语言》、《面向对象分析与设计》、《软件系统结构》等课程中被广泛使用。同时,随着银行业务的不断发展,传统 ATM 存/取款业务之外,借助这个自助式的、自动化的服务平台,已经发展

并还将继续发展出更多、更新的银行及非银行业务。ATM 本身的功能、性能和机制,也在发生着变化。这些,都可以成为我们学习和实践的新领域。

2. 问题:选题的动机与目的

用这个案例作为实训课题的好处是:ATM 系统是学生比较熟悉,甚至是面向《对象分析与设计》等课程已经分析过、开发过的经典案例。但正是因为如此,它提供了一个 ATM 系统模拟实现的基础:可以在不需要很大开发工作量的基础上,专注于"扩展"。而 ATM "扩展"则可以有较大的发挥空间。因此,选择 ATM 扩展作为实训课题,具有很好的基础和灵活性(这里的选题动机和目的,是围绕实训课程需要的,本质上不是为了解决银行的问题)。

3. 研究:市场调查过程和评价结论

在网上搜索一下 ATM 源代码下载的话,可以毫不费劲地得到 VB、C++/♯ 以及 JAVA 等各种语言编写的 ATM 系统程序,甚至包括全套软件工程文件,这就是开发基础。同时,仔细检看这些已经"实现"的系统,不难发现,其已经实现的功能需求和性能,是非常简单、也不够"专业"。更不要说"时尚"了,这就是扩展空间。

4. 参赛作品的构思描述

在对已有 ATM 系统(网上的开源案例和实际的 ATM 系统)进行分析的基础上,本项目提出:开发一套具有更高"安全可靠性"和"系统可用性"的 ATM 系统的创新主张和项目设想(这只是众多可扩展案例中的一个,仅以此为例)。以下及本教材其他章节论及的 ATM 案例,均是上述项目目标的延续。

若有其他创新设想,可改写本小节,并由学生具体完成,下同。

5. 功效:最终呈现给用户的实际功效

实现一个比现有系统(至少是网上已有的系统)更安全、更可用的 ATM 系统,可以具体地比较并演示这些改进后的性能。

6. 评价:对创新的深度、广度的自我评价

可能这个案例的"创新性"程度和水平并不高(原因在此前已经说明),但通过这个案例的学习和实践,同学们可在分析和了解既有系统的基础上,实践和体验如何仔细地从旧选题中挖掘出新需求,找准关键质量属性,进行良好的架构设计和代码实现,并在软件测试、过程管理、团队合作等软件工程的若干环节上,采用 VSTS 等工具,进行软件过程体验。这正是本课程所追求的。

从某种意义上说,这也是"创新",是教学和学习、实践方式的创新。

2.7.2　参赛作品的目标实现形式

1. 参赛作品的最终呈现形式

一套模拟的 ATM 系统软件,可在 Windows 平台上模拟运行,并通过模拟故障的出现、故障自动恢复,展现其更高"安全可靠性"和"系统可用性"的特性。

2. 参赛作品的主要功能描述

在现有 ATM 系统上,增加了新的"安全可靠性"和"系统可用性"设计,使得当 ATM 系统发生故障时,可大部分通过此改进后的自动恢复机制,在保障银行/储户自身安全的基础上,实现几乎"零"等待和"零"人工干预的"业务可用状态"的自我恢复,大大减少了银行事后故障处理和储户(非储户自身原因)被"锁住",需要到柜台,甚至到开户行进行处理的必要,从而提高了现有 ATM 系统的"安全可靠性"和"系统可用性"。

3. 参赛作品的实用性和未来可扩展性分析

此课题成果可供银行作模拟故障处理分析用,经实用化修改后,可运用到实际银行系统或其他类似系统中。

2.7.3　参赛作品目标实现的可行性

1. 参赛作品的主要技术路线

本课题主要通过深入分析涉及安全可靠性的关键业务逻辑过程,并针对处理过程,进行安全可靠性强化,增加恢复处理环节,实现安全可靠性的提升。

2. 参赛作品的核心技术关键与实现可行性

本课题的实现就计算机技术而言,无特定困难或不确定因素。银行业务知识方面,由于有相关银行专家支持,也没有问题。

3. 参赛团队的资源可行性

内外部资源可行。

2.7.4　团队组成与角色分工

根据课程中,实际团队组成情况填写。

2.7.5　项目时间进度表

最初的项目进度计划(此计划将在下一阶段将按照 VSTS 系统的管理要求被细化,并成为输入 VSTS 系统,进行开发过程控制和管理的最初项目计划蓝本):

(1)××月××日前确定目标和范围:再一次讨论项目的主题和目标——ATM 扩展,就用这个课题了吗?不打算自己另选一个?扩展什么?有什么自己的想法,还是在老师的基础上进行修改?

(2)××月××日前确定技术可行性:收集已有的 ATM 开发资料、文档、源代码,编译并运行这些代码,看看能实现哪些功能。再深入研究一下扩展所需要的实现技术和方法,是从外部获取,还是自行开发?计算一下时间和其他资源?

(3)××月××日前确定初步项目计划:仔细考虑一下开发任务,各阶段的目标是否已经明确?看看人员是否都已经到位,职责是否明确?

(4)××月××日前完成提交准备:完成《ATM 扩展项目计划书》,通过校内评审,修改后准备提交大赛。

(5)大赛提交截止日前:完成正式提交。

××的具体内容,根据课程要求和实际进度情况填写。

2.8　本阶段小结——通过项目初审

按照项目管理的生命周期阶段定义,到目前为止的工作,属于项目启动阶段,启动阶段的输出之一,就是批准/不批准项目启动。

在项目实训课程中,将以大赛入围审查,作为项目启动批准/不批准的审查,实际考验我们第一阶段的工作成果。

2.8.1　软件创新大赛各阶段评审重点

由东南大学软件学院主办的第三届大学生软件创新大赛,要求参赛队伍进行 4 轮比赛,各轮评判的重点如下:

(1) 第 1 轮:创新。

(2) 第 2 轮:关键(技术)问题解决。

(3) 第 3 轮:软件过程与软件项目管理。

(4) 决赛:软件过程验证、需求变更能力(验证实际开发能力)与成果展现(追求商业化/产品化/用户体验的目标实现)。

大赛组织方的意图是,既看结果,也看过程。每一轮是在上一轮基础上的深入,如图 2-5 所示。

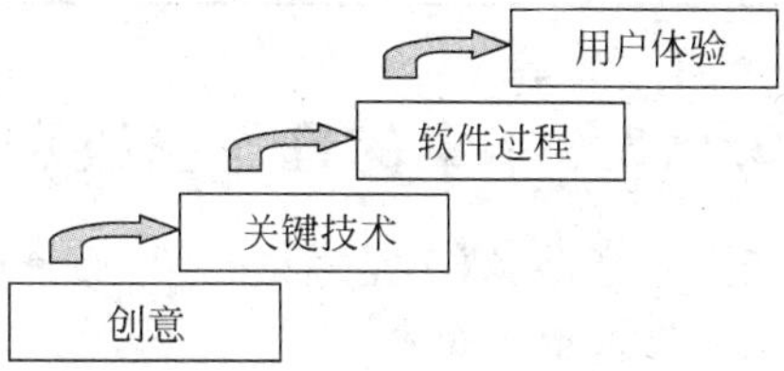

4 个阶段的区分和差异性特点如下:

(1) 从应用需求出发(创意),最后回归应用(体验)。

(2) 从抽象(创意)、到具体,再到抽象(体验)。

(3) 技术和过程是支撑,不是目的。

(4) 技术和过程保证结果,所以,中间看技术与过程。

图 2-5　过程检验的 4 个层次

2.8.2　第一轮入围与评判标准

第一轮报名不设标准,因此,属于“海选”。入围标准以考察“创新(创意)”为主,不看实现过程与结果! 第一轮选拔设计希望突出:

(1) 先不管怎么“做”,先考虑做什么(如何做,入围后还有时间,也会一直被考察到)?

(2) 参赛作品不求大、深、难,重在新意、实用和用户体验,希望能杜绝直接拿老师的科研课题参赛的情况。

表 2-4 所示是大赛的评分标准。

表 2-4　第一轮评分标准

评审要求	比例	具体评审点
符合大赛要求	一票否决	考察作品是否符合大赛通知的要求,包括: (1) 形式要求(可能包括、但不限于,以当期比赛通知为准):报名时间、参赛资格、团队构成、提交资料、应用领域、工具平台、技术限制等明确规定的要求和标准 (2) 主题要求:年度大赛的特定主题及其表现 (3) 其他特定要求:(略)

续表

评审要求	比例	具体评审点
1. 构思的创新性和应用价值	50%	重点考察： (1) 问题域：参赛作品贴近现实生活、在自己身边发现并寻找课题，提出实用的、应用型的解决方案 (2) 新颖性：参赛作品是否是试图采用原创性、新颖的方法解决问题？即课题解决了一个新问题或通过新方法解决了一个老问题 (3) 应用价值：参赛作品的创新是否对大范围内的人群产生广泛的、对范围相对较小的人群产生深远的影响（效果与价值）
2. 参赛表现力	25%	重点考察： (1) 目标明确性：参赛作品最终以何种形式，表现解决了所需要解决的实际问题 (2) 目标可实现程度：参赛作品最终能在多大程度上，就问题的解决，获得预期的用户体验与认可
3. 可行性	25%	重点考察： (1) 与问题域有关的技术可行性 (2) 参赛资源（技术能力、支持背景、可支配时间、费用、工作量等）的可行性（可获得性、可保障性、风险度等）

2.8.3　本章的理论基础和实践内容小结

本章涉及（不是理论介绍，而是运用）到《现代软件工程》的第 2 章和第 3 章的部分内容，所涉及的概念包括：

- 产品定位与目标选择；
- 目标与目标管理；
- 项目启动与可行性分析；
- 软件项目的范围管理；
- 角色与项目经理的职责；
- 项目初步规划等。

本章完成的主要工作是项目启动，具体如下：

（1）确定参加大赛作为项目目标，了解比赛的目的与要求，以便取得更大的成功。了解过去成功与失败的原因，了解自己的技术和资源的可行性，为提出良好的主题打好基础。

（2）在充分调查和研究的基础上，充分发掘、发挥出自己的创新性与实力，提出有竞争力的创意主题。

（3）完善构思，充分研究技术和资源的可行性，规划项目。

（4）在充分规划的基础上，按要求写好《项目计划书》，并按时提交。

根据以往组队参赛的情况，同学们比较容易犯的错误包括：

（1）对是否参赛抱着无所谓的态度，前期不认真准备，甚至根本没有打算参赛，临到报名截止时间，仓促组队，临时想一个题目，草草写一份《项目计划书》提交上去。自己不当一回事，被淘汰也就必然。

（2）虽然很认真，也希望取得好成绩，但是由于平时对自己身边的问题缺少观察，对技术发展也不关注，很难想出什么好的主题，考虑的问题比较简单、幼稚，真的只能是"重在参与"。

（3）有一些自己的想法，平时也比较关心有关比赛，甚至也参加过一些类似的比赛，但是考虑问题比较肤浅，只关注自己的感受，没有很好地研究如何收集信息，进行比较。所以，自己花了很大精力想出来的"好点子"，实际别人甚至在好几年前就已经做出来了。"撞车"导致自己的努力"白费"。

（4）确实有好的想法，也有独到之处。但可能由于题材过于狭窄（常见题材，评委已经视觉疲劳）；或只关心技术细节，应用价值不明显，影响与分量不够（不被评委看好）；甚至文档编写混乱，真正的创新思想被一大堆无关的信息所掩盖（不被评委所发现），即使侥幸入围，也不能走得更远。

所有这些，都是在第一阶段应该尽量避免的。人生的机会可能只有一次，一次的不同就有可能给自己带来完全不同的人生道路。希望同学们把握好这一历史性的机会，为自己的成长打下良好的基础，获得一个比较高的起点。

2.9　本章作业与问题

2.9.1　本章作业

按照《项目计划书》的格式要求和评价标准，完成《项目计划书》，并提交。有条件的话，组织校内评审和点评，推选优秀项目和团队参加正式的比赛。

2.9.2　问题：更进一步的思考

（1）软件大赛的选拔、评审与软件企业的评审及过程管理有什么不同？作为一个学习过程，由于条件限制，大赛或许还有哪些欠缺的地方？

（2）作为在校学生，在进行类似软件创新的时候，如何提高自己的创新能力？最关键的环节是什么？

（3）微软公司对"创新"的价值评价有什么积极的意义？与我们所接受的教育有什么不同的地方？

（4）如何理解"可行性"与"范围"这两个概念？依你现在的状况，判断一个参赛项目的"可行性"与范围困难吗？为什么？

（5）提交了《项目计划书》之后，你觉得团队"入围"的概率有多大？判断的依据是什么？如果再给你一个月的时间，能把这个概念再提高一些吗？

第 3 章

交付过程模型与项目管理控制

首先,祝贺你! 哈哈,一不小心进入了大赛的第二轮。

从获得"入围"通知开始,为了保证项目过程平稳、顺利地进行,当然也是为了确保能够走到最后,要用规范的软件工程管理理念和工具,对开发过程进行控制和管理,这是我们与非软件工程专业学生的最大区别,也是实训课程的一个主要目标。

在入围的"兴奋"过去之后,团队接下来的事,一定是埋头"赶快把代码写出来!"管你什么需求、什么项目规划,有代码就好像家里有了"大米",外面下多大的雪,心里也踏实。但是,大家知道,代码有可能都是"臭虫"(Bug),什么用也没有。在这个时候,可能谁也没有项目经理承受的压力大。学生项目,即使失败了,多少也是学习的过程,损失还不大。在软件企业,上有老板盯着,下有用户催促,往往是不允许失败的(从个人来说,失败就走人,没有什么"人情"好讲的)。但是,在这样的完全不确定的混乱局面下,谁能保证按时、按质完成交付成果呢?如果不能完成,第一个承担责任的就是项目经理,他/她的压力当然大。

作为一个项目经理,他/她这个时候不但要关注交付成果,更要关注交付过程。有句话说:"有好的结果,不一定有好的过程;没有好的过程,一定没有好的结果。"就是这个意思。

3.1 交付过程模型与过程管理

通过学习《现代软件工程》可知:要按时、按质交付软件,面临着复杂的系统、分散的团队、不统一的流程和不兼容的工具等诸多的挑战,所有这些不确定性因素,导致了软件交付结果质量不可保证,交付过程的不可预期、不可管理和不可控制性。为此,软件人从发现"软件危机"开始,就与"不确定性"作斗争,希望有一天,软件开发就像在福特发明的汽车"流水线"上工作一样,谁去上个厕所,都需要协调一致;否则,大家都要停下来等他。

有专家总结软件工程发展趋势的所谓"软件四化",就是软件开发的组件专业化、构架平台化、编码自动化和管理工厂化。经过很多年的努力，上述"四化"的端倪已经逐渐显现。

"模块/组件"的专业化，是采用面向对象的方法，通过对行业事务逻辑的业务分解、层次化抽象、封装等技术手段，由特定的、专业化的软件企业（如建筑行业中专门生产预制混凝土楼板、钢制门窗的企业），生产出"标准组件"；其发布、部署和销售，更是通过现在所谓"开源"、开放式的服务组件的方式（云计算），提供应用。而他们自身的营利模式，已经不是卖产品，而是通过卖"服务"获得了。

另一方面，基于 SOA 技术，符合统一标准的模块，可以被有效地整合和重用进现有的系统构架中，从而可以实现各种业务的快速组装，并能满足应用系统的灵活性要求。这就是构架平台化。

最重要的是，在上述两项技术和应用的基础上，软件开发的工厂化管理的理想——既把"个体"的软件开发，变成集人、技术和流程"一体化"的"流水线"式作业和管理，可以得以实现。

我们的实训课程，也希望能让同学们初步体验一下在"软件工厂"中进行开发的过程。

3.1.1 过程模型的一般意义

提到工厂化管理，首先想到的是工厂生产的组织形式，有车间、流水线、工位、工序和按规定操作流程与程序操作的工人等等。这就涉及一个概念——过程。什么是过程？按照过程的一般定义，过程是指为了达到给定目的而执行的一系列活动的有序集合，包括活动的工具、方法、资料或人。例如，坐动车，出发地是上海，中间经过若干站，到达目的地北京。作为乘客，可能只关心几点到达，是否会晚点，最多还会感觉旅途是否舒适。而作为列车运行/服务提供者，则需要关注更多的内容，包括中间站停靠，只能停 2 分钟；否则，将不能保证准点。2 分钟要完成上下客等很多工作，其安排和组织，就不是乘客想得那么简单。

软件过程也是这样。软件过程是将用户的需求转化为有效的软件解决方案的一系列活动，是软件生产的"流水线"。软件工程包括过程，以及过程中所涉及的技术、方法和自动化工具、控制点……它是为软件"流水线"提供服务、支持、支撑和管理的所有东西。采用什么样的方式将这些东西全部组织在一起，在软件工程理论中，就是"软件交付过程模型"或按传统的说法是：软件生命周期模型（交付过程更关注组织内的生产环节和效率）。

先看一张在《现代软件工程》课程里已经很熟悉的图，如图 3-1 所示。

图 3-1 把软件交付过程的成熟度水平划分为 5 个层次。而从过程管理的角度看，要想提高软件组织的成熟度水平，首先要做的，就是建立一套有序的、可检查的过程模型——从无序到有管理。这是学习和实践软件工程的第一步，从"作坊"到规范化开发。

在很多软件工程的教科书中，一讲到规范的软件开发，就罗列大量的文档标准。其实，如果不理解过程的含义和过程管理的基本思想，仅仅套用模板，是没有用的。对于没有多少实践经验的学生而言，更是"如读天书"。因为，规范的文档只是结果，不理解软件过程管理的目标、要求，文档只能是累赘，很多软件企业的实际情况，确实是这样。

环顾目前的软件生命周期模型，有瀑布模型、迭代模型、螺旋模型、RUP 模型、敏捷模型、MSF 模型等，有人总结说，可能有 30 种之多。不同的软件企业，不同的项目、不同的人，可能会选用不同的模型。规范的软件企业有更复杂的过程模型。图 3-2 所示是林锐博士总结的一个软件企业诸多过程交汇的示意图。

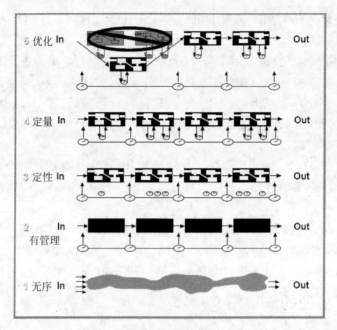

图 3-1　CMM 的 5 个层次

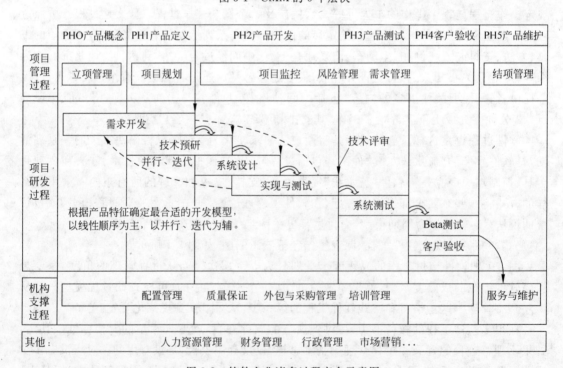

图 3-2　软件企业诸多过程交会示意图

　　模型真正要解决的问题,是过程的可视性,有了可视性,才可以实现可管理。在图 3-1 的 CMM 第一级中,软件过程是个黑盒,过程不可见,因而被称为是无序的。而 CMM 第二级,是在若干个黑盒的连接点上,实现"里程碑"可见。为此,项目管理人员需要花费大量时间和精力,确定项目的里程碑在哪里,目标要求是什么,以及如何检查当前的状况并与里程碑要求进行比较,看是否达到了预定的目标,以实现控制(调整)。再往上(更高层次),则是实现更具体、更准确的细节控制。例如,更多的质量要求,量化的度量等。其追求的目标,是精准的过程控制,以导致项目结果的可预测性、可控制性和效能的提升。

现在,不管对这些模型评价如何,是否真的有效,但它终归是朝向克服"软件危机"的方向,迈出了有价值的一步。看一下同学们的项目过程,是否还处在 CMM 的第一级——一个无序的"作坊"式的开发过程? 如何提高自己的过程管理能力,是实训项目的一个主要目标。希望能够克服"空对空"的软件工程学习方式,在适合学生项目的模型下,在一个真实的软件过程管理平台上,开发项目,学习软件工程的控制与管理。

3.1.2　微软公司的软件过程模型 MSF 与 VSTS

为了在整个软件开发生命周期中,将软件项目及其开发过程的成效最大化,微软公司开发了解决方案框架(Microsoft Solutions Framework,MSF)。通过 MSF,项目团队可以实现有效地规划、构建、部署和操作解决方案。这些框架模型,来源于微软公司内部进行大规模软件开发和服务项目过程中积累的经验、微软公司顾问专家的经验,以及在世界范围内软件行业里通行的最佳实践。

在预算范围内按期创建一个业务解决方案(如完成了一个软件产品/系统的开发并进行了发布/部署),需要一种经过检验的方法。MSF 为成功地规划、设计、开发和部署 IT 解决方案提供了经过检验的做法。同时 MSF 提供了一个可以伸缩的灵活框架,以满足任何规模的组织或者项目团队的需要。MSF 的核心是一个基础原理、两个模型和若干条用来管理人员、项目和技术元素的准则。

1. MSF 的基础原理

MSF 的核心有 8 个基础原理,包括推动开放式沟通、为共同的前景而工作、赋予团队成员权力、建立清晰的责任和共同的职责、关注交付业务价值、保持灵巧、预测变化、质量投资、学习所有的经验。这些原则的细节部分内容,将会在本书中提到。

这些原理共同传达了 MSF 的观点,构成了一种统一方法的基础,这一方法用来组织项目所需的人员和过程,以便交付技术解决方案。它们是 MSF 结构和应用的基础。尽管每个原理都已经显示出了自身的优势,而且是相互依存的,因为其中任何一个的应用都对另一个的成功起到了支持作用。在依次应用的时候,它们建立了一个稳固的基础,使得 MSF 能够很好地适用于规模、复杂程度和类型都不相同的多种项目。

2. 团队模型概述

为了使一个项目取得成功,必须实现 6 个关键的质量目标,这种理念是 MSF 的基础。这些质量目标驱动团队并定义了团队模型,如图 3-3 所示。虽然整个团队都对项目成功与否负责,团队模型还是将 6 个质量目标和分离的角色群联系起来,以确保义务分明和中心明确。

团队模型的 6 个角色群:产品管理、程序管理、开发、测试、用户体验以及发布管理。这些角色群定义了确定职能领域以及和他们相关联的职责的通用方式。角色群常常仅仅被看作多个角色。无论哪一种解释,这个概念是相同的:解决方案框架和团队模型是可伸缩的,以满足构建一个特别的解决方案的需要。一个角色或一个角色群,可能包含一个或许多人员,这取决于一个项目的大小和复杂程度,取决于为完成功能区内的职责而需要具备的各项技能。

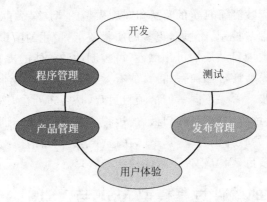

图 3-3　MSF 的团队模型

MSF 团队模型强调将各个角色群与各项业务需求相校准的重要性。角色分组和职能领域与各项职责相联系,职能领域和各项职责分别要求有不同的规则和重心。角色分组为一个协调良好的团队带来了动力。拥有一个清晰定义的目标将促进对各项职责的理解并且鼓励项目团队控制项目,这将最终带来一个更优质的产品。既然每个角色对项目的成功都有决定性作用,那么代表了这些目标的角色在决策时是平等的,具有均等的发言权。

注意：MSF 的这些角色群并不表示任何形式的组织机构示意图或是工作职位分布,因为这些角色群将随着组织和团队的变化而产生改变。更常见的是,角色将分布在 IT 组织内部的不同组群之间,有时还可能分布于业务用户社区或外部的咨询师和合作伙伴中。关键在于清晰的确定履行某一特定角色群的团队个体以及与之相关的有助于目标实现的各种功能、职责和分布。

3. MSF 的过程模型

每个项目都要经过一个生命周期,这是一个包含项目中所有活动的过程,而这些活动的发生,要到项目结束并过渡到操作状态才会结束。生命周期模型的主要功能是建立活动进行的顺序。正确的生命周期模型能够简化项目,并帮助确保每一个步骤都会让项目更加接近成功。图 3-4 所示是 MSF 过程模型生命周期的一个简图。

图 3-4　MSF 的过程模型简图

MSF 过程模型把来自传统的瀑布模型和螺旋模型的概念结合起来,并利用了两者各自的长处。过程模型把瀑布模型基于里程碑规划的优势与螺旋模型不断增加、迭代的项目交付内容的长处结合起来。

MSF 过程模型以阶段和里程碑为基础。在一个层次上,阶段能够被简单地看作是一段时间,只不过强调了为该阶段生产相关交付内容的特定活动。但是,MSF 阶段要比这复杂;每个阶段都有其自身的特色,每个阶段的结束都代表了项目进展和中心点的变化。里程碑是检查和同步点,用来确定阶段的目标是否已经实现。里程碑为团队提供了明确的机会,以调整项目的范围,反映客户或业务要求的变化,并解决项目过程中可能出现的实际风险和问题。此外,里程碑是每个阶段的结束,它按活动的职责进行转化,并鼓励团队以新的视角来看待下一阶段的目标。结束标志则用团队在每个阶段生产的实际交付内容,以及团队和客户对这些交付内容的评价意见说明。这个结束,以及相关的结果,将成为下一阶段的起始点。

MSF 过程模型允许团队响应客户的变更请求,并将需要变化反映到解决方案中。它允许团队先交付部分关键的解决方案,这要比以往的做法更快,因为它首先集中交付优先权最高的特性,然后转到不太重要的特性上,直到最终发布。过程模型是 MSF 的一个灵活组件,MSF 已经被用来成功地改善项目控制、将风险最小化、提高产品质量,以及加快开发速度。MSF 过程模型的 5 个阶段让其足以灵活地应付任何技术项目,无论是应用程序开发、基础结构部署,还是这两者的结合。

4. 用 VSTS 实现 MSF

VSTS(Visual Studio Team System)是微软公司开发的一套高生产力、集成的、可扩展的生命周期开发工具,它扩展了微软公司的 Visual Studio 产品线,增强了软件开发团队中的沟通与协作。利用 VSTS,开发团队能够在开发过程的早期以及在整个开发过程中确保更高的可预见性和更好的质量。

VSTS 很好地实现了微软公司的解决方案框架 MSF,以提供一套经过长期考验的软件开发过程,帮助开发团体交付企业级解决方案。在 MSDN 的 VSTS 主页上有更为详细的介绍: http://msdn.microsoft.com/vstudio/teamsystem/default.aspx。

VSTS 的用户存在于整个软件开发生命周期中,为软件开发项目流程中不同角色的人员提供相应的工具,并且最重要的是将这些工具很好地整合在一起。

所谓可扩展性就是它提供了一套标准的开发接口,开发公司都可以基于该接口开发第三方的组件,从而使该工具更加丰富,灵活而强大,实际上在 VSTS2005 发布后就有很多 ISV(独立软件供应商)发布了他们基于 2005 的插件。

如图 3-5 所示,VSTS 是以角色为基础的,包含项目开发中的各类角色成员:项目经理(Project Manager)、软件架构师(Software Architect)、开发工程师(Software Developer)、测试工程师(Software Tester)、解决方案构架师(Team Foundation Server)。各类角色成员通过使用 VSTS 而在项目开发过程中紧密地结合起来,及时有效地完成角色的任务。

图 3-6 所示为 VSTS 的产品功能,它在软件研发团队中的作用以及与各角色之间的关系。其中 VSTS 的一个重要组成部分就是解决方案构架。它是基于 TFS(Team Foundation Server)的,是团队协作的基础。

图 3-5　VSTS 的角色支持

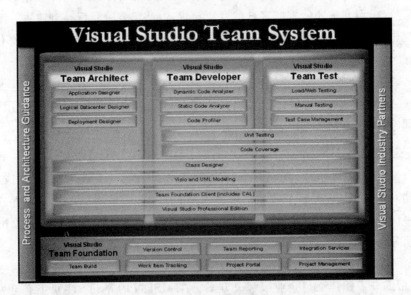

图 3-6　VSTS 的功能构成

　　VSTS 的产品集主要包括以下几个部分：VSTS2005 Team Edition for Software Architects、VSTS2005 Team Edition for Software Developers、VSTS2005 Team Edition for Software Testers、VSTS2005 Team Foundation Server、VSTS2005 Team Test Load Agent 和 VSTS2005 Team Suite。

　　Team Suite 是 VSTS 的主要组成部分，为核心软件开发团队中的每个角色成员提供了相应的工具，如软件设计、开发和测试，以及团队沟通和管理方面，使成员之间形成自由、无缝的连接。通过和 Visual Studio Team Foundation Server 的整合使用，Team Suite 帮助项目管理者在软件生命周期中的每个环节，更好地控制产品。

3.1.3　统一过程模型 RUP 与 IBM 的 Jazz

　　在《现代软件工程》中，介绍了 Rational 的统一过程模型（Rational Unified Process，RUP），RUP 最早是由 Rational Software 公司提出来的（Rational 公司 2003 年 2 月被 IBM

收购)。因其与当前流行的 Java、J2EE 技术和面向对象的设计思想紧密地结合在一起,所以在大型的信息技术项目中得到了广泛的应用。与 MSF 一样,RUP 也有 6 条原则:①使过程适应项目;②平衡相互竞争的涉众优先权;③跨团队合作;④迭代地证明价值;⑤提升抽象层次;⑥持续地关注质量。有兴趣的同学可以找来更多的资料了解 RUP 的这些原则和思想。

1. RUP 的生命周期模型

已知,RUP 最重要的三大特点是:软件开发是一个迭代过程、由用例驱动和以构架设计(Architectural Design)为中心。

与 MSF 一样,RUP 强调软件开发是一个迭代模型(Iterative Model),如图 3-7 所示。RUP 定义了 4 个阶段(Phase):初始化(Inception),详细化(Elaboration),构造(Construction)和移交(Transition)。其中每个阶段都有可能经历处理工作流和支持工作流的各个步骤,只是每个步骤的高峰期会发生在迭代的不同阶段。例如开发实现的高峰期主要发生在构造阶段。实际上这样的一个开发方法论是一个二维模型。这种迭代模型的实现,在很大程度上提供了及早发现隐患和错误的机会。而这个二维模型,与微软公司的MSF 模型是何其相似。

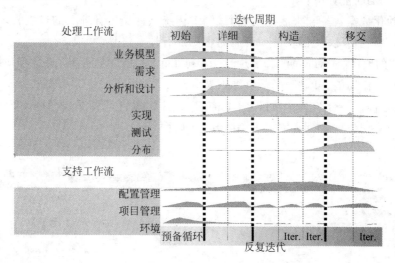

图 3-7 RUP 的生命周期迭代模型

2. IBM 的 Jazz 平台

Jazz 是 IBM Rational 面向软件交付技术的下一代协作平台。Jazz 平台专门面向全球化和跨地域团队开发,通过这一全新的平台,地理上分隔的开发人员将能互相协作,共同构建软件。从而使得软件交付实现更加协作化、高效率和无缝衔接。可以把 Jazz 技术看成是一个可扩展的框架,可以动态集成和同步与软件开发项目相关联的人力资源、开发过程以及其他资产。

Jazz 是一个技术平台,而不是一个具体的产品。基于 Jazz 平台构建的产品将能为团队软件开发和交付提供一个丰富的功能集合。Rational Team Concert 产品家族,如 Rational Team Concert Express-C,Rational Team Concert Express 以及 Rational Team Concert Standard Editions 将会是第一个基于 Jazz 技术构建的产品工具集。

Jazz 使用一种名为"开放商业软件开发"的新形式进行开发。在传统商业开发流程中，新产品或新版本发布前，客户基本上无法了解产品的情况。与此不同的是，Jazz 的开发工作在 Jazz.net 以开放的方式进行。这种开放性和透明性的好处在于，它允许客户成为持续反馈循环的一部分，以便推动开发决策。您可以通过 Jazz.net 了解开发工作的进展情况，并可以下载 Jazz 最新的构建版本，亲自体验 Jazz 带给您及您团队的协作开发新体验。

3. 基于 RUP 的 IBM Rational Team Concert（RTC）产品

IBM Rational Team Concert（RTC）是构建在 IBM Rational 面向软件交付技术的下一代协作平台 Jazz 上的第一个商用产品、一个协作式的软件开发环境，它包含了集成的源代码控制、工作项管理和构建管理等功能。

RTC 是一个可实时相互协作的软件交付环境，可以帮助跨地域分布的开发团队简化协作开发过程，并使其软件交付过程实现自动化管理，如基本的软件版本控制、工作空间管理和平行开发支持。目前，RTC 有 Standard、Express 和 Express-C 版本，适用于小型或中型开发团队，可以帮助项目团队简化、自动化和监管软件交付流程。

RTC 提供的功能如下：

（1）自动化数据收集和报表的功能，减轻了传统软件交付管理上的过度管理问题。

（2）实时监控功能，使得软件项目的监管更加有效。

（3）动态的项目配置（Dynamic Project Provisioning）功能，增强了团队在立项前期的生产力。

（4）实时协作功能，可显著降低资源浪费和返工。

RTC 通过提供整合的工作项目、版本构建、软件配置管理和 Jazz Team Server 提供的协作基础设施，如图 3-8 所示，增强了团队开发的能力。

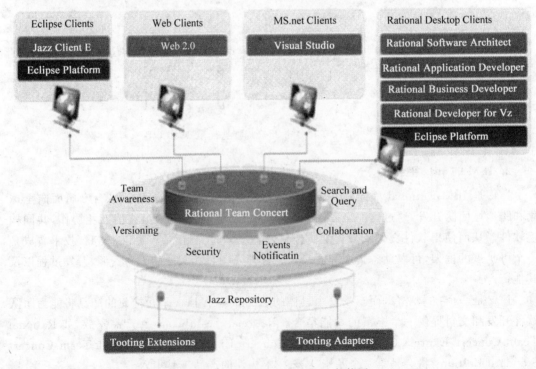

图 3-8   Rational Team Concert 架构图

3.1.4　MSF 与 RUP 的比较

　　MSF 将过程模型分为两个不同却相互叠加的模型——"团队模型"和"过程模型",分别描述了软件生命周期中的团队和活动。"团队模型"定义了在项目中工作的角色及其各自的活动和职责,而 MSF 过程模型则将生命周期分为构想、计划、开发、稳定和部署 5 个阶段,每个阶段都描述了一组副产品和应该达到的里程碑。每次经历完 5 个阶段后,便发布一个版本,称为一次迭代。两个模型的叠加,就是 MSF。

　　RUP 用一个二维结构描述开发过程。横轴代表了 RUP 的动态结构,用迭代的 4 个阶段表示软件开发的生命周期。纵轴代表了 RUP 的静态结构,即每次迭代都包含商业建模、需求、分析与设计、实现、测试、部署、配置和变更管理、项目管理、管理环境 9 个流程,每个流程都包含角色、活动、任务和工件等元素。在迭代的末尾,会得到这次迭代的里程碑,而在每个阶段的末尾,会得到阶段里程碑。阶段、迭代和 9 个流程的集合组成了完整的基于 RUP 的软件开发过程框架。

　　不论是从各自的原则、流程与活动,还是从模型的角色、过程这两个维度看,MSF 与 RUP 在本质上是十分相似的,所不同的仅仅是细微的语言描述方法而已。相同或相似并不奇怪,因为这两家大公司不论其市场、产品或企业文化有多么的不同,但其软件开发过程,都必须遵循软件生产所特有的规律。两者之间的差异分析,此处不再赘述。

3.2　交付过程模型的结构与关键行为

　　真正把上述模型变成实际行为的是模型所规定的任务、工作产品、角色与活动,而把这些组织在一起的是流程。图 3-9 所示为 MSF 模型的主要行为结构。

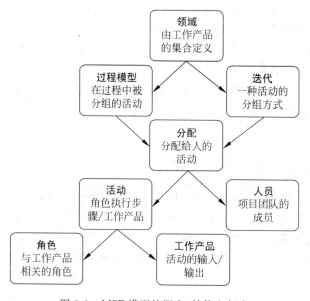

图 3-9　MSF 模型的概念、结构和行为

3.2.1　工作项与工作产品

在《现代软件工程》中,介绍了"配置管理"。实际上,VSTS 与 Jazz 本质上都是软件过程的"配置管理"工具,是配置管理在各自平台上的具体实现。

要实现一个软件过程的配置管理,首要的问题是管理什么? 即如何定义配置管理系统中的"配置项"? 尽管在各自的系统中,对"配置项"——这个最小的过程管理单位的名称定义有所不同,但作为过程管理工具,其本质并没有太大的区别。

知道了配置项,才能理解 VSTS 或 Jazz 是如何通过对"配置项"的定义、跟踪,进行过程管理的。

在 VSTS 中,配置项被称为"工作项",与配置管理中定义配置项的 4 大类型不同,VSTS 工作项的范围更广,可以是任务、缺陷、场景、风险、服务质量、需求等,所有你认为是一个"工作"的项。对于初学者来说,这一点未免有点难于把握。

工作项在某个时间点上可能会产生一个结果,这在配置管理中称为"中间制品",在VSTS 中是"可交付的产品",关键可交付产品构成了里程碑的基线。而 RUP 定义了三种不同类型的"工作产品":可交付的产品、工件和结果。在 RUP 中,工作产品总是任务的结果,其中包含任务将如何执行的细节,而对于 VSTS,工件是阶段的结果。这只是分别定义了不同阶段的工作成果,并给它们取个不同的名字而已。

3.2.2　角色

MSF 的 8 个基础原则之一是:清晰的责任,共同的职责。MSF 将工作进行中需要共同承担的职责和确保工作如期完成需明确的工作责任结合起来。MSF 团队模型基于这样一个前提,即团队中的每个角色都代表了对项目的一种独一无二的观点,但是没有哪个个人能够完全代表所有的不同质量目标。为了解决这一问题,MSF 团队模型把对各种利益相关人的清晰角色职责与实现这个项目成功的整个团队的责任结合起来了。

MSF 的团队模型中有 6 个角色,通称"团队角色",是基于多组活动的,而 RUP 中所描述的角色是基于职责的,RUP 针对每个流程的活动和任务,都定义了合适的角色执行。因此,RUP 的角色种类繁多,远远超过 6 种。尽管有这些差别,但执行两个框架之间的角色映射也是可能的。可以将 MSF 的一个角色映射为 RUP 中的多个角色。所以,这不存在本质的区别。

3.2.3　流程

流程是对软件过程的进一步细化的划分。对于 MSF 而言,流程按"粒度"由粗到细地定义,包括生命周期阶段、里程碑、状态和基线。并根据任务方面的不同,进一步划分为项目管理流程、风险管理流程和就绪管理流程等。由于这些流程并不单纯地只是一些时间和阶段的定义,还包括角色责任、里程碑目标、交付成果规定等内容,因此有些教科书上把流程也称为规程,意为有规定内容和要求的流程。RUP 将流程与开发过程的"步骤"相关联,并被分为不同的主题,包括开发流程(处理业务流)和管理流程(支撑业务流)两大部分。开发流程有商业建模需求、分析与设计、实现、测试、部署等核心开发流程。管理流程有配置和变更管理、项目管理、环境 3 大核心管理流程。

3.2.4 活动和步骤

工作项再细分,是活动和步骤。两个框架的活动和步骤之间没有直接的映射。RUP 中的一个"活动"与工作流相关联,该工作流由任务或其他活动组成。RUP 活动中每项任务的步骤都很详细。这意味着,在 RUP 中,拥有关于过程将"如何"执行的大量细节。对于每个活动,可以深入到任务、角色和步骤的更多细节上。RUP 使用活动图来表示阶段、规程以及活动的工作流,这些工作流表达了各种元素的逻辑步骤。这是 RUP 所标榜的"特色"和优势。

MSF 没有对活动作更多的描述,只是粗略地介绍了过程模型、项目管理规程、风险管理规程和就绪管理规程的几个步骤。

3.3 为实训项目搭建 VSTS 平台

在本课程中,使用的平台是微软的 VSTS。希望有时间和精力的同学,同步尝试微软的 VSTS 和 IBM 的 Jazz 平台,看两者有什么相同和不同,这样可以加深对软件过程管理的理解。

3.3.1 VSTS 的逻辑结构与物理结构

VSTS 的逻辑结构由数据层、应用层和客户端层组成,如图 3-10 所示。

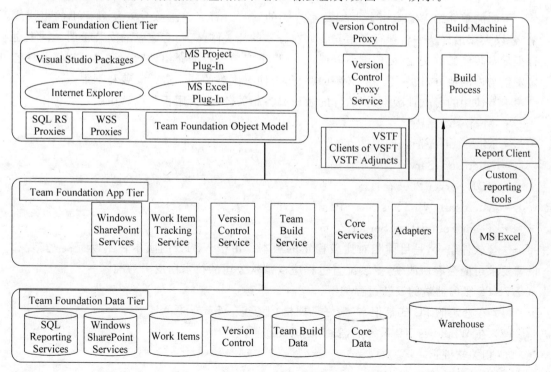

图 3-10 VSTS 的逻辑架构

（1）数据层：包含 Microsoft SQL Server 2005,后者可存储工作项、受版本控制的源文件、测试结果以及其他项目指标。

（2）应用层：由基于 Web 的、与 Internet 信息服务集成的前端应用程序组成。这些应用程序包括 SQL Server 2005 Reporting Services、Team Foundation Core Services 和 Windows SharePoint Services。此外,应用层还承载 Team Foundation Windows 服务。Team Foundation 应用层还包括 Team Foundation Build 和 Team Foundation Server Proxy。

（3）客户端层：包含团队资源管理器 Team Explorer,后者可用作独立应用程序,也可与 Visual Studio 2005（Visual Studio 2005 速成版除外）集成。客户端层还与 Microsoft Office Project 2003 和 Microsoft Office Excel 2003 集成,项目经理可用它们来查看项目信息并将该信息发布到 Team Foundation Server。

VSTS 的物理结构主要考虑数据层和应用层服务器分别是单服务器,双服务器甚至是多服务器构成。由于实训条件的限制,同学们将采用最小的配置：把数据层、应用层以及客户端软件,全部装在同一台 PC 或笔记本上。即在 Microsoft 操作系统（本书以 XP 系统为例）下,安装客户端软件,同时,借助"虚拟机"软件,在同一个 XP 系统下,安装 Team Foundation Server 及数据层和应用层（服务器端）软件,并使之相互通信。这样做的优点是人人都有服务器和客户端,都可以在上面实践一下；缺点是可能有的同学的 PC 或笔记本配置比较低,速度会比较慢。老师则安装一台 TFS 服务器,同学们的任务最后都需要提交到这台服务器上。

3.3.2　安装 VSTS 系统的服务器端

下面简单介绍 VSTS 服务器端及客户端的安装过程。为了减少安装过程中的出错概率,建议大家最好从一台裸机开始安装。在微软的相关网站上,有完整的安装手册。网上也有很多安装经验的交流（可信度不能保证）。以下安装过程的介绍,结合了上述资料,并在容易发生错误的地方,增加了一些必要的解释,方便有困难的同学进行安装和配置。

本节使用的各软件版本是（软件的版权属各相关公司,请用正版或试用版）：

- Microsoft XP；
- Microsoft Virtual PC 2007；
- Microsoft Server 2003；
- SQL Server 2005；
- Microsoft Windows SharePoint Services 2.0；
- Team Foundation Server 2005。

这套软件组合,是目前相对比较稳定的版本。由于 VSTS 的版本在不断提高,安装和设置要求可能会有所改变,安装配置过程应以微软公司的技术白皮书为准。

VSTS 服务器端的安装过程如下：

（1）在选定的 PC 或笔记本（最好是裸机）上安装 Microsoft XP。

（2）在 Windows XP 系统下,安装虚拟机：

① 相关软件：

- Microsoft Virtual PC 2007 setup。
- Microsoft Virtual PC 2007 简体中文语言包。

② 安装 Microsoft Virtual PC 2007。

③ 安装 Microsoft Virtual PC 2007 中文补丁。

④ 启动虚拟机。

在虚拟机操作菜单下,选择安装附加模块,附加模块的功能是对虚拟机的控制与虚拟机在同一个桌面上,省去鼠标在两套系统之间来回切换的麻烦。

(3) 在虚拟机上安装 Microsoft Server 2003。

① 相关软件:

Microsoft Server 2003。

② 安装 Microsoft Server 2003(光盘或 ISO 镜像)。

选择工作组服务器,不要选域服务器。

③ 解决按 Ctrl+Alt+Del 键进入服务器界面的问题:

- 改为右 Alt+Del 键,原来的组合键将启动任务管理器。
- 在虚拟机控制台的虚拟磁盘向导下,将主机硬盘上的某文件夹设置为虚拟机可共享的文件夹,以便以后在虚拟机上安装软件。
- 设置虚拟机(服务器)与主机使用相同的网卡,但定义一个新的网址,并允许服务器上网(可能需要手动安装驱动程序,视 PC/笔记本硬件的差异)。

④ 运行 Microsoft Server 2003 补丁密钥(.reg 文件),解密钥(否则无法打 SP2 补丁)。

⑤ 安装 Microsoft Server 2003 SP2 补丁。

将补丁文件 WindowsServer2003-KB914961-SP2-x86-CHS 复制到服务器本地硬盘,然后再安装。

⑥ 单击:服务器的"开始|我的电脑",选择"管理/本地计算机管理/本地用户和组"项,选择用户,为安装 TFS 创建其必须的用户,这些用户分别为:

- 安装用户 TFSSetup。
- 服务用户 TFSService。
- 报表用户 TFSReports。

注意:这里的服务器名、特定用户名以及密码,可以使用微软公司推荐的名称,也可以自己命名并设定密码。但是,为了便于课程作业和状况的检查,老师在这里将统一规定一个服务器的命名规则(如规定为 Server××××××,×为学号。)否则,操作起来将非常麻烦。

⑦ 在组中,将 TFSSetup 添加到 Administrators 组中,至于 TFSService,TFSReports 是否必须添加到 Administrators 组,微软公司手册不建议这样做,因为存在可能的安全风险。但如果你的团队不是很大(授权不区分),这样做也未尝不可。

(4) 安装 IIS 6.0(启用 IIS 服务)。

① Windows Server 2003 默认安装,是不安装 IIS 6.0 的,需要另外安装。安装完 IIS 6.0,还需要单独开启对于 ASP 的支持。

② 使用"控制面板"中的"添加/删除程序"项"添加/删除 Windows 组件",选择添加"应用程序服务器"项。

③ 启用 IIS 服务。

选择"控制面板"→"管理工具"的中"IIS(Internet 服务器)"项,并选择"Web 服务扩展"项。

- 将 Active Server Pages 的选项"禁止"修改为"允许"。

- 将"在服务端的包含文件"的选项"禁止"修改为"允许"。
- 不要选择"FrontPage 服务器扩展"。

（5）安装 SQL Server 2005 企业版。

① 先安装. Net Framework2.0

安装程序：Microsoft . NET Framework 2.0 SP1.exe

② 安装 SQL Server 2005 企业版

在"要安装的组件"页上选择下面的组件，然后单击"高级"

- SQL Server Database Services；
- Analysis Services；
- Reporting Services；
- Integration Services；
- 工作站组件，联机丛书和开发工具。

注意：Team Foundation Server 不需要 Notification Services。

③ 在"功能选择"页上，展开下面的节点并指定以下选项。

- 在"Database Services"之下单击"复制"的图标，并选择"整个功能将可用"。
- 在"客户端组件"下，唯一需要安装的功能是"管理工具"，对于"客户端组件"下的所有其他项，可以选择单击图标并选择"整个功能将不可用"。
- 在"文档、示例和示例数据库"下，可以选择单击"联机丛书"的图标并选择"整个功能将不可用"项。
- 单击"下一步"按钮。

④ 在"实例名"页上，选择"默认实例"，然后单击"下一步"按钮。

⑤ 在"服务账户"页上，选择"使用内置系统账户"并从列表中选择"本地系统"。在"安装结束时启动服务"中，选择所有服务：SQL Server，SQL Server Agent，Analysis Services，Reporting Services 和 SQL Browser，然后单击"下一步"按钮。

⑥ 在"身份验证模式"页上，选择"Windows 身份验证模式"，然后单击"下一步"按钮。

⑦ 在排序规则设置中，不做任何改动（只有区分重音被选择），Team Foundation Server 不支持如下排序规则：不区分重音、二元、Binary2、区分大小写。

⑧ 在"报表服务器安装选项"页上，选择"安装默认配置"，然后单击"下一步"按钮。

⑨ 选择安装，开始安装，直到完成。

安装 SQL Server 2005 企业版补丁。

在服务器上的所有程序下，打开/Microsoft SQL Server 2005/配置工具/SQL Server Configuration Manager（SQL Server 配置管理器），单击"SQL Server 2005 服务"项，在右表中，右击"SQL Server 浏览器服务"，然后单击"停止"。

将 SQL Server 2005 企业版补丁程序 SQLServer2005SP2-KB921896-x86-CHS 复制到本地硬盘并运行，其中不需要修改任何设置。

安装完成后，在"SQL Server 配置管理器"中右击"SQL Server Browser 服务"，然后单击"属性"；在"服务"选项卡上找到"启动模式"，然后选择"自动"；在"登录"选项卡上，单击"启动"；

验证安装：

打开 SQL Server 配置管理器，选择"SQL Server 2005 服务"，验证右表中每个服务都有一个指示服务正在运行的绿色箭头。

选择"SQL Server 2005 网络配置",单击"MSSQLServer 的协议",然后验证是否启用了"TCP/IP"和"NAME",如禁用则改为启用。

更改权限：

在服务器上的所有程序下，打开/Microsoft SQL Server 2005/SQL Server Management Studio 选择连接对象资源管理器，点击连接。

在安全性/登录名下，找到机器名\Administrators→属性→用户映射→选中 ReportServer 和 ReportServerTeamDB。否则安装 TFS 会报 ReportService 权限错误。

（6）安装 Microsoft Windows SharePoint Services。

① 运行 WSS 2.0 安装程序 stsv2。

② 在"安装类型"中，选择"服务器场"，单击"下一步"按钮。

③ 安装完成时，会弹出一个 Web 浏览器窗口，并显示"配置管理虚拟服务器"页。确认该页显示后，不要进行任何更改，关闭该浏览器窗口。

④ 安装 Microsoft Windows SharePoint Services 的补丁程序：WSS 2.0 补丁（解压密码：@YFZ♯sB）。

⑤ 重启计算机后，验证 WSS 2.0 的安装。

打开 Internet Explorer 并键入相应的服务器名称作为地址，如 Http://服务器名，虽然未配置站点，但服务器是活动的，Web 服务器将提示"建设中"页面，则安装成功。

（7）安装 Team Foundation Server 2005。

① 解压 chs_vs_2005_tfs_trial.iso 文件，运行 SETUP.EXE，启动"Visual Studio Team Foundation Server 2005 安装向导"。

② 选择安装 Team Foundation Server。

③ 单击"单服务器安装"。

④ 在"系统状况检查"页上，单击"报告"链接，出现如图 3-11 的界面。

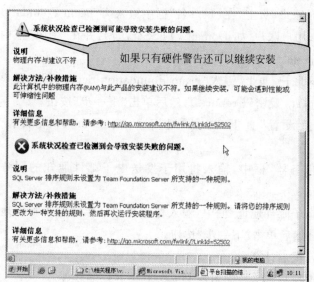

图 3-11 出现阻止或警告信息

　　检查是否有任何警告或阻止,应当先解决阻止和警告,再继续安装;如果只出现如:内存不足这样的黄色硬件警告,暂时没有办法改善的话,还可以继续安装下去。而出现红色阻止信息,则安装程序自动阻止你继续安装,必须排除问题,才能继续。直到出现如图 3-12 的界面。

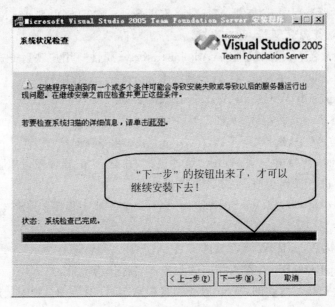

图 3-12　系统状态检查页

　　⑤ 在所有阻止"故障"中,最容易导致错误的是排序规则设置。如果你看微软的一页纸安装说明还是不明白的话,请回忆在这个步骤(安装 SQL Server 2005 企业版的步骤(6))时的要求:在排序规则设置中,不做任何改动(只有区分重音被选择)。如果你不是这样做的,那么,对不起,可能最快、最简单的方法,是从裸机开始,重新安装。

　　⑥ 在"服务登录账户"页上,在"账户名"框中输入为 Team Foundation Server 服务账户创建的 Windows 域用户账户(如 Domain\TFSService),并在"密码"框中键入密码 service,然后单击"下一步"按钮。

　　⑦ 在"报告登录账户"页上,键入 Team Foundation Server 报告账户的账户信息(如使用 Domain\TFSReports 及密码 reports),然后单击"下一步"按钮。

　　⑧ 在"指定警报设置"页上,选择"启用 Team Foundation 警报",然后键入以下信息:

- 在"SMTP 服务器"框中,输入将用于发送电子邮件通知的服务器的名称:smtp. seu. edu. cn。
- 在"发件人电子邮件地址"框中,输入作为通知来源的电子邮件地址的名称:zhjh@ seu. edu. cn,然后单击"下一步"按钮。

　　⑨ 安装完成后,重启计算机。

　　⑩ 在服务器(虚拟机)上,暂时可不必安装其他客户端软件。

　　⑪ 在 Internet Explorer 中,输入 http://localhost:8080/services/v1. 0/Registration.

asmx,看到如图 3-13 出现,说明 TFS 服务器已经启动。

图 3-13　服务器已经启动

至此,VSTS 的服务器端 TFS 的安装,就完成了。

3.3.3　安装 VSTS 系统的客户端

1. VSTS 的客户端安装

(1) Team Foundation 客户端层由团队资源管理器组成,团队资源管理器可以作为独立应用程序使用,也可以和 Visual Studio 2005(Visual Studio 2005 Express Edition 除外)集成在一起。客户端层还可以与 Microsoft Office Project 2003\Microsoft Office Excel 2003 集成,项目经理使用这两个产品可以查看项目信息并将该信息发布到 Team Foundation Server。

(2) 团队资源管理器作为独立应用程序使用——不与 Visual Studio 2005 集成的安装:

在服务器/客户机上,直接安装"团队资源管理器":运行 VSTS2005setup,在安装程序界面上,选择安装"团队资源管理器"。

(3) 与 Visual Studio 2005 集成(客户机上)的安装。

先安装 Visual Studio 2005,再安装"团队资源管理器",方法同上。

(4) 不论集成与否,安装完成后,在服务器/客户机(相同)的 C:\WINDOWS\system32\drivers\etc\hosts 中,加入服务器的域名解析。

① 如我 TFS 服务器(虚拟机)IP 地址是 172.16.1.154,TFS 服务器名是:server2003,则在 hosts 里加入:172.16.1.154 server2003。

② 打开"团队资源管理器"(Visual Studio 2005),在"工具"→"选项"→"源代码管理"→"当前源代码管理插件"→选择 Visual Studio Team Foundation Server,此时可以看到连上了服务器。

2. 练习:在服务器上,创建二个新的团队项目

(1) 启动服务器(客户机相同)上的"团队资源管理器"。

(2) 在文件/外部资源管理选项下,选择连接到 TFS 服务器:Server 2003。

(3) 连接运行 VSTS2005setup,在安装程序界面上,选择安装"团队资源管理器"。

(4) 在文件选项下,选择"创建团队项目",创建团队项目 1、2(要耐心等待,视硬件条件而定):

① 给项目取一个名字、选择 CMMI 模型、加一点说明。

② 创建项目 2,选择敏捷模型,也写一点注释。

（5）在视图中，打开团队资源管理器，展开"＋"的那些项，你看到了什么？

（6）在团队资源管理器视图中，应该看到如图 3-14 和图 3-15 的两个新项目。

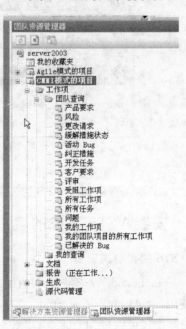

图 3-14　VSTS 创建的敏捷过程　　　　图 3-15　VSTS 创建的 CMMI 过程

3.4　使用 VSTS 定义项目

到目前为止，平台已经搭建起来了。就要开始为实训项目动手工作了。首先要做的第一件事，就是在 VSTS 上定义实训项目的工作项，然后，再用已定义好的这些工作项对项目进行跟踪和管理。

3.4.1　在 VSTS 上定义项目

在 3.3.3 小节中，请大家安装 VSTS 的时候作为练习，创建两个"假想"项目，一个是 Agile（敏捷）模式的项目，另一个是 CMMI 模式的项目。当创建这两个项目时，只选择了过程模型（敏捷或 CMMI），并给项目取了一个自己的名字，并没有做其他任何事情。VSTS 就自动地分别创建了这两个项目的过程模型（包括定义了两种不同类型的工作项）。其实，看一下定义好的工作项，那里面基本没有任何实质内容。实际上，只是一个空的"框架"（当然，连这个框架也是可以自己定义的，有兴趣的同学可以更深入地尝试一下）。

有趣的是，对比一下 VSTS 所创建的敏捷和 CMMI 两种模型（见图 3-14 与图 3-15），可以发现，此时敏捷与 CMMI 的差别，远没有软件工程理论领域有关两种方法论争论的"南辕北辙"——两个极端那么大。

VSTS 在两种模型分类之下，还有更细的差别，VSTS 的敏捷过程有 5 种，CMMI 过程有 7 种类型的工作项，当深入学习了之后，就会知道它们之间的差别到底在哪里？这时，也可以自己定义/裁减/修改工作项的"模板"。

3.4.2 使用团队资源管理器定义项目的工作项内容

在客户端,用团队资源管理器,找到服务器上定义的项目,看一下 VSTS 预制了哪些工作项。每个工作项的含义是什么?

敏捷模型定义了以下一些工作项:

(1) Bug:任何的活动都是 DeBug,所以,Bug 的状态是:新的、活动的、已解决、已关闭。

(2) 方案:取代用例,描述项目角色的目标。

(3) 服务质量要求:主要专注与功能需求之外的用户体验、安全性、性能等。

(4) 工作项/任务。

单击"我的工作项",可以查询团队中,属于我自己的任务和状态,如图 3-16 所示。

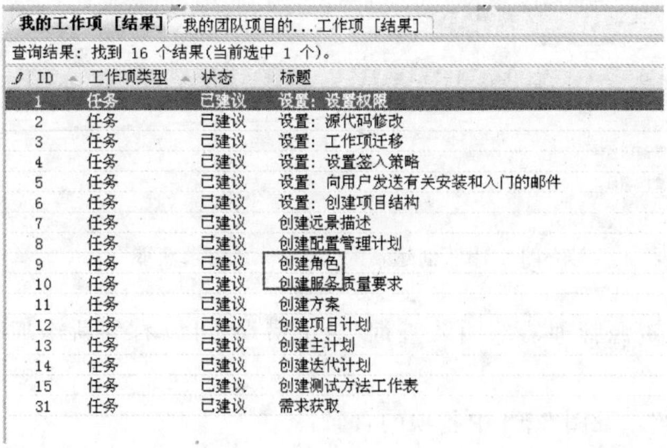

图 3-16 我的工作项

在"我的工作项"下,选择一个具体的任务,如在图 3-16 中红色框显示的"创建角色",得到如图 3-17 所示的查询结果:

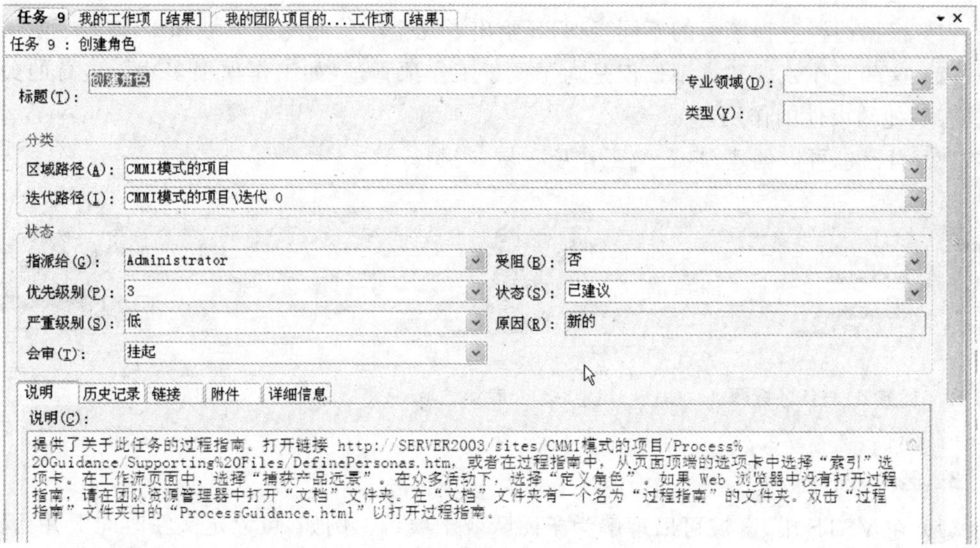

图 3-17 我的工作项中"创建角色"任务

可以看到,VSTS 的工作项是由哪些内容构成的,这对了解 VSTS 管理软件的过程非常重要。

在团队菜单下,选择"添加工作项/任务",VSTS 会增加一个新任务(如图 3-18 所示的任务号 31),需要填写:

(1) 任务标题:需求获取。

(2) 选择专业领域:分析。

(3) 选择类型:纠正措施。

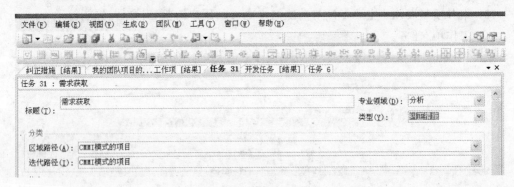

图 3-18　创建新的工作——"需求获取"

双击右边团队资源管理器的团队查询/纠正错误,可以看到新添加的"需求获取"这个任务。

下面,简单介绍一下图 3-18 中各项的含义:

1. 任务 ID 与任务标题(图 3-19)

(1) 任务 ID 是项目给任务的唯一编号(类似 WBS 号),是项目数据库的唯一索引键。

(2) VSTS 支持并发多任务(一个任务属多个项目等)。

2. 专业领域与类型(图 3-20、图 3-21)

(1) 根据选择过程模板的不同,VSTS 给出了几个默认的专业领域和工作项类型。

(2) 这些工作领域和类型仅仅是为了便于工作项管理(如工作项很多)时,进行的分类,不具有其他约束性的作用。

(3) 自己也可以创建/自定义工作项领域/类型。

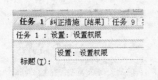　　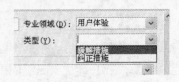

图 3-19　任务 ID 与任务标题　　　图 3-20　专业领域　　　图 3-21　专业类型

3. 区域(图 3-22)

(1) 在 VSTS 中,区域可以理解为子团队或子项目。例如,可以定义在时间上并行实施的硬件安装和软件开发,为两个不同的区域,也可以是生命周期中的需求、设计、编码、测试、运行等。在同一个时间区域内,进一步划分为迭代。

(2) 目前,VSTS 的区域设置是空白,可以自己定义区域名称。

4. 迭代(图 3-23)

(1) 在 VSTS 中,迭代是一个时间关联,因此是一个项目时间的组织方式。

(2) 在甘特图上,可以看到两个任务之间的 4 种重叠关系(参见项目时间管理的相关概念)。

(3) VSTS 为敏捷/CMMI 过程默认设置了迭代周期,每个周期的名字和含义如下:

① 迭代 1:计划和设置项目。

② 迭代 2-迭代 N:计划、开发和测试应用程序。

③ 最后一次迭代:开发、测试和发布产品。

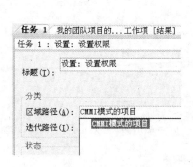

图 3-22　区域路径与迭代路径

图 3-23　迭代周期

5. 状态(图 3-24)

状态信息是 VSTS 过程管理的重要内容,状态可以看成是更小的里程碑、是表现"过程性"变化的最主要特征。在第 6 章介绍"签入签出"的时候,就会看到,签入签出行为是如何影响状态的变化的。

图 3-24　状态

相关状态信息的含义与意义如下:

(1) 状态信息与任务的责任者相关联。

(2) 受阻/优先级/严重程度等不同的状态,决定了进度、报警信息中的程度,所以状态信息是任务生命周期更小的控制单位。

如果需要,你当然可以选择和定义更多、更详细的状态值,VSTS 默认支持的状态定义如图 3-25 所示。

从 RUP 的状态转移图(如图 3-26 所示)就可以知道,在配置管理系统中看软件过程,也就是需求/变更"状态"的转移过程。

图 3-25　可选择的状态

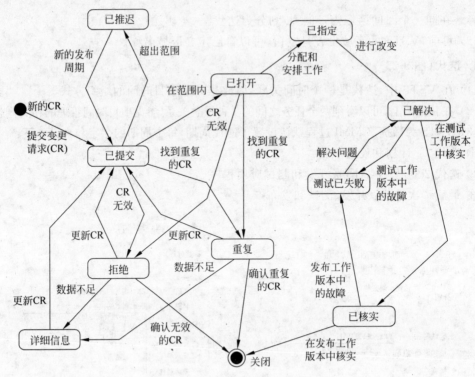

图 3-26　RUP 的状态转移

6. 其他信息

在 VSTS 中,其他信息有时甚至更为重要,下面简单介绍一下各项内容的含义:

(1) 说明:说明是有关任务的注释,由所有者写入,如图 3-27 所示。

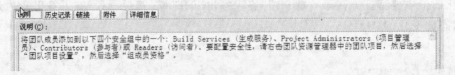

图 3-27　其他信息(1):说明

(2) 历史记录:是有关任务被修改的记录(时间/内容),由系统自动产生,且受权限管理,无权限者不得修改。这是系统安全和"信息忠实可信"的保证,如图 3-28 所示。

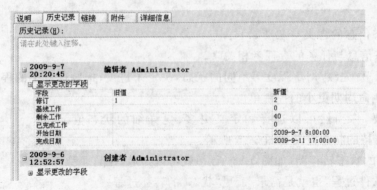

图 3-28　其他信息(2):历史记录

（3）链接（如图 3-29 所示）是过程管理的一个非常重要的方法——建立任务关联。

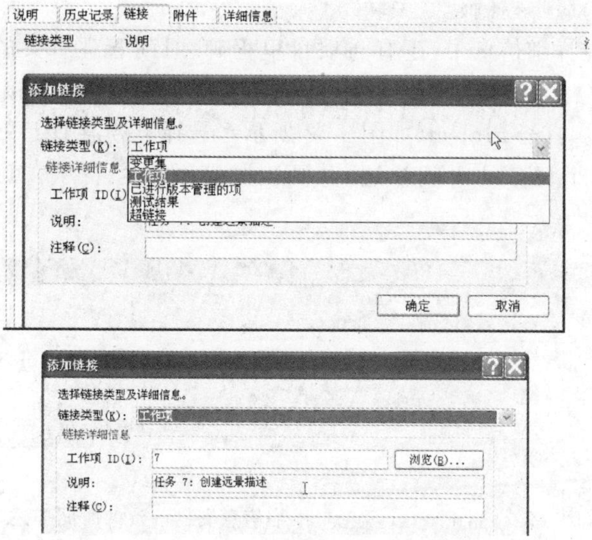

图 3-29　其他信息（3）：链接

① 链接类型是选择与之关联任务的一个分类（便于选择）。

② 工作项是被链接的工作，由链接构成了任务链，也就是软件生产的"流水线"。

（4）附件（如图 3-30 所示）：作为软件开发过程的有形资产的真正工作产品（如需求文档、执行程序、数据和过程文件），则作为任务的附件，放在相关任务附件夹中。

图 3-30　其他信息（4）：附件

（5）详细信息（图 3-31）。

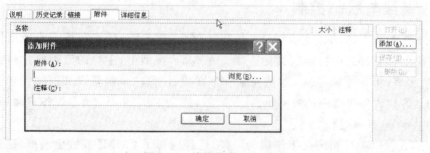

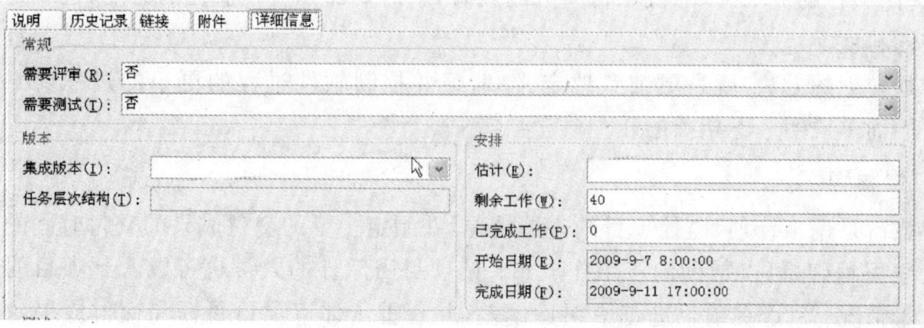

图 3-31　其他信息（5）：详细信息

① 评审/测试：与相关任务建立关联，是/否进行评审。

② 版本标志：与版本控制建立关联。

③ 进度安排：在详细信息中，还有与项目里程碑、时间管理有关的信息，在这里，可以看到，VSTS是如何与具体工作产品相关联的？它又是如何直接或间接地进行版本控制、进度控制、状态控制的。打开Project（如图3-32所示），选择服务器上定义的这个项目，也能从Project上，看到了这个任务的时间描述，并画出甘特图。这个方法就是项目经理的常用工具。

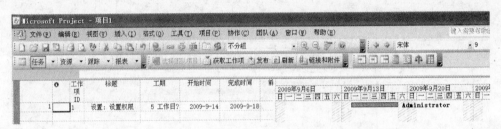

图 3-32　用 Project 可见与详细信息安排一致的时间描述

在 Project 上可以看到 VSTS 的项目进度，是验证你的 VSTS 安装和设置是否正确的一个好办法。

3.5　为项目定义基线与状态

3.5.1　基线与状态控制

在 3.2.3 小节中，简单介绍了 MSF 流程的概念（与 RUP 的流程概念有所不同），流程是 MSF 模型下，软件过程控制的具体手段。在 MSF 模型中，主要的流程要素包括生命周期阶段、里程碑、状态与基线等。这些要素分布在项目管理、风险管理和就绪管理等若干领域。它们就好比软件生命中的每一年、月、分、秒，或是工作、生活、学习等各方面，是进行过程控制的基本"度量"单位。

在 VSTS 创建项目和定义工作项的时候，已经选择了 CMMI 或敏捷模型，这就为我们的项目，选择了主要的生命周期阶段和主要的里程碑与阶段交付产品。但是，仅仅有这几个"控制点"是远远不够的，过程管理与控制的"力度/粒度"太粗。如果需要加大管理的精细程度，以提高项目的成功率，降低项目失败的风险，就需要加大过程监控的力度，也就是增加过程监控的粒度。

增加粒度的方法，就是更细致地定义、监督并控制软件过程的更小的过程要素——状态。下面简单说明一下相关的几个概念：

1. 里程碑

里程碑是用来计划、监控项目的进展情况，并制定主要的交付成果的交付时间的。在项目中设立里程碑，可以帮助同步工作成果；使项目团队外的人员也可以看到项目的进展情况和质量情况；也可在项目进行中纠正偏差，并着重于评审项目目标和交付成果。当增加阶段性的审批环节后，只有在审核通过后，才进入一下一个阶段。

2. 交付产品

交付产品是软件开发过程到达一个预订里程碑阶段后,项目团队必须完成并提交的一个"可视"的、可检查,在某些程度上(如按 CMM 四级/CMMI 三级)甚至要求是可量化度量的工作成果。例如,在开发阶段的交付产品包括解决方案代码、构造版本、培训材料、文档、部署过程、运营过程、技术支持和疑难解答、营销材料、更新的主项目计划、进度表和风险文档等。

3. 基线与状态

在软件工程环境中,基线是指在软件开发过程中的某些特定的里程碑的特定状态,例如,是一项或多项经过正式的技术评审并一致认同的工作产品的提交完成——项目开发过程的工作产品,经过正式评审并被相关人员一致同意,可以作为以后项目开发的基础。对已经基线化工作产品的修改,必须要通过正式的变更控制流程。

开发过程可以根据领域(如需求、构架、编码、测试或产品管理、项目管理、技术管理等),定义并控制不同的基线如下:

(1) 功能基线,主要关注用户需求的满足和实现情况。

(2) 进度基线,主要关注任务的工作产品提交时间和进度情况。

(3) 质量基线,主要用于控制测试和质量过程情况。

(4) 产品基线,用于系统迭代开发与版本集成情况。

在软件企业里,配置管理委员会(CCB)按照不同的基线,对整个项目的进程,进行控制和把握,配置管理员负责把符合基线要求完成的构件,放进配置管理库中,并构建系统,标注版本。这样确保了整个软件过程的基线化控制和管理。

状态反映了基于上述基线化管理方式中,某个基线点的当前情况。将在第4章中具体看到需求基线的定义,以及管理方法。

3.5.2 用 VSTS 设置项目的基线

VSTS 的基线管理体现在工作项的状态定义、变化跟踪、报告、警告等环节中。

1. 状态定义

图 3-25 中,为工作项定义状态,是 VSTS 基线管理的基础。这些工作项可能是重要的里程碑、关键时间或关键交付成果。这些工作项也可以被关联起来(图 3-29),构成基线。

2. 变化跟踪

在 VSTS 中,当某些工作项的"事件"变化发生的时候,如图 3-33 所示,系统可以通过报告和警告的形式,进行变化跟踪。VSTS 根据不同性质、不同预订的方式,通过电子邮件,向项目经理、相应责任者、开发者本人等不同对象,进行项目警告。警告触发,是基于订阅机制的。你可以自己定义并扩展项目警告的"事件"。

单击团队资源管理器中的团队项目,选择 Team/Project Alerts,可以得到图 3-33 中的页面,就项目层次而言,可以选择4种导致警告触发的事件。当然,VSTS 的警告类型和警告项目都是可以扩展的,这是 VSTS 更高层次的功能。

单击相关的复选框,并添加电子邮件地址,就设置了项目级的警告机制。

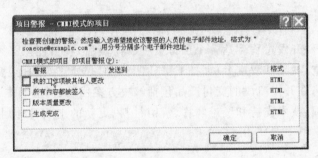

图 3-33　配置项目的警告信息

3. 监控与跟踪的活动

对于一些重要的活动,VSTS 可以提供监控和跟踪功能。例如,与时间和进度、预算和成本有关的活动,VSTS 提供了相应的检查点。通过对是否通过这些检查点(状态)进行度量,来评价这个项目的进度、质量、成本是否正常。你可以不管地检查这些点的状态,并与目标和期望值进行对比,这就是跟踪。

根据 MSF 定义的不同生命周期阶段如图 3-4 所示,需要重点跟踪的活动、检查点如下:

1) 构思阶段

(1) 工作内容:形成团队并产生一个远景描述,为团队确定项目范围。

(2) 检查活动:评审并确定项目的目标和范围。

2) 计划阶段

(1) 工作内容:创建详细的功能说明,风险管理计划和项目管理计划,确定估算。

(2) 检查活动:审查并接收文档。

3) 开发阶段

(1) 工作内容:开发出框架和解决方案,产生测试事件并验证解决方案。

(2) 检查活动:交付可操作的软件。

4) 稳定阶段

(1) 工作内容:解决方案已经全部被测试、BUG 已经移除,做好了发布准备。

(2) 检查活动:测试结果显示产品可以进入交付阶段。

5) 部署阶段

(1) 工作内容:解决方案已经被移到实际业务环境中,并接受用户评估。

(2) 检查活动:客户评估这个产品并标明是可接收的。

VSTS 并没有硬性指定这些活动和检查跟踪点,这需要靠你自己,通过对相应工作项、状态、变化标志的设置来实现。在第 6 章(代码开发阶段的软件过程控制与管理)中,将具体介绍这些状态变化的设置和如何导致告警的。

4. Team Foundation 报告

Team Foundation 报告使用了 SQL Server 2005 Reporting Services,为团队提供了整个系统范围和历史范围的项目关键指标的数据视图。这些数据存储在 Team Foundation 数据仓库中。这些报告包括红绿灯(红、黄、绿)报告,可以轻松地显示工作进展。例如,可以跟踪某个工作项,知道谁、在什么时候签出签入了什么源代码,Bug 的比率、测试有效率(测试覆盖率)、测试的有效性、代码的完整性、需求稳定性、针对时间的工作进度、团队的生产率其他重要信息等。这些报告都会被展示在团队项目的门户网站上,用浏览器或团队资源管理器来查看。

还可以使用微软公司的 Excel、Visual Studio 或 SQL Reporting Services 生产自定义的报告。例如,报告某个特定测试结果的历史;两个负载测试结果的区别;基于方案或需求的测试状态。如果想要建立更直观的视觉效果图,可以使用 SQL 2005 中的商业智能开发工具,帮助你建立如"立方图"、"维度图"这样的效果。

在第 4 章中,将以需求的基线管理为例,更进一步介绍基线管理方法。在第 6 章中,介绍更多的设置、报告方法。

3.6　创建门户与团队报告

在软件开发过程中,团队成员之间的沟通是非常重要的。美国麻省理工学院斯隆管理学院的托马斯·艾伦教授专门从事技术与研发管理研究,他对研发组织沟通的长达 10 年的一个研究中发现,就工程师而言,高绩效对照组具有更多利用内部咨询的趋势(托马斯·艾伦著《研发组织沟通》第 5 章:实验室内部沟通的重要性)。因此,软件过程支撑工具,无不把对项目组内(也不仅限于项目组内)的沟通支持作为重要的过程支撑能力和手段。

微软公司 MSF 的 8 个基础原则中,就有一个:推动开放式沟通。这种沟通存在于团队内部以及团队与关键利益相关人之间。开放的信息流不仅可以减少出现误解与成效耗损的频度,而且确保了所有团队成员可以降低项目周边环境中存在的不确定性。

VSTS 提供了多种沟通工具,最主要的就是团队项目门户。

3.6.1　打开团队项目门户

创建了团队项目以后,VSTS 自动为该项目创建了团队门户。Team System 的项目门户是基于 Windows SharePoint Services 的。

在 IE 或团队资源管理器上,手动输入 http://＜TFS 服务器名＞/sites/＜项目名＞就打开了 TFS 服务器上的一个名为＜项目名＞的团队项目门户(图 3-34),它是 VSTS 为＜项目名＞自动生成的一个项目门户。该网页显示了一个最典型的项目门户所具有的默认

图 3-34　团队项目门户

内容,包括文档、过程指南和报告。门户的主页包括了通知和链接。在门户上,只要具有相应的权限,你就可以访问与项目有关的一些关键指标数据,如构建生成、剩余工作、质量指示器和 Bug 比例等。

3.6.2　自定义并扩展团队报告

团队门户采用了微软公司 SharePoint Services 2.0 模板的固定格式,也可以自行定义和改变它。例如,可以上传文档、在门户上改变图形、添加 Web 部件、设置安全权限、配置链接、通知、联系人、事件、任务、问题、讨论板、调查等。

有关扩展功能的实现,可参考相关的 SDK 和 MSDN 的资料。

3.7　实训项目案例——ATM 扩展

在 3.4 小节,介绍了安装 VSTS 的过程,并模拟创建了两个项目。下面,将用 VSTS,真实地管理实训项目——ATM 扩展。这是在 VSTS 平台上,首次实际定义项目计划,并按照 VSTS 系统的要求,进行实际设置的过程。

3.7.1　定义前的准备

为了能在 VSTS 上创建项目,首先要根据 VSTS 的要求,将第 2 章编写提交的《项目计划书》中的"项目进度计划"进行细化。

细化的工作如下:

(1) 确定团队项目的工作项:为实训项目选择一个 VSTS 的交付过程模型——CMMI/敏捷,对系统默认定义的工作项进行增加和删减,使之适合你自己的过程管理要求。

(2) 在对工作项的内容进行详细定义之前,需要细化已提交的《项目计划书》的内容,因为在《项目计划书》中"项目进度计划"所确定的交付时间、角色任务、交付成果等,都是非常"粗"的,现在需要具体化,具体到时分、人、交付物(文件名)等。

(3) 根据细化后的《项目工作计划》中的"项目进度计划",为每个工作项填写工作内容:从任务 ID 开始,逐项填写,其中较为关键的是定义好关键工作(里程碑事件)的开始时间和结束时间、关键交付产品、责任人,以及工作项之间的前后关联关系。这样,就可以从 Project 上,能看到你的项目的甘特图,其中包括关键事件里程碑。

(4) 以后,就将在 VSTS 的帮助下,控制和管理实训项目了。团队成员、老师都将在这个系统下,检查、监督项目过程。所有的活动,都被"记录在案",按"基线"进行管理了。不能随随便便、想改就改,"作坊"式的开发了。

请慎重地修改好项目计划,并把它们记录到 VSTS 中。

3.7.2　为 ATM 扩展项目选择生命周期模型

现在,暂时还看不出 CMMI 模型,或是敏捷模型,对项目过程,到底有什么不同。这个问题,留待以后有了一些体验之后(或许是项目总结的时候)再来回顾和讨论。现在,先选择敏捷模型(CMMI 也可以)。

3.7.3 为 ATM 扩展项目定义项目计划

在第 2 章完成了最初的项目进度计划是：

（1）××月××日前：确定目标和范围。

（2）××月××日前：确定技术可行性。

（3）××月××日前：确定初步项目计划。

（4）××月××日前：完成提交准备。

（5）大赛提交截止日前：完成正式提交。

这是第一次提交前的工作清单。

在 VSTS 上，选择新建一个新的团队项目，名字就叫"ATM 扩展"，然后，为这个项目写一些注释（将会出现在项目门户上）。选择"敏捷模式"，耐心地等待。

VSTS 系统创建完成之后，在"工作项|团队查询|所有工作项"中，可以看到系统定义了从 64 号到 78 号，共 15 个默认的工作项。所有这 15 个工作项内容，可以看成是敏捷模型要求的、在项目启动阶段必须完成的任务或工作。放在这里，暂时不用管它。

考虑按大赛作品提交过程，将项目计划划分为第 1 次提交、第 2 次提交、第 3 次提交、第 4 次提交 4 个阶段，再对"第一次提交"阶段，进行更为详细的划分，并添加 5 个新任务："确定目标和范围"、"确定技术可行性"、"确定初步项目计划"、"完成提交准备"和"完成正式提交"。

对于第 2 次提交及以后各阶段的具体工作任务如何定义，什么时候定义，暂时留在以后再说（按照规范的软件过程管理，应该就是现在完成定义。但学生项目，可能还定义不出来，只好暂时放一放）。

3.7.4 为 ATM 扩展项目定义具体的工作项内容

为"确定目标和范围"等 5 个任务，进行具体的工作项定义和描述如下：

1. 基本信息

（1）任务 ID 与任务标题：任务 ID 由系统给出（保存完这次添加后，可以看到，系统给出了一个顺序编号为 79 号），任务标题是"确定目标和范围"。

（2）专业领域：项目管理。

（3）区域和迭代：ATM 扩展/迭代 0。

（4）指派：这个内容很主要，它直接指向任务的责任人，他是怎么产生作用的，以后再介绍。目前，把这个任务分配给项目经理。

（5）状态：选择初始状态为"活动的"。

先保存一下。

2. 其他信息

（1）说明：为"确定目标和范围"任务添加一些说明，如这是 ATM 扩展第一次提交的第一个工作项。

（2）历史记录：这一项是由系统自动生成的版本和变更信息，目前已经有了第一次生成记录的信息。

（3）链接：目前已经有了与上一个工作项（编号 78：创建迭代计划的连接），这是系自动生成的。可以删掉，也可以暂时不管它。但是，在创建第 1 次提交的第 2 个工作项（确定技术可行性）时，请记住，第 2 个工作项，一定要选择与本工作项的链接。这样，可使得第一次提交下的 5 个工作，在时间和工作处理上，构成一个顺序的工作链，将来，在甘特图上可以看到这个工作链。

（4）附件：可选择 ATM 扩展项目的《项目计划书》，也可以暂时选择空。

（5）详细信息：

① 评审/测试：评审选择"是"，需要进行评审；测试选择"否"，不测试。

② 版本标志：由系统自动产生。

③ 进度安排：此时，在 VSTS 任务明细的详细信息上看时间表，是"灰色"的。安装 Project 2003，在 Project 2003 的菜单上，选择"团队|获取工作项"。然后，在 Project 2003 上填写开始时间和结束时间，并在"团队"菜单下，选择"发布更改"。这时，在 VSTS 的编辑菜单上，选择"刷新工作项"，则可以看到刚刚建立的 ID 号为 79 的"确定目标和范围"的开始时间与结束时间已经被填写上去了。在 Project 2003 中，也可以看到这个项目（现在只有 79 号任务）的甘特图。

④ 对 79 号以前的工作（系统默认设置的），进行删减，并标上时间。对 79 号以后的任务，目前首先考虑定义第一次提交下的 5 个工作任务，在时间上，是顺序完成的。第 2 次提交阶段的任务，将在以后章节中，再进行定义。定义过程，类似上述定义过程。

3.7.5　为 ATM 扩展项目定义基线

在实训项目中，如果指导老师是总项目经理，我希望在我的邮箱中应能看到某些重要内容，请同学们在你们的警告设置中，定义报警触发条件，当这些事件发生的时候，我可以收到警告。

我关心的是：

（1）实训项目的需求已经得到确认（建立第一版的需求基线）后，保证在未经得同意，不得变更需求。如果未经同意，发生了需求变化，则应报警。

（2）随着需求基线的建立，完成工作项的最后修改和定义，并形成与工作内容、责任人、提交成果检查（测试报告）相关联的进度基线，延误/没有达到基线要求的工作项，应报警。

3.7.6　查看 ATM 扩展项目的团队门户和团队报告

同学们可以自己定义：向自己的项目经理，甚至自己（定时/当某一事件发生时）报告一些内容。除了报警外，当然还要看到更多，同学们自己也是这样。这些，都可以放在《团队门户与团队报告》中（没有保密问题，可以都放上去）。

从上述过程可以看出，现在我们的注意力，已经从《项目任务书》中项目创意和价值，转到项目任务、提交成果、责任和完成进度计划定义上来了。

3.8　本阶段小结——召开第一次项目例会

到现在为止，项目启动的前期工作已经告一段落。项目经理将召集项目团队，举行第一次项目例会。这次会议，在项目管理生命周期阶段上，又被称为"项目启动大会"（Kickoff

Meeting）。从项目管理角度看,它是项目计划阶段的结束、实施阶段的开始(当然谈不上)。这次会议的召开,表明项目团队已经就项目的目标、工作范围、技术路线和策略、主要里程碑计划、资源与责任等关键问题,达成了一致。

3.8.1 如何开好一次项目例会

如何开会、如何达到开会的目的,并不是本课程的内容。但是,在学校里,估计没有哪门课会教这方面的内容,学校老师估计也没有几个人真正擅长此道,学校的会经常被开成"卡拉 OK",浪费大家的精力与时间。

(1) 会前,请项目经理把与今天开会有关的资料、文档、会议的议题,希望达到的结果等,提前分发给所有参加会议的同学,并请相关责任人(角色)事前认真阅读,并作发表意见的准备(如果有意见要发表的话)。如果担负相当责任者(如担负产品经理角色),事前没有认真看资料,会上对可能存在问题的目标、计划、资源等议题,应该提出而没有提出自己的修改意见的,事后发生问题,造成延误或失败,该人负主要责任。

(2) 开会。按照事前确定的会议议题,首先由项目经理报告细化(针对第 2 章提交的《项目计划书》进行的细化)后的项目的计划。其中,对关键里程碑事件和关键交付成果以及相应的责任人,要明确报告,获得相应责任人的确认,并记录在案(会议纪要)。此时,相关人员应已阅读过有关资料,对关键里程碑事件和关键交付成果的含义以及自己的相应责任,没有异议。否则,应提出讨论或修改。

为了开短会,为了提高会议的效率(这次会议的目的,就是通过细化后的《项目计划书》),项目经理应尽量把工作做在会前,开会的本质目的是协调那些不能简单一对一沟通、需要多方面在一起协商的事情。

(3) 会后,所有相关人员在会议纪要上签字,表示承担相应的责任。

3.8.2 本章的理论基础和实践内容小结

本章涉及的内容是项目规划(项目管理的第二个阶段)。做好项目规划,制订出一份切实可行的、可有效监督和控制、管理的项目计划,其首要任务是项目建立一个合适的交付过程模型。作为主要的建模工具和方法,我们介绍了微软公司的 MSF 模型以及相关概念,并花了大量篇幅介绍如何在 VSTS 平台上搭建实训项目。

有了一个很好的项目计划,同时用 VSTS 进行辅助管理,我们的开发将会有一个好的开始,有一个好的过程监控,必定会有一个好的结果。

3.9 本章作业与问题

3.9.1 本章作业

作业:细化、完善《项目计划书》的内容,并在 VSTS 上创建团队项目、基线和团队门户。

3.9.2 问题:更进一步的思考

(1) 在创建团队项目时,选择了 CMMI 模型,或是敏捷模型,理由是什么?在项目中,选择这个或不选择哪个,有什么差别?

(2) VSTS 是一套完整的配置管理系统,请分析一下,目前版本的 VSTS 工作项有哪些优点,有哪些不足?

(3) 过程的管理水平与过程管理的深入程度、细化程度有关,请考虑,在 VSTS 上,强化过程管理,加大过程管理的深度、细化程度,可以有哪些措施? 你尝试过吗?

(4) 基线管理是过程管理的一个重要手段,如果希望对软件过程中的基线点不单单是监控和报警,而是能够进行量化的统计分析,在 VSTS 上应该怎么做?

(5) 在实训项目中,第一次项目例会之前,项目最大的不确定因素是什么? 如何避免?

第 4 章

需求工程中的需求开发与管理

第3章讨论了软件交付过程模型以及将初步的项目计划输入到VSTS中的过程,关注的是工作项、交付成果、时间,好让VSTS跟踪这个过程。这就好比铁路上跑着的一列动车组,定义了车次、行驶路线、到站时间以及跟踪方法。

如果这是一列运煤的货车,可能到此为止已经足够了。但是,运行的是一列高规格的、可能随时发生改变、提出不同要求、并且必须严格保证服务质量和舒适度的"专列"。因此,在关注交付过程"形式"的时候,同样地关注服务的"内容"。因为用户真正得到的是"内容"。软件交付的内容是需求。

在《现代软件工程》第4章中,开宗明义地强调,在需求工程(如图4-1所示)中,软件项目经理应关注需求的获取、分析、处理、确认、实现、跟踪、控制等一系列环节。需求工程作为软件过程最核心的阶段之一,用例作为软件开发的驱动来源,它的建立过程、驱动作用、跟踪、控制等管理能力,是现代软件工程与传统软件工程的本质区别。

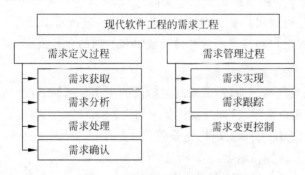

图 4-1　需求工程的两大过程域

本章将按照需求定义过程的获取、分析、处理、验证4个阶段(如图4-2所示),进行实践体验。我们也将通过前2章开始的"ATM扩展"的实例,介绍和讲解需求开发与管理工具的操作,体验需求获取、描述、处理、记录、评审以及需求跟踪与管理过程,并开始接触项目开发中,需求管理及现代软件工程的其他过程,如系统设计、配置管理、质量管理、项目管理的协同关系。通过这些管理的综合,完整地实现现代软件工程所希望的开发、控制和管理需求的目标。

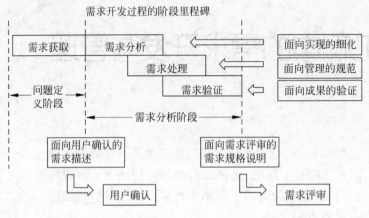

图 4-2　需求开发的 4 个阶段

4.1　软件需求的获取与描述

4.1.1　需求获取阶段的工作目标与关键交付物成果

需求获取处于软件生命周期的需求开发("建模")阶段,现在我们要与用户一起工作,建立双方都能认同的业务模型和系统模型。

从方法论上看,需求获取又被称为"需求诱导","诱导"的含义是:项目团队应通过各种方法,甚至包括"引诱"的方法,来获取或发现用户的请求,确定请求后面所隐藏的真正需要,以及为满足这些需要对系统提出的一组适当要求。实际上,采用 UML 建立用户业务模型和系统模型的时候,本质上就是通过用户易于理解的图形化方法,进行需求诱导。UML 更适合在不同的抽象层次上,建立用户和开发团队都易于理解和沟通的业务模型。

1. 工作目标

在建立用户的业务模型和系统模型阶段,需求获取阶段的工作目标如下:

(1) 确定能够准确地了解用户组织、目标及描述需求的人。

(2) 定义需求的诱导方法(会议、交谈、文件、记录等)。

(3) 挑选参与需求讨论的人、时间、地点。

(4) 定义用户构建系统的关键目标和核心需要。

(5) 定义用户系统将放置的技术环境(位置、主机和网络、其他环境等)。

(6) 确定用户特定应用环境的业务特征,这些特征是系统功能和性能可以或不可以实现的假设条件。

(7) 对不明确的、不清晰的、有歧义的需求,最好采用原型方法,或创建一个应用场景进行介绍和说明。

(8) 针对用户提出的系统要求,评估业务及技术可行性。需要的话,重复(迭代上述过程)。

2. 交付成果

需求获取产生的主要交付物成果如下：

（1）参与需求诱导活动的客户、用户和其他干系人的名单。

（2）系统目标与核心关注。

（3）系统技术环境的描述。

（4）系统和产品范围的限定性假设。

（5）功能点列表及相应的假设和限制。

（6）需求和可行性的描述。

3. 需求说明

一份正式的项目《需求说明书》应该包括：

（1）项目或系统的远景描述。

（2）项目描述。

（3）业务用例模型以及业务用例。

（4）限制与约束条件。

（5）项目干系人分析。

（6）市场分析。

（7）风险分析。

（8）竞争分析。

（9）分销计划（定价、包装、推广、定位）。

（10）财务计划（收入计划、预算、现金流量分析、ROI 分析）。

（11）高级项目计划。

（12）建议等。

在实际项目开发过程中，项目团队与用户的需求谈判，不单是需要用户确认他们提出的需求。另外，对于在现有资源（时间、成本、技术实现等）条件下，只能安排有限的被实现功能，而不能满足所有的功能要求。因此，需求谈判的另一个主要目的，是对需求实现的优先次序，进行排序。

在实训项目中，由于没有真正的用户环境，我们的资源限制只能来自我们自身，包括我们的技术能力、可获得资源（时间、支持等）。

4.1.2　基于 UML 的电梯控制系统需求模型

以下采用 UML 描述"电梯控制系统"的需求模型。

1. 电梯控制的需求描述

一个电梯有 m 个按钮，每个按钮对应一个楼层，按下按钮，电梯会显示相应楼层号码，并运行到该楼层。除了顶层和底层外，其他各层都还有两个请求上或下的按钮，当按下此按钮后，会发亮，直到电梯离开该层后才熄灭。当没有请求时，电梯停在当前层，门是关闭的。

2. 静态模型

根据需求描述，挑选其中的名词和动词，作为可选择的对象有电梯、按钮、楼层、显示、号码、运行、顶层、底层、请求、发亮、熄灭等。

归纳一下：与电梯系统有关的对象静态模型（如图 4-3 所示）是电梯、按钮。电梯有两个状态：开门和关门。有两类按钮，上/下请求按钮，楼层按钮；上下请求按钮的显示与楼层按钮的显示不同。

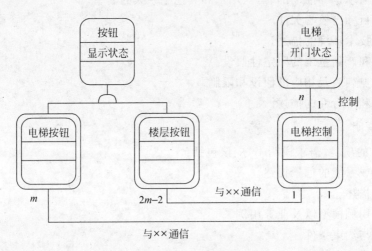

图 4-3　电梯系统的对象静态模型

3. 行为模型

为了进一步描述电梯的行为，画出电梯的行为模型图，如图 4-4 所示。

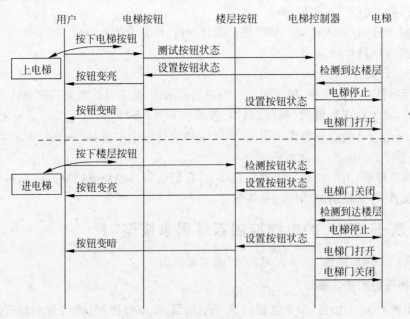

图 4-4　电梯系统的行为模型

4. 功能模型

电梯的功能模型图如图 4-5 所示。

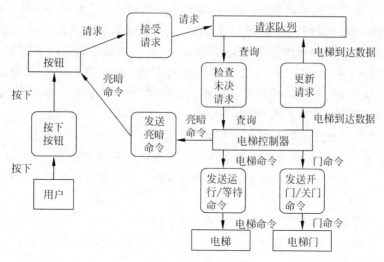

图 4-5 电梯的功能模型图

4.1.3 项目案例：ATM 扩展项目的需求获取过程

当看到一个具体实例的时候，往往更容易理解抽象的概念。从本章开始，将进行 ATM 扩展项目的开发过程：从需求获取开始。

通过需求获取，创建一个项目的业务模型和系统模型，是项目生命周期中，项目实施阶段的真正起始点。在这个起始点上，拥有什么信息呢？现在拥有的，就是《项目计划书》中的内容。还记得在第 3 章留下的"空白"吗？

通过项目管理的学习可知，在软件企业里，《项目计划书》是项目启动阶段，为了向组织提出立项请求，进行可行性研究和确认、获得组织对项目目标的认可，并分配相应资源的目的而编写的。在我们的大赛过程中，是为了获得第一轮筛选入围（满足创新性要求）而编写的。不论是企业开发还是软件大赛，《项目计划书》关注的都是项目的目标和价值，它的很多内容，本质上反映的是一种"意向"，是我们，而不是真正用户的"意向"。

现在，项目立项已经通过，或已经入围。此时，不能仅凭《项目计划书》的"一相情愿"，就开始项目开发。可知，如果那样的话，项目一定是要失败的。

真实失败的项目开发往往也是这样开始的。在某些组织或企业中，某些人提出了一个新的想法（在本案例中，是要提升银行 ATM 的安全可靠性，或者是其他什么新功能），使之能将组织或企业的效率、获利、安全等提升到一个更高的层次。愚蠢的开发团队就按照这个最初的"想法"开始工作，最后，没有人能够满意。

正确的方法是：从这一萌芽状态开始，通过需求获取阶段的工作，将"纸上谈兵"式的"意向"，变成用户和开发团队都非常清楚、明确、可行的系统需求。在这个项目中，接下来要做的工作是：着手进行业务案例的开发，并编写最初的需求描述。

由于实训环境的限制，我们不能真实的到银行去，进行需求调研，只能根据自己的生活体验，根据网上搜索到的一些信息，来"幻想"未来的用户，可能希望哪些需求。

所以，"设想"如下：

（1）第一个利益群体应该是银行本身，银行本身的需求是：通过 ATM 扩展，能够首先巩固现有客户群，增加他们的安全感和满意度，降低银行风险。其次是希望能够扩展新业务，抓住新的客户群，开辟新的服务种类，提升服务档次，增加银行收入和利润、提升品牌竞争力，以摆脱同行的同质竞争、获利能力下降，以及安全形势恶化等局面，最好还能让银行的股票上涨……至于如何增加用户的安全感和满意度，扩展些什么新业务，还需要继续分析研究，甚至是发挥创新思维，进行"设想"。

（2）第二个利益群体是银行的用户（储户），他们的需求是在 ATM 机上能够获得更安全、更新颖、更方便的金融、甚至非金融服务。至于可以获得什么样的安全的、新颖的服务，银行用户不具有主导权，他们只能被动地接受银行所提供的服务。所以，主要还是从银行方面考虑。

根据上述的需求获取过程（这也叫"需求获取"吗？），可以初步确定，以银行现有业务及 ATM 环境为基础，从安全可靠和新业务两个方向，分别继续扩展，以满足银行和用户的需要。

如果走出校门，真的到银行去，应该怎么做？

（3）以实训环境和条件为依据，对开发过程的假定和约束如表 4-1 所示。

表 4-1　假定与约束

描　　述	理　　由
在×月×日之前，一定要有一个好的创新设想	创新大赛第 1 轮的基本条件
在×月×日之前，解决关键技术问题	创新大赛第 2 轮的基本条件
在×月×日之前，完成原型系统的开发，并能初步展示实际效果	这是某些大赛第二轮的要求：提交系统实现效果的视频
需要在需求、架构设计、测试、项目管理四个方面，按统一软件过程方法，并在 VSTS 上，进行控制管理，并提交相应文档	实训课程的要求及软件创新大赛第 3 轮要求
原型系统开发完成后的××天内，完成系统的最终开发，包括用户文档	准备参加软件大赛的决赛
确定哪些环节只能模拟实现	没有环境支持或最终演示现场无法实现
确定需要做哪些硬件	时间及能力限制
确定需要购买哪些设备或软件	控制采购成本在 * K 以内。

4.1.4　项目案例：ATM 基本系统的业务用例模型

业务用例与业务模型是需求描述的一种典型的 UML 方法，这种规范化的方法可以使我们遵循一个从概念设计，到部署配置的、具有内在联系的、一致的开发流程：首先，业务用例能够被用户所理解和确认；其次，它们将被转化为业务模型，随后成为类、界面、组件、包以及子系统的来源。沿着这条开发路径，可以根据用例中获取的业务和技术需求，回溯并确认组件的功能性。

为了建立银行 ATM 扩展的业务模型，先看看 ATM 系统基本的 UML 用例模型，然后从这个模型出发，再考虑扩展。

图 4-6 所示是 ATM 系统最基本的用例模型，它从银行操作员、储户、银行系统三个基

本角色出发,通过对 ATM 工作"场景"的描述,表现用户(不是储户,而是需要开发 ATM 系统的银行)眼中的 ATM 系统。由此定义系统的功能和性能,达到用户与开发团队沟通,并形成共同认可的目的。

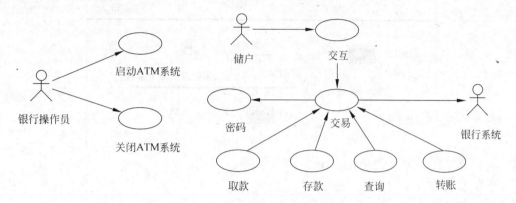

图 4-6 ATM 系统的基本用例模型

在这个模型中,为各个角色(实际上只为储户这一个角色),定义了一些用例。包括检查密码、存款、取款、查询、转账等具体银行业务操作。

注意:在这里,并没有提出"类"的概念,也不会分析什么抽象类、实体类等这些用户并不理解的名词。需求获取的目的,是让用户提出、开发团队理解未来开发完成的系统到底要干什么,达到什么目标。

4.1.5 项目案例:在 ATM 网络系统中加入"前置机"的功能与作用

以安全可靠性扩展为例:

在图 4-6 中,ATM 机的后面,连接的是银行系统。其实,实际情况已经不是这样了。从 2002 年开始,国内各银行为了保证 ATM 网络系统的安全可靠运行,增强故障处理的能力,普遍在 ATM 与银行之间增加了"前置机"这么一个"中间"设备,担负起原由银行账务主机系统担负的 ATM 管理和清算功能。

"前置机"是干什么的? 它在故障处理方面发挥了什么作用? 不妨做一点需求调研,然后,再研究扩展点在哪里。

1. ATM 前置机系统的拓扑结构

ATM 前置机管理及清算系统核心结构主要由 ATM、ATM 前置机、账务主机三部分组成如图 4-7 所示,为了便于实时监控和管理,有些行还可配备 ATM 管理监控机。

因此,加入了前置机之后,ATM 系统模型如图 4-8 所示。

2. ATM 前置机系统各自的主要功能

在这样的拓扑结构中,ATM、前置机、主机三者,承担着不同的任务和责任。

1) ATM —— 客户界面核心。

ATM 作为客户界面,具有如下功能:

(1) 定额取款、不定额取款、存款、查询余额、更改密码及转账等客户交易,并实时与中心主机联机及 ATM 实时打印交易流水账。

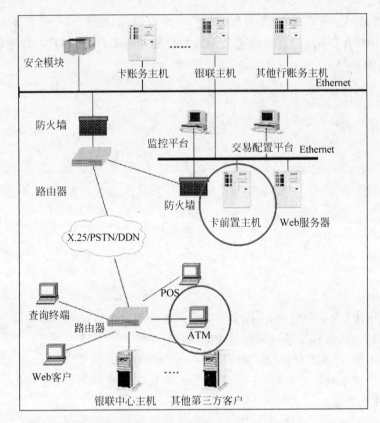

图 4-7　ATM 网络系统的拓扑结构

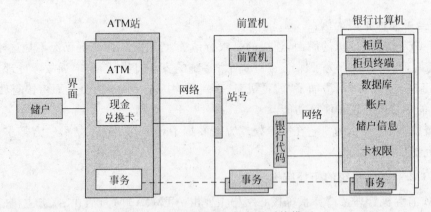

图 4-8　ATM-前置机-银行的系统模型

（2）ATM 可以随时由操作员控制进入操作员状态。在此状态下可以执行多种操作员功能，如更换钞箱，当日交易操作，没收卡文件输出打印以及交易流水账打印。

（3）ATM 本身可实时处理营业点终端服务器下达的命令，如开机、关机、结账、交易量统计及状况报告等。

（4）内部钞箱面额可根据客户需要进行更改，面额可以多种。

（5）具有自我诊断功能。机内附有备用电池，以备在停电时对相关部件进行关机操作（如退卡、关闭所有栏口）。

（6）出现异常时具备交易自动恢复功能。

（7）高亲和性的人机界面（14 寸 VGA 彩色显示屏），可以提供客户要求提供的最易使用的操作画面，包括插入广告。

（8）本身提供多种安全保密措施。

（9）根据 ATMP 的需要，提供约定格式的报文信息。

2）ATM 前置机—— ATM 管理和交换核心。

ATM 前置机是整个系统中新增加的一个至关重要的环节。所有 ATM 都通过网络及路由器等通信设备连接在 ATM 前置机上，除了完成对 ATM 交易的转换外，前置机还对 ATM 进行全面的管理，使中心机房的人员能快速方便的对所辖地区内的各台 ATM 状况进行了解，并可对 ATM 进行必要远程控制或根据具体情况做出相应的处理。

ATM 前置机的主要功能如下：

（1）ATM 传输密钥动态发放。

（2）密钥管理。

（3）记录与转发。

（4）ATM 的交易信息。

能够处理 ATM 取款、查询、存款、冲正、修改卡密码及密钥申请等交易请求信息，并将根据账户及系统状态给出的响应信息传送至 ATM。

（5）出现异常时对未处理完毕的交易进行自动恢复，保证交易一致性。

（6）提供实时的 ATM 状态查询功能。

能够对所连的每一台 ATM 进行状态的实时查询，包括 ATM 编号，所处地点等管理信息；开关机状态；各钞箱状态；各钞箱面额；各钞箱出钞数；流水打印机状态；凭单打印机状态；读卡头状态；出超模组状态；存款模组状态等。

（7）ATM 远程控制。

能够在中心机房控制 ATM 开关机状态，包括接通单台 ATM 或一组 ATM；切断单台 ATM 或一组 ATM。

（8）ATM 故障实时报警。

能够实时对 ATM 出现的软硬件故障进行报警，使中心人员及时做出响应。监控范围包括关机、钞箱状态不正常、钞箱缺钞或钞箱下限告警、流水打印机状态不正常、凭单打印机状态不正常、读卡头状态不正常、出超模组状态不正常、存款模组状态不正常。

（9）ATM 轧账。

能够与所连的每一台 ATM 进行实时对账。

（10）黑名单传送及检查。

能够接收黑名单，根据黑名单对进行交易的账户进行检查，并拒绝对已列入黑名单中的账户进行交易。

（11）24 小时营业处理。

当主机应用系统处于清分或批量作业状态时，对 ATM 的交易请求进行许可性检查后将交易信息存储在数据库中，待主机应用系统恢复正常营业状态后，伺机转发。

3）中心主机——账务处理核心

（1）处理本地窗口交易，对窗口交易请求做出响应，记录相关信息，并在必要时对分户账进行修改或查询。

（2）处理异地窗口交易，对窗口交易局交易及窗口开户局交易进行响应，记录相关信息，并在必要时对分户账进行修改或查询。

（3）处理本地 ATM 交易，包括 ATM 取款、ATM 存款确认、查询、修改密码等。中心主机需对上述 ATM 交易请求做出响应，记录相关信息，并在必要时对分户账进行修改或查询；

（4）处理异地 ATM 交易，包括 ATM 取款、ATM 存款确认、查询、修改密码等。中心主机需对上述 ATM 交易局交易及 ATM 开户局交易进行响应，记录相关信息，并在必要时对分户账进行修改或查询。

（5）日终批量作业。

（6）日常维护。

4）ATM 前置机管理机——图形监控

监视功能如下。

（1）ATM 状态查询。

（2）ATM 交易查询、交易查询条件、交易查询结果。

（3）ATM 原始数据查询交易流水档查询、交易信息管理档查询、配置信息管理档查询、后送交易档查询、黑名单档查询、末笔流水号查询。

（4）用户管理系统登录、更改密码、用户管理。

（5）系统设置。

3. ATM 网络系统中增加了前置机后的作用

在 ATM 与银行主机之间，增设前置机之后，可以起到以下作用：

（1）可增强整个系统的灵活性。前置机的 ATM 管理及清算系统提供了前置机与 ATM、与主机账务系统的接口标准，因而具有较强的独立性，使系统内可连入多种 ATM（有些小行，一个城市配置一台前置机），增强了整个系统的灵活性。

（2）可尽量减轻主机负担。由 ATM 前置机完成对下端 ATM 的网络及业务管理，并过滤掉非法交易，只将合法交易转发至主机进行记账处理。

（3）可便于业务上的管理。ATM 管理及清算功能的主要模块放在 ATM 前置机上，并配置了数据库对 ATM 的交易信息和状态信息进行存储，由 ATM 前置机完成对 ATM 设备及 ATM 交易的管理和清算。

（4）可 24 小时营业处理。当主机应用系统处于清分或批量作业状态时，对 ATM 的交易请求进行许可性检查后将交易信息存储在数据库中，待主机应用系统恢复正常营业状态后，伺机转发。

4. 前置机的故障处理

在安装了"前置机"的 ATM 网络中，前置机的设置，增强了系统在异常处理方面的能力。由前置机参与的主要异常处理如下：

（1）丢弃：丢弃某些无关紧要的报文。如在查询交易中，丢弃超时后收到的延迟响应报文；在出现重复报文时，丢弃重复无用的报文。

（2）拒绝：对于收到的请求报文发出拒绝响应，如当主机出现超时的情况下，向 ATM

发出拒绝响应报文,可以及时的释放超时交易占用的系统资源,提高系统的处理效率,同时提高交易的响应速度,减少客户等待时间。

(3) 自动冲正:向主机方发出交易撤销的报文,要求主机撤销前面的账务性操作。做自动冲正处理,主要用于主机端的延迟响应时,还原主机的账务系统。

(4) 密钥同步:当发现网络报文安全的工作密钥出现异步时,调用网络报文安全体系的工作密钥动态更新功能,重新同步工作密钥。

(5) 原包返回,一般用于处理收到的不明报文;流量控制,监视负载,及时报警,视情况限制或关闭某些通信线路或交易的种类,确保系统不致因超载而崩溃。

(6) 管理上的配合:除了技术方法外,异常处理还有赖于管理上的配合。

根据上述介绍可知,前置机本质上并不参与任何 ATM 交易,只是"分担"了过去由银行主机承担的 ATM 管理和异常处理工作,使得银行主机可以"脱身"成为真正的"账务"主机。图 4-9 所示是没有前置机的交互模型和添加了前置机的交互模型。

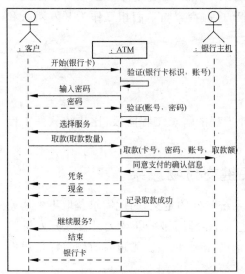 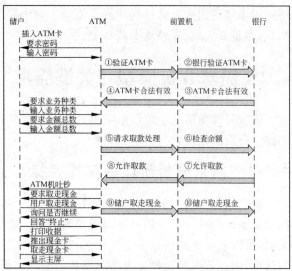

(a) 没有前置机的交互模型　　　　　　　　(b) 添加了前置机的交互模型

图 4-9　没有前置机和添加了前置机的 ATM 系统的交互模型

有了前置机,是不是就"万事大吉"了? 确实,有了前置机以后,ATM 系统的管理被大大地增强了。但是,所谓"增强"也是相对的。

4.1.6　项目案例:ATM 系统的扩展以及相关的用户确认

在上述添加了"前置机"因素的 ATM 业务模型基础上,考虑"扩展"。有关扩展的具体内容,将在 4.2.3 节介绍。

在《现代软件工程》课程中已知,在需求获取阶段,项目经理和技术经理需要关注的是发现和分析问题、理解用户的需求、定义系统(业务模型和用例)、管理范围(项目管理)。采用面向对象的方法进行问题分析,并以用例的形式,描述和定义业务模型和系统模型。

在需求获取阶段,我们的目标如下:

- 在问题定义上与用户达成共识;
- 理解问题背后的根本原因;

- 确定用户和项目干系人；
- 定义问题解空间的边界；
- 确定问题解决方案的约束和假设。

项目的《需求说明书》是开发团队经过了上述环节后，使用 UML 方法（或其他方法），通过用例描述和业务/系统模型的形式，建立的未来系统的目标。这个目标需要用户的最终确认。需求获取阶段完成的标志，就是用户对系统目标（对《需求说明书》），进行确认认可。

在这里，开发团队所在的组织，并不需要对《需求说明书》进行什么需求评审，或者说，这个需求描述正确与否、合适与否的审查责任是用户自己（当然，项目团队对于明显不合理、不合适的地方，可以提出异议和建议，但最终的决定权在用户）。开发团队所在组织的唯一任务，就是督促项目团队，让用户真正听明白项目团队对于用户需求的理解和表述，并确认这个表述——签字。

遗憾的是，在实训项目课程中，由于没有真正的用户（用户就是我们自己），因此，很难获得对需求描述用户确认过程的真实体验。如果可能的话，希望同学们相互作为开发团队和用户，尽量真实地、完整地实践这个过程。

4.2 需求分析模型与关键需求

需求开发的第二个阶段是需求分析。现代软件工程的需求工程阶段，比传统软件工程的需求分析阶段的含义要窄。

4.2.1 需求分析阶段的工作目标与关键交付物成果

需求获取是面向用户、在较高的抽象级别上对系统特性的定义，因此需求获取更多地关注的是系统的特性以及如何体现用户的需求。在进入下阶段开发、继续大量投入开发资源之前，可以利用这些信息决定可行性和管理系统的范围，降低风险。需求获取的目标是用户的认可，因此阶段的验收标志是用户签字确认的需求描述。

需求分析阶段的任务是面向系统实现（最主要的是面向架构设计，而不是代码）、严格对系统的需求，进行再分析，包括通过仔细地分析系统的输入、输出、功能、属性以及系统的构成环境，决定系统构成的完整集合。需求分析主要是面向系统架构及其实现的，所讨论的是在技术上，系统应该如何结构并做什么。需求分析将引导架构设计（正向作用），也受架构设计方法的制约（反向作用）。需求分析的验收标志是组织的需求评审。

在需求获取阶段，已经通过建立业务用例模型，与用户共同确定了系统的功能和特性。需求获取是面向用户的，这体现在进行用例分析的时候，可能并不考虑太深的技术实现细节。但到了需求分析阶段就不同了，需求分析是面对实现的。这个时候还必须具体考虑与实现有关的一些问题（但还是抽象层次比较高的技术细节）。

软件产品本身除了用户功能需求以外，可能还存在与用户业务过程没有直接关系的非功能性需求，如与硬件、软件环境相关的操作系统和软件平台要求、对软件运行的远端监控要求、异常处理（如通信连接中断等非业务异常）、响应时间和负载能力要求等。另一方面，组织的或产品的设计约束和限制，也是系统需求必须要考虑的内容。通常这三部分需求，构成了软件需求的总集。

因此,需求分析是在需求获取、需求分析和设计决策之间反复迭代循环的过程,在第5章中,将会更具体地看到,需求与架构设计之间是如何相互影响、相互制约的。

需求分析阶段的交付成果是用系统实现的(而不再是用户)眼光(确切地说,这个眼光还不是编码工程师的眼光,而是系统分析师/架构师的眼光),进一步对《需求说明书》所描述的需求,进行分解、定义、取舍、平衡、折中,得到符合"系统设计需要"的需求描述,如类图和交互图等。

在第5章中,会更清楚地看到"系统架构设计需要"到底是什么,它们被称为需求分析中的"关键需求",它们与构架设计的关键质量属性之间具有非常重要的关联关系。

4.2.2　项目案例:ATM基本系统的需求分析模型

UML是建模的最常用工具,它的一系列标准化的图形符号,可用于描述需求也可以设计系统。有人认为,UML最大的作用是绘制草图、创建系统蓝图、作为编程语言直接生成代码。对于最后一点,有很多争议,但是,就前两项而言,它是被广泛认可的。

为了进一步描述和定义系统需求,UML采用的是建立一系列分析模型的方法。首先建立的是类和对象模型。类和对象模型描述了系统的静态结构。有了系统的静态结构,才可以在此基础上建立系统的动态(行为)模型。而这一套分析的步骤,借用的是UML三位主创之一的Booch method的5个步骤(UML的三个来源及三个组成部分:OMT的三种模型、分析的五个步骤、一组图形符号)。

用BCE(边界类Boundary Calsses、控制类Control Classes、实体类Entity Classes)的分析方法,得到ATM基本系统的类图,如图4-10所示。

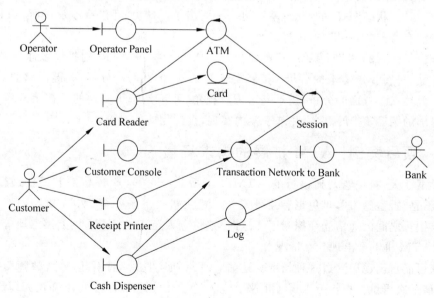

图 4-10　ATM 基本系统的类图

在这张类图上,获得的类如下:

(1)边界类:OperatorPanel,CardReader,CustomerConsole,ReceiptPrinter,CashDispenser,NetTobank。

（2）控制类：ATM，Session，Transaction，Withdrawal，Deposit，Inquiry，Transfer。

（3）实体类：Card（代表账户信息），Balance（代表银行账户的结余），Message（交易传递给银行的信息），Log（用户取钱时的交易日志），Receipt（收据，取钱/存钱打印的票据）等。

基于以上分析，ATM基本系统的类结构如图4-11所示。

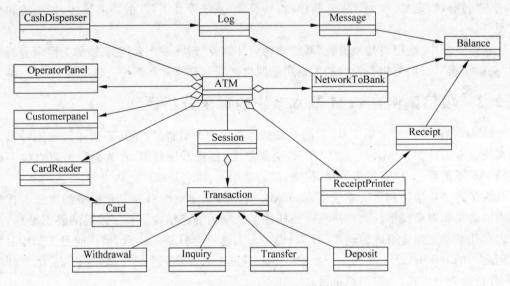

图4-11　ATM基本系统的类结构图

到目前为止，完成了ATM基本系统的静态建模，有关动态建模（基于事件流分析，产生时序图、交互图、状态图等）的部分，就不再一一列出了。这里，还没有涉及任何ATM的"扩展"，甚至没有考虑"前置机"的因素。

在分析了已有的ATM系统（基本部分）后，将开始探讨ATM的扩展需求。我们分以下三个方面，进行扩展需求的分析：扩展需求的场景、扩展需求分析、关键需求的对策和效果分析。上述三个方面的分析，还是基于用户视角，而不是基于实现的。在第5章中，将分析这里提出的ATM扩展需求，并基于架构实现，设计相应的对策。

4.2.3　项目案例：ATM扩展的需求场景

假设某一天，有位老人到银行的ATM机上取款。可是，这时马路上正在进行道路施工，尽管不是"野蛮施工"，难免也有意外发生。挖土机一下子就把ATM机与前置机，或者前置机与银行之间的通信光缆挖断了。这时，这位老人还正在ATM机上焦急地等待取款。现在，在ATM机上会出现什么情况？

大家可能自己也遇到过这种情况。这时，ATM机会提示"对不起，系统故障"，或是"通信故障，请下次再试"，把银行卡退了出来。老人等了几分钟再试（他可不知道光缆已经被挖断了，他只知道今天一定要拿到钱），还是这样的"温馨"提示，老人非常着急了。当他试到第三次的时候，ATM机居然把他的卡"吃掉了"，提示他到"开户行"去办理相关手续。这个卡是他的儿子给他办的，什么叫"开户行"啊？开户行在哪里啊？办什么手续啊？今天还能不能取到钱啊？老人急得要哭出来了。

在做需求分析的时候，这属于"意外流"。碰到这种情况，我们同学提出的意外流的处理方案十有八九都是错误提示！吃卡！作为系统处理的设计，似乎就是怎么简单。可是，如果你是储户（就像这位老人一样），你不会希望得到的，只是"冷冰冰"（虽然语言上可能很温馨，但实质结果还是冷冰冰）的"系统故障，下次再来"吧？银行要想给储户更温馨的、更有效的服务，不是简单地说"下次"，更不是无端地（从储户角度看，我有什么责任啊）增加储户的麻烦。那么，系统设计应该怎么做才能更"人性"化一点？

银行应该考虑如何提高 ATM 系统的安全可靠性。所谓安全可靠性，不是说不允许马路施工挖断光缆（这个不是银行能管得了的），而是当光缆被挖断的时候，可以提醒老人：马路对面还有一台 ATM 机（可能是其他银行的），你可以到那里去取钱——只要那里的光缆没有被挖断，保证可以取到钱。

要做到这一点，仅仅需要老人跨过马路就可以了吗？

如果不了解银行 ATM 处理业务过程的话，你可能说，是啊，不就是换了一台 ATM 吗？就像换了一台终端一样，对重新开始取钱，没有什么影响啊？

在图 4-9 中，取钱操作在 ATM-前置机-银行三者之间，有十几步信息交互，挖土机挖断光缆的那么一下子，有可能发生在上述十几步中间的某一步。ATM 机在这十几步中间的任何一步，没有收到来自银行的、应该收到的返回信息，都导致此次交易失败，而提示"系统故障"或"通信失败"，退出交易（就是老人所看见的结果）。问题是，此时，系统内部账户、老人的这个账户、这笔交易账户现在是什么状态——显然是交易过程不完整的？例如，可能通信断在银行已经把老人账上的钱扣掉了（取款），但由于通信中断，ATM 机没有收到"吐钞"的指令，等了一段时间，ATM 发现没有收到银行的回答（此时应该是"吐钞"），所以提示：通信故障。好，现在老人到马路对面，哪怕还是这家银行（不存在跨行的问题），线路也是好的，老人还能够取到他原先没有取到的那笔钱吗（假设他的账上只有这么多的钱了）？答案显然是不能，因为此时他的账户状态可能是处于"暂时冻结"状态，其次，即使没有被冻结，他账上的钱，已经被"扣掉"了。当然这时会有一个错误记录，最终银行不会白白拿储户的钱。但这个记录要等事后（可能是光缆恢复以后或当天营业结束以后），银行搞清楚了这笔钱并没有被老人拿走，储户账户上被扣去的钱，还可以返还给这位老人。所以，银行会通知老人：第二天带着相关证件，到银行（还是开户行），来办手续，就可以取走这笔钱了（对不起，挖断光缆也不是银行的责任，让您老人家辛苦了……）。

能不能不管谁挖断了光缆，针对这笔业务、这个储户，立即进行故障恢复，即视交易中断情况，做交易补充处理至正常完成，或做冲正处理至恢复至交易未发生前的状态。使得老人不需要等第二天来开户行办完本与他无关的所谓"手续"，才能再次取钱。而是跨过马路（也就 2 分钟时间），就能像什么事也没有发生一样（就储户的感觉），重新取到钱？

这就是我们 ATM 系统的扩展需求的场景。有了前置机，这个问题就自动、立即解决了吗？这个需求还有现实意义吗（一定有一天，它将成为"过时"的问题了）？

我没有调查、测试、在国内、还有多少家银行存在前面我们说过的问题，可能这个问题在某些银行是早就解决了的，根本不是问题。因此，这里是为了完成项目练习而用的一个"伪课题"。

要想实现这个需求，就需要建立一套"实时性"更强的故障恢复系统，提高 ATM 系统在发生突发事故（这里是光缆中断）时的应急处理能力，而不是储户拿着 ATM 打出来的故障通知，到柜台上，请求处理。而柜台可能还不能处理，必须与前置机所在的部门、相关管理者联系,确定故障的性质后,在前置机上根据相关规定进行冲正等处理。

4.2.4 项目案例:ATM 扩展的关键需求分析

本质上,上述场景描述的问题和需求,暂时不论系统内部是技术问题还是管理制度或方法问题,甚至是从什么因素考虑导致的问题。从用户角度看,是系统的"可用性"问题。所谓"可用性",就是如果不是老人的问题(他是无辜的,既没有被列入黑名单,也不是废卡或多次尝试猜测密码等),而是银行的问题(线路被挖断,从储户的角度看,也属于银行的问题)的话,就应该在老人跨过马路后,立即就可以在另外一台 ATM 机上取到钱(如果老人是银联卡,跨行 ATM 也可以)。如果不能做到这一点,就是不具有这种特定场合下的"可用性"。

在计算机系统内部来看(站在应用系统开发者的角度),则是 ATM 系统"安全可靠性"的问题,是系统发生故障以后(银行可能暂时还没有办法不让挖土机挖断光缆),故障恢复的"实时性"(立即恢复)和恢复的"有效性"(只要不是老人的责任,就要将该账户恢复到完全正常状态,使得老人到达马路对面的 ATM 机上,就可以重新开始取钱)。

这个故障恢复的"实时性"和"有效性",至少目前并没有"最佳效果"。因此,系统在这个方面需要进行扩展,以达到更"实时"和更"有效"的目标。至于"实时性"和"有效性"如何定义?"实时"的具体指标是多少?"有效"的界定是什么?到底是技术问题还是管理问题?随着第5章需求分析的不断深化,以及需求与实现方法、系统代价与开销等问题的深入讨论,一定会定出一个合适的标准来。

4.2.5 项目案例:ATM 关键需求实现的用户验收

现有系统为什么不能立即处理这样的故障,而让无辜的储户耽误他们重要的事情(交住院费),或是白白浪费时间和精力(再到银行跑一趟,还有很多的手续)?问题可能(出于可以理解的原因,作者只能说是可能)出在目前的故障处理方式上。有关问题的具体分析,将在第5章设计对策进行。或许,为了实现上述需求,有可能需要对已有 ATM,甚至是整个 ATM 机、前置机、银行计算机三方面构成的 ATM 系统的故障恢复功能,进行修改,甚至重建,以提高其故障处理的能力。

1. 需求属性

不论具体如何修改(在需求阶段,可以暂时不考虑实现方法),从储户角度看,希望达到的效果如下:

(1) 有效性:当故障发生后,"立即"进行故障处理,并达到该账户恢复"活动"状态(确实不可恢复情况除外)。恢复后(储户略微等待了一会儿),提示储户,或更换 ATM 机、营业网点或交易银行(确实线路一时无法恢复),仍然可以正常交易。而绝大部分故障,不需要储户带着身份证、户口簿等证明材料到开户行的营业柜台办理相关手续。

(2) 实时性:故障发生后,ATM-前置机-银行系统在接受并开始处理下一笔业务交易(任何储户)之前,完成故障处理过程。而不需要储户到柜台,等待处理。

站在银行用户(开发的委托方、甲方),而不是储户的角度看,希望达到的效果,即当系统开发完成之后,作为用户验收测试(第7章)用例的源头,应该是怎么样的?

2. 测试特性

假定故障处理系统的用户验收测试过程(测试用例),至少应该包括如下内容:

(1) 在银行柜员终端上,完成开户操作,成功。

(2) ATM 上,在刚才开户的账户上,执行一笔正常的活期存款操作,存入 10100 元;成功。

(3) 查询该账户,余额为 10100 元。

(4) 在该账户上,取款 100 元,成功。

(5) 查询该账户,余额为 1 万元。

(6) 以下操作为循环测试(执行 100 次):

① 在该账户上取款 100 元(假定银行不限制每天取款操作次数)。

② 随机中断100 次取款操作的 ATM-前置机-银行系统三者之间的通信(限每次只中断 ATM 与前置机或前置机与银行之间的通信一处),中断后立即恢复。故障处理系统在得知通信中断并又恢复后,进行故障处理,根据故障取款和恢复规则,完成该笔交易的恢复处理。

③ 完成被中断的交易。

(7) 检查 100 次取款和故障处理结果,应该达到:

① 100 次取款交易,在故障处理系统的支持下,应能全部执行完成。

② 100 取款,应能够全部实现取款成功,直至该账户余额为 0。

③ 查询账户余额为 0,查询相关记录(储户账、流水记录等)记录信息正确。

(8) 如果要求更高一点,选择多台 ATM 机,连在一个前置机和一个用户系统上,进行上述测试,一台 ATM 对应一个储户账户,或多台 ATM 对应一个储户账户(模拟 POS、网上交易),情况又会怎么样?

4.3　文档化的需求处理与需求规格描述

需求开发阶段的第三个环节是需求处理。在本实训课程中,重点介绍基于需求开发和管理工具 Borland Caliber 的需求处理,在此之前,作为比对,也简单介绍基于需求文档(需求规格说明书)的需求处理。可以把基于文档的需求处理看成是使用需求管理工具软件的"前期工作"。

4.3.1　需求处理阶段的工作目标与关键交付物成果

在需求获取阶段,项目团队编写了《需求说明书》,为用户和项目团队提供了共同确认业务需求的宏观描述文档,使得项目干系人对项目目标和范围,有了一个全局的了解和认同。在需求分析阶段,结合系统架构设计和实现的需要,特别是考虑了系统非功能性需求和设计规范要求,使得需求更为全面和完整。用例图、交互图等 UML 模型,为用户和项目团队提供了需求分析阶段的详细描述。

为了后续开发阶段(概要设计和详细设计)的需要,在传统模式下,有了用户实例,还必须编写从用户实例派生出来的功能需求规格说明书和非功能需求文档,包括质量检验标准、接口说明等。这些文件,成为需求分析的成果。CMM 也规定,必须以文档的形式,给出给定需求。这就是软件工程所要求的需求文档化。

文档化的目的是,首先通过记录(文字、图表、原始记录等),使需求被记录下来,通过"白纸黑字"的文字记录,减少任何口头的误传;其次,文档化最主要的追求,是解决需求描述的完整性和无歧义性。需求文档的可用性,是需求实现和管理的分解、分配、追踪、评估的条件。

4.3.2　《需求规格说明书》的主要内容

一般而言,《需求规格说明书》应具有(但不限于)以下内容:

1. 概要部分

(1) 系统名称。

(2) 项目远景与描述。

(3) 项目干系人分析。

(4) 风险管理。

2. 系统级用例图

(1) 架构图。

(2) 子系统描述。

3. 每个用例

(1) 用例名。

(2) 简要说明。

(3) 参与者。

(4) 前提条件。

4. 主要场景(事件流)

5. 次要场景图

(1) 活动图。

(2) 顺序图。

(3) 用户界面图。

(4) 后置条件。

(5) 扩展点。

6. 其他被使用的用例(包括从属用例)

(1) 可交付物成果(制品)。

(2) 其他需求。

4.3.3　项目案例:ATM 项目的《需求规格说明书》

ATM 项目基本系统部分的《需求规格说明》(文档形式)是大家已经非常熟悉的,并且在接下来的章节中,将以 ATM 系统(基本部分)为基础,介绍采用需求管理工具 Borland Caliber 的需求处理与管理。因此,文档形式的需求规格描述,由于篇幅所限,不再介绍,请同学们参照规范模板,自行编写。其扩展部分,将在第 8 章介绍。

4.4　Borland Caliber 的需求定义与管理功能

实际上,传统需求文档并不能完全有效地描述用户需求,更难于消除需求描述的歧义性,这也是传统软件工程一个没有很好解决的问题。在很多软件工程的规范和教科书中,罗列了大量的需求文档模板,但在软件开发的实际过程中,很少有开发团队真正认真、严格地按照模板的要求去写需求,甚至对模板的含义是什么都搞不清楚。在这样的情况下,需求的理解和实现,充满了二义性,可能完全依赖后来实现者的感觉。同样,项目任务的分解是混乱的,需求变更是界线不清的,变更的影响不但无法评估,甚至到底涉及哪些范围都无从知晓。

UML 并不能解决这个问题。UML 用非自然语言的图形方法表述需求,以减少理解的差异。其最大的好处在于方便与用户的沟通,而非需求的处理。

根本的问题是,已有的需求描述形式(伪代码、有限状态机、决策表和决策树、活动图/流程图、ER 模型、形式语言描述等),有限的需求描述信息(虽然大型的应用软件系统的需求描述可能达到几百页、上千页),其作用仍然是有限,并且是因人而异、无法保证的。

需求记录的目的是需求的可用性、可追踪性和可管理性,因此,现代软件工程的需求过程,改变过去仅注重需求的描述语言与描述形式上,而将重点放在需求的分解、标注状态、记录需求的生命周期过程,从而实现跟踪与管理。这体现在需求处理阶段的条目化、属性化、状态化和数据库化上。

当然,需求开发和管理工具还可以帮助我们做的更多。Borland 的 Caliber 2008 在这方面是一个很好的例子。

4.4.1　Borland Caliber 的需求定义与管理概念

1. 需求定义工具

Borland 的需求定义产品 Caliber Define 希望帮助业务用户和项目团队的需求分析师在一起协作,只需简单地点几下鼠标,就能捕获详尽的业务情景及可视片段。并确保需求的定义从一开始就是完整、准确的。

Caliber Define 直接支持需求定义的所有 4 个过程域如下:

(1) 获取:提供给业务用户和需求分析师以简单的方法,协同捕获业务场景并获得即时的视觉反馈。结果是从一开始就实现了更好的沟通和更好的需求。

(2) 分析:区分不同需求的优先级,并估计关键的业务情景,在尽可能短的时间内实现商业价值最大化的可能性。由于场景可视化、有机的分组和度量数据,这项任务的难度被大大简化。

(3) 处理:通过用例、业务规则、业务模式和原型逐步进行细节的补充、迭代和增量地实现最优的需求模型。这可以确保所有利益相关者所需要的信息能够更加有效和高效率地履行。

(4) 验证:利益相关者可以通过播放影音片段预审需求内容,从而清楚地设想系统的样式。最终使需求更准确、更完整,从而真正符合业务的需要。

2. 需求管理工具

简单易用,直观的界面和强大的决策支持能力,Borland 的需求管理工具 Caliber 产品可以帮助团队更准确和可预见性地如期通过项目的关键检查点,Caliber也有利于应用程序满足最终用户的需求,可以让所有项目利益相关者(如用户的营销团队,需求分析师,开发人员,测试和管理人员等)进行协作和沟通。

在整个软件交付生命周期,这些关键的功能如下:

(1) 集中:Borland Caliber提供了一个中央式的、安全的需求存储的机制。

(2) 适应力强,以符合您的流程:Caliber在设计上使得需求流程更加快速和敏捷。

(3) 全应用生命周期的需求追踪:Caliber的开放体系结构,允许需求在整个生命周期中都可以和各类相关的元素进行关联。

(4) 实时的影响分析:提供多种可视化的追踪展示方式,帮助用户及时的了解到必要的范围变化,从而对需求变更的影响作进一步分析。

Borland的软件需求定义与管理解决方案线组合在一起,帮助组织应对以下问题:

(1) 如何定义准确而完整的需求?

(2) 如何对需求进行记录或指定,才能够便于明确查找?

(3) 如何针对变更需求进行影响分析和优先化?

(4) 如何对项目范围进行有效管理?

4.4.2　Borland Caliber 的需求定义与管理过程

Borland的需求定义与管理包括以下5个关键子过程:

1. 过程 1:需求获取

Borland Caliber的需求获取过程如下:

(1) 选择相应的关键用户。

(2) 识别相应的获取技术。

(3) 培训团队成员,包括项目合作伙伴,需求分析师,系统分析/架构师等,以便针对不同的用户,采用相应的技术。

(4) 为获取定制相应的模板。

(5) 整合Borland的Caliber技术,用于将用户想法捕获到一个简单的可视表格中,以便易于用户理解。

2. 过程 2:需求分析

Borland Caliber的需求分析过程如下:

(1) 实现一个有效的评估和优先化需求的方法。

(2) 提高分析师分析和澄清需求的技能。

(3) 支持健硕的,基于需求的预估和计划过程。

需求分析指的是对需求获取阶段得到的系统边界和原始需求进行分析、规约、验证。这部分形成的需求规约是需求管理的内容。从分析、规约和验证几个活动来看,Caliber都提供了比较好的支持。Caliber没有提供强大的自动分析工具,但其在辅助分析上用起来还是不错的。

(1) 需求属性:Caliber为用户提供了相对强大的自定义属性来支持需求分析,用户而且可以在自定义属性的基础上进行一定程度的界面定制。这些属性决定了分析的主要内容。

(2) 需求关联图:记录并比较直观的表示需求之间的关系。

（3）需求讨论功能：提供了讨论的平台。

3. 过程3：要求处理

Borland Caliber 的需求处理过程如下：

（1）定义一个一致的需求类型，属性和跟踪树，从而使所有用户都可以轻松找到，过滤和归类最为相关的数据。

（2）对每个需求环节开发标准的模板，以确保完成。

（3）识别各种指定技术（如用例模型，企业过程模型，原型以及传统需求规格）及其相应的使用，从而可以以有意义和易于理解的方式捕获这些需求。

（4）配置一个工具基础架构，以支持定制模板和整合。

（5）针对工具的正确使用培训开发团队。

（6）提供跨多个需求类型的自动化溯源性。

（7）培训团队成员，使其能够对整个生命周期的跟踪进行整合，以达到总体项目管理的目的。

（8）整合 Borland Caliber 技术，对需求的属性，溯源性，屏幕捕捉，图像，办公文件等进行详细说明，使需求变得明确而易于了解，从而驱动开发更具有效性。

需求处理即将需求表现形式进行规整，在编辑功能上相对没有 Office 工具集强大，但是 Caliber 文本编辑时给人感觉挺流畅，而且还集成对 Word 工具的调用功能。

（1）需求分类、需求分层。提供了良好的需求结构，但是遗憾的是其不支持树状的分类，即在分类之下再划分小类，之能使用需求分层来弥补。

（2）需求表示。Caliber 提供了良好的文档编辑功能。而且文档关联功能弥补 Caliber 不足的编辑功能，可以关联到其他工具如 Visio 等表示的需求或页面原型等。

（3）权限控制。需求项级用户权限控制，保证了每个需求的一致性。需求文档更高级别上的类似问题需要用户自己控制。

（4）术语表示。在需求的说明中对术语进行特殊显示，增强的清晰性，但在编辑文档时不方便查询和导入术语。

4. 过程4：要求验证

Borland Caliber 的需求验证过程如下：

（1）定义和实现一个具有明确质量度量的验证过程，以减少缺陷。

（2）通过 Borland Caliber 内容图版执行的自动验证和验证过程，驱动过程采用和强化及改进一致性和质量。

（3）定义和实现一个验证用户需求的过程，以确保需求得到满足。

5. 过程5：要求管理

Borland Caliber 的需求管理过程如下：

（1）建立为现有需求进行变更管理的过程，包括适用于请求变更的标准过程，以支持对范围和承诺，改进的影响分析以及更具可靠性的项目计划，进行更好的管理。

（2）在用户中定义评估和接受规程——必要时建立变更管理委员会。需求的变更管理是需求管理的核心内容，它和配置管理是密切相关的。变更管理的主要内容是，依据变更管理流程，跟踪控制需求的变更，并维护需求的版本、基线以及变更记录等。Caliber 这方面的特性感觉比较出色。

（3）需求项版本控制。为每个需求项建立版本控制，并且建立日志可以查看需求变化的记录，更重要的是能追溯每个版本的文档，并可以进行比较。

（4）基线控制功能。基线固定某个特定时刻的所有需求，而且提供了及其方便的查看方式。但是一旦建立基线并锁定之后不能再次进行修改，不过这个缺点可以通过建立心得基线来弥补。

（5）需求管理要求跟踪需求正反向的可跟踪性，使得需求可以回溯到定义或者对其负责的涉众那里，也能追溯到需求的具体实现（如系统模块，具体代码等）。一种实际的做法是建立需求的跟踪矩阵，描述了从需求中的特性到最终的实现代码之间的对应关系。

（6）虽然用所提供的引用能建立需求到后期实现的单向追踪，但是没有需求跟踪矩阵可以说是比较遗憾的。由于是单独使用 Caliber，估计 Borland 的整个解决方案中考虑了这个问题。

（7）成本估计功能。可以记录成本估计来辅助项目计划，而且数据应该能和其他估算工具公用。

图 4-12 所示是 Borland Caliber 2008 的功能一览，可概要了解 Caliber 2008 的主要功能及特性。

Borland® Caliber® 2008 Family

KEY FEATURE HIGHLIGHTS	Caliber DefineIT	CaliberRM	Caliber Analyst
需求启发和分析报告			
可视场景捕获		■	■
用户故事或者业务场景捕获		■	■
基于需求的估算		■	
先进的需求分组和排序		■	
需求规格说明和需求确认支持			
资源和参考附件		■	■
用户定义属性（UDA）		■	■
可视化的故事板执行和模拟		■	

Borland® Caliber® 2008 Family

KEY FEATURE HIGHLIGHTS	Caliber DefineIT	CaliberRM	Caliber Analyst
需求管理支持			
跨生命周期的追踪		■	■
实时的冲突分析		■	
中央式几种存储(同时支持分布式存储)		■	
先进的度量和报表分析		■	
变更追踪和通知		■	
全面的基线支持		■	
应用生命周期集成			
可视化的场景和需求同步	■	■	■
测试用例自动生成和追踪	■	■	
需求到UML的转换	■		
需求到BPMN的转换	■		
Borland® StarTeam®集成		■	■
Borland® Togethe®集成	■	■	■
Microsoft® Visual Studio® Team System集成		■	■

图 4-12　Borland Caliber 2008 的功能一览

4.5 使用 Caliber 定义项目需求

作为 VSTS 的补充,使用 Caliber 管理需求的操作过程如下:

4.5.1 创建新项目

使用 Caliber 2008 首先应进行安装设置,过程如下:

(1) 安装 Caliber2008SP1_TR.exe。

(2) 运行 Administrator。系统默认用户名和密码都是 Admin。

(3) 在系统菜单中,选择 File 项,并选择创建新项目。根据提示输入相应信息,完成项目的创建,如图 4-13 所示。

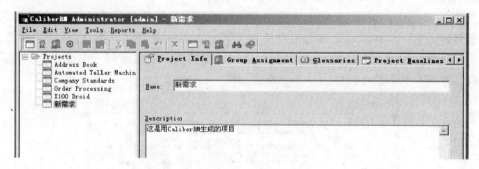

图 4-13 创建一个新的需求项目

还可以看到,这个项目可以成为 VSTS 中的一个工作项,进行跟踪和管理。

4.5.2 为项目创建需求树

创建项目(需求树)的进程如下:

(1) 运行 Caliber,在"文件"→"打开"命令下,打开创建的新项目,"新需求"如图 4-14 所示。

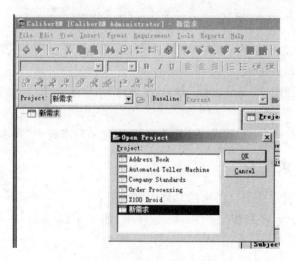

图 4-14 打开新创建的需求项目

（2）选择"新需求"项，右击，选择设置需求类型如图 4-15 所示。

（3）Caliber 提供了 6 个基本、5 个扩展的需求类型（可自定义）；不同的属性代表了在不同需求层次上关注的不同内容。例如，第 1 个属性是业务需求。它反映的是组织或客户对系统或产品的高层次的目标描述，包括商业机会、目标、市场需求、系统或产品的主要特点、产品或项目能够成功的因素等。第 2 个属性是用户需求。它

图 4-15   需求的 6 个属性

描述的是完成上述目标的产品或系统必须完成的任务，用户需求可使用用例或场景描述。第 3 个属性是功能需求。它是在用户需求范围内，系统或产品必须实现的主要功能。所以功能需求是用户需求的具体实现。第 3 个属性是设计需求，即基于设计限制的假定因素和制约条件。这些因素和条件形成了需求的功能边界。它们可能包括业绩指标，能力的门槛，硬件限制等。第 5 个属性是全部的项目任务。第 6 个属性是测试方案，包括用来验证开发团队交付软件时的测试策略和测试用例，每个测试用例都应该追溯到一个或多个功能需求。

（4）选中 6 个基本类型中的一个或全部如图 4-16 所示。

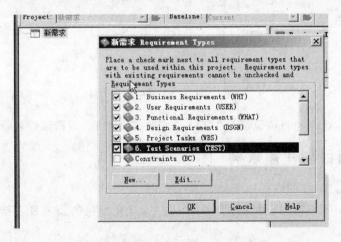

图 4-16   为需求项目选择 6 个基本类型

（5）选择"新需求"项下的某需求类型，右击，选择 NEW 下的子需求，可根据需要，依次创建更下层的子需求，并形成一棵"需求树"。

（6）在本例中，创建了"系统目标"和"系统设计"两个子需求（二级需求）。当然，如果需要，还可以继续定义下去。

（7）至此，需求树（包括子需求）创建完毕，开始定义需求树中"需求节点"的具体信息。

4.5.3   定义需求信息

创建项目以后，可定义项目需求的具体内容如下：

（1）选择子需求"系统目标"的 Details 选项卡，如图 4-17 所示，在指定字段中输入需求的基本信息。

- 需求名；

图 4-17　创建子需求

- 所有者(保留默认值);
- 状态(保留默认值);
- 优先级(选择低);
- 说明。

(2) 从菜单中选择 Requirement→Save Changes 命令。

① 第一次保存需求时,该需求将输入 Caliber 中,以后每次更改并保存需求时,软件都会提示输入关于更改的注释。然后,此注释将存储在更改历史中。

② 可以通过 Tools→Options 或在 Comment 对话框内选中 Do not show this dialog box again 复选框,打开或关闭此注释选项。

4.5.4　为需求分配属性值

需求属型可以帮助项目团队更好地管理需求、分配属型的方法如下:

1. 选择 User Attributes(用户属性)

(1) 在 Caliber 中,每个需求类型都可以与用户属性相关联。这些属性有助于充分地定义需求,用户可以利用它们确定应跟踪和存储的数据。

(2) 用户属性可以是 13 种数据类型中的任意一个,包括文本型、长整型、日期型、布尔型、用户、组和选择列表等。

(3) 用户属性一旦创建,即被分配给每个需求类型的自定义选项卡,使用户可以只跟踪每种需求类型所需要的信息。

(4) 用户属性可自行定义。

① 选择前面创建的子需求"系统目标"。

② 单击 User Attributes 标签。此标签将显示分配给它的用户属性。

③ 在指定字段中输入以下信息:

- Owner Priority (所有者优先级)保留默认值:High。
- Sponsor Name (发起者名称)。
- Source (来源)。
- Funded(已注资) No (无)(复选框保留空白)。
- Notes (说明)。

- Due Date（到期日期）。

④ 从菜单中选择 Requirement /Save Changes 保存更改。

⑤ 出现 Comment 对话框时，输入注释，然后单击 OK 按钮。

2. Caliber 规范需求描述说明

在定义需求属性的时候，可以看到，Caliber 对需求进行了需求类型、需求属性、需求术语三级划分，这是对需求的描述、记录、分类、检索的一种管理方式。它可以帮助使用者，分门别类地应用和管理需求，但对需求本身的内容和实质，并没有任何限制，包括提供这种分类方法的自定义。

到目前为止，我们获得了更详细定义和分类的需求树。在 Caliber 中，需求树是需求记录、跟踪和管理的基础。

4.5.5　为需求分配用户和组

责任是需求管理工作的具体化，定义责任的方法如下：

1. 选择 Responsibilities（责任）

（1）需求发生更改后，必须通知分配给该需求的人员，以确保开发工作顺利进行。为此，Caliber 允许为每个需求分配人员。通常每个需求可以分配多名人员。例如，可以分配创建需求的业务分析员，以及开发者、测试者和管理者。

（2）点击 User Attributes 选项卡，展开"＋"号，将需求分配给组/责任人。

（3）分配一个用户后，Caliber 将按照 Framework Administrator 中的定义将具体事件通知给该用户。

（4）保存设置。

2. 发生需求变更后的通知

需求发生更改后，Framework Administrator 向责任人发出通知。

需求树是需求的静态定义，当需求发生变化的时候，"通知"是最基本的动态跟踪手段。

4.5.6　链接参考文档

参考文档是所需管理的直接目标和对象，链接是建立管理对象与管理活动之内的关联，链接方法下：

（1）选择子需求"系统目标"的 References 选项卡。

（2）单击 New File 按钮，添加需要参考的文件。

在这里我们看到，抽象的需求开始与具体的软件开发过程的"制品"建立起关联。目前，这里的关联是"文件"级的，还不是"代码行级"的。这体现了需求管理的"颗粒度"与"力度"。在第 6 章中，将介绍"颗粒度"更细的关联。

（3）创建对 Word 文档的参考时，Caliber 还允许你直接链接到该文档中的文本。这样，在 Caliber 中打开文档时，无论选定的文本在文档中的什么位置，都会自动显示出来（超链接）。

4.5.7　创建追踪能力链接

Caliber 支持需求追踪能力，使你可以了解需求与其他相关的开发和测试信息之间的关系。无论项目是否相同，各需求彼此之间都可以互相链接。

需求也可以追踪至 CaliberRBT 中的测试事例、Mercury Interactive TestDirector 中的测试组、测试和测试步骤、用例、方法和其他 Select Enterprise 对象及"软件配置管理"(SCM)工具。因此,Caliber 不仅跟踪追踪能力关系,也跟踪对需求的更改,以指示哪些其他实体受到更改的影响。

(1) 选择子需求"系统目标"的 Traceability(追踪能力)选项卡。

(2) 单击 Modify(修改)按钮。Traceability Modification(追踪能力修改)对话框随即出现,展开＋号子需求。

(3) 单击 Trace To(追踪至)按钮,创建从"系统目标"子需求到"系统设计"子需求之间的链接,如图 4-18 所示。

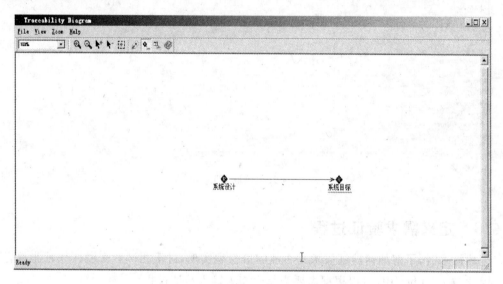

图 4-18　系统设计与系统目标项的关联

(4) 也可以将"系统设计"子需求拖曳至"系统目标"子需求选项卡上的 Trace To 列表中,创建链接。

(5) 从菜单中选择 Requirement/Save Changes 保存更改内容。

(6) 从菜单 Tools 中选择 Traceability Diagram,显示关联图,如图 4-19 所示。

(7) 可以使用 Tools 菜单或单击工具栏上的 Traceability Matrix(追踪能力矩阵)按钮来访问"追踪能力矩阵"。

(8) 用于将所有的追踪能力链接显示在一个视图中。每个需求沿着矩阵的左侧以行的形式列出,又沿着矩阵的上边沿以列的形式列出。

(9) 在 Caliber 追踪能力矩阵中,可以在矩阵中和各个需求的 Traceability(追踪能力)选项卡上添加或删除追踪能力链接,也可以对显示内容进行筛选,只显示特定的需求类型或所有需求类型。

(10) 还可以通过筛选,只显示列到行的链接、行到列的链接、隐含的链接、无链接或所有链接。

(11) 此外,还可以显示需求与 TestDirector、Select Enterprise、CaliberRBT 和"软件配置管理(SCM)"对象中相关的开发及测试实体之间的追踪能力。

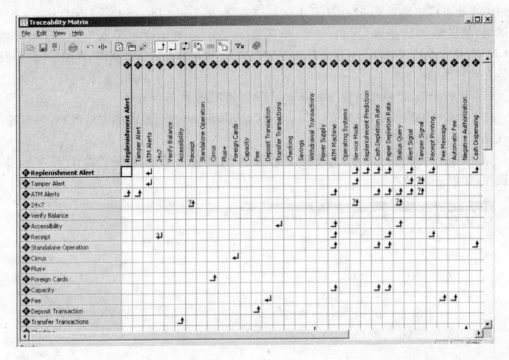

图 4-19　关联矩阵

4.5.8　定义需求验证过程

创建需求时，了解如何验证需求是否能够恰当地实现，对于测试者来说往往是非常有用的。因此，在 Caliber 中，可以根据需要为每个需求输入验证过程。

验证过程采用"自由形式"，也就是说从段落到步骤的编号列表，这一过程可以采用任何需要的形式。

（1）选择 Balance Transaction（余额交易）需求，单击 Validation 标签。

（2）输入文本：选择"余额交易"项，应能看到活期存款账户、储蓄账户和货币市场账户的选择；进行选择后，验证余额是否与分类账相符——作为验证过程。

（3）从菜单中选择 Requirement/Save Changes 项保存更改内容。

从某种意义上来说，Caliber 的验证是基于"人工"（非自动）的，在后面有关基线管理的部分，仍然可以看到这一特点。

4.6　使用 Caliber 对需求进行基线管理

基线及其管理是软件过程管理的主要手段，也是配置管理的核心。

4.6.1　查看项目的需求基线

可以在 Framework Administrator 中查看基准线的信息。

先选择要查看基线的项目，然后选择 Project Baselines 选项卡，如图 4-20 所示。

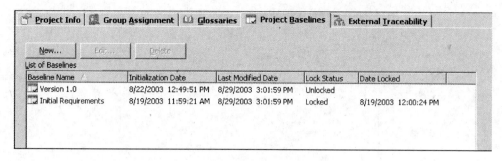

图 4-20　查看项目的基线

此选项卡显示关于每个基准线的信息如下：

（1）Baseline Name（基准线名）：基准线的名称。

（2）Initialization Date（初始化日期）：初始化基准线的日期和时间。

（3）Last Modified Date（上次修改日期）：上次修改基准线的日期和时间。

（4）Lock Status（锁定状态）：指示基准线是否锁定。

（5）Date Locked（锁定日期）：锁定基准线的日期和时间。

4.6.2　创建项目的需求基线

为项目创建需求基线的方法如下：

（1）在 Framework Administrator 项目列表中，选择需要创建基线的项目（如新需求），
单击 New 按钮，为基线取一个名字，加一些说明，如图 4-21 所示。

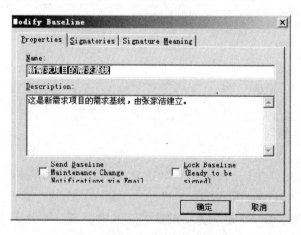

图 4-21　创建项目的需求基线

（2）选择 Signatories（签名人）选项卡，此选项卡将显示称为 Signatories（签名人）的人
员列表，如图 4-22 所示，这些人员可以签署锁定的基准线。该表目前是空的。

（3）单击 Modify（修改）向列表添加用户。Add Baseline Signatories（添加基准线签名
人）对话框随即显示，如图 4-23 所示。

（4）选择此基准线项目的成员，并在其用户旁的复选框中打钩。

（5）单击 OK 按钮。

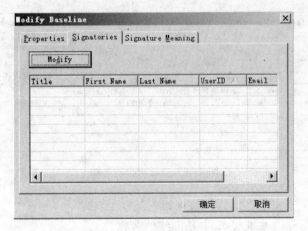

图 4-22　签名人列表(空表)

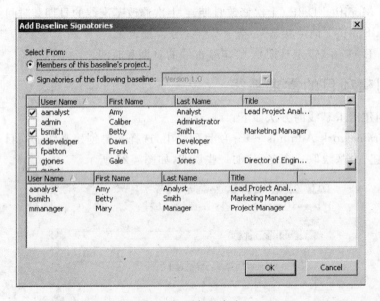

图 4-23　添加签名人

　　(6) 打开 Signature Meaning(签名含义)选项卡,如图 4-24 所示,可以看到有一个对签名含义的默认定义:Approved(批准)。

　　① 每个基准线都附有一个电子签名的签名含义的列表。每个基准线必须至少包含一个签名含义值,默认的签名含义为批准。

　　② 在选择 OK(确定)之前,Approved(批准)这一签名含义不会出现在列表中。

　　③ 签名含义的本质是基线的状态,因此可以添加新的基线状态定义(含义)

　　(7) 单击 Insert Before(在前面插入)按钮。New List Item (新建列表项)行随即出现,如图 4-25 所示。

　　(8) 在空白列表条目中输入签名含义的名称 Pending (待决)。

　　(9) 选择 Pending(待决)项,然后单击 Insert After (在后面插入)按钮。New List Item (新建列表项)行随即出现。

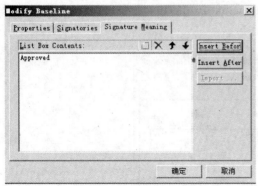

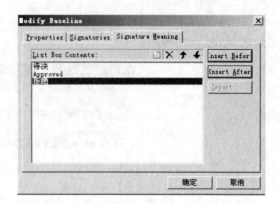

图 4-24　签名的含义　　　　　　　　　图 4-25　添加新的签名含义

（10）在空白列表条目中输入签名含义的名称 Declined（拒绝）。必须至少有一个签名含义。Caliber 不允许从列表中删除剩余的最后一个签名含义。

（11）单击 OK 按钮来保存新基准线。New Baseline（新建基准线）窗口自动关闭，新建的基准线在菜单的 Baseline（基准线）下拉列表中列出。

4.6.3　初始化项目的需求基线

创建一个基准线后，必须对其进行初始化。即必须用需求信息填充基准线。只有基准线管理员才能初始化基准线。

（1）在 Caliber 中，选择 File→Open Baseline（打开基准线）命令，从 Open Baseline 窗口的列表中，选择刚刚创建的"新需求项目的需求基线"。

（2）在 File→Baseline Adminstration 命令下单击 Baseline Maintenance（基准线维护项），打开如图 4-26 所示的窗口。

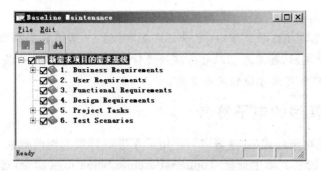

图 4-26　基线维护

其中，包含了项目的需求树，基准线中的各需求旁都带有复选框。选择所需求跟踪的需求项后，请单击 Save（保存）按钮以保存基准线。

（3）关闭 Baseline Maintenance（基准线维护）窗口。

4.6.4　锁定项目的需求基线

锁定的意思是不用更改，开始跟踪，锁定的方法如下：

（1）从 Baseline 下拉列表中选择"新需求项目的需求基线"项。

（2）选择 File→Baseline Administration→Baseline Properties 命令，打开基准线属性对话框，如图 4-27 所示。

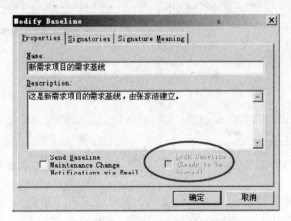

图 4-27　锁定项目的基线

（3）在 Properties 选项卡上，选中 Lock Baseline（锁定基准线）复选框。Lock Baseline（锁定基准线）警告随即显示。

（4）单击 Yes 按钮锁定基准线。

（5）单击"确定"按钮，基准线即被锁定，Lock Baseline（锁定基准线）复选框变为禁用状态。

锁定基准线后，该基准线的所有签名人都会收到电子邮件通知，告诉他们可以进行基准线签名。在基准线被锁定后添加的签名人也会收到通知。

注意：

①一旦锁定基准线，即无法将其解锁。选中 Lock Baseline（锁定基准线）复选框后，该框将被禁用（对比图 4-21 与图 4-27 画圆框的地方）。

② 完成所有基准线维护工作后，可以锁定基准线。一旦锁定基准线，即无法对其进行修改。但基准线锁定后，签名人可以对基准线进行签名、修改签名并为其分配含义。

③ 只有基准线管理员才能锁定基准线。

4.6.5　项目基线的电子签名

基准线签名是电子形式的"签署表"，它用于在进行开发工作前批准一组需求。要访问基准线签名功能，请从菜单中选择 Tools→ Baseline Signatures 命令，选择此菜单项后，将显示如图 4-28 所示的对话框。

根据签名的状态，签名将以不同的颜色和字体显示：

（1）如果已经对基准线签名，则签名条目为窗口文本颜色（通常为黑色）。双击该条目可以查看签名的详细信息。

（2）如果尚未对基准线签名，则签名条目为窗口文本颜色并呈粗体显示。双击该条目可以添加签名。

（3）如果另一用户尚未对基准线签名，则他的签名条目为灰色、粗体。

（4）如果另一用户已对基准线签名，则其签名条目为窗口文本颜色（通常为黑色）。

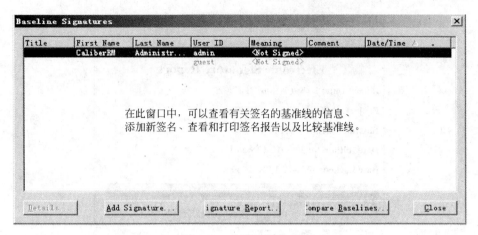

图 4-28 查看基线信息

4.6.6 添加项目基线的电子签名

电子签名添加方法有：

（1）在 Baseline Signatures（基准线签名）窗口中，选择单击 Add Signature（添加签名）按钮，出现如图 4-29 的添加电子签名对话框。注意：只有在基准线被锁定且你是该基准线的签名人时，Add Signature 按钮才会启用。

（2）可以添加或更改 Title（职务），也可以使用下拉列表为签名分配 Signature Meaning（签名含义）。

（3）在 Authentication（验证）部分，验证用户 ID，并输入密码。

（4）单击 OK 按钮，在基准线签名警告对话框出现后，再次单击 OK 按钮，确认对基准线的签名。

图 4-29 添加电子签名

（5）此时你的签名将出现在基准线签名窗口。

签名人可以对一个基准线多次签名，但签名一旦添加，即不能替换或删除。

4.6.7 查看项目基线的签名报告

要查看基准线签名的报告，请在 Baseline Signatures（基准线签名）窗口中选择 Signature Report（签名报告）按钮。该报告将在 Web 浏览器中启动，如图 4-30 所示。

4.6.8 比较项目的需求基线

可以比较多条基准线，以查看基准线的更改或项目进程。

（1）从窗口中单击 Compare Baselines 按钮，出现比较基准线对话框，如图 4-31 所示。

（2）选择要比较的两个基线。

（3）单击 OK 按钮，基准线的比较结果将显示在 .html 文件中。

图 4-30　查看电子签名报告

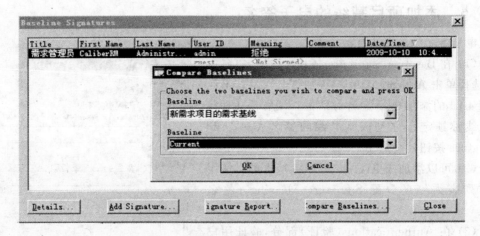

图 4-31　比较基准线

（4）可选择以下三种方法之一来查看数据：

① Show Baseline Comparison（根据需求的层次结构显示区别）。

② Show Only Baseline Differences Grouped by Requirement Type（按需求类型显示差异）。

③ Show Only Baseline Differences Grouped by Difference Type（按差异类型显示差异）。

比较结果，如图 4-32 所示。

4.6.9　有关项目需求基线的小结

（1）什么是基线？基线是项目需求树的被定义了特定状态的一棵"子树"。

（2）什么是基线状态？

通过签名确认的基准含义。

（3）如何进行基准控制？

电子签名

（4）基准管理与工具。

① 生命周期与基准点。

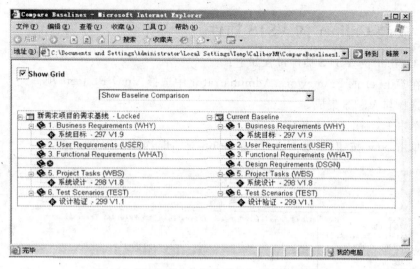

图 4-32 根据需求的层次结构显示的基线差别

② 历史记录(不可更改)。

③ 责任授权(等级与权限)。

④ 基准比较。

4.7 将 Caliber 与 VSTS 集成

Caliber for VSTS 是将 Caliber 与微软公司 VSTS 集成的插件,这个插件能够使得项目团队在 VSTS 中支持需求管理。Caliber 与 VSTS 的关系如图 4-33 所示。

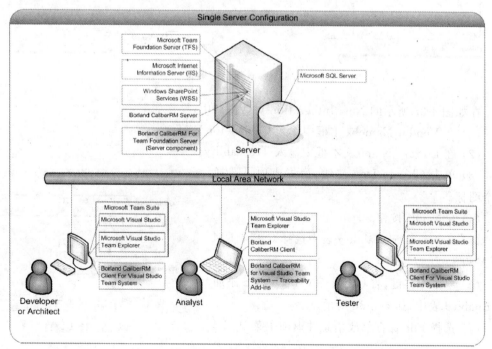

图 4-33 Caliber 与 VSTS 的集成关系

4.7.1 安装 Caliber 的 VSTS 插件

安装 Caliber 的 VSTS 插件过程如下：

（1）在 Caliber 的 Framework Administrator 中选择 View Projects 项。

（2）选择与 VSTS 集成。

（3）单击 External Traceability 表。

（4）单击 New 按钮，出现 New Integration 对话框，如图 4-34 所示。

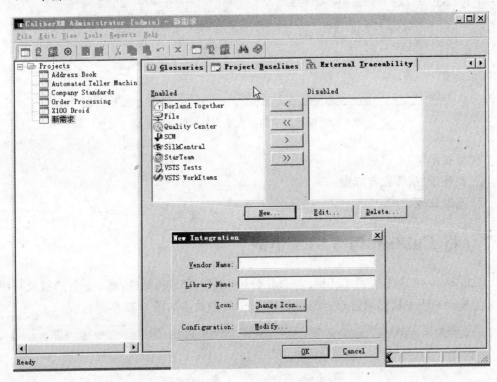

图 4-34　选择新的集成

在如图 4-35 所示的 New Integration 对话窗口中，操作如下：

（1）在 Vendor Name 文本框中输入 Caliber for VSTS。

（2）在 Library Name 文本框中输入 Traceablity。

（3）单击 Change Icon 按钮，为集成项目选择一个图标。

（4）单击 OK 按钮。

（5）External traceability 表中选择 CaliberRM for VSTS。

（6）单击左移键，将 CaliberRM for VSTS 添加到 Enabled 表中，如图 4-36 所示。

（7）选择 File 保存修改信息并返回主菜单。

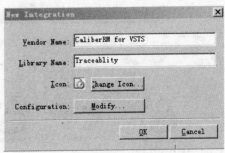

图 4-35　输入窗口

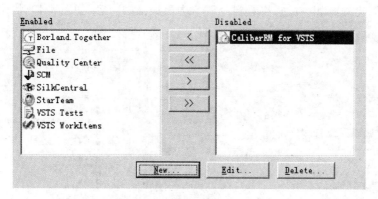

图 4-36 添加到 VSTS 中

4.7.2 让 Caliber 与 VSTS 工作项关联

Caliber 与 VSTS 的关联卡需求统一管理的关键,关联的方法如下:

(1) 选择关联到 VSTS 工作项,图 4-37 所示。

(2) 选择关联的 VSTS 项目和任务,如图 4-38 所示。

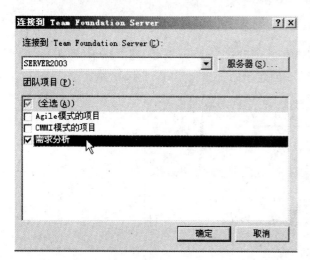

图 4-37 选择与 VSTS 关联

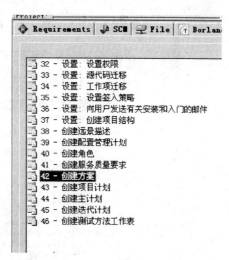

图 4-38 选择与 VSTS 关联项目

(3) 把任务拖拉到 Trace To 表中。看一下与 VSTS 工作项关联以后的结果,如图 4-39 所示。

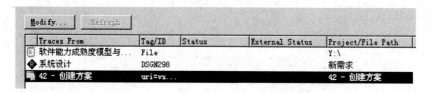

图 4-39 建立 VSTS 关联的项目

（4）在"创建方案"上右击，将看到 VSTS 中更详细的内容，如图 4-40 所示。

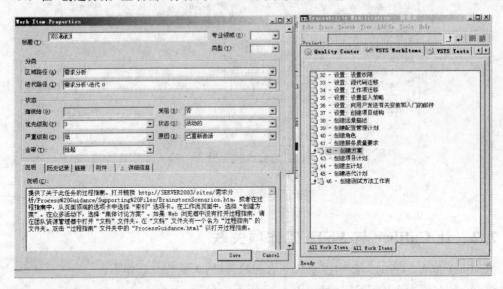

图 4-40 查看 VSTS 关联工作项更详细的内容

4.7.3 在 VSTS 中创建 Caliber 的需求项

在 Caliber 中创建 VSTS 的新的工作项，则可以从 Caliber 开始，建立需求（源头）。

在 VSTS 工作项下右击，可以为 VSTS 创建新的工作项，如图 4-41 所示。

图 4-41 创建需求项

4.7.4　建立 Caliber 的需求项与 VSTS 工作项之间的跟踪关系

Caliber 还提供了多种关联手段,如可以将某一子需求与文件关联(不是文件链接);图 4-42 所示是 Caliber 需求项与 VSTS 工作项之间的关联图。

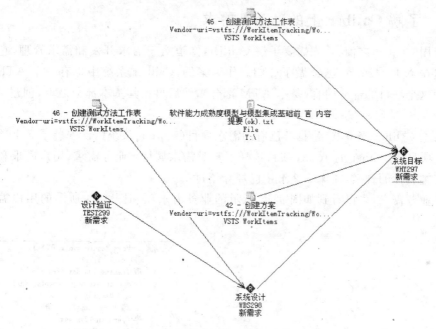

图 4-42　包含 Caliber 需求项与 VSTS 工作项的关联关系

4.7.5　总结:Caliber 与 VSTS 一起工作

在 VSTS 总体框架下(VSTS 并不具体设计需求),Caliber 可以担负需求获取、分析、处理,并与 VSTS 共同管理的任务,包括如下:

(1) 定义需求。

(2) 基线支持。

(3) 需求变更的追踪与通知。

(4) 跨生命周期的需求跟踪与影响分析。

4.8　在 Caliber 上建立 ATM 扩展需求

作为示例,ATM 扩展项目将采用 Caliber 工具,对需求进行管理。按照本章介绍的软件工程需求过程的规范要求,结合 Caliber 工具的实际情况,利用 Caliber 工具,开发和管理 ATM 扩展项目的步骤如下:

4.8.1　从业务用例模型到 Caliber 需求树

建立 ATM 需求树的过程,将 4.1 节 ATM 扩展项目的需求获取阶段得到的 ATM 业务需求,转化为 Caliber 中的需求树的过程。从用例模型,到需求树,可以看成是用"树形"结构,描述用例模型,即将用例视为功能,分析这些用例(功能)之间的关系,并将其转化为功能关联(功能分解、细化)后的"功能树"。

　　Caliber 系统中本身带有一个 ATM 的需求树案例,这可以作为 ATM 扩展项目需求的基本系统部分。模仿这个部分,可以建立扩展部分的需求树。

4.8.2　了解 Caliber 上的 ATM 需求

　　在使用 Caliber 之前,首先需要了解 Caliber,知道对于需求开发和需求管理,它可以做什么? 这在 4.4~4.6 节,已经做了介绍。作为案例,Caliber 系统中也有一个 ATM 项目,打算借用这个项目的部分内容(基本 ATM 部分),然后再在其基本部分之上,创建 ATM 的扩展部分。

　　登录上 Caliber 服务器后,打开已有的需求项目(Caliber 系统默认安装了 5 个项目),选择 ATM 项目。Caliber 的 ATM 项目选择了三类需求属性:业务需求、用户需求和功能需求。这三类属性的含义,在 4.5.2 节中已经介绍过。

　　点开业务需求,可以看到如图 4-43 所示的业务需求项和图 4-44 所示的用户需求与功能需求项。

图 4-43　ATM 的业务需求　　　　图 4-44　ATM 的用户需求与功能需求

　　这些需求项可能并不一定符合需要,特别是 ATM 基础部分的代码,可能并不完全与这些需求项的定义相符合。在建立需求与架构、与实际代码关联的时候,也可能并不能很好地一致起来。借用别人的东西固然省劲,麻烦也在这里。好在,这个现成的案例至少可以做一个"样子",看看在 Caliber 上,ATM 的需求是怎么定义的。当然,最后你也可能觉得,

Caliber 给的这个例子,实际上"并不怎么样",那说明,你有进步了。

总之,我们的工作是:结合已有的 ATM 代码、Caliber 的需求定义、实现 ATM 扩展目标的需要,经过裁剪、拼装、修补等手段,完成项目、ATM 基础部分的需求定义。

4.8.3　在 Caliber 中扩展自己的 ATM 需求

在 4.2.3～4.2.5 小节,介绍了 ATM 扩展的需求场景、关键需求以及相应的效果分析。如果是一般的功能需求,将这些需求描述转化为需求树,本质上是功能的分解,并不考虑架构等其他因素,所以了解了业务处理过程和处理关系,将一个复杂功能,按业务流或数据流的不同职责或阶段,进行分解(这是功能分解的一般方法),应该是不困难的。

但是,ATM 扩展关键需求的实现,显然不是增加一个"实时故障处理"功能模块那样简单,因为它涉及 ATM、前置机、银行三个相对独立,又相互联系的三个系统之间的系统架构、故障处理逻辑、恢复处理模块的设计,因此,ATM 扩展的需求树不是简单的功能分解。这可能需求在仔细分析了系统结构和处理机制之后,才能给出一个完整的方案。

为此,在需求阶段,只能简单地给出 ATM 扩展需求的一个"笼统"的需求项,其具体细分,将在第 5 章中进行。

在 Caliber 上增加一项——实时故障恢复处理。

4.8.4　在 Caliber 上确定项目的需求范围边界

安全可靠性的要求可以说是无限的,因此,必须要有一个需求范围边界。否则,将没有办法确定项目的目标,也没有办法进行项目验收。

技术因素导致的范围边界:

(1)"故障"的定义。

(2)"故障恢复"的定义。

(3)"故障恢复实时性"的定义。

非技术因素导致的范围边界:

(1)进度。

(2)资源。

(3)成本等。

上述内容,在需求描述和分析中,已经不是很严谨地(从用户的角度)进行了分析和介绍,请同学们继续收集、整理相关材料,给出严格的需求范围定义。

4.8.5　与 VSTS 工作项相关联并确定基线

到目前为止,可以把已经做的工作确定下来,并写到工作计划中。大家还记得在 3.7.3 节《为 ATM 扩展项目定义项目计划》中,为 ATM 扩展项目制订了到第一次大赛提交之前为止的工作计划,并确定了 5 项具体工作。按照规范的软件工程和项目管理要求,在那个时点,应该制订完整的项目计划,而不是部分计划。但因为是学生项目,很多事情不到发生的时候,还不明白,更没有预测和规划(制订计划)的能力。所以,采取一个阶段、一个阶段"补"计划的方式,进行体验学习。

现在,就是补充需求阶段工作计划的时候了。根据上述分析,需求阶段的工作任务如下:

(1) ××月××日前:需求获取。完成网上选择并下载 ATM 系统软件(基本部分)。

(2) ××月××日前:需求分析。

① 通过反向工程,进行代码分析,确认已经实现了哪些功能;通过代码及文档资料,进行 OO 分析,描述 ATM 基本部分已实现的需求,画出用例图、类图、交互图等。

② 分析 Caliber 给的 ATM 系统的例子,将 Caliber 的 ATM 系统需求与网上下载的已实现系统进行对比,找出一致和差异,形成分析报告。

(3) ××月××日前:确定目标范围。在分析两个系统的基础上,确定 ATM 扩展需求的目标和范围。

(4) ××月××日前:提出技术方案。提出 ATM 扩展技术方案的技术方法和技术路线。

(5) ××月××日前:进行可行性研究。研究并验证 ATM 扩展技术方案的可行性。

(6) 大赛第二轮提交截止日前:完成提交。完成《技术可行性验证》报告的正式提交。

将本阶段上述 6 项任务,加到 VSTS 中,指定相关的交付成果、责任人、完成时间等关键属性。ATM 扩展开发的具体实现,还将留到第 5 章完成。

在 Caliber 上,增加 ATM 扩展的需求获取、需求分析、目标范围确定、技术方案、可行性研究、扩展需求开发(第 5 章完成)等新的需求项。按照 4.7.4 节和 4.7.5 节介绍的方法,将 Caliber 上需求项,与 VSTS 的相应工作项、交付成果进行关联,并分别定义为基线。关联的目的,是用 Caliber 上需求,对 VSTS 的需求工作,进行具体的划分、定义、跟踪和管理(VSTS 没有对需求的具体管理功能)。定义基线的目的是:上述工作是项目最基本的工作,是以后开发的基础,必须认真完成,在通过评审和检查后,成为下一阶段工作的基础。

4.9　本阶段小结——通过需求评审

实训项目的需求阶段,到此将告一个段落。作为软件工程的需求阶段,已经知道了需求的重要性,初步尝试了需求开发的需求获取、分析、处理等几个重要环节的实际过程。作为本阶段的小结,也是需求开发过程的一个重要环节——需求验证(又称为需求评审)环节,将系统地检验需求工作。

4.9.1　理解实训项目的需求评审要求

考察课题需求定义与需求管理过程的规范性,包括充分的需求条目化、根据目标和资源等限制条件进行的需求范围边界定义,对需求进行处理和记录、存储,定义和描述需求状态与基线,采用适当的需求管理工具,以提供对需求过程的可使用、可追踪、可评价、可控制的能力。

表 4-2 所示是第三届软件创新大赛第三轮,对"需求过程"的评审标准。从评分标准中,可以看出,在需求阶段,对需求开发的工作要求,从低到高,依次是什么,评委关注的是什么。知道了要求,怎么改进和强化需求开发活动。

表 4-2　第三届软件创新大赛需求过程的评审标准

评审标准与评分	
√ 采用需求管理系统记录管理需求,范围明确,并且具有可验证、可追踪、可控制和管理性	90 分□
√ 需求明确、范围清楚,具有可测试验证性,但仅采用文字形式描述需求,需求难于追踪、状态判断和管理	80 分□
√ 用文字形式描述了大部分需求,具有一定的可用性,但不具有可验证性和可管理性	70 分□
√ 从需求描述中能基本了解大致的需求,但不完整,无确定边界,更无法验证管理	60 分□
√ 需求表述简单、存在随意性、无范围界定、难于使用、检验,更无法追踪和管理	45 分□
√ 无明确需求、描述含糊不清	30 分□

4.9.2　开展实训项目的需求评审活动

可以参照上述评价标准,也可以根据项目的实际情况,根据课程对需求过程的要求,制订自己的评价标准。

实际上,一个好的评审过程,并不是简单地看一下文档就能够判断需求是否描述清楚、边界定义准确、可追踪、可管理的。《现代软件工程》7.1 节所介绍的基于"质量需求-质量特性-基于质量特性的度量"的质量评价模型与评价方法,同样适合这里的需求评价(当然也适合以后各阶段的评审)。因此,在实际进行需求评审的时候,应该把上述评价标准看成是需求评审的质量需求,然后从这些需求中分解出反映这个需求的、可度量的质量特性,并依此进行客观、真实的度量与评价。例如,最高的可管理性,除应检查是否采用需求管理工具软件管理需求之外,还应检查管理的程度和水平,如是否可在工具软件的帮助下,自动地实现需求状态定义、签入签出追踪、与测试/评审关联、进度/质量等基线状况报告等。

当然,对于学生项目而言,不应该订太高的、不太切合学生实际的标准。

4.9.3　本章的理论基础和实践内容小结

本章所涉及的理论部分,大部分来自《现代软件工程》第 4 章,本章则用实际案例,实践与体验了《现代软件工程》第 4 章所介绍的需求获取、分析、处理等开发过程。Caliber 工具则为需求处理(目的是需求可管理)提供了最好的实际操作例证,表明需求应该处理成什么样,才能便于(使用 Caliber)进行管理,以及可以达到什么样的管理程度和水平。

本章开始描述 ATM 扩展的需求场景和关键需求的含义,并尝试进行初步的分析。由于 ATM 扩展并不是简单的功能扩展,因此从用户需求角度的分析只能是粗浅的、外围的,但它将为第 5 章的分析和设计,建立一个需求目标。

4.10　本章作业与问题

4.10.1　本章作业

作业:完成 ATM 扩展项目的《需求规格说明书》,并将文档性质的扩展需求,转化为 Caliber 的需求定义,将其与 VSTS 关联,并为其确定基线,通过需求评审。

4.10.2　问题：更进一步的思考

（1）ATM 扩展的需求与一般的 ATM 功能需求有什么相同，有什么不同的地方？

（2）文档化的《需求规格说明书》与 Caliber 的需求定义，在形式上有什么相同，有什么不同的地方？

（3）Caliber 的需求可管理性体现在那些具体的环节上？

（4）软件大赛设置这样的需求评分标准的目的是什么？通过它，希望同学们在需求过程中关注什么？

（5）在需求阶段结束的时候，你认为那些需求工作还没有十足的把握（按照软件工程瀑布模型的要求，这是不允许的）？为什么？

第 5 章

基于关键质量属性的架构设计

　　第 4 章关注的是需求。本章开始将转向软件系统的架构。即使没有选修过《软件体系结构》这门课,但是,仍然可以不失一般性地假定,对于一个大型的、将长期使用并需要"与时俱进"地扩展和完善的应用软件系统(ATM 系统就是一个这样的应用系统),具有一个良好的体系架构是必要的。在了解了一些软件体系结构的知识之后,并不能说已完全理解架构对于一个应用系统的作用,甚至还不免"为架构而架构"。作为软件过程的项目实训锻炼,为了让你不被软件体系架构的抽象概念所困扰,我们先抛开复杂的定义、名词,从最简单、最实际的模型开始。

5.1　最初的架构模型设想

　　要在手机上浏览网页,或玩游戏,或将银行业务扩展到手机上,当然不会马上就开始写代码。可能需要先画一张如图 5-1 那样的草图,看看在某一款手机(如苹果公司的 iphone)的不太大的显示屏上,能放进去些什么内容(先以看得清楚内容为前提,美观在其次)。然后,还要规划一下,在这样的应用系统中,手机(客户端,不论是 C/S 结构还是 B/S 结构)与服务器端(假设系统结构就这么简单)各自要做些什么,才能实现预期的功能。

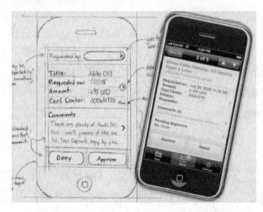

图 5-1　手机应用的界面设计草图

同样,需要画一些草图,看看如果要实现第 4 章描述的 ATM 扩展需求,ATM-前置机-银行三家(可能还有更多)系统,各自应该要做哪些工作,相互之间应该怎么分工,当真的发生故障的时候,要实现"实时"的恢复故障,各自应怎么协调与配合的。这就是最初的软件系统架构模型,或称为架构建模。架构建模的目标,是将分析模型映射为具体的软件结构。

不论采用的软件过程是 CMM/CMMI 还是敏捷过程,一般而言,架构建模都是必要的。RUP 将系统模型分为分析模型、架构模型、实现模型、分布模型等几个不同的生命周期阶段的交付成果,并强调以体系结构为中心(RUP 的三个基本原则:用例驱动、迭代开发和以体系结构为中心)。既为满足和适应需求不断变更的需要(用例驱动),应用系统的开发过程应以体系结构为基础,进行增量的、迭代式的开发。因此,系统架构成为延续最初的需求到未来第 N 代产品之间的纽带和基础。

系统架构设计本身也被不断地进行迭代,这种迭代,首先出现在需求开发的分析阶段,通过不断地在用户需求与架构设计方案/(平台)设计约束两者之间,在用户的需要(也可能是非功能性的)与架构设计决策之间折中、平衡,并反复迭代。最终,用户需求被转换成用于构造软件的"蓝图",并且既满足用户的需要,也符合架构设计的要求。在软件设计初期,"蓝图"描述了软件系统的整体视图,设计在高的抽象层次上,表现为可以直接与需求对接(跟踪)的功能和行为,这就是最初的架构模型。

由于《软件体系结构》是一门专门的课程,因此,本章在涉及具体架构设计实践环节之前,仅仅非常概要地介绍一下相关的概念和基本方法。希望同学们多花一点时间,阅读本课程指定或其他相关的教材和资料,而不要把本章作为架构设计完整的、唯一阅读过的教科书使用(本书始终将自己定位为相关教科书的辅助实践指导书)。

5.1.1   从需求模型开始

面向对象的分析 OOA 完成的工作是收集和确认用户的真正需求,并得到一组需求模型,需求模型包括静态模型、动态模型和行为模型。通过这组模型,使用户和开发团队明确系统应该"做什么"和"不做什么"。第 4 章采用 UML 方法,建立了 ATM 基本系统的需求模型。而面向对象的设计 OOD 将要执行的任务是:分析所获得的模型,把需求模型转化为设计模型,使开发团队知道应该"怎么做"。现在的任务,是实现从 OOA 向 OOD 的转换,这就是系统设计的任务。

回顾一下"面向对象分析与设计"课程,以及第 4 章中对 ATM 系统进行的需求分析,已经建立的三个 OOA 模型:

(1)对象模型:对象模型表示静态的、结构化的系统的"数据"性质。

(2)动态模型:动态模型表示瞬时的、行为化的系统的"控制"性质,规定了对象模型中对象的合法变化序列。即对象的动态行为。

(3)功能模型:功能模型表示变化系统的"功能"性质,指明系统应该"做什么",故更直接反映了用户对目标系统的需求。

三种模型分别从三个不同侧面描述所要开发的系统,它们相互补充,相互配合。

(4)对象模型定义了对象实体,是最基本的,是其他两个模型的基础——就好像它是控制系统中最核心的一个按钮,是本质的东西。

(5)动态模型规定了什么时候做,即在何种状态下接受了什么事情的触发。它是被按下的按钮,起触发作用。

(6) 功能模型指明了系统应该"做什么"。它是触发一个按钮之后的动作,完成具体的功能。

在需求分析阶段,建立了对象模型。例如,在现实社会中,已经把"人"分成了类,在建立对象模型的时候,主要依据需求(业务模型、系统模型)和实现平台与框架的需要,划分出的不同的类,分析其相应的行为。OOD 就是设计一个完善的体系结构,来合理、有效地实现这些行为。所以,系统设计的主要工作,是设计适合对象行为要求的系统结构,使得系统能更好地适应对象的行为需要,这是 OOD 的核心。

从面向对象的需求分析 OOA 到面向对象的系统设计 OOD,包括了 4 个过程: 子系统设计、对象设计、消息设计和方法设计。

5.1.2　一般架构模型的基本考虑

实际上,需求模型主要反映的是用户的功能需求,是站在用户/使用者方面考虑问题的。但是,为了满足 4.2.3~4.2.5 节所提出的对 ATM 系统进行安全可靠性扩展的非功能性需求(称为有关系统质量属性的关键需求),还必须从系统架构本身出发,进行考虑。

从架构本身应该考虑哪些问题? 图 5-2 所示为一个一般性的思考方向。其中:

(1) 开发架构:反映的是开发期的质量需求,表明开发过程应遵循开发团队所在的组织所规定、要求的软件过程规范,特别是有关产品线技术管理的要求,并制定满足相应的设计决策;它的具体涉及对象是程序包、第三方组件、类库、框架。

图 5-2　架构模型的考虑

(2) 物理架构:反映安装和部署需求,考虑软件系统与硬件环境的对应关系,设计部署和安装方案等;这里要考虑主机、存储、网络的具体物理部署。

(3) 运行架构:反映的是运行期的质量需求,针对系统运行要求。例如,与分布、性能、安全有关的要求,制定/遵循相应的设计决策;它与进程、线程、对象有关。

(4) 逻辑架构:反映的是功能需求,逻辑架构设计是规划组成系统的所有组件,为它们分配不同的职责,使得这些组件能通过协作,完成功能需求;它的具体涉及对象是系统的逻辑层次、功能组件和类的划分等。

(5) 数据架构:反映的是数据需求,在这里应考虑数据的分布、生成与应用的关系,设计合适的数据持久化存储和传递策略等。数据存储格式、数据字典、安全备份、复制、同步、数据传递是这里主要考虑的内容。

以上 5 种架构,是从系统本身的客观需要出发,在比较高的抽象层次上考虑的系统结构蓝图。而在这 5 个架构中,首先应该考虑的是设计开发架构。

为什么开发架构是首先需要考虑的? 因为如果开发是基于软件产品线的基础上,进行开发的话,开发架构需求反映的是组织的过程规范,是基本的技术要求、平台基础、框架和组件的重用条件等约束性要求,用户的需求是在这个基础上"迭代"的。因此,应首先考虑"迭代"的基础是什么。开发架构的设计主要是确定采用哪种技术平台、核心资源和开发框架,并在确定的平台和框架内,选择购买、移用或开发相应的程序包、第三方组件、类库等技术实现方式。

其次考虑的是物理架构,它是目标系统的硬件架构,是最基本的用户需求。

再次考虑的是运行架构,它是基于物理架构并考虑分布式业务处理逻辑和控制流、并发性,以及在不同物理节点环境下运行的计算、服务的分布式协同处理。这是用户目标系统的强约束条件。

然后考虑的是逻辑架构。该架构考虑在开发架构的技术约束和目标系统的物理、运行架构环境下的软件系统逻辑功能组件划分,并根据功能、协作、运行、部署条件,构成逻辑分子系统。

最后考虑的是数据架构,包括具体的数据库存储分布、数据格式设计等。

5.1.3　从需求模型到架构模型的转换

上述 5 个架构,是就一般情况而言的。对于实训项目,可能开发的应用系统并没有那么大,部署和分布情况并没有那么复杂。因此,将设计重点,放在逻辑架构上,同时理解并满足物理、运行等其他架构的需求。

逻辑架构设计的主要目标,是在开发架构、物理架构、运行架构已经确定的前提下,划分系统的功能组件,并构成相应的子系统。将要构建的所谓"子系统",其各内部元素(类与对象、关系、行为和功能)应具有一些共同的特征,举例如下:

- 部署/运行在同一个硬件中。
- 协同完成同一个计算功能或用于管理相同的资源。
- 具有良好的接口,通过这些接口可以与其他子系统或外部系统通信。

从分析模型开始,实际上已经对数据(对应于对象模型)、行为(对应于行为模型)和功能(对应于功能模型)进行了问题分解。由此,定义出若干个一致的类与对象、关系、行为、功能的集合。每一个这样的集合,其实就是一个子系统。

但是,在做需求分析的时候,并没有考虑系统的物理、运行等架构,并没有特别为满足这些架构的需要而考虑功能划分。现在,正是考虑这些问题的时候了。

一般的子系统(但不是必须)具有以下 4 个内部构件:问题域构件、人机交互构件、数据管理构件和系统交互构件。

1. 问题域构件

问题域构件是最能反映用户需求的部件,是系统的核心业务处理与业务逻辑,也是需求分析阶段已经做了深入分析的部分。分析模型所表达的内容主要是用户的问题域,因此,在架构设计阶段,为了系统实现的需要(如为应对业务处理组件的不同分布、处理逻辑变化的灵活性等),需要对需求分析的结果进行必要的分解和求精,甚至修改。例如,把多继承结构改为单继承;为复用库中已有类的重用;增加需要保存临时结果的类,以提高速度等。

2. 人机交互构件

人机交互的主要对象有两类:窗口和报表。

典型的窗口信息包括系统登录、系统设置、信息的获取交互等。窗口行为主要包括引发系统数据对象的建立、维护和删除(数据库记录)、系统管理设置、设备的打开、激活、关闭、系统业务活动等。

报表信息包括日报表、周报、月报、查询打印等;报表行为;固定结果、查询结果、数据挖掘分析处理结果等。

在分析阶段,已经对窗口和报表需求,进行了很好的分析和确认。在设计阶段,如果考虑未来,可以支持更多的窗口形式,需要展示各种不同的信息内容,就需要考虑更灵活的数据计算与数据显示的分离、显示形式与显示内容的多样性等。这可能导致需要对需求,进行更深入的细化和求精。

3. 数据管理构件

数据管理构件通常有以下两个目的:用于存储问题域中持久性对象以及用于封装问题域中持久性对象的存储和检索机制。

4. 系统交互构件

系统交互构件主要负责系统与系统的物理设备之间、各子系统之间、系统与其他系统之间的通信和信息交互,这是子系统设计中最主要的内容。基本方法如下:

- 与数据管理构件的设计类似,为每个这样的设备或对象,建立相应的类。
- 使用事件跟踪图来表示部件之间的关系。
- 设计阶段对这些跟踪图进行扩展和精细化。

5.1.4 电梯控制系统的架构设计

4.1.2节用 UML 方法,描述了电梯扩展系统的需求模型。本节介绍电梯控制系统的架构设计。

电梯系统中,暂时假定,开发架构并没有什么特定的需求。而一部电梯的物理架构和运行架构也是非常简单、明确的。

电梯的物理构成由升降系统、安全系统、轿箱、楼层按钮与显示、轿箱内按钮与显示、控制等几个部分组成。由于我们设计的系统,仅仅是电梯系统中的运行控制系统,是电梯系统整体中的一个部分。因此,必须遵循电梯整体系统的基本结构要求,也就是电梯的物理构成已经决定了控制系统所涉及的那些部件的物理架构,包括按钮、显示、电梯门、电梯、控制器的物理位置。

电梯控制系统的运行架构设计中,按钮、显示是界面部件,控制器是控制部件,而电梯、电梯门是控制的执行和延伸,也可以看成是控制的输出部件。因此,整个电梯控制系统是由电梯按钮、显示、控制器、电梯、电梯门几个部件之间协同的一个运行系统。由此,考虑重新划分电梯控制系统的类及相应的逻辑关系,并得到如图5-3所示的类图。

考虑前三个架构的需求,并在其逻辑关系的基础上,将电梯控制系统划分为三个子系统如图5-4所示。

(1)电梯子系统。

问题域:升降、门开关。

交互:楼层的位置显示。

数据:无。

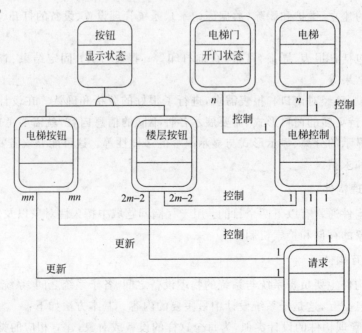

图 5-3　电梯系统的类图

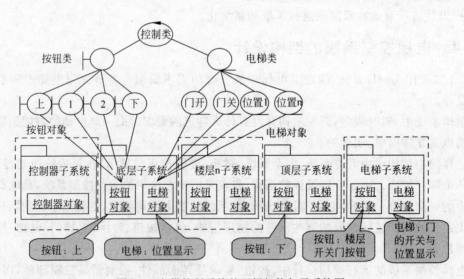

图 5-4　电梯控制系统的逻辑架构与子系统图

（2）按钮子系统。

问题域：电梯/楼层按钮。

交互：按下/显示。

数据：无。

（3）控制子系统。

问题域：接收/处理请求。

交互：电梯/按钮。

数据：状态、请求队列。

5.2　关注与架构有关的关键质量属性

在上面的例子中，实现了电梯控制系统架构设计的基本过程。这个过程的最主要目的，是将电梯控制的需求模型转换为电梯系统的架构模型。但软件系统仅仅有了架构模型还是不够的。因为它可能还并不满足组件的可重用性、处理的实时性、代码的易修改性等其他开发期、运行期和维护期所要求的某些关键质量属性。

5.2.1　满足关键质量属性需求的架构设计

什么是关键质量属性？Karl E. Wiegers 作为世界著名软件工程大师，以需求、项目管理、过程改进等领域的研究和实践著称。曾任 IEEE Software 杂志编委和权威期刊 Software Development 的特邀编辑和专栏作家。他曾经在柯达公司工作 18 年，领导过大型开发团队的过程改进。作为一位多产作家，他凭借《软件需求》和《创建软件工程文化》两次荣获被称为"软件开发奥斯卡"的 Jolt 生产效率大奖。他说，质量属性很难定义，但质量属性经常可以区分产品是只完成了其应该完成的任务，还是使客户感到满意。确实，早期的软件系统结构设计，一般都是从功能实现（功能划分、职责配合）的需要、系统软硬件部署的需要、运行的需要，甚至某些开发方式（人员分工、开发还是采购）的需要，考虑如何切分应用系统组件，定义系统架构。将这种基于"刚性"架构特性的系统设计称为基于功能的架构设计。操作系统（OS）的结构、ISO 网络 7 层的结构、手机处理组件的流水线结构等，首先是从其自身的这些"刚性"的功能性因素出发，形成各自特定的系统结构。

可以看到，诸如系统的性能、安全性、可用性、易用性、可修改性、可移植性、可测试性、可集成性、可重用性等，这些"柔性"的质量属性可能更能够让客户满意，并且它们与系统结构有着更紧密的联系。同时，构架的这些关键需求，与系统功能有时是矛盾和冲突的，需要小心地平衡。

所谓功能性需求，是系统必须实现的、对系统所期望的工作能力。实现功能性需求，可以有也可以没有内部组件/组件的职责划分（在一个组件内实现），可以有也可以没有组件/组件之间的配合与协作。可以不考虑系统的可扩展、可维护、可修改等特性。系统的功能实现，可能与架构如何设计毫无关系。学生在课堂上所编写的大多数应用程序，可能基本没有涉及过任何含有关键质量需求的因素，因而，也不会专门为这样的需求，进行特定的架构设计。通常会遇到这样的问题：在架构设计中，MVC 模式到底有什么用？优势在哪里？为什么要三层结构，甚至更多层结构？中间件/面向对象的设计模式这些时髦的东西，到底用在什么地方？除了增加麻烦、降低效率，为什么看不到它的好处。所以，架构设计陷入"为赋新诗强说愁"的境地（这与选择 CMMI 过程，还是敏捷过程有点类似）。

这些关键需求，是如何影响或依赖于系统架构的？举例如下：

1. 应用系统的易用性

（1）与架构设计无关的设计：界面表示直观、操作简便。

（2）架构设计有关的设计：

① 是否允许直接的取消、撤销操作。

② 是否可重用以前输入的数据。

③ 是否有多层次的输入支持和帮助。

2. 系统性能

(1) 与架构设计无关的设计：算法的好坏。

(2) 与架构设计有关的设计：

① 组件之间通信的瓶颈制约。

② 分配给组件的功能的合理性。

③ 组件完成功能所需要的共享资源的情况。

3. 代码易修改性

(1) 与架构设计无关的设计：可读性好的注释和编码规范。

(2) 与架构设计有关的设计：

① 组件之间逻辑独立。

② 组件的接口简单。

③ 变更涉及面小且范围清晰。

④ 回归测试的范围容易控制。

上述关键需求的实现，从实现方法角度看，仅仅在界面层的美化设计、局部组件的代码优化，以及规范的编程和注释，都是很难做到的，需要更多地依靠良好的架构设计实现。最近这些年，业界、包括"软件体系结构"课程的教学和实践，已经越来越注意强调"基于关键质量属性需求的架构设计"这一架构设计的根本出发点和考虑因素，而不再仅仅介绍基于功能需求的架构设计。

5.2.2　电梯控制系统关键质量属性需求分析

5.2.1节介绍的电梯控制案例中，并没有为电梯控制系统设想更多的需求。其实，一台普通的电梯，如居民小区七层住户楼的上下电梯，可能并没有什么特别的需要。但如果是一栋大型写字楼，需要对多台不同的电梯，进行控制情况就不会那么简单。

关键需求的需求获取与分析，比常规需求的获取与分析要更困难，因为它不但要了解用户的业务过程，也需要了解架构设计的限制与约束，并在两者之间，找到平衡点。这也是架构评审的主要判断点。

1. 多层大厦电梯控制系统的特定需求

以美国纽约的帝国大厦(Empire State Building)为例，帝国大厦共有102层，1930年动工，1931年落成。帝国大厦拥有许多世界之最，其中一项就是，大厦安装了73部电梯，电梯速度高达每分钟427米。

帝国大厦虽然只是一个"世界之最"的特例。一般高层办公楼都可能具有如下特征，即电梯控制系统需要满足的质量属性需求。

1) 并发性

多部不同电梯同时运行，导致：

(1) 多个电梯、楼层、去向的并发请求与并发运行。

(2) 特殊运行要求(性能、服务质量、运行限制、特殊要求)。

（3）多部电梯一体化运作管理、协同动作。

2）分布式

多部电梯分布式部署，统一控制，协同控制，智能控制。

（1）统一控制/分布控制。

（2）统一的负担（响应速度/排序/队列）。

（3）分布的协调（状态/通信）。

（4）智能化（优先级/择优）。

3）实时性

实时响应用户/控制的需求、实时应对紧急情况、故障。

（1）请求立即接受、状态立即报告显示。

（2）多长的电梯等待时间可以忍受。

（3）特殊电梯：紧急疏散、消防、VIP 电梯的时间要求。

（4）临时需求：绕开故障区、重新配置、调度的时间要求。

4）安全私密性、灵活可扩展性的考虑

（1）电梯也有保密要求，在有些酒店，没有房卡是不能启动电梯的。

（2）电梯以及控制系统的灵活可扩展。

2. 特定需求下重新考虑的问题

分析上述新需求的时候，可以发现原有的架构分析和设计，在只有一部电梯的时候，可能还能满足。但当出现多部电梯，需要分布、并发、实时控制的时候，这样的架构就可能根本不能适应新需求的需要，甚至存在根本性错误。

在进行 OMT 分析的时候，虽然已经获得了电梯静态模型（对象）、动态模型（外部交互）和功能模型（动作）。这些分析模型是针对单部电梯的，多部电梯并不是单部电梯的简单重复。当控制系统涉及多部电梯的时候，原分析模型隐蔽的问题就暴露出来了。

例如，电梯按钮、电梯、电梯门等，可以归纳为静态模型中的"对象"吗？

什么是"对象"？在"面向对象分析与设计"教材中，对"对象"的定义是，"对象"是数据及可对这些数据施加的操作结合在一起所构成的独立单位的总称，是具有一定知识和处理能力的独立个体。它可以是具体的物理实体，如一个文件；也可以是人为抽象概念的，如多任务操作系统中的调度策略。

因此，电梯按钮、电梯、电梯门好像并不符合上述定义。实际情况也是这样。图 5-5 所示为电梯控制系统环境。电梯按钮、电梯、电梯门自身，并不包含"数据"以及"可对这些数据施加的操作"，它们只是一个没有"智能"的电梯零件。含有数据并能够进行操作的是电梯"控制器"。在上节的分析中，把这些"电梯零件"定义为对象，是因为在计算机上模拟电梯控制系统的时候，人为地掩盖了电梯按钮、电梯门的"非智力"特性，给它们强加了所不具有的"智力能力"。这一问题，在讨论分布、并发、实时需求实现的时候，就显现出来了。

什么是电梯系统中真正的对象？什么是真正影响电梯控制分布、并发、实时特性的关键组件？一部电梯只有电梯控制器具有"数据及可对这些数据施加的操作结合在一起所构成的独立单位"这样的属性，电梯的按钮、电梯、灯、门等，只能通过控制器，实现自己的作用。例如，按下按钮所表达的输入请求、点亮灯所表达输出状态等。它们自己不能直接发生作

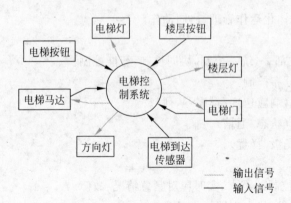

图 5-5　电梯控制系统的环境图

用,相互之间也不能发生直接的关系,并导致行为和状态的变化。当然,它们更不具有数据存储、重发、纠错、协调的功能。除非将这些零件,都改造成具有 CPU 的智能设备,显然现在它们都还不是。

3. 从架构的角度理解特定需求

从实现关键质量需求出发,不以电梯的按钮、电梯、门作为电梯控制系统的对象和组件,重新考虑电梯控制系统架构的对象,考虑电梯控制系统的组件、连接、连接关系,可以看到,真正的关键在控制器本身,而不在控制器之外。考虑实现关键质量需求,需要在控制器内部,将电梯控制器进行再分解。

图 5-6 所示是分解后的结果。过去的"电梯控制器"单一对象,被重新分解为"请求队列"、"电梯状态"、"运行计划"、"调度控制"4 个对象。第 4 个对象——"调度控制"是隐含的。4 个对象都有属于自己的属性、方法、消息、功能,而电梯的按钮、电梯、门等外部设备,成为前三个对象的外部特征。

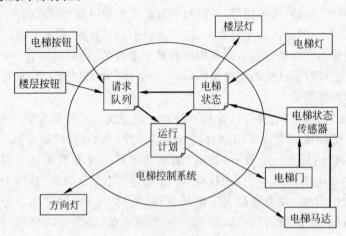

图 5-6　新的电梯控制器内部的组件划分

因此,多部电梯的控制系统,是在"电梯调度"对象的协调下,在"请求队列"、"电梯状态"、"运行计划"对象之间,进行控制变化,如图 5-7 所示。从外部反映出来的是状态的变化。而要满足分布、实时、并发属性需求,则是在如此架构下,如何设计出好的调度策略,并体现到"请求队列"、"电梯状态"、"运行计划"对象上。

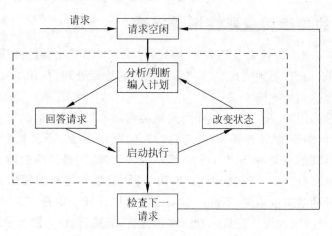

图 5-7 电梯控制器内部的状态变化

电梯控制系统关键质量需求就分析到这里,更深入的设计考虑一定要自己实际动手做才能有深切的体会。

4. 满足特定需求的验收测试要求

用测试验收要求,代表明确的需求,是本课程的重要方法。

电梯控制系统的测试验收要求如下:

1)电梯系统的功能测试验收

(1)单电梯:同时接受单一/多个请求,并满足请求。

(2)多电梯:同时接受多个请求,并满足请求。

(3)单/多电梯:在有运行限制/配置限制的情况下,接受多请求并满足请求。

(4)多电梯:临时改变运行配置或假定发生特殊情况(火警)后改变配置,接受多请求并满足请求。

测试:在上述请求下,系统模拟应能演示出按钮、灯、门、电梯运行楼层等外部特征的变化,以及控制器内部请求队列、电梯状态、运行计划的相应变化内容。显示结果应能表明:上述两部分的内容是变化一致且满足设计要求的。

2)电梯系统的性能测试验收

假定电梯运行参数如下(参数可增减、调整):

(1)总电梯数:7 部。

(2)总楼层数:32 层。

(3)最大电梯承载人数:11 人。

(4)每运行一层的时间:100ms。

(5)开门/关门时间:100ms。

(6)每上/下一人的时间:100ms。

测试:各项目团队在上述假定下,对出现最小/最大请求情况下的最小/最大等待时间,进行估计,并用实际模拟运行结果,进行验证。同时,在相同电梯配置下,获得本电梯的最佳运行性能数据(在最大和最小之间的等待时间曲线)。设定一个等待时间的心理满足区间,看看实际的运行曲线有多少是落在这个满足区间内的。

5.2.3 规范的关键质量属性场景描述

4.2.3 节讨论了老人取钱失败的情形,因此,在 4.2.4 节提出,解决问题的关键是 ATM 系统(ATM-前置机-银行)必须实现"实时"和"有效"的故障处理,并在 4.2.5 节简要描述了 "实时"与"有效"应达到的效果。

这是关键需求的用户需求描述,但作为系统架构师而言,用这样的需求描述,去定义和设计系统架构,显然不明确、不准确,可能存在"歧义"理解,因此,不具有架构设计的"可操作性"。例如,对"故障"的定义,是因为 ATM 机本身的故障,还是网络故障,或者甚至是前置机/银行计算机系统的故障?不同的故障,原因不同,故障处理和恢复的方法不同,达到的 "实时"和"有效"性的效果也不同,不能一概而论。架构设计一定是在充分分析关键需求的基础上,做出的设计方案与设计决策,因此,准确分析、表述、记录关键质量属性需求,则成为架构设计的前提。而质量需求与功能需求相比,具有更难于清晰梳理、难于准确表达的特点,使得这一环节显得尤为重要。

为了清晰、准确地表述关键质量需求属性,本节借助于一套规范的"质量属性场景"表达形式,描述质量属性。实际上,这种"质量属性场景",如图 5-8 所示,简要描述某个实体与系统的一次交互,在交互过程中,反映了一个有关质量属性的特定需求。

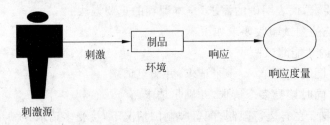

图 5-8　质量属性场景

质量属性场景由 6 个部分组成:

(1) 刺激源:可以是风险承担者、计算机系统等。

(2) 刺激:可以看作是一个导致刺激的事件。

(3) 环境:相当于系统当前运行的状态。

(4) 制品:系统中对事件做出反应的部分,可以是整个系统或系统的某一部分。

(5) 响应:事件到达后系统的相关行为。

(6) 响应度量:对反应结果提供某种形式的衡量。

生成这样的质量属性场景的目的,是用来帮助架构师描述有意义的质量属性需求,并使质量属性需求的描述规范化。

5.2.4 有关 ATM 扩展的关键质量属性场景描述

将 4.2.3~4.25 节描述的关键需求定义为 ATM 系统的"可用性"需求。所谓"可用性(α)",指系统正常运行时间的比例,是通过两次故障之间的时间长度或在系统崩溃情况下能够恢复正常运行的速度衡量的。

α 度量的公式是：

$$\alpha = \frac{\text{平均正常工作时间}}{\text{平均正常工作时间} + \text{平均修复时间}}$$

虽然发生了故障(暂时不论故障的原因或故障发生在何处)，但系统能够自动恢复，没有(几乎没有，储户没有发觉或可以忍受)影响储户使用，修复时间＝0，则可以认为可用性 α＝100％。

非实时的应用系统、每天只需要工作 2 个小时，什么时间工作都可以。这样的使用要求下，即使有故障，只要在一天的 22 个小时之内能够修复，则 α 仍然可以是 100％。但是，ATM 系统是 24×7 的系统，如果需要修复时间，则 α＝？。

这里有一个问题，故障是指全市(假定故障在全市范围内)ATM 系统(ATM 机＋前置机＋银行)全部或部分瘫痪，导致全部 ATM 机不能工作，才算作故障(这种情况的概率应该很低了)？还是如老人取现金的例子，也算作故障？目前可能(也是可能)银行只算前者，不算后者。但对于老人来说，她今天的可用性 α 就是等于 0。

ATM 机系统的可用性的质量属性场景描述如下：

(1) 刺激源：网络中断等意外情况。

在本案例中，限定故障原因仅仅是因为 ATM 与前置机，或前置机与银行的计算机之间的线路，发生了故障，导致暂时或永久(修复之前)不能正常通信。

(2) 刺激：错误操作、系统崩溃、网络中断、响应时间延误等。

本案例假定，线路中断的原因是外部因素造成的，不存在内部操作、系统故障等内部因素。

(3) 环境：ATM、前置机、银行储蓄业务交易系统等。

本案例只讨论 ATM 业务，实际上，发生上述故障将影响除 ATM 交易以外的很多联机业务，但这些暂时不在我们考虑的范围之内。

(4) 制品：相关进程、存储信息、处理过程。

因此，本案例只考虑与 ATM 交易有关的业务过程和业务处理。

(5) 响应：记录、通知、恢复、继续(降级)、不可用。

只针对 ATM 交易。

(6) 响应度量：修复时间、恢复的难度、降级程度。

只针对 ATM 交易的故障恢复处理，进行度量。

在上述场景描述中，我们做了很多界定和限制，看来规范的需求描述确实可以帮助明确目标，缩小范围，提高效率。

5.3 基于关键质量属性需求的分析与架构设计

5.2 节用质量属性场景的方式，描述了 ATM 的"可用性"需求。本节将重点对这一需求的现状与对策，进行分析讨论，进而获得可满足需求的对策和技术方法。

5.3.1 "可用性"需求的现状分析

分以下几个步骤讨论关键质量属性需求"可用性"的现状：

1. 影响"可用性"的故障原因与故障恢复方法现状分析

在关键质量属性场景中已经规定,本案例仅讨论由于通信线路因素,导致的暂时性的通信中断,因此,故障的恢复,仅指在正常业务处理过程中,因通信中断引起的业务数据丢失、业务过程意外中止、相关业务交易记录/状态/结果不完整,而使得该笔(暂不考虑正在进行批处理的、涉及多个用户/账户的业务)业务所涉及的储户/账户处于非正常状态的恢复。不讨论通信线路故障意外的因素,如 ATM 机、前置机、银行系统本身的故障。

要理解故障恢复的方法,首先需要知道银行 ATM 交易的一般过程、银行的相关业务规则。其次,根据这些过程和规则,分析 ATM 交易可能发生的故障点,发生故障的那一时刻,对交易的影响;再次,确定当该时点发生故障时,应该如何做故障记录、恢复的时候如何进行交易异常情况判断;最后,确定该故障应如何做恢复。这就是传统软件工程中所介绍的需求分析的业务流分析和数据流分析,不论改用哪种需求获取方法,这个过程都是相同的。

(1) 针对 ATM 上已经开放的业务种类,进行业务流程分析,理解交易业务逻辑过程,关注与故障恢复有关的技术细节。

正常业务逻辑与业务特点(简略)

① 存款(先收钱,再记账)。

② 取款(先记账,再吐钞)。

③ 转账(有账务变化,但没有现金流)。

④ 查询、修改密码、(不发生账务变化)。

⑤ 挂失:ATM 上还没有开通此业务。

注意:存款和取款在银行储蓄系统记账顺序上的不同,这样做的原因,是为了首先保护银行(也是为了保护大多数人的利益的需要)的利益。

(2) 进一步了解上述业务发生时,进行了哪些数据流变化和数据处理(数据流分析)。

① 账务信息(储户活期/定期分户账、银行现金账、科目账等)。

② 交易日志信息(流水、故障记录、状态信息)。

这些数据记录(各类数据账、交易记录、故障记录)都保存在 ATM-前置机-银行三个系统的什么地方,一笔正常业务过程中,不同的业务交易,发生了哪些数据变化,发生故障的时候,会在什么地方,产生什么样的故障记录。当进行故障恢复处理的时候,应该如何去分析分别保存在三个不同地方的不同故障记录,并根据故障记录和预定的故障恢复原则/逻辑,去补充完成未完成的交易。当交易不能正常恢复时,则需求启动某些特定的"处理逻辑",例如,反向冲正交易,更新、修改、补充那些没有完成的账务/记录数据,使之达到"有效性"的恢复要求。

在做 ATM 基本系统的需求分析的时候,应该已经做过比较完整的业务流和数据流分析,知道一笔存款/取款等 ATM 业务,在 ATM 与银行之间是怎么进行业务交互的,在 ATM 和银行系统中,这笔交易发生、检查、记录了哪些数据。如果只是 ATM 与银行之间进行连接,情况比较简单。如果之间再加进前置机,一笔 ATM 取款交易,在 ATM-前置机-银行三者之间,要进行多少趟(以两个节点之间进行一次单向的数据传递俗称为"一趟")数据交换,才能完成?

图 5-9 所示是对一笔 ATM 取款交易进行的交互过程分析。完成取款,至少需要 10 趟

才是可靠的(最后 2 趟是否可省?显然也不行)。因此,故障处理分析必须分析这 10 趟过程中的每一趟,如果发生故障的话,故障对交易的影响、故障记录情况、恢复的对策和方法。

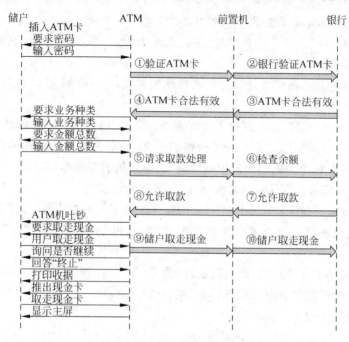

图 5-9 ATM 的 10 趟交易过程

分析这 10 趟数据通信过程,当某趟发生通信中断的时候,该业务发生了什么情况,应该记录些什么东西(以后做故障分析的时候,才能看到什么东西),故障恢复的处理原则是什么?通过仔细的分析后,可以发现,这 10 趟(10 个故障点)的情况,以及处理原则,可以分为以下三类:

(1) 故障类 1:故障点①~⑥,没有实质交易业务发生,记录故障,恢复至进行正常业务过程。通知 ATM 机提示用户重新插入 ATM 卡,重新开始。

(2) 故障类 2:故障点⑦、⑧,根据银行储蓄业务处理规则,此时已经先行将该储户取款金额,从该储户的个人账户上扣减。但此时该储户是否从 ATM 机上取到钱,系统并不知道(没有收到第 10 趟的正常完成报告)。在本项目对 ATM 故障处理进行扩展之前,银行对此的处理方式是:将此账户设置为"冻结"状态,不再允许在此账户上进行除查询以外的任何交易,直到当天"清算"处理,完成"冲正",恢复该账户至正常状态为止。所以,即使老人跨过马路,他也拿不到钱。

(3) 故障类 3:故障点⑨、⑩,储户已经把钱拿走,但银行系统没有收到最终的报告。虽然故障情况与故障点⑦、⑧不同(储户拿到了钱),但故障处理方式与故障点⑦、⑧类似,还是要"封掉"该账户。只是事后"清算"的时候,不需要做"冲正"处理。

2. 影响故障恢复"有效性"的现状分析

分析了 10 个故障点的可能情况后,可以发现,银行针对上述故障进行的处理,在"有效性"方面,是不存在问题的,问题仅仅存在于"实时性"上。不能满足"实时性"的根本原因是这类故障必须等到当日系统"清算"的时候才进行处理。而故障当时,只做"封账"处理,这导致了"无辜"的老人拿不到钱。

3. 影响故障恢复的"实时性"的现状分析

银行为什么不能实现所希望那样的"实时性"呢？

4.1.5 节已经介绍了 ATM、前置机、银行系统中，各自的主要功能。其中涉及故障恢复处理如下：

（1）ATM 部分：出现异常时具备交易自动恢复功能；ATM 可以针对那些故障，如何进行自动恢复？

（2）前置机部分：出现异常时对未处理完毕的交易进行自动恢复，保证交易一致性；具体包括：自动冲正。向主机方发出交易撤销的报文，要求主机撤销前面的账务性操作。做自动冲正处理，主要用于主机端的延迟响应时，还原主机的账务系统。

（3）银行主机部分：没有明确说明，但应有之意无须多说。

（4）除此之外，功能恢复还需要管理上的配合。除了技术方法外，异常处理还有赖于管理上的配合。这显然已超出技术方法解决的范围，这可能是无法达到实时性的最重要原因吧！

可以看到，从 ATM 开始，到前置机、银行系统，都有主动发现故障，实时进行恢复的"本能"。但是，为什么仍然没有所希望那样的"实时性"呢？

在网上查到如下内容，可解释：

http://www.post5.org/youzhengyewu/2009-08-10/2694.html。邮政在线 2009 年 8 月 10 日

邮政储蓄银行支行网点办理 ATM 存取款冲正的规定及注意事项

1. 基本规定

（1）ATM 冲正的操作权限和冲正地点根据管理方式而定。有网点管理的 ATM，由普通柜员经支局长授权进行冲正。

（2）ATM 长款时，应查明原因，属行内交易，应通过"ATM 存取款冲正"交易将款项冲入客户账户，属跨行交易，应逐级上报省中心进行调整处理，原则上不得将长款以现金方式支付给客户。

2. 注意事项

（1）办理本交易前，应根据客户投诉或 ATM 轧账时发现账实不符情况，查明长款或短款，通过"300402：长短款事项"，办理"ATM 长款"或"ATM 短款"挂账。

（2）逐笔勾挑核对 ATM 机上流水，查明异常交易的流水号及账号，对异常的交易流水单独复印，经办柜员和综合柜员双人确认该笔异常交易的交易状态及吐钞情况（对于无法查明原因或无法确认的，应上报技术部门协助处理），并在复印件上加盖名章，报支局长审核确认后，通过本交易将款项冲入客户账户。交易成功后，将异常交易的 ATM 机上流水复印件附在"修改分户账通知单"背面，日终上缴事后监督。

（3）跨行 ATM 取款无法通过本交易办理冲正的，应逐级上报至省中心进行调整处理。

注意其中几个关键点：

① 冲正操作的发起者：不论是储户、还是柜员、更高级别的操作者，他们都是人，而不是 ATM 机、前置机、银行计算机。也就是说，不论何种情况，包括管理的需要、级别批准的需要，还是跨行的需要，都必须有人的介入和干预。

② 冲正操作的操作方式：在柜员终端、前置机上做"冲正操作"（某邮政储蓄系统的操作码 300402）。

③ 跨行：手续更麻烦，几乎不可能当时立即解决。

综上所述，当出现故障时，故障"冲正"恢复的技术处理（查对故障原因、分清责任、恢复管理与审批等除外），只能在前置机或柜员终端上，通过"冲正"交易操作完成。这就是前置机功能描述中自动冲正的"含义"。

从 ATM 机本身看，所谓故障，大致有以下 5 类：

① 打印机、读卡器、吐钞组件、存款组件等硬件设备状态信息（运行/维护/停机等状态）。

② 振动、温度、烟雾、金库门等设备环境及安全状态。

③ 通信连接状态。

④ 钞箱内现金部位状态（足够/报警/缺钞）。

⑤ 卷筒纸、墨盒、色带等耗材状态。

所以，原则上 ATM 机本身对上述 5 种故障，都能够自动识别，发出报警，并在预先授权的情况下，进行必要的故障恢复（硬件设备更换除外）。

但上述恢复工作，早期主要靠银行网点的维护人员，在储户发现问题，提出"投诉"，并经银行管理人员确认后，在 ATM 机上，通过 ATM 维护操作界面，进行干预（参见 http://www.hiaward.com/atm.html）。后期部分恢复工作（硬件更换除外），则改由前置机承担。这大大减少了各网点维护人员的数量，降低了网点对 ATM 维护的负担。

不论是网点维护，还是前置机维护，由于跨过若干人员、不同部门，需要多道程序传递，因此，即使相关人员认真负责，本着为储户着想，"急事急办"的原则，立即作手处理，要想"实时"恢复，也是十分困难的。

目前开展的统一跨平台（ATMC）改造，是否可以解决上述问题？下面继续展开分析：

所谓统一跨平台改造，就是希望通过标准统一和软件更新，实现 ATM 应用与 ATM 机本身软硬件设备的无关性。

以光大银行为例。光大银行现有 4 家主要的设备提供商：利多富、日立、广电运通、迪堡。ATM 设备的型号复杂，多达十几种型号，而浦发银行有至少 6 个硬件厂商的近 30 种自助设备。由于厂商的 ATM 软件直接与设备硬件相捆绑，硬件的不同导致了 ATM 软件版本的不同。因此，光大银行一方面无法有效地分析不同设备之间的优劣，在设备采购时还需要负担高额的软件开发费用；另一方面又疲于应付不同机型各应用版本的问题。

国内所有银行涉及现金交易的自助服务应用系统全部采用传统的 C/S 模式。在这种模式中，自助服务应用系统被分为两部分：一是客户端应用，业内称为 ATMC；二是服务器端应用，业内称为 ATMP。C/S 模式是 PC 发展时代的产物，在 C/S 模式中，过分强调 PC 的强大处理能力，把自助服务的大部分应用逻辑分布于设备端，形成了以设备为中心的自助服务发展时代。

C/S 模式存在明显的弱点：ATMC 开发工作量大、效率低,不同厂商设备的 ATMC 各不相同,一种设备就需要一套新的 ATMC。管理维护工作量大、效率低,ATMP 与 ATMC 都需要管理维护,由于 ATMC 各不相同,加上设备广泛分布在众多的公共场合,ATMC 管理和维护工作量很大。同时,系统可扩充性差,需求的变动、业务的扩充意味着 ATMC、ATMP 以及两者之间的接口都要作相应改动,可扩充性受到严重制约。ATMC 可靠性较低,由于 ATMC 各不相同,ATMC 开发平台与开发工具也千差万别,而且随着自助业务类型的大量扩充,ATMC 也变得越来越复杂,可靠性很难得到保证。

跨平台改造的目的,就是希望借助统一平台,可扩展自助渠道的业务种类,可涵盖多种特色业务,这些业务功能将提高银行自助渠道的服务能力。除了新增加的这些业务功能,客户还能够获得下列主要利益：降低总体拥有成本、对不同硬件设备的增补提供单一界面、执行一个更改请求只需一次、对所有自助设备只有一套应用、独立于硬件、软件供应商之外。

统一平台将采用先进的 B/S 模式,解决 C/S 模式存在的问题：在系统中,自助服务的全部业务逻辑都集中于服务器端,设备端仅保留简单的硬件控制逻辑,传统的 ATMC 被完全摒弃,因此不仅解决了设备端程序开发、管理与维护工作量大、效率低的问题,提高了系统的可扩充性,也同时为实现渠道功能的扩充提供了技术保障。

构建基于 CEN/XFS(Extensions for Financial Services)标准构造虚拟组件,使多厂商设备接入即用,由于系统的设备端仅保留简单的硬件控制逻辑,此硬件控制逻辑的实现称为虚组件服务,由于虚拟服务组件相对简单,很容易基于统一的国际标准 CEN/XFS 构造(旧称 WOSA/XFS),因此任何符合 CEN/XFS 标准的自助设备,可以接入即用。图 5-10 所示为 WOSA/XFS 的框架结构。

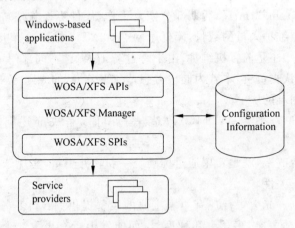

图 5-10　WOSA/XFS 的框架结构

所以,统一跨平台改造,除了从 C/S 模式改为 B/S 模式外,一个重大的变化就是 ATM 机将采用更规范的 CEN/XFS 新标准。该标准目前广泛使用的版本有 1.0、1.11、2.0、3.0、3.01、3.02、3.03 一共 7 个版本。

图 5-10 中的 CEN/XFS 架构,中间是 XFS Manager,上面是 ATMC,下面是 SP,其中 XFS Manager 对上面有 API(Application Programming Interface)接口,对下面有 SPI(Service Provider Interface)接口。其中常说的 SP(Service Provider)符合 CEN/XFS 2.0 还是 CEN/XFS 3.0 规范,就是指上面提到的 CEN/XFS 本身的规范版本。其中,XFS Manager

是 CEN/XFS 规范的核心,它规定了 API 和 SPI 接口,从而达到统一上面的 ATMC 和下面的 SP 的功能,ATM 的所谓统一跨平台,就是主要靠它实现的。

所谓 CEN/XFS 标准,只是一个规范文本,但也可以认为它是实现 CEN/XFS 标准的软件概要设计说明书。而真正实现 CEN/XFS,最主要的是实现上面提到的 XFS Manager。它由三个 DLL 组成,不同厂家按照标准文档各自实现一组 DLL,放在系统目录 WindowsSystem32 下面,分别是 MSXFS. DLL(基本的 XFS API and SPI 函数,在 Include 目录下的 XFSAPI. H 和 XFSSPI. H 中定义)、XFS_SUPP. DLL(一些支持函数,在 Include 目录下的 XFSADMIN. H 中定义)、XFS_CONF. DLL(配置函数,在 Include 目录下的 Xfsconf. h 中定义)。

从 CEN/XFS 标准的体系架构可看出,ATM 上层应用通过 API 接口与 XFS Manager 进行交互,而不再直接访问 SP,应用程序不会像过去那样,需要考虑某个 ATM 厂商的硬件特性。不同厂商的 SP 通过标准的接口反映其硬件特性,基于 CEN/XFS 标准的跨平台软件就可以进行自动识别处理,而 SPI 接口主要包括设备能力、硬件故障两大方面。从目前可获得的介绍资料看,银行 ATM 改造的几乎所有工作,都是围绕 SPI 进行的,但这恰恰与我们所关注的问题无关。

API 方面会如何? 看一下 CEN/XFS 标准:ftp://ftp. cenorm. be/PUBLIC/CWAs/other/WS-XFS/cwa14050/cwa14050-01-2000-Nov. pdf。

似乎明确与问题有关的地方不多:在 CEN/XFS 3.0 规范标准的 4.9 节中,定义"超时"有两种情况:一是指 ATM 机等待用户操作(如输入密码,错误码 WFS_ERR_TIMEOUT)的时间超时;二是指上层应用等待下层设备提供服务的时间超时(如卡未推出,错误码 WFS_ERR_DEV_NOT_READY),如果给下层的命令不需要等待(参数 WFS_INDEFINITE_WAIT),则不会出现上述服务超时错误。这两个超时错误,都是对下的,而不是对上的,因此它们都不属于应用与更上层主机(前置机)之间的通信超时。

目前有关 ATMC 应用层实现部分的资料很少,具体细节更不得而知(是否知道也不能说)。所以,尽管 ATM 机本身已经从技术上具备了自动发现故障,并根据故障原因发起故障恢复请求(冲正操作请求)的条件,但是出于种种原因,银行还是没有采用由 ATM 实时发起自动冲正的处理模式。当然,这其中可能有技术因素,也可能有更多非技术因素的考虑,已不属我们讨论的范围了。

由于我们并不是在设计一个真正将要实际运行的 ATM 故障处理系统,只是一个项目练习,应尽量模拟真实的背景需求。

5.3.2　实现"实时性"需求的对策

抛开这些技术与非技术因素,作为方案建议或仅仅出于模拟,应该如何实现"实时"故障恢复?

按照以上分析,已经很清楚答案在哪里——当发生故障时(案例只讨论通信故障),如果由 ATM 本身主动发起故障恢复处理请求(而不是等储户"投诉"、再由网点/前置机维护人员人工处理),并在前置机、银行系统三者之间,按照必要的程序和规定,配合协调,完成故障恢复处理,将完全可以实现理想中的"实时性"要求。同样道理,某些故障也可以由前置机/银行系统发起,则它们与 ATM 一样,也可以发起故障恢复请求。

由此,ATM 机的系统模型中产生了一个新的角色与新的用例。图 5-11 所示是新的 ATM 系统角色与用例图。

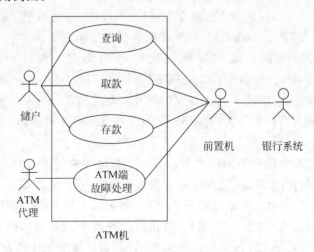

图 5-11   新的 ATM 系统角色用例模型

当然,这只是一个局部的示意图,并没有画出前置机、银行系统中应同样也有一个"代理"角色。更重要的是,作为 ATM 机系统的一个角色(故障代理),与我们熟知的 ATM 机的角色,不论是真正的"人"(如设备维护人员),还是外部系统(如银行系统)都有点不同。不同的是,这个角色其实并不在 ATM 系统的"外部",而在 ATM 系统内部,甚至在 ATM 系统软件的内部,这就与 UML 有关角色的概念有些不一致。那么,这样的话,系统边界应将这个角色划在内部还是外部? 这个问题同学们可以深入讨论一下。

ATM 代理角色的用例——ATM 端故障处理,可以看成是 ATM、前置机、银行系统三个部分综合故障处理在 ATM 机上的子部分,称为故障处理系统在 ATM 机上的"代理"组件。它要实现的功能是,在案例中出现"通信故障",即来自前置机/主机响应超时,在 ATM 机上发现故障,记录故障信息,发起故障处理请求,在前置机、银行系统的配合下,完成故障恢复处理。显然,在 ATM 上,"代理"起到了"发起"恢复处理的作用,提高了处理的"实时性"。

5.3.3   实现"实时性"需求的方法

这个"代理"与真正的故障恢复处理系统的交互方式可以有多种,举例如下:

(1) 作为一个 ATM 机上的故障监控进程,始终在 ATM 机系统的后台运行。当出现通信超时故障时,记录业务交易过程的当前位置(供真正的故障处理系统分析故障对业务的影响程度,决定故障恢复方法),并把这些信息打包成特定的报文,直接发送给前置机或银行系统(真正的故障处理系统),请求后者进行处理(后者也是在后台运行的监控进程,时刻准备接受并处理这样的故障处理请求)。这种模式,与现有业务系统的业务交易过程,几乎不发生任何关系,甚至不中断、不影响现有系统的任何交易,并且从故障处理响应的角度考虑,其"实时性"似乎更好,属于"直接"故障处理。但这种在系统外"打补丁"的做法,将给未来的系统维护和升级,带来很大的麻烦,不是理想的方法。

(2) "代理"本身的运行方式与上述方法相同,但当 ATM 故障发生的时候,"代理"检测到超时故障,并不直接把故障信息和恢复请求,发送给前置机或银行系统,而是在 ATM 上,启动一个"故障恢复交易",并通过已有的交易提交方式和渠道,提交到前置机、银行系统,进行正常的故障处理(前面已经分析过,银行系统是具备处理这样的交易功能的,只是以前是靠人工、在前置机上发起)。这种在交易系统内"打补丁"方法的好处是:需要增加的程序量最少,新增加的"代理"组件,与原系统的功能组件之间,责任界面清晰、内聚好,松耦合,协同关系明确。当日后系统维护升级时,可以最大化地减少对系统业务处理逻辑和处理过程的分析与修改。而前者,故障处理过程"另搞一套",造成处理过程、数据接口不统一。现在加上去的时候,看起来工作简单,但日后维护难度很大,实不足取。但这个方案的"实时性"要打一些折扣,如果 ATM 机上的交易过程需要"排队",故障"交易"是否能够得到较高的优先级,也是必须要考虑的因素。

当然,可能方法并不只有上述两种。再考虑实训项目的情况,由于没有一套完整的 ATM、前置机、银行系统,也没有任何故障处理系统,因此用什么方法实现"代理"与"处理系统"的协调机制,完全可以由同学们根据喜好决定。但是,从良好架构设计的角度考虑,后一方案无疑值得考虑。

5.3.4 基于关键质量属性的架构分析

已知,要实现故障恢复的功能是不可能单靠在 ATM 机上添加一个"故障恢复"组件就可以实现的,需要 ATM-前置机-银行系统三者密切配合,并由"故障发生地"首先发现故障,提起恢复请求、启动恢复进程,以达到"实时"故障恢复的目的。从现在开始,可以将要开始分析、设计开发的系统称之为"实时"故障处理系统。

4.2.2 节用 BCE(边界类 Boundary Calsses、控制类 Control Classes、实体类 Entity Classes)分析法,得到 ATM 基本系统的类图。

为了实现"实时"的故障处理,增加了一个新的角色"故障代理"及其相应的用例"ATM 机上的故障恢复处理"。为此,在类图上,为这个角色增加一个新的类"代理(Agent)",但它应该属于 BCE 中的哪一类呢。它似乎不是单纯的边界、控制、实体这三个类中的某一个类,而是含有这三个类,如图 5-12 所示。

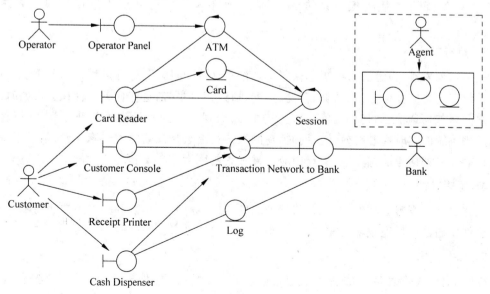

图 5-12 在 ATM 基本系统类上添加"代理"类

边界类：Agent 应考虑从哪里获得、如何获得 ATM 通信故障信息。获得渠道与方式，不但要考虑"实时性"，还要考虑与现有系统处理方式衔接的"可行性"。

控制类：Agent 获得了故障信息以后，无疑自身应对故障性质、处理方式（仅就 ATM 机本身而言）会有所判断和决策。

实体类：Agent 本身，似乎没有需要长期保存的数据。但是，发往前置机、银行系统的故障信息的收集、组织、缓存，无疑是需要的。另外，如果采用报文方式的话，不论是同步，还是异步处理方式，至少在一个故障处理周期内，需要保存一次故障处理会话过程的完整信息。交易方式可能要简单一点。所以，实体类可能也是需要的。

至于，新添加的"代理"类，与原 ATM 的类是什么关系，本质上是故障处理系统与原有系统如何"衔接"的问题，这完全要看实现方案是怎么定的。

5.3.5　实时故障恢复系统的架构设计考虑

在架构分析的基础上，考虑在已有的 ATM-前置机-银行系统环境下，加入"实时"故障处理机制的设计模型。为了充分照顾系统的各种特性，按照 5.1.2 节介绍的一般思考方法，架构设计应考虑以下设计要素：

1. 开发架构

在考虑实时故障处理机制的时候，已有系统的开发架构，对设计具有最大的影响与制约，因为已经不可能"另起炉灶"，完全不顾现有系统的业务逻辑、处理模式、架构设计、功能组件与责任划分等要素，甚至在某些方面，只能在已有的框架下，"重用"系统的大部分的程序包、类库和框架。这就需要对原有系统，进行仔细的分析。在深入分析的基础上，提出"实时"故障处理在原有系统上的"嫁接"方法。

2. 物理架构

ATM 实时故障处理系统的物理结构是非常明确的，即由多台 ATM 与一台前置机组成一个 ATM 组并连接到银行系统计算机上（暂不考虑银行系统再连接到银联系统的情况）。

3. 运行架构

故障如何发现、报警、记录、提起恢复处理请求、响应与协调、处理过程在 ATM-前置机、银行系统三者之间如何分配、协调、裁定、分配执行、记录报告，这些任务进程在运行的时候，相互之间将如何通信、如何协调配合，是实时故障处理系统架构设计的关键环节，它将直接影响处理系统的实时性和有效性。同时，新的系统是否会带来新的安全隐患、新系统本身的安全可靠性应如何考虑等，都是设计中应认真考虑的因素。

4. 逻辑架构

上述要素在逻辑上如何划分，并与程序组件、进程等相对应，以反映上述功能需求，使得这些组件能通过协作完成功能需求，是架构设计的具体结果。

5. 数据架构

故障信息、故障发生时的业务信息、业务过程信息、故障处理信息，以及这些信息在ATM-前置机-隐患系统上的位置分布等，都是实时处理得以实现的关键。应仔细考虑这些数据的分布、生成与处理的关系,设计合适的数据持久化存储和传递策略等。在本系统中,数据的实时性和数据的过程性(在业务处理过程中,故障数据的发生时刻与地点)对故障恢复处理方式和处理方法,具有决定性意义,更需要仔细定义、记录和保存。

分别从以上5种架构,考虑实时故障恢复系统架构设计的具体要求,是从目标系统本身的客观需要出发,进行架构设计的第一步。这一步,将在较高的抽象层次上确定未来系统结构的蓝图。

在考虑上述因素的基础上,根据5.3.4节得到的分析模型,得到如图5-13所示的ATM故障处理系统的层与包结构,这里,包括了上述讨论中最初的考虑元素。例如,物理结构、运行结构和部分逻辑结构。

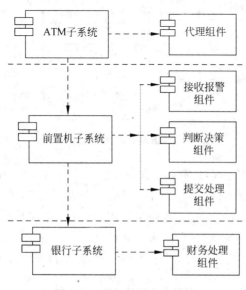

图5-13 最初的层和包结构

5.3.6 实时故障恢复系统的详细设计考虑

在实现上述架构设计过程中,有一些重要的技术细节问题,还应仔细讨论。这些问题既与架构有关,也与详细设计方案有关。应考虑的问题如下:

(1) 在上述结构元素考虑中,基于开发架构限制的实现,主要是指故障处理系统与原有银行ATM系统业务处理组件部分的"衔接"问题。在真实的系统中,这是比较复杂的问题,因为原系统即庞大、又复杂,如何切入(如采用5.3.3节讨论的方案二)。但是,同学们在网上下载的"现有系统",可能几乎没有任何故障处理。所以,这个部分,可以"从头"设计,而不必考虑与原有系统的"嫁接",使得问题相对简单化。但ATM基本业务、银行系统基本账务处理部分,则有可能需要考虑在"下载"的系统基础上,进行"二次开发"的问题。

(2) 在前置机部分,应考虑多个ATM、多种故障请求,人工与自动请求并存等情况,故需要将前置机故障处理,除具有接收请求、分析判断、提交银行系统处理三个子系统(组件)外,还应将前置机所负责管理的所有ATM机的故障报警处理协调功能纳入其中,并与前置机现有的故障分析、处理功能结合在一起。这些功能包括相关信息查询、反向/冲正交易、补记录等。

　　（3）故障处理的逻辑结构，涉及在 5.3.3 节讨论的两种方案中，到底采用哪种方案。图 5-13 中，为前置机子系统设计了接收报警组件，则是考虑了 5.3.3 节讨论的第一个方案的实现，即前置机的接收报警进程与 ATM 的代理进程直接对接，是代理（请求）的"服务"进程。如果采用 5.3.3 节的第二个方案，则在前置机上，不需要单为故障处理而设立"显性"的报警接收组件，而是通过接收到特定的故障处理"交易"（不是请求信息包）进行相应的交易判断和处理。两种方案与银行系统的交互和处理过程没有什么本质区别。有关两种方案的进程结构，如图 5-14 所示。

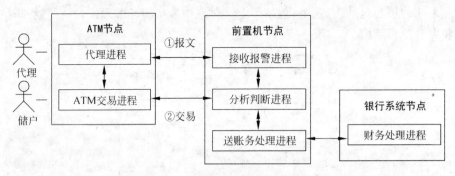

图 5-14　考虑两种方案的进程结构图

　　（4）如果不是由 ATM 主动发起，而是由前置机发起，则 ATM 与前置机的角色互换。如果在 ATM 和前置机之间，设计一个类似"双机热备份系统"中的"心跳"机制，当"心跳停止"的时候，任何一方都可以发起这样的恢复进程，是否更好？诸如此类的方案选择，同学们可以发挥想象，并进行试验尝试，这里不再深入讨论。

　　（5）同样，有关数据结构的设计，由于篇幅所限，也不再细细展开。但是，在本案例的故障处理系统中，不同交易业务记录不同处理过程中的信息。例如，交易中断在图 5-9 中 10趟通信过程中的那一趟，正在进行的是什么交易？这些都是故障分析判断，以及故障恢复处理的依据。因此，应仔细地根据交易业务处理逻辑和处理方法，设计相应的过程性的、实时的故障信息数据结构也是非常重要的。

　　（6）有关架构的各种具体方案、ATM-前置机-银行系统各组件之间的详细分工、故障处理系统与原系统的"衔接"、报警信息包或交易代码与恢复处理的定义、故障信息的记录与分析，以至多个、多种报警源的协调、仲裁机制的设计等，都应在详细设计阶段进行，这也是故障系统实现不可回避的问题。所有这些细节，本书不再介绍，留给同学们完成。

5.4　搭建一个基于 MVC 模式的 Struts 架构

　　为什么要把特定应用系统的关键质量需求放在前面讨论？因为架构设计的根本目的是为了满足这些特定的质量需求，而不是为了架构而架构。如果没有这些需求作为前提，同学们很容易犯"为赋新诗强说愁"的毛病。在实训课程中，尝试从搭建一个小型的、轻量级的架构开始，体验架构搭建过程和它的作用与意义。

　　一个大型的行业应用系统中，可能具有很复杂的系统架构，图 5-15 所示为银行柜面业务的多层次结构。每个层次需要面对不同的业务需求。

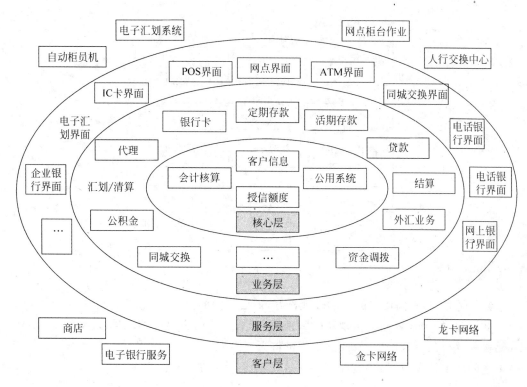

图 5-15 银行柜面系统的逻辑层次结构

例如,客户层,需要满足不同种类的客户端平台、浏览器、Applet 应用程序和 GUI 的客户请求/服务需要。

实际上,现在经过授权的银行客户端,已经可以是任何能够提出服务请求并接收计算结果的设备,如家庭或办公室的 PC、移动的笔记本、手机、ATM、POS 终端、自动贩卖机,甚至是一部普通的电话等。客户端已经拥有更新、更快的处理器、更大的内存、更灵活方便的通信方式,使得它们可以在更多的场合以更新的形式和更深入的服务要求提出服务请求。计算/服务提供方也不再单单是一台服务器系统,而是有着丰富计算资源的分布式系统,并以 Web 服务这样的形式提供。这导致了当今的应用分布式系统结构更能够适应这样的应用需求。面向服务的体系架构(service-oriented crrchitecture,SOA)是适应这种需要的一种解决方案。

5.4.1 选择 MVC 模式的理由

在多种系统架构中,基于显示界面的应用,是使用最广泛的一种应用,图 5-16 所示是这种应用的分层结构图。实现这种应用的架构方法是模型-视图-控制器(MVC)模式。

1. MVC 模式的作用一

分析用户的系统需求可以看到,对系统功能的需求是相对稳定的,而变化的只是展示部分,说明如下:

(1)同一个软件版本的不同类型用户,需要不同的用户界面。

(2)同一个系统的不同应用(如因权限不同、可打开的组件不同、可看见的数据不同),也可能需要构成不同的用户界面。

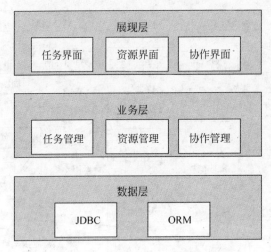

图 5-16　应用系统的分层架构

（3）不同时期、不同用户的不同表现喜好，需要不同的界面。

因此，如果把用户界面与实现功能紧密结合，则随着用户界面的不同或更改，系统的功能和结构随这样的需求变更，修改的工作量将无比巨大。

上述问题反映了数据与表示的分离（如图 5-17 所示）的需要。

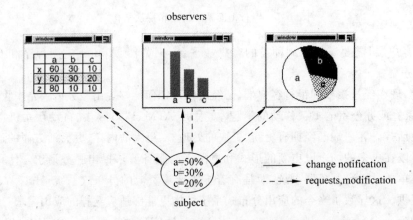

图 5-17　数据与数据的表示分离

2. MVC 模式的作用二

用户界面是用户与系统交互操作的窗口，是用户对系统的直接感受和接触点。在应用系统中，与应用逻辑相比较，用户界面的变化是系统需求中最容易发生改变的地方。架构设计的一个重要任务，就是在尽可能少地改变系统整体结构的前提下，如何更好地支持和适应用户不断变化的需求。

另一方面，涉及与系统功能有关的界面变化，例如：

- 同一种信息可以在不同的地方有不同的表示；
- 应用程序的显示和动作必须立即反映出数据的变化；
- 用户的接口易于改变，甚至在运行时刻也可以改变；

- 支持不同的窗口系统,或者用户界面的基础软件。

这类需求改变,涉及对系统界面部分的要求:

- 具有灵活的人-机界面的交互方式;
- 可以灵活选择不同的信息表示方式;
- 可以灵活选择用户的操作方式。

当然,这里的灵活性必须保证是在一定限度内,不可能是无限的。

模型视图控制器(Model View Controller,MVC)是一种交互界面的结构组织模式。它是在20世纪80年代,随着SmallTalk-80编程语言而流行起来的设计模式。模型视图控制器是一个十分有效的设计模式,广泛用于图形用户界面的设计中。MVC强调把用户输入、数据模型和图像显示以组件的方式分开设计,将一个交互式应用程序分成三个部件:

(1) 模型(Model):软件所处理的核心逻辑,包含核心功能和数据。

(2) 视图(View):向用户显示信息,对相同的信息可以有不同的显示。

(3) 控制器(Controller):处理用户的输入(如鼠标、键盘等),转化成用户对模型或视图的服务请求,并把信息的变化,传递给视图。用户仅通过控制器与系统交互。

一组视图和控制器组成了一个用户界面,一个模型可以有多个视图界面,如果用户通过某个视图的控制器,改变了模型的数据,控制器会将这个变化,通知所有视图,导致显示的更新。这是典型的观察者(Observer)模式或称为发布-订阅、变更-传播模式的应用。这种机制保证了模型和用户界面之间的一致性。

5.4.2 用 Struts 搭建一个"轻量级"的应用架构

Struts是一个基于J2EE平台的MVC框架,主要是采用Servlet和JSP技术实现的。Struts能充分满足应用开发的需求,简单易用,敏捷迅速。Struts把Servlet、JSP、自定义标签和信息资源整合到一个统一的框架中,开发人员利用其进行开发时,无须自己编码实现全套MVC模式,极大地节省了时间,因而,被称为是一个"轻量级"的应用框架。

Struts的核心是一个MVC风格(通常情况下Struts视图View采用JSP技术,此时是一个标准的Model-2体系结构)的控制器,Struts控制器搭起了Model和View之间的桥梁。它是一个"隐蔽"的通道集合,帮助开发人员将分散的材料(如数据库和页面)结合成一个整体的应用系统。

在任何一本Struts的教程中,都可以轻松地找到搭建一个Struts架构所需软件和工具下载、安装与验证过程的介绍。例如,下载和安装JDK、Tomcat等。

由于篇幅所限,构建一个最简单的基于Struts架构的应用系统的需求,是实现一些最基本的功能,如首先出现一个欢迎页面,然后是登录页面,输入用户名和密码。在这里,系统会做一些检查,然后接受提交或退出系统。成功提交以后,系统再次出现另一个欢迎页面,正式引导进入系统。

尽管需求是如此地简单,我们依然按照实现一个应用系统的MVC架构的步骤要求,分析这个需求,并分别实现它们。现在要做的事情是,创建一个ActionFrom程序RegisterAction.class和一个Action程序RegisterFrom.class,定义Struts-config.xml文件及显示输入成功或失败的页面Success.htm、Failure.html以及Tomcat的入口程序Register.jsp,并编译。所有这些简单的工作完成后,就可以运行这个系统,得到一个最小的应用系统的体系结构,如图 5-18 所示。

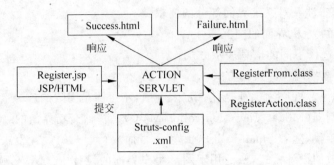

图 5-18　登录系统的体系结构

在这个最小的体系架构中，系统组件是如何协同工作的呢？

首先，在 IE 浏览器中输入 http://localhost:8080/register/register.jsp 后，Tomcat 容器像处理其他 JSP 文件一样，处理你的 JSP 文件，这个 JSP 接收输入的用户名和密码。当单击"提交"按钮后，浏览器将该表格的内容作为一个 HTTP 请求，发给 Web 服务器。

Web 容器明白该请求已经发送到 Struts Action Servlet 的注册地址了。因此，该请求会被转发给 ActionServlet 并由 RegisterAction 处理。RegisterAction 检验输入的合法性；然后，返回一个表示成功或失败的 ActionForward 给 ActionServlet。ActionServlet 接着将控制权转移给 ActionForward 指定的页面，显示成功或失败的提示结果。

在这个非常简单的例子中，可以看到几个系统组件之间的分工和相互配合。其中的一个关键是使用了一个 Struts-config.xml 的 XML 格式的配置文件。各个组件之间的连接，正是通过这个配置文件的"指向"作用建立起来的。不论有多少输入/显示页面，也不论会对输入数据采用什么样的复杂处理，Struts 的基本架构的核心，就是上述例子这么简单。

稍微更深入一点的工作，是在这个架构基础上，在页面和处理两个方向，继续深化。页面方面，可以构造更复杂的页面，如实现动态页面等；在处理方面，ActionForm 可以做出很多变换，增强其处理能力。也可以非常灵活地加以实现，如使用反射技术，实现业务逻辑和业务处理的分离等。所有这些工作，都只是在这个架构的基础上，不断发展。

5.4.3　更进一步地体验 Struts 架构中的 MVC 组件

Struts 架构提供了一种基于请求-响应（Request-Response）模式的应用框架（Framework）。这主要表现为它们由以下逻辑结构构成：

（1）控制器：控制整个框架中各个组件的协调工作。

（2）业务逻辑层：Struts 只提供了几个基础组件，真正要实现客户的业务逻辑，还需要开发人员在 Struts 上进行扩展。

（3）数据逻辑层：这层主要包括数据逻辑和访问接口。

图 5-19 所示是从 MVC 角度看到的 Struts 结构图，以及各部分的工作原理。为了更多地了解 MVC 模式与 Struts 架构，更深入地体验 MVC 的 View、Controller、Model 组件在 Struts 架构下是如何实现的。

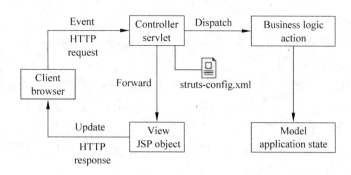

图 5-19　Struts 实现的 MVC 模式

1. View 组件

View 组件可能是将 MVC 映射到 Struts 架构的最简单、最直接的一种映射。在 Struts 架构中，View 的职责是由 JSP 页面以及 Struts 的 ActionForm 相互交互实现的。Struts 提供了 Java 类 org. apache. struts. action. ActionFrom，开发者在实际使用时，根据需要，创建不同的 Form Bean。Struts 还提供了很多 JSP 标签，使用非常简单，在隐蔽信息方面功能也非常强大，页面设计者只需要知道 Bean 和给定 Bean 的字段名之外，不需要知道有关 Form Bean 的更多信息。在 View 组件运用中，可以深入地体验一下 JSP 与 ActionForm Bean 是如何携手工作的。例如，JSP 是如何将用户的输入提交到 Bean。然后，提交内容如何被检验，并把检验结果返回给 JSP。当然，有大量的书籍介绍有关 View 的更多细节，以及更复杂的应用。

2. Controller 组件

依靠 View 组件，很容易地实现从用户那里取出和回送显示数据。但对这些取得的数据一定要进行计算和处理，并根据处理的结果决定下一步要做什么。将 View 与业务逻辑联系起来的责任就由 Controller 组件承担。在 Struts 框架中，Controller 被分成两个部分：Action 类和 Struts 本身。Action 接收用户的输入，协调到远程系统或数据存储的访问，实现业务逻辑，并决定下一步哪一个 View 组件应该被显示给用户（转发请求）。Struts 通过 Struts-config. xml 文件进行配置，并负责下一个页面的派发（转发指向定义）。Controller 组件主要是 ActionServlet。对于业务逻辑的操作，则主要靠 Action、ActionFrom、ActionMapping 这几个组件协调完成。其中，Controller 扮演的是控制逻辑的实现角色，而 ActionMapping、ActionForward 则指定了不同业务逻辑或流程的运行方向。在 Controller 组件运用中，可以看到如何使用 Controller 处理控制流程，并为业务逻辑设置相应的错误条件。

3. Model 组件

在 Struts 的 MVC 模型中，Model 被定义为与之关系最不紧密的部分，它是系统的底层。它可以是 JNDI 实现的与 LDAP 服务器通信；或是 EJB 存根（Stub），负责与 EJB 服务器通信；或是 SOAP 客户端，与远程的 Web 服务器进行通信。在 Struts 框架中，这个工作主要是 Action 来执行，并由 ActionForm Bean 和值对象实现的。这部分可以尝试将系统的业务逻辑与 JDBC，或是数据源，甚至是远程应用服务隔离开来。

4. Struts 的组件包

目前，Struts API 提供了大约 15 个包、近 200 个类，而且数量还在不断增多。上面提到的类，都包括在这些组件包中：

（1）org. apache. struts. action：控制整个 Struts 框架运行的核心类、组件包。包括控制器类 ActionServlet，以及 Action、ActionFrom、ActionMapping 等。Struts1.1 比 Struts1.0 多了 DynaActionFrom 类，可以实现动态扩展生成 From Bean。

（2）org. apache. struts. actins：这个包的主要作用是提供客户的 HTTP 请求和业务逻辑处理之间的特定适配器转换功能。

（3）org. apache. struts. config：提供对 struts-config. xml 元素的映射。

（4）org. apache. struts. util：有关 Web 应用的常用服务支持。

（5）org. apache. struts. taglib：这些是用于构建用户界面的标签类集合。

（6）org. apache. struts. validator：用于动态配置 From 的验证。

由于篇幅所限，有关 Struts 框架和组件的运用，同学们可继续参看相关书籍，比较深入地体验 Struts 架构下 MVC 各组件的作用。

5.4.4　项目作业：比较在 Struts 架构上搭建 ATM 系统的优劣

以前的 ATM 系统，不论是真实的还是模拟的，大多数是采用 C/S 结构的。现在，采用 SSH(Spring＋Struts＋Hibernate)框架的方式，实现 ATM 系统，如图 5-20 所示。网上有很多用 SSH 实现 ATM 系统的例子，大家可以参考，并做一些比较，看看谁真正体现出了 SSH 架构的优点，而不只是把它当做一个实现平台。同时，采用 SSH 架构，对实现故障处理系统有什么有利的地方。

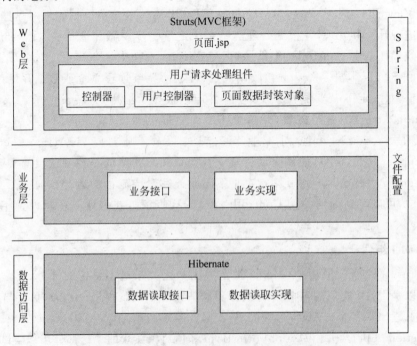

图 5-20　运用 Struts 实现 ATM 的框架结构

5.5　在 Struts 架构上运用面向对象设计模式

面向对象的设计模式是软件系统架构的重要基础和关键技术手段,它为面向对象设计的应用提供了成熟的解决方案。具体来说,设计模式以一组交互类的形式出现,用户根据需要定制这些交互类以形成专门的设计。设计模式可以使人们更加方便地重用成功的设计方案,提高软件的灵活性和可复用性,也提高了设计文档管理的有效性和可维护性。

Struts 架构同样可以支持多种设计模式的运用。这里以某些应用系统中业务处理流程灵活性这一关键需求作为案例,介绍 Struts 架构下设计模式的使用。

5.5.1　业务处理流程灵活性的质量属性场景描述

首先,采用质量属性场景描述架构设计需求:

(1) 刺激源:由于组织目标、管理权限、角色职责等的改变,虽然业务处理方式本身没有发生变化,但业务处理流程经常会发生变化。例如,管理权限和职责的改变,审批方式本身没有变化,但审批流程发生了改变,如图 5-21 所示。

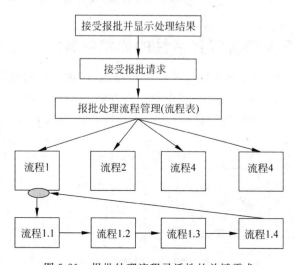

图 5-21　报批处理流程灵活性的关键需求

(2) 刺激:在某些应用系统中,需要具有灵活的流程选择、重组,需要流程控制与具体处理相分离。流程的改变和重新定义,可以借助定义工具,如图 5-22 所示,由用户/使用者定义实现,而不需要对系统/程序做任何改变。

(3) 环境:Struts 架构。

(4) 制品:与流程处理有关的实现方式和相应组件。

(5) 响应:通过修改流程表,自动实现处理组件执行顺序的变化。

(6) 响应度量:自动支持组件执行顺序的改变,而不需要修改任何程序。

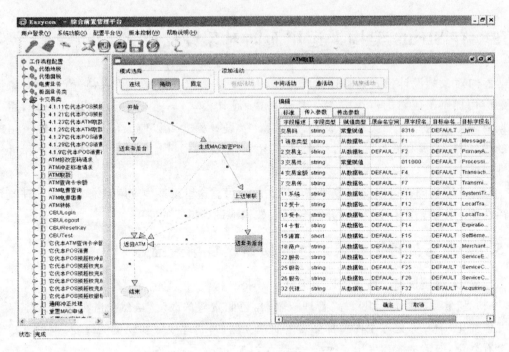

图 5-22　业务处理流程的定义工具

5.5.2　实现业务处理流程灵活性的战术对策

为了实现业务处理流程灵活性这一关键质量需求，一种可选的战术策略是：在基于组件的架构基础上，采用面向对象设计模式中的工厂方法（Factory Method）。

一种由框架和多种不同功能组件构成的应用系统，其结构如图 5-23 所示。

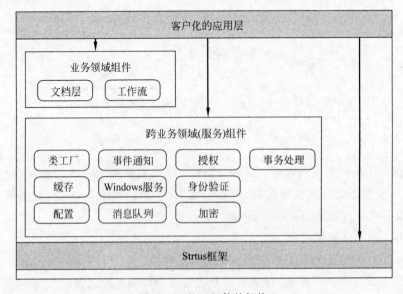

图 5-23　基于组件的架构

在 Struts 基础框架之上，系统还提供了不同的业务领域组件和服务组件。这种基于业务组件、服务组件架构的系统结构的特点是，应用逻辑和业务处理的实现相对分离、应用逻辑与数据相对分离。上层应用与下层实现之间、请求组件与服务组件之间，采用面向对象设计模式后，提供很多灵活的连接方式。因此，它可以很好地支持业务流程的灵活性。

5.5.3　采用工厂方法实现流程灵活性的关键质量需求

在面向对象构架中，划分组件最重要的原则是按职责，而不是按任务。例如，人的书写动作可分为两项职责：书写内容的大脑活动和具体书写的肌肉活动，当然还包括联系大脑和肌肉的神经活动。一个客户端应用，如果希望去调用一个业务组件，应该有哪些职责呢？在客户端应用程序，应该包括"调用/请求"业务组件中的方法，命令其执行具体的任务，而业务组件则应"响应/服务"调用请求，执行预先定义好的任务，并返回结果。

应用程序调用业务组件的程序实现过程是：指定具体的类、为指定的类创建对象、调用方法实现业务处理。请见如下的程序例子：

```
//创建对象并调用服务
BusinessObject bo = new BusinessObject() ;  //创建指定类的对象
Bo.Dowork() ;                               //引用方法
```

这是最"死板"的实现方法，缺乏必要的灵活性。能否"灵活"一点呢？例如，能否做到以下几点：

（1）减少"指定具体类"的具体"指定"要求，即消除应用程序对具体类的直接引用，这样的紧密"捆绑"，实现"松"耦合呢？

（2）为开发者隐蔽对象创建的复杂过程，从而实现信息隐蔽？

（3）无论对象是本地还是远程，对象的创建能否不受位置、区域、版本的限制？

由于 BusinessObject 是一个具体的类，如果以后希望调用其他的类（如 Specil BusinessObject 实现所期望的功能）。那么，将不得不在应用程序中，将 BusinessObject 修改为 Specil BusinessObject。因为，在上述的例子中，使用了对类的直接引用。需要对程序做出修改如下：

```
//创建对象并调用服务
Assbmbly assm = Assembly.Load("TestApp") ;
//根据指定名加载程序集 TestApp,若加载成功,
返回现存 TestApp 程序集的引用
Type objType = assm.GetType("TestApp.BusinessObject") ;
//返回程序集的类类型信息
object objInstance = Activaor.CreateInstance(objType);
//调用 Activaor.CreateInstance 方法,创建指定类类型的对象
objType.InvokeMember("Dowork",BindingFlage.InvokeMethod,
                                        null,objInstance,null) ;
//调用 Dowork 方法
```

在修改后的例子中，BusinessObject 类不需要其他信息就可以创建对象。当然，如果是创建一个数据库连接类的对象，则还是需要告诉对象构造器：数据库名、用户名、密码等。我们希望应用程序的开发者，只关注业务逻辑，而不必关心具体的基础设施级的细节。

上面两段代码实现的效果完全相同,创建 BusinessObject 实例,然后调用它的 Dowork 方法。不同的地方是,后一个例子使用了面向对象设计模式的"工厂方法"(Factory Method)。工厂方法采用变量名而不是在程序中直接指定的方式创建对象。变量值的获得,是工厂方法的进一步扩展,被称为所谓的"反射"(Remoting)技术。

反射机制提供了一种手段——将具体类的指定推迟到运行时刻,在上面的例子中,所有的类名和方法名都是字符串,可以在运行的时刻对变量进行赋值。如果是常量(依赖于具体的类)——需要直接修改程序。

反射机制的对象创建过程如图 5-24 所示。

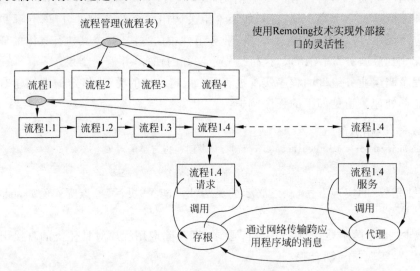

图 5-24　反射机制的实现

客户端保存了一个存根(Client Stub),代表远程对象的对象。该存根具有和远程对象相同的方法签名(Method Signature),所以,客户程序可以像调用远程对象一样,调用存根方法。存根接到调用后,会把调用转换成预定义的并被远程服务器所理解的信息,通过网络发送给服务器。服务器端的"代理"监听并解析客户希望调用的对象和方法。然后,它加载被请求的类,创建它的一个实例,然后调用实例的方法(这里是本地调用)。

如果该方法不是 void 类型,则还将送回一个返回值,并作为消息发送给存根。存根收到返回消息,转换成返回值传递给客户,完成一次调用。

在反射机制下,客户与服务器并不直接交互,甚至客户并不知道服务器的位置——实现了位置透明性及客户与服务器解耦。这种方法,广泛地应用在 SOA、网格、云计算等领域。

反射机制的缺点是,在编译的时候,并不知道运行的时候具体的赋值内容。因此,如果代码中隐含有如类型不匹配的语法错,因拼写错误导致类库中无此类定义的语义错,以及更致命的运行错,都不能在编译前发现。这是灵活性付出的代价。

5.5.4　在 Struts 框架下实现设计模式的应用

明白了原理,在 Struts 框架下使用设计模式就非常简单了。下面举几个例子:

1. 在 Struts 框架下使用工厂方法

在 Struts 框架下,如 5.3.3 节介绍,负责 View 的 ActionFrom 组件需要与负责 Controller

的 Action 组件交互,以实现对输入的控制。ActionFrom 组件的输入值需要传输给 Action 组件的对象,这时,可以将传输封装在 Action 中,而不是将处理流程传递给 Action 类。这时,创建一个值对象的好方法,就是使用工厂方法。下面是 ActionFrom 采用工厂方法创建对象的一个示例。

```
public Product getProduce ( )
{
Product product = new Product (
this.getProductCode ( ),
this.getPhoneCode ( ),
) ;
return product ;
}
```

2. 在 Struts 框架下使用适配器

如果一个 ActionFrom 的输入数据字段要传递给几个不同的 Model 组件,而 Model 的不同业务处理 Bean 仅有很小的差别。在这种情况下,可以考虑使用适配器模式。

一个适配器可以根据 ActionFrom 的属性,将 ActionFrom 映射到不同的业务处理对象上。此时,适配器和 ActionFrom 将共享几个具有相同方法体的方法。适配器模式就像几个业务对象的外包装,在适配器内部,getter 和 setter 方法调用业务对象中的相应方法;而在外部,则由适配器代表所有的各业务 Bean。用户不需要了解各业务方法的具体特性和细微差别。在这里,适配器模式的作用是封装了 ActionFrom 和业务处理方法实现之间的差异,这在业务模型非常复杂的大型系统中非常有用,因此它有助于解除 ActionFrom 与业务方法实现之间,即 View 组件与 Model 组件之间的紧密耦合。

适配器模式在 ActionFrom 中的程序如下:

```
Data = new Data ( ) ;
Data.execute(something) ;
AdaptorBean aBean = New AdaptorBean(data( ) ) ;
BaseForm actionForm = (BaseForm) form ;
Adaptor.set(actionForm) ;
Data model = (data) adaptor.getData ( ) ;
Data.execute ( ) ;
```

3. 在 Struts 框架下实现 Web 服务

Web 服务的关键是通过把要传输的数据编码在 XML 中,达到在请求和服务之间的通信。由于 XML 不依赖于任何特殊的技术,即它与编程语言和平台是无关的。因此,基于 Web 的服务具有更好的开放性。这与 TCP/IP 技术能够战胜其他网络协议(例如,经典的 ISO/OSI 七层协议)而成为事实上的网络传输标准有异曲同工之妙。Struts 框架也能很好地使用并实现基于 Web 的服务。

Struts 是典型的基于 MVC 模式的框架,通过在 Action 类中访问 Model 组件的方式,可以将 Web 服务很好地集成到 Struts 中,并保持相当的灵活性和服务细节的隐蔽性。从实现角度看,基于 Web 服务的应用就相当于在 Model 层将 EJB 容器的接口换成了 Web。

在 Struts 框架下实现 Web 服务要做的工作如下:

(1) 在 Web 服务的客户端(Struts),将要发送的数据转换为 XML(序列化)并按照

SOAP 协议,把数据传送到提供 Web 服务的服务器上。

(2) 在 Web 服务器上,响应这个服务请求并计算结果,然后将计算结果送回服务请求端,送回的数据也是按照 XML 格式编码的。

(3) 客户端从服务器取回结果数据并从 XML 格式转换成原来的格式(反序列化)。

在 Struts 框架下实现 Web 服务时,一般应注意以下几点:

(1) Web 服务是在 Action 类中调用的,包括异常处理和不同的显示需求。保证 Action 类是与 Web 服务的唯一"接口",不"穿越"MVC 架构,是保证达到架构设计目的和意图、易于架构理解和维护的需要。

(2) 使用数值对象向 Web 服务发送或接收数据,它的好处是可以简化 Action 的处理。

(3) 使用外观模式隐蔽 Web 服务通信的细节,可以简化 Action 类的开发与维护。

5.6　使用 VSTS 可视化的分布式系统设计器构建系统架构

SOA 的关键,不是开发和创建很多的服务组件,而是关注以新的方式结合这些外部的服务,可以将这些服务提供给更多人。SOA 提出了简单的接口理念,使得可以通过一个丰富且内聚的业务服务集合不同的系统。微软公司的 VSTS 分布式系统设计器,就是一个基于 Web 服务应用、支持 SOA 的系统架构设计工具,它为系统架构师提供了 4 个可视化的设计工具,包括逻辑数据中心设计器、应用程序设计器、系统设计器以及部署设计器和类设计器。严格来说,类设计器不属于系统级的设计器。

5.6.1　分布式系统设计器的作用和相互关系

4 个系统级设计器的作用如下:

(1) 逻辑数据中心设计器(Logical Datacenter Designer,LDD):是一个特定的数据中心的模型,在其中可以找到安全区域和不同类型的服务器。

(2) 应用程序设计器(Application Designer,AD):是开发团队正在开发的组件的模型,这些组件提供并使用 Web Services。

(3) 系统设计器(System Designer,SD):从一个 AD 模型中组装并配置组件成为可复用的应用程序及完整系统的模型。

(4) 部署设计器(Deployment Designer,DD):为把 SD 和 AD 部署到 LDD 模型中创建一个验证的模型,然后用于产生实际部署需求的 XML 报告。

4 个系统级设计器之间的相互关系,可以用如图 5-25 所示的过程流和对象流加以说明。

由于篇幅所限,本教程主要介绍 4 个设计器中最重要的应用程序设计器。并以一个称为 StockBroker 的股票交易系统(如图 5-26 所示)作为案例(此案例来自 Jean-luc Davia 等人所著的《VSTS 2005 专家教程》)。我们也可以模仿案例,创建 ATM 系统的 AD 视图。

基于 SOA 的分布式系统的结构,依赖位于不同计算机上、彼此通信的组件,特别是那些提供服务的组件。应用程序服务器 AD 可以将这些实现 Web 服务的服务器组件以及它们之间进行交互的应用程序,构成一个可视化的系统模型。概括系统架构的定义,分析一个应用系统的架构,主要看三个方面:部件/组件、连接、连接关系。这里,从这三个方面,考察 VSTS 程序设计器是如何设计一个应用系统的架构的。

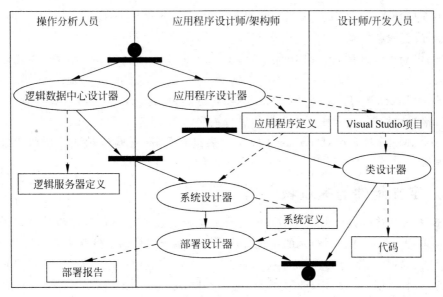

图 5-25　VSTS 可视化系统设计器的相互关系

在 StockBroker 股票交易系统中,构成系统架构并相互交互的组件是 6 个应用程序:StockQuoteApp、DealingApp、StockBroker、StockMarket 和 MarketMaker。组件与组件之间的连接方式,在 VSTS 程序设计器中被称为终结点与接口,而组件与组件之间的连接关系是提供者与消费者。

股票交易系统的 6 个应用程序的功能分别如下:

(1) StockQuoteApp 报告最新股票价格(ASP)。

(2) DealingApp 实现股票买卖交易(ASP)。

(3) StockBroker 证券公司(如华泰证券)的交易代理系统。

(4) StockMarket 股票交易所(上海)的系统。

(5) MarketMaker 一种自由撮合形成交易的股票代理公司。

(6) StockDatabase 假设系统使用统一的数据库(实际是分布的)。

构成"股票交易"系统的 6 个应用程序之间的相互关系是请求—服务/消费—提供的关系,本质上是一种分工—合作的关系。它们之间的操作见图 5-26。

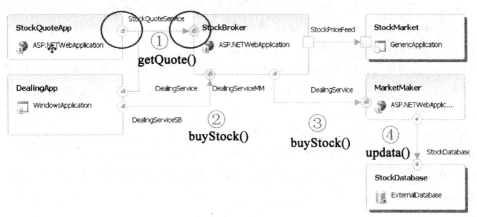

图 5-26　StockBroker 系统的架构

① StockQuoteApp/DealingApp 调用 StockBrocker 的 StockQuoteService 的 getQuote 操作,获得最新股票信息。

② DealingApp 调用 StockBrocker 的 DealingService 的 buyStock 操作,委托证券公司购买股票。

③ StockBrocker 将请求委托给 MarkMake 的 DealingService 的 buyStock 操作,证券公司不能直接买卖股票,它委托证券交易所进行买卖。

④ MarkMake 对 StockDatabase 的 Deals 表进行更新,对客户和证券公司的数据都需要进行更新。

5.6.2 定义组件的提供者

已知,系统架构的设计可以在不同的逻辑抽象级别上,VSTS 的程序设计器提供了基于 Web 的请求程序与服务程序级别的系统架构设计。系统架构的组件就是应用程序。

在股票交易系统案例中,构成系统组件的 5 个组件/应用程序分别是 StockQuoteApp、DealingApp、StockBroker、StockMarket 和 MarketMaker。图 5-20 中另一个组件——StockDatabase 则是外部数据库节点。

可以模仿案例创建一张自己的应用系统 AD 视图。这个过程非常简单,不必逐步介绍操作步骤,只需要简单描述一下创建过程即可。

创建一张自己的 AD 图:首先,在已经创建的解决方案中,选择新建 AD 文件,并命名。然后在 AD 视图中,选择图 5-27 工具箱中应用程序的类型,添加所需要的组件,并给每个组件命名。

在这里,要简单介绍一下应用程序的类型。

实际上,用 VSTS 的程序设计器定义的组件,如图 5-28 中应用程序一栏所列,可以是如下几种类型:

图 5-27 应用程序的类型

(1) WindowsApplication:代表 Windows 应用程序,在上面可以附加通用提供者终结点和所有类型的消费者终结点。

(2) ASP.NETWebService/ASP.NETWebApplication:两者唯一的不同之处是,前者在创建的时候,带有默认的 WebConten 终结点;后者是 WebService 终结点。这些终结点都是提供者,它们为使用者终结点提供信息。

(3) ExternalDatabase:带有默认数据库提供者终结点的现有数据库,客户端可以通过数据库终结点进行连接,可以附加所有类型的提供者终结点,但不能附加消费者终结点。

(4) GenericApplication:外部提供者或消费者。

可以更抽象地把应用程序看成是编程中的控件(按钮/对话窗口等),每种控件都有自己的属性。在创建组件的时候,可以设置或修改这些属性,如组件名等。可以在以后需要的时候再修改,甚至重新定义其属性。

5.6.3　定义对组件提供者终结点的控制

定义完组件后,AD 图上有了几个"孤立"的应用程序。现在,需要把它们连接起来。在建立应用程序之间的连接前,VSTS 需要先定义所谓的"终结点"。终结点是应用程序之间的接口,有些终结点是定义组件的时候默认存在的,有些需要进行定义。如图 5-28 所示,VSTS 程序设计器定义了三种终结点:

（1）WebServiceEndpoint：Web 服务提供者终结点。

（2）WebContenEndpoint：WebApplication 上 Web 内容的消费者终结点,通常连接一个 Client 端。

（3）GenericEndpoint：则是连接通用应用程序的一种机制。

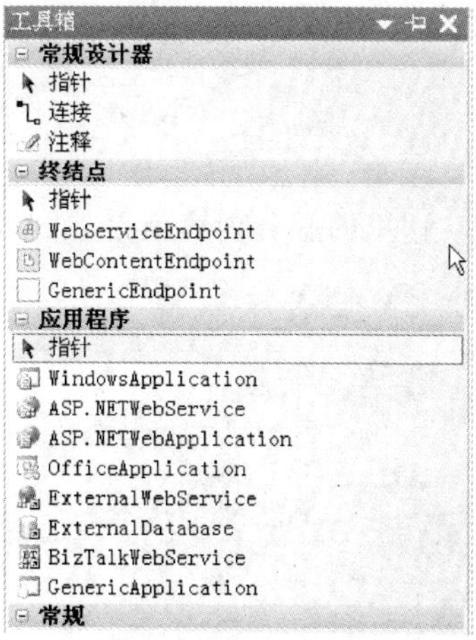

在图 5-26 中,左边 StockQuoteApp 组件与右边 StockBroker 组件相连接的终结点（左边圆圈位置）是消费者终结点,而右边圆圈位置的接点就是提供者终结点。这是由创建 StockQuoteApp 和 StockBroker 组件的时候定义了它们的性质所决定的。再单击右边提供者这个终结点,提供者终结点的属性如图 5-29 所示,可以帮助我们理解这类终结点的真正含义。

在服务提供者终结点上右击,出现如图 5-30 所示的各种可选操作,看看我们可以干什么? 选择定义操作,出现如图 5-31 所示的窗口,可以查看服务的具体内容。

图 5-28　终结点的类型

图 5-29　提供者终结点属性

图 5-30　定义操作

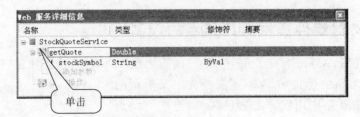

图 5-31　查看服务内容

这里的服务内容就是如图 5-32 所示的代码。

图 5-32　查看代码

这是一段接口代码,接口代码实现了对组件之间进行连接终结点的控制。

如果需要,可以在这里直接改写代码!例如,可以添加一个新的接口操作,以检查特定查询要求,或增加一个接口参数,接收一个特定的检索标志,以缩小检索范围,加快检索速度等。不同的接口,可以用不同的编程语言(如 Visual Bosic、C♯)定义两个不同的应用程序,实现不同的接口方法。这两个应用程序,服务内容(功能)相同,接口的外貌(签名)也相同,但具体实现方式不同,如不同的语言和方法,从而实现多样性。

5.6.4　定义组件之间的连接

完成组件之间的连接。

选择要连接的终结点,选择连接操作,如图 5-33 所示,为连接命名、授权,还可以测试所定义的连接是否有效,最后选择确定,保存设置。单击定义完成的连接线,可以看到图 5-29 所示的该连接的属性。

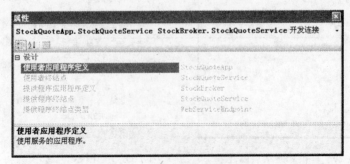

图 5-33　定义组件之间连接

5.6.5　应用程序的实现

右击应用程序,在应用程序的属性菜单中,指明实现该应用程序的语言是 Visual Basic 还是 C♯,选择确认,程序就自动实现了。

自动生成的程序代码包括两个文件:Default.aspx.cs(如图 5-34 所示)和 Default.aspx (如图 5-35 所示)。

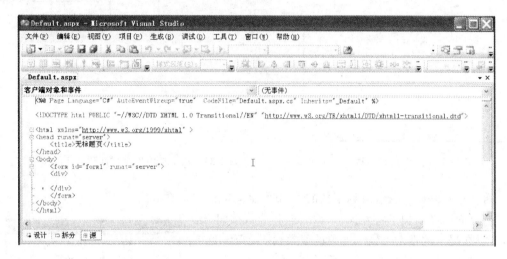

图 5-34　自动实现的应用程序 Default.aspx.cs

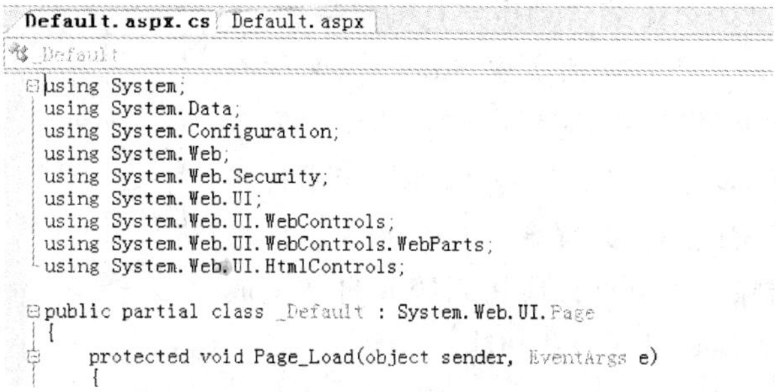

图 5-35　自动实现的应用程序 Default.aspx

在系统编译通过,自动生成完成以后(如图 5-36 所示),在调试工具栏中选择"开始执行"项,便得到一个输出窗口和一个空的 Web 页(如图 5-37 所示)。

图 5-36　编译通过信息

只有一个空白的窗口，显然是不够的，还需要增加代码实现一些功能。我们希望为Web页增加一个输入股票号码的窗口并接受输入。

选择使用 Web From 设计器，进行 UI 设计，并自动生成相应代码。

(1) 在 VS2005/2008 中打开 Default. aspx. cs 文件。

(2) 打开工具箱，把需要添加的"控件"拖曳到 Web 页面上的合适位置，如图 5-38 所示。

图 5-37　程序运行结果　　　　图 5-38　从工具中拖曳控件到合适的位置

再次选择编译、执行，得到了新的 Web 页面，如图 5-39 所示。

新页面已经添加了输入提示、输入框和确认按钮，这样，可以在提示的帮助下输入 6 位的股票代码。VS 2005 自动生成的代码文件如图 5-40 所示。

我们已经为 StockQyoteApp 编写了输入查询股票的代码，显然，仅有查询代码是不能自动得到查询结果的，还需要写实现查询操作的代码。如何实现 StockMark 的查询方法并返回查询结果呢？ 在相应程序的合适位置插入查询的调用/方法代码即可。这个例子也说明，应用程序设计器可以做什么以及做到什么程度。

图 5-39　新的 Web 页面

应用程序设计器除了可以设计应用系统并自动生成部分框架代码之外，还具有以下一些功能：

(1) 测试生成的代码。

图 5-40　VS 2005 自动生成的代码文件

（2）保持模型与代码的同步。

（3）对现有代码进行逆向工程。

（4）设置限制（上层对下层的限制）。

（5）打印和复制。

篇幅所限，不再一一介绍。

5.6.6　项目作业：使用 VSTS 应用程序设计器实现 ATM 系统

与使用 SSH 架构一样，借助 VSTS 应用程序设计器设计 ATM 系统，包括前置机、银行系统，并扩展实现"实时"故障处理。

作为实训课程的项目任务，请同学们完成这个作业。

5.7　架构文档与架构评审

5.7.1　规范的架构设计活动过程与制品

在软件开发过程中，需要规范架构设计成果和设计活动过程，以保证最终开发完成的制品能成为符合系统需求所定义的产品，并可用、可追踪和可管理。规范的架构设计包括规范的设计成果与规范的设计活动过程。图 5-41 所示是 RUP 的架构设计活动过程和交付成果。

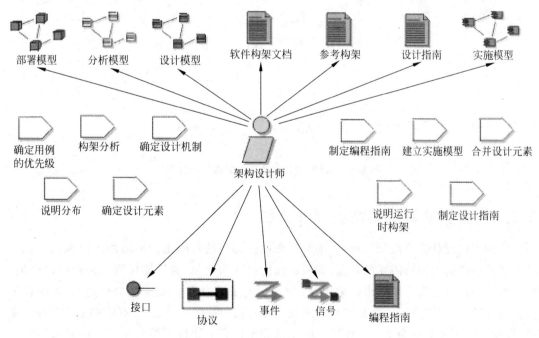

图 5-41　RUP 的架构设计活动过程与交付成果

在软件系统的整个开发周期中，构架和基于组件的迭代式、增量式开发是 RUP 的核心，在 RUP 模型中，分析和设计在整个开发生命周期中反复迭代。一旦设计阶段完成，系统将基本固定下来，并成为未来系统的基础。因此，RUP 的架构设计过程可以概括为构架分析和定义、增量和迭代、架构和设计评审。而架构设计过程的制品就是各种模型，以及表示这些模型的视图。图 5-42 所示是一次迭代的基本活动。

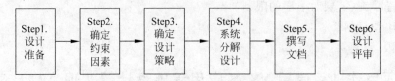

图 5-42　架构设计迭代的一次活动过程

RUP 的基于增量和迭代开发的架构设计是基于风险前驱的原则，渐进地展开分析、设计及其相关活动，每个迭代都会对这些模型（视图）提供一次再验证和调整的机会，以推动软件质量的提升，如图 5-43 所示。

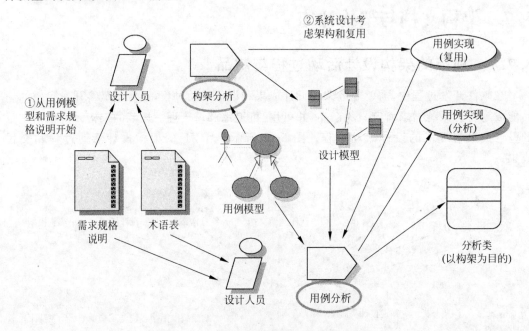

图 5-43　RUP 增量和迭代的架构设计过程

5.7.2　需要编写的架构视图和文档

作为架构设计的阶段交付成果，编写构架设计文档的目的是让不同的风险承担者都能快速找到和理解他们所需要的信息，知道系统的目标和约束、关键质量需求是否可以满足，以及为了满足这些需求所做出的架构设计决策。包括系统是否被有效地分离、分离的各个部分的连接、协调配合等。这是进行详细设计和实现的基础。因此，只有这些工作很好地完成，架构设计才能够成为下一阶段工作的基础和出发点。架构文档是这些工作成果的具体表现形式，而不是目的。

编写架构文档的根本原则是，一定要从使用者的角度出发，而不是为架构而架构、为文档而文档。在这个方面，学生的弱势特别明显，而造成这个问题的原因，是因为受种种条件的限制，在学校很难真正获取架构设计的实际体验，学了一大堆架构概念和模型，不知道这些架构模型到底能解决什么问题,更不知道针对特定需求采用哪些架构设计策略和方法更好。

软件构架的复杂性,如建筑结构需要用平面布局、立体结构、采光系统、上下水系统、电气系统、冷暖通风系统等描述一样,软件构架也需要从多个方面,用视图的方式进行描述。正如 Philippe Kruchten 在《Rational 统一软件过程引论》中所说:一个架构视图是对从某一视角或某一观点上看到的系统所做出的简化描述,描述涵盖了系统的某一特定方面,而省略了与此无关的实体。

架构视图所关注的方面包括了 5.1.2 小节及图 5-2 所描述的 5 个方面。构架是这样的一个或多个系统的抽象,是由抽象的组件表示的,组件具有外部的可见特性,且相互之间是有联系的。所以,架构视图需要表达的内容,正是从这 5 个不同的视角,表现组件、组件的外部特征、组件之间的联系。这是架构文档的核心内容。

如图 5-44 所示,UML 提供了 9 张描述系统模型的视图。

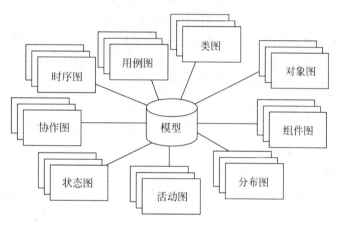

图 5-44   UML 的 9 张视图

其中,类图、对象图、组件图和分布图常用来描述系统架构。它们的作用如图 5-45 所示。

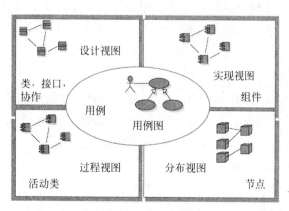

图 5-45   UML 的架构视图

5.7.3　透过架构视图表现架构设计的核心内容

仅仅画出视图不是目的,满足需求的设计决策和设计是关键。那么,在架构视图中,可以看到哪些设计关键? 到目前为止,还没有一份对视图进行编档的工业标准模板。在实践中,架构视图文档通常应包括以下内容:

1. 关键质量需求视图

针对系统的可修改、可扩展、灵活性等关键质量需求,包括需求的场景、可选择对策、应对的机制和实现方法等;有时,关键质量需求就是系统设计的主要目标,如 ATM 扩展;有时,则可能是无须考虑的要素之一。

2. 架构描述视图

架构包含的决策应包括构架设计的背景、基本设计原理、决策的原因和理由、设计效果分析,或当需求发生改变时的方法、设计中所反映的假定等。

架构描述是抽象和骨架性的,因此,应删除那些枝节的、太过于表现实现方法而与决策无关的内容。那些与架构决策有关的重要用例、关键质量属性及相关的设计元素,是架构描述不可或缺的内容。因此,架构描述可以用用例图表示,它与需求开发阶段的用例图的区别是,它只包括且必须包括反映架构设计需求的上述要素。

因此,从需求开发阶段的用例图,到架构描述的用例图,其中发生的唯一变化,就是通过架构设计阶段的活动,产生了满足设计需求的决策和设计,并记录在架构描述(架构蓝图)中。

3. 系统构成与组件关系视图

如果说,架构描述是抽象的,那么,系统构成与组件关系描述则是具体的设计部署。例如,组件—连接器视图,描述组件如何通过连接器与外部的组件建立连接。在架构描述的设计决策背景下,系统构成与组件关系视图用视图的方式描述了主要组件及其组件之间的关系。这些组件,是 5.1 节介绍的 5 个方面考虑因素的具体化。在这些具体考虑因素下,系统被按照平台特性(开发架构)、物理部署、运行环境、进程结构和数据结构进行分离。表现这些内容的形式可以是类结构、包结构、部署结构等视图。在这些结构视图中,任何一个设计视图,都希望表现其之所以是这样而非那样理由的唯一原因,是基于 5 个方面因素的设计考虑。

4. 接口与行为视图

在描述系统中组件关系的同时,如果需求,还应描述关键组件的接口和行为;因为这些接口与行为,是架构设计决策和方法是否能够实现的关键。例如,采用哪种面向对象的设计模式,可以使系统获得更大限度的灵活性和可扩展性。

5. 视图中所选择的术语表、其他信息

到底要提交哪些架构设计文档,现在我们可以知道,你的架构设计需求是什么? 你做了哪些架构设计决策,这些决策的具体设计实现是如何体现的? 把这些内容用架构描述视图、系统构成与组件关系视图、接口与行为视图、关键质量需求视图记录下来,这就是需要提交的架构文档。

5.7.4　针对一般要素的架构设计评审

这里所谓的架构设计的"一般要素",主要是指 5.1 节介绍的 5 个方面考虑因素。即指架构设计在这 5 个方面限制条件下,是否满足其特定的需求。所以,针对这些一般要素的架构设计评审,应包括以下内容:

(1) 目标系统在这 5 个方面的具体需求和限制是什么?

(2) 针对需求和限制的设计决策是什么?

(3) 实现设计决策的方法是什么?

(4) 对采用上述设计方法实现效果预期的评估。

在方法的效果评估中,应考虑在采用 OMT 方法把用例图转化为静态的类图、动态的行为(状态图、时序图、协作图、活动图),以及反映系统结构的构件图和部署图时,为了满足 5 个方面的特定需求和限制,作为设计类的抽取与定义,应检查是否体现对结构元素(模块、组件、包、子系统)进行划分和分离的,这些分离点后的结构元素本身:

(1) 抽象是否与系统目标相一致。

(2) 是否与作为类的责任相一致。

(3) 是否满足高内聚、松耦合的原则要求。

(4) 是否可以委托给其他类。

(5) 其他。

架构设计的一般要素,是对任何一个软件系统进行架构设计时都需要考虑的一般设计原则。同时,这些元素更是 5.7.6 节讨论的那些关键质量属性设计的基础。

5.7.5　针对关键质量属性需求的架构设计评审

针对关键质量属性需求的架构评审方法,目前比较流行的是 ATAM(Architecture Tradeoff Analysis Method)方法,它是由 SEI 提出的一种软件构架评估方法。

ATAM 方法的主要目的:针对软件质量属性需求,提炼出架构设计决策的精确描述,然后通过评估这些架构设计决策,判定其是否满足这些质量需求。ATAM 评估方法并非把每个可以量化的质量属性都进行详尽的分析,而是针对主要的风险承担者(包括经理、开发人员、测试人员、用户、客户等)所关注主要风险,进行分析和评估。因此,ATAM 是一种挖掘潜在风险,降低或者缓和现有风险的软件构架评估方法。ATAM 方法特别注重的是:风险、敏感点、权衡点。由此可以看出,ATAM 方法的特点是不仅可以揭示出架构满足特定质量目标的情况,而且可以更清楚地认识质量目标之间的联系。所以,它是一种架构权衡分析方法。

ATAM 软件架构评估的输入场景集合捕获的质量要求。ATAM 的输出包括:

(1) 一个简洁的架构表述。

(2) 表述清楚的业务目标。

(3) 构架决策到质量需求的映射。

(4) 所确定的敏感点和权衡点的集合。

表 5-1 所示是一个关键质量属性需求架构设计的评审案例。

表 5-1 关键质量属性需求评审表

场景号：A1	场景：抵抗恶意攻击			
属性	安全性			
环境	系统运行时			
刺激	黑客试图盗取密码，攻击系统			
响应	成功抵抗攻击概率大于 99.9%			
构架决策	敏感点	权衡点	有风险决策	无风险决策
由于 B/S 模式存在安全隐患，超级管理员模块单独采用 C/S 模式，只有安装客户端软件后超级管理员才能登录		*1		
将所有的 JSP 页面都放入 WEB-INF 文件夹中，这样最终用户就不能随意地通过在地址栏中输入地址来随意地访问页面				*2

*1 权衡点分析：超级管理员拥有系统的最高权限，因此保护超级管理员用户的安全显得格外重要。由于 B/S 模式存在安全隐患，超级管理员模块单独采用 C/S 模式，只有安装客户端软件后超级管理员才能登录，这样即使黑客盗取了用户名和密码，他也不能在浏览器端访问系统。这样虽然降低了系统的可用性，但经权衡，还是利大于弊。

*2 风险分析：将所有的 JSP 页面都放入 WEB-INF 文件夹中，这样最终用户就不能随意地通过在地址栏中输入地址随意地访问页面，必须经过 action 的处理和转发，这样保证了系统文件不能随意访问和修改，无风险。

5.7.6 ATM 实时故障恢复系统的架构设计评审

针对实训项目"ATM 故障恢复系统"的架构设计评审，可以作为学习架构设计和评审的一个很好案例。因为通过案例的解剖，特别是对架构设计思路和过程的分析，不但可以学习 ATAM 评审方法，更重要的是：通过回顾与分析一个自己亲自设计的方案，一个经历了架构思考、设计、测试、验证设计思路历程的方案，可以学习如何更好地设计系统架构。这才是架构评审的最终目的。

由于篇幅所限，这里并不完整罗列 ATAM 方法的所有评审内容，仅讨论架构设计方案中，与关键需求有关的几个问题。

1. ATM 实时故障恢复系统架构设计的关注点

考查 ATM 实时故障恢复系统的架构设计，看其是否能够满足"有效性"、"实时性"的关键质量属性需求，将主要关注以下几点：

1）由谁发起超时

在正常业务（例如存款、取款等）交易操作中，插入等待超时判断，是启动并实现故障恢复的主要发起机制，这是一般设计实现方案都会考虑的方法。但是，在 ATM、前置机、银行服务器三者中，在哪里设置超时监控，有多种实现方案，各有利弊，并严重影响整个故障恢复系统的实现机制，也导致不同的实现效果。这是系统架构设计所关注的第一个要点。

2）故障恢复机制

发现超时，仅仅是故障恢复的起点。如何进行故障判断，做出准确的处理决定，然后进行完整的故障恢复处理,是这套故障恢复系统的关键。有几种不同的故障恢复实现机制。同样,效果也是不一样的。

3) 故障恢复的完整操作应包括的内容

发现了故障、判明了原因,此时,进行故障恢复似乎是简单的事情了。但是,情况并不如想象的那么简单。还会有什么情况必须考虑?

以下将就这些关注点,逐一讨论不同设计与实现方案的优劣。

2. 有关超时机制的评审

如果将超时计数器比作一个"闹钟",这个用来"唤醒"故障恢复系统开始恢复动作的"闹钟"应该放在哪里呢? 银行存款、取款的业务处理过程,涉及 ATM、前置机、银行服务器三者,并且在三者之间多次往返,才能完成一笔完整的存款或取款交易业务。因此,在三者之中的任何一个点上设置"闹钟",都可以起到超时监控的作用。但是,到底放在哪里更好呢?

把故障恢复问题稍稍简化一点:参考一笔存/取款业务的交易过程(见图 5-6),暂时先不考虑前 4 趟出现故障(前四趟为身份验证),主要考察后 6 趟交易过程(如图 5-46 所示)中,任何一趟发生故障,如何通过超时机制进行识别的问题。按照只有一个"闹钟"、有两个"闹钟"、有三个"闹钟"三类情况,应该有 7 种排列组合。这样一看,情况非常复杂。实际上,所有 7 种排列组合的情况,都可以先简单归结为只有一个"闹钟"和有多个"闹钟"这样两种情况。两种情况的区别是需要还是不需要"闹钟"之间的协调与仲裁。

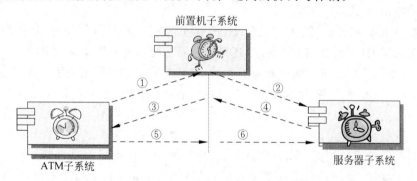

图 5-46　ATM 故障恢复系统的超时设置

下面分三种情况进行分析:

1) 只有一只"闹钟"的情况

只有一个"闹钟",分别放在 ATM、前置机、银行服务器三个位置,针对中断发生在①~⑥的 6 种情况,会是什么结果? 通过对逐个情况的分析可以发现,实际上只有一只"闹钟"是不够的,至少是不完整的。

2) 多只"闹钟"的情况

比较多只"闹钟"的情况可以发现,在 ATM 和银行服务器上各放置一只"闹钟"比较合适,也是采用较多的方案。在多只"闹钟"的情况下,一定需要有一个"协调/仲裁"机制,这就是下面要讨论的恢复机制问题。

3) 没有"闹钟"的情况

由于在项目开始的时候,老师预先告知了测试方案,即在开始进行每一笔存/取款交易的同时,产生一个 1~6 之间的随机数,表示未来"中断"会发生在 1~6 的某个位置。于是,就有项目团队并不设超时,也不进行故障位置判断。因为根据随机数的值,就已经"预先"知道故障发生在哪里,通过在断点"重发"数据包,实现数据恢复的作用,也几乎不需要以下讨论的那些恢复故障工作。这种方法,完全违背了项目的本来目的,是为了通过老师测试而设计的方案,是"虚假"的故障恢复,因此,是错误的。

到底需要几只"闹钟",把它们各自放在什么位置,哪种方案更有利,以及可能存在的弊端是什么。实际上需要与整个故障恢复机制和故障恢复处理方法综合考虑。

3. 有关恢复机制的评审

通过超时机制,发现中断以后,需要判断"断点"在哪里。一种实现方法是,ATM 和服务器发生超时后,将自己的状态,传送给前置机的判断/仲裁程序,进行判断,以区别是①~⑥的 6 种情况中的哪一种。另一个更简单的方法是,在开始存/取款交易业务的时候,跟着被传递的交易数据包进行传输的同时,就设置一个交易"趟"数计数器,每传送一趟,计数器加一。当出现超时的时候,把这个计数器的最后值告诉前置机的判断程序,用来判断"断"在哪里。

前置机根据"断点"情况,或要求 ATM 显示相关信息并重新开始上笔没有成功的交易操作(情况①②),或要求服务器改账(情况③④)或服务器同时改状态(情况⑤⑥)。

前置机的这个判断/仲裁与控制机制,是非常重要和非常必要的。有些项目团队没有明显的这样的机制,会有什么问题?

如果在 ATM、前置机、服务器三者中,没有任何一个节点担负判断/仲裁和控制的角色。当出现超时时(不论是 ATM 超时,还是服务器超时),都采用交易数据"断点重发"的方法,并设置一个"重发"的等待时间和重发次数,直到重发成功或重发失败。在现有项目的测试环境下,几乎没有重发失败的情况发生。所以,表面看起来,这个方案是成功的。

就这个方案而言,且不说重发也可能失败,即使成功,在网络上,将出现大量的重复数据包(重发)。这些数据包可能来自一个节点(如服务器),也可能来自不同的节点(如 ATM),但都是针对同一笔交易的同一个故障。那么,可怕的情况出现了。是否可能出现对同一笔交易的多次重复操作?例如,反复要求 ATM 吐钞。为了防止这种情况出现,需要在各节点设置一张重发交易数据记录。当接收到重发数据时,就需要去检查这张表,如果是第一次重发,就接受;否则,就不接受。在全国银行大集中的网络环境中,在全行(再考虑跨行)可能有几十万台 ATM、每天几千万笔交易业务的情况下,你想过没有,维护这张表的"代价"有多大? 出错的概率有多高啊?

所以,这是只在学校"实验室环境"下考虑的方案,是错误的。

在前置机上设置判断和控制机制,还有一个好处,就是能够更适应系统的扩展。在项目后期,老师提出了一个新的需求变更:在现有 ATM 系统中,增加"网银"功能。所谓"网银",并不是要真的实现网上的 ATM 交易,而是仅在现有系统环境下,在前置机之前,要求"并发"多台 ATM,进行交易操作。甚至可以同时对同一个账户进行操作。因为"网银"并不需要那张 ATM 卡。

面对这样的需求变更,很多项目团队感到非常困难,甚至在现有架构下,根本无法实现。因为目前实现的系统,前置机部分不支持多 ATM 的并发请求。同样,服务器部分也不能支持多前置机的并发请求。而在业务交易和数据库处理部分,也不支持对同一个账号的并发操作。

实时、并发是架构设计的一个主要需求,怎么样才能够通过架构设计支持上述变化? 怎么设计一个支持灵活性、可扩展性的架构,以实现上述需求?

4. 有关恢复处理的评审

经过判断决策,或要求 ATM 显示出错、请用户重新操作,或服务器改账或状态。恢复处理本身要求做的事情,就是怎么简单吗?

在 5.3.1 节介绍业务逻辑的时候已经说到,完成一笔存款或取款交易,在银行账务处理的业务逻辑上,是不一样的。这在故障处理的时候,也需要严格遵守。其次,所有业务交易过程都必须记录在案,这些记录是故障恢复的依据,也是事后检查、核对、区分责任的依据。故障恢复系统也会发生故障,但整个 ATM 系统,当然整个银行系统不能因此而停止运行。这对系统有什么要求?

在项目后期,老师出了一个小变化。在正常取款交易的时候,假定 ATM 机已经出钞,但用户并没有拿走钱,过了一段时间(20 秒)后,ATM 自动将钱收回去了,但此时断点出现在⑤或⑥。如果有正常的故障恢复机制存在,此时,服务器将改回该账户为未取款前的状态。但是,现在人为地终止了故障恢复操作。然后,在 ATM 上再对该账户进行一笔取款业务,看看会出现什么情况?

有的项目团队的系统此时就"死机"(无限等待中)了。问题出在什么地方?

架构评审过程所得到的收获,除了了解更多的架构设计知识之外,还可能得到一个主要的提示,就是: 做一名程序员与担任一名系统架构师,有很大的不同。

5.8　本阶段小结——通过架构设计评审

实训项目的架构设计,到此将告一个段落。作为软件工程的架构设计(概要设计),已知架构的重要性,更初步尝试了按照一般原则及关键质量属性需求搭建架构、体验架构实现等几个重要环节的实际过程。作为本阶段的小结,也是架构设计过程的一个重要环节——架构验证(又称为架构设计评审)环节,将系统地检验架构设计,并检查是否满足我们设定的关键质量需求,以及满足的程度。

5.8.1　理解项目实训课程的架构设计评审要求

根据 5.7 节介绍的架构评审标准和要求,针对 ATM 扩展项目的特点,项目实训课程采用 ATAM 的评审方法,对项目团队提出的架构设计进行评审。

在开展 ATAM 评估的时候,要注意 ATAM 评估不是需求评估(包括关键需求),不是代码评估,也不包括对实际的系统进行测试,它是一种针对架构设计定性的分析评价方法。

实训课程的架构设计评审的目的,是考察学生的项目团队,对软件系统构架及关键需求的关注与理解,包括对系统构架的描述,关键质量属性的场景、影响、对策、效果预期的评价等。

评审标准如表 5-2 所示。

表 5-2　第三届软件创新大赛的架构评价标准

评审标准与评分	
对构架设计有充分的认识和理解,针对特定关键属性需求,有周到的架构设计安排	90 分□
构架逻辑结构清晰、合理,描述了部分关键的属性需求和应对方法	80 分□
组件、连接、连接关系清晰,子系统划分合理、组件之间有一定的协同机制,但构架设计不够细致,对关键需求关注不够	70 分□
将软件构架等同功能组件结构或层次结构,仅对组件/层次之间的调用进行了介绍,不知道有什么关键属性需求	60 分□
基本无软件构架的概念,也不知道关键属性,仅用功能组件图/类图代替系统构架图	45 分□
对软件构架知识基本不了解、无构架考虑	30 分□

在上述架构设计评审标准中,为什么要特别强调"对构架设计有充分的认识和理解,针对特定关键属性需求,有周到的架构设计安排"? 并把这个条件,作为实训项目架构设计评审的"最高分"? 在这一章的开始就提到,有同学在描述和设计架构的时候,为架构而架构,设计了一些并不起任何架构作用,甚至反而增加系统复杂性的架构。

特别强调"针对特定关键属性需求设计架构",是希望同学们能够抓住架构设计的本质,并从关键需求的获取开始,把需求分析、架构设计、方案验证、实现、测试联系在一起。架构设计可以不完善、不完整,组件划分、连接方式、连接关系都可以逐步迭代地确立起来,但关键需求、架构设计目标、主要组件之间的逻辑结构关系要明确、清晰。这也是设立上述评审标准的基本考虑和出发点。

评价实训阶段架构设计的成绩,按照以下层次判断:

(1) 对架构概念基本是无知的,因而根本谈不上什么架构设计。

(2) 将系统架构简单地理解为功能组件图/类图。

(3) 有一点基本的层次结构概念,如层次结构的上层提出请求,下层提供服务;MVC的三层功能划分等,把系统功能牵强地分配给这样的层次结构,而并不知道为什么要用这样的结构。

(4) 理解软件系统架构的基本构成元素,并以功能实现为目标,开始从分工、职责、协同的角度和需要设计组件、连接和连接关系,并由此构成系统架构。

(5) 在上述的基础上,不仅考虑功能实现,还开始有关键需求的考虑。

(6) 不仅从功能,还能很好地从关键需求出发,周到地设计系统架构。

5.8.2　开展实训项目的架构评审活动

参考 ATAM 的分析评估方法,架构评审也可以由 9 步组成:

(1) ATAM 评审准备(评审小组对 ATAM 评审方法、步骤等进行介绍,项目团队做准备)。

(2) 项目团队介绍项目的商业动机和开发目标、功能需求以及关键质量属性需求。

(3) 项目团队用架构图等合适的方式,介绍系统的软件构架。

(4) 项目团队介绍系统架构设计中关键质量属性与采用的应对战术。

(5) 项目团队采用效用树的方式,介绍应对战术预期取得的设计效果。

(6) 评审小组从风险、敏感点、权衡点等不同角度,分析战术可能达到的实际效果。

（7）评审小组采用确定场景方法，分析评价战术效果。

（8）评审小组对应对战术甚至架构方法，提出改进意见和建议。

（9）评审小组得出评审意见和结论。

可以参考上述步骤，有针对性地设置我们的评审过程。

5.8.3　本章的理论基础和实践内容小结

在本章中，我们学习和实践了有关软件架构设计的一些基本内容。我们没有过多地介绍软件架构设计的理论，甚至包括大部分的设计方法。这些内容，已远不是《现代软件工程》第 5 章所能概括的，而应该是一门称为《软件系统体系结构》的课程所要完成的任务。所以，对本章的学习感觉吃力的同学，应补修上述课程。

本章的重点是用一个实际案例实践与体验软件架构设计的实际过程，包括架构设计分析、设计、架构平台和设计工具的使用、设计评审等环节。

架构设计是软件工程教学中一个比较困难的环节，其中的难点之一，就是很难找到一个合适的案例在一个合适的设计平台上针对一些合适的架构需求进行实际的设计体验。本章为此做了一些初步的尝试，希望对有兴趣的同学能有所帮助。

5.9　本章作业与问题

5.9.1　本章作业

作业：完成 ATM 扩展项目的《架构设计报告》，并选择合适的平台，完成架构设计。将架构设计过程与 VSTS 相关联，并为其确定基线，通过架构设计评审。

5.9.2　问题：更进一步的思考

（1）为什么在架构设计过程中，明确架构设计需求是最重要的？

（2）为什么在架构设计需求中，与关键质量属性有关的需求是架构设计的最根本出发点？

（3）在 ATM 扩展项目案例中，"可用性"的含义是什么？"实时性"的含义是什么？

（4）在 ATM 扩展项目案例中，导致现有系统"实时性"差的原因是什么？本章提出的设计对策为什么可能是有效的？

（5）在 ATM 扩展项目案例中，是通过架构设计的什么方法实现"实时性"的？你有什么更好的方法和建议吗？

第 6 章

代码开发阶段的软件
过程控制与管理

在完成架构设计后,迎来了实训项目工作量最大的代码开发阶段,在这里,不但要完成相应的编码任务,还需要学习如何管理这个以单元代码开发为主的软件工程过程。

在软件工程的"手工作坊"时代,单元开发是编码工程师的"个体"行为,这个过程可能完全是"黑盒"的。任务分配以后,各自独立完成,提交代码并以功能测试通过为任务结束。显然,这种"黑盒"式的开发过程,是不符合软件过程控制和管理要求的。在这个阶段,模块的功能测试,只是对这一阶段"成果"的检验,如果需要更进一步地对软件过程的这个阶段进行更"可见"和"可控"的过程控制和管理,应该怎么做呢?

实际上,现代软件工程在单元代码开发阶段的过程控制,主要通过配置管理、围绕测试(单元级)管理、工作区管理、构建以及版本控制等几个方面进行,而 VSTS 则提供了很好的技术手段和工具。

6.1 用 VSTS 实现对源代码的控制与管理

人要改变自己的命运,换一下环境可能会好一点。要脱离"作坊"式的开发方式,也应该从改变开发环境开始。

6.1.1 从建立规范的源代码开发管理环境开始

在"作坊"式的开发方式下,软件系统的开发过程绝大部分是在软件工程师的个人机上进行的,开发活动包括了从需求到单元测试的全部过程,然后,直接跨越到用户环境。这就像一个"黑盒",只看见入口和出口。可控制和可管理的软件系统开发过程需要建立一个"可视化"的开发环境,包括开发工程师的个人机开发环境、团队生成和运行集成的开发服务器环境、系统级构建和测试环境以及最终用户部署的真实环境。建立这 4 个环境的目的,不是要把一份程序重复地放在 4

个地方,而是根据软件开发过程的不同阶段,进行开发、生成、集成、测试和部署活动,并进行有效的控制和管理。图 6-1 所示是一个规范的开发环境。

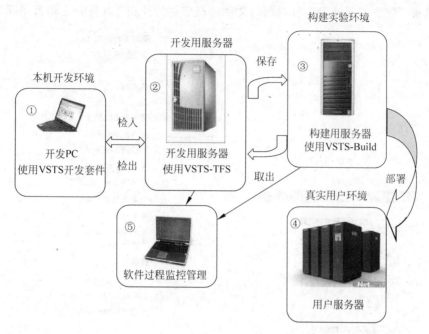

图 6-1　软件开发的过程与环境

从编写第一行源代码开始,就将在这样的一个环境中被控制和管理。因此,在开始编码之前,首先需要建立一个这样的源代码开发管理环境。

6.1.2　使用源代码管理器对个人的工作区进行管理

依照图 6-1 的顺序,首先介绍如何建立对软件工程师个人的管理,即使用 VSTS 源代码管理器,通过工作区和签入签出机制,对编码工程师进行管理。所谓工作区就是指软件开发人员的工作环境,这个环境并不是指一台 PC、操作系统的环境,也不是编程语言开发平台的环境,而是在 VSTS 源代码管理器和版本控制的管理之下,编码工程师的工作空间。这个空间是团队开发的源代码存储库(文件系统或数据库)与团队中某一工程师相应开发空间之间的一个映射,是开发服务器的内容在个人开发环境中的一个子集,并且这个子集被源代码管理器通过签入签出、版本控制等机制所管理。

设定工作区的目的,首先是可以为开发者提供一个稳定的、与团队开发保持一致的工作内容,并在设定的工作区范围内,从事编码、变更和单元测试。其次,则是可以从源头上,方便开发团队对每个开发工程师进行管理。

在第 3 章介绍创建一个新的团队项目的时候,当连接上 TFS 服务器,在 TFS 服务器上输入了项目的名称、选择了过程模板、添加了说明后,如图 6-2 所示。

VSTS 的源代码资源管理器与 Visual Studio 的其他管理器非常类似,在 VS 菜单上,选择"文件"→"源代码管理"命令,就可以看到图 6-3 的功能菜单。在这里,可以浏览和管理源代码库的每个项目和每个文件夹。可以删除、添加文件;签入、签出及查看挂起的变更及本地代码的状态变更等。还可以进行更多的管理操作，如创建搁置集（搁置是 VSTS 的临时源代码存储区，以方便"中途"未完成的变更对其他变更生成集成的影响）；锁定/取消锁定文件/文件夹；解决不同开发人员对相同文件进行变更的冲突；以及分支和合并等功能。

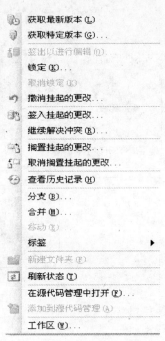

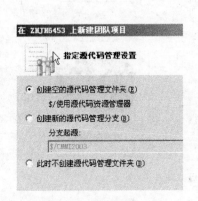

图 6-2　选择源代码管理器　　　　　　　　图 6-3　源代码管理菜单

　　在 VS 菜单上，选择"视图"→"源代码管理资源管理器"命令，则可以打开源代码管理器。它分为三个工作区：左边是项目树（可以从中浏览和选择项目源文件），被选择的项目及其源文件，被展示在右边区域中，右边的这个区域，就是所谓与项目源代码库映射的"工作区"。所以，工作区是工程师个人使用的本地文件夹，它的内容与源代码管理器，甚至与TFS 的版本控制相关联，当签出签入源代码库的代码到工作区的时候，都被打上了"标记"。在这里，马上就会想到，工作区与源代码库是一一对应的，不可能将两个工作区映射到同一个源代码库的子目录上，反之亦然。

　　创建工作区的方法很简单，选择图 6-3 中源代码管理菜单的工作区，出现"添加工作区"对话框，单击"添加"按钮，则出现如图 6-4 所示的对话框。

　　输入工作区的名称，选择并指定服务器上的源代码文件夹和个人本地的工作区文件夹，这里将是真实的、物理的工作区。实际上，VSTS 源代码管理器将会把 TFS 上的源文件夹内容复制到本地文件夹中，在本地进行开发、修改的时候，就不会影响团队的其他人（他们要修改同一个文件夹中的内容，将涉及并发开发）；也不会受到其他人的影响。为了管理并发开发，VSTS 源代码管理器还会采用基于签入签出、挂起、搁置等机制的源代码管理工作。

　　以工作区为基础、以源代码管理器为工具进行的开发工程师管理，可以有很多好处。首先，它是团队开发、并行开发管理的必要手段，如果没有这样的管理，冲突将无法避免。其次，很多相似的工具还可以实现版本分支和合并管理等功能，帮助并行开发的团队实现自动的分支管理。

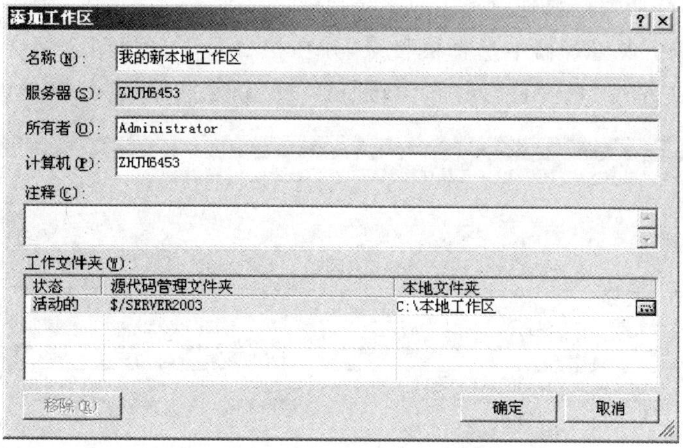

图 6-4 "添加工作区"对话框

同时,工作区和签入签出机制可以有很多更实用的应用。有些配置管理工具,如 Rational 的 ClearCase 就定义了快照和动态视图两种视图:快照视图是指定文件和目录的"下载"。它是只读的。当工程师改变了只读性质,对文件或目录进行了修改后,系统能自动识别并标记为"签出"状态,然后按签出操作,进行管理。这样来保证开发工程师不断地下载最新的版本,修改后立即进行签入。他的开发环境始终是"新鲜"的,送回是"及时"的。

动态视图与快照视图不同的是,动态视图并不是复制一个文件或目录,而是创建一个由系统管理的虚拟文件系统,在这个虚拟的文件上进行修改。两个人同时修改同一个文件时,根据视图规格的不同,也可以看到不同的内容。修改后,系统自动进行归并和实时的更新。动态视图的好处是,没有文件和目录的复制,代码不会到处散布。更新是在相同的环境下完成的,而且是实时的。视图的打开、变更被统一在视图规格中控制和授权,系统更可控。由于没有散布,审查和测试将是最可靠和全面的。

上述这种"人性"化的管理,既为工程师的开发提供了方便,也有利于团队的管理。在这里,要突出强调的另外一点,就是工作区管理,为实现真实、准确的软件过程控制,建立和执行必要的团队环境下软件开发"战场纪律",提供了有力的武器。

在源代码管理器管理下,每个工作区都是团队系统的子视图,源代码管理器为该视图定义的配置规则,决定了某一工程师所具有的"开发权限",以及该权限下可以看见、可以修改哪些文件、哪个版本。通过这些规格定义,大部分人只能浏览、修改、构建局部的文件和目录。

6.1.3 向存储库和工作区中添加文件夹/文件/解决方案

向存储库和工作区中添加文件夹的过程如下:

(1) 在开发 PC 上打开 Visual Studio 软件,连接已经创建的团队项目(版本控制一定是基于团队项目的),打开源代码资源管理器("视图"→"其他窗口"),选择团队项目的根文件夹,然后在上下文件菜单(右击鼠标选择获得最新版本)中选择最新的版本。

(2) 浏览打开的文件夹对话框,为自己创建一个工作区目录,并单击 OK 按钮,关闭对话框,完成获取最新版本的操作。

(3) 在源代码资源管理器中选择根目录,并在根目录下创建两个新文件夹:我的新文件夹1和我的新文件夹2("文件"→"源代码控制"→"新建文件夹"),如图6-5所示。

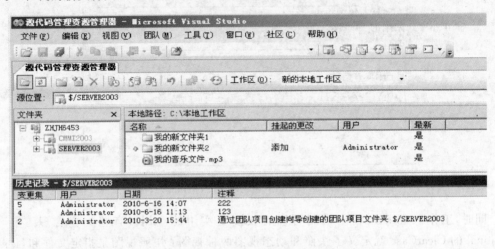

图6-5 创建存储库和工作区的文件夹并添加文件

(4) 重复步骤(2),使你的工作区与存储库保持最新的同步。

通过这样的步骤,就配置完成了一个最基本的版本控制系统目录结构。如果需要进一步在这个目录结构中添加一个文件,使存储库和工作区都可以共享,具体方法如下。

在PC的工作区中,创建需要添加的文件:我的音乐文件。

在源代码资源管理器菜单条上选择"添加文件",打开"将文件添加到源代码资源管理器"对话框,选择工作区中,刚刚创建的"我的音乐文件",并完成添加操作。如图6-5所示,源代码资源管理器不但使存储库与工作区保持同步,还记录了在工作区上的操作和状态。

一个团队项目更多的是由一个或多个解决方案构成的,将一个解决方案添加到目录结构中的方法如下。

首先为解决方案创建一个工作区并建两个文件夹,一个是内部文件夹,放置TFB从源代码生成出来的解决方案,可以称为构建后的制品区。这里的读取权限是有限制的。另一个是放置测试完成,但还没有生成的源代码,可以称为待加工(生成)区。这里是可以共享的。

完成目录创建后,在VS菜单上选择"文件"→"新建"→"项目"命令(选择单击:菜单的"视图"→"其他窗口"→"起始页",选择创建:项目),打开新建项目对话框(注意,如果只安装了团队资源管理器,而没有安装Visual Studio 2005,是不能创建项目的,因此,必须装VS),单击其他性能类型节点,在展开中,选择Visual Studio解决方案,然后选择右边框中"空解决方案",并为此解决方案命名为"我的空白解决方案",然后单击"浏览"按钮,选择刚才创建的构建制品目录,选择添加到源代码管理,并填写相应的源代码放置位置后,单击"确定"按钮,如图6-6所示,完成解决方案的创建。

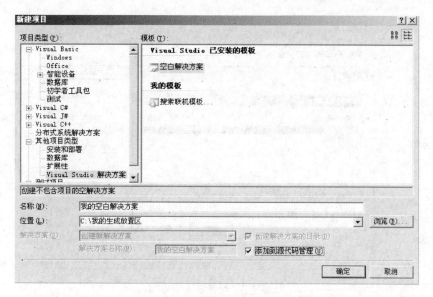

图 6-6 创建一个空解决方案

6.1.4 通过配置签入签出策略设置对变更活动的约束

有了上述存储库和工作区相关联的机制，文件在存储库和工作区之间的移动，就是签入签出。像每天上班要签到一样，签入签出既是工程师日常工作的开始和结束，又是软件开发过程变更管理的基础。签出是打算修改签出的文件，签入则是文件修改完毕后的归档，所有发生的变化都受权限管理并记录在案。

配置签出签入策略

在 VS 菜单上选择"团队"→"团队项目设置"→"源代码管理"命令，出现如图 6-7 所示的配置签出签入策略对话框。第一个选项确定是否允许多人同时编辑同一个文件，如果允许的话，在签入之前，将需要协调各自修改时发生的冲突。

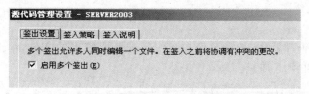

图 6-7 配置签出签入策略

签入策略要更复杂一点。在选择第二项签入策略时，会出现如图 6-8 所示外面那个大一点的画面框，单击"添加"按钮，则继续出现如图 6-8 所示里面小一点的画面，让你在测试策略、代码分析和工作项三者中做一个选择，当然你要全选，就反复操作三次添加。

测试策略指在签入之前，可以先让 VSTS 进行代码测试，只有通过测试、可以成功运行的产品，才能被签入。这个部分在下面测试的时候介绍。代码分析与测试有些类似，只不过这里需要通过的是静态代码分析，代码分析产生的是错误而不是警告，所以，这里是强制的编程纪律。而工作项则是与 VSTS 的工作项相关联，每次签入都可以记录更改、标注版本变化原因等，这样可以让项目管理员跟踪变更活动。

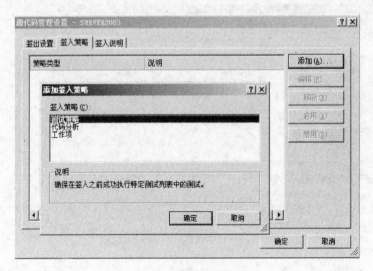

图 6-8　配置签入策略

第三个选项是签入说明，在这里，设置的是签入的所有者。可以单击"添加"按钮，如图 6-9 所示，就增加了一个团队项目管理员。

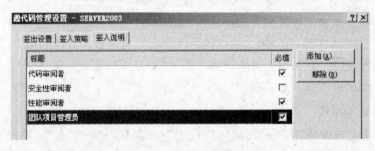

图 6-9　签入说明

6.1.5　签出

在源代码资源管理器中，选择已经在工作区准备要签出的文件，单击"签出"按钮，打开"签出"对话框，如图 6-10 所示。

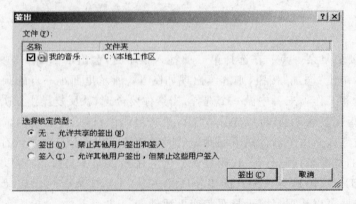

图 6-10　签出操作

选择锁定类型,单击"签出"按钮,就完成了文件的签出操作。此时,文件图标左边的复选框被选中,表示文件被签出,实际上此文件目前处于挂起(锁定)状态,如图 6-11 所示。

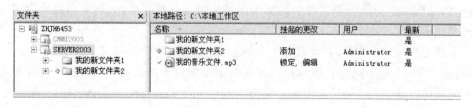

图 6-11　文件被签出后

6.1.6　签入

对被签出的文件进行修改后,单击源代码资源管理器菜单栏的签入,将出现如图 6-12 所示的签入对话框。

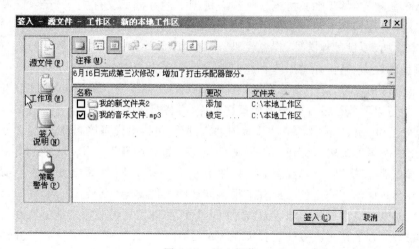

图 6-12　签入操作

为每次签入输入一些注释是一个良好的工作习惯。选择要签入的文件,单击"签入"按钮。如果没有对文件做任何修改,则系统什么也不做就完成了签入。否则,系统将按照已经配置的签入策略,进行检查和操作。这方面的具体细节,将在以下版本控制、单元测试等环节再做介绍。

所有与签入有关的工作项链接、修改记录、策略、所有者、日期/时间等,被称为与该签入有关的变更集。

实际上 TFS 作为一种配置管理工具,其配置项包括 4 大类:工作项、变更集、源代码文件和生成,它们之间是互相关联的。通过签入签出机制进行过程控制和管理的关键,体现在开发工程师必须遵守并实现签入策略所相关联的测试、工作项管理等约束条件。

6.2　使用 TFVC 进行版本控制

现代软件开发通常是由一个开发团队共同分析、设计、编码和维护,并由专门的测试团队对已完成编码调试的软件进行全面的测试。在软件开发这个庞大而复杂的过程中,需要涉及各个方面的人员,信息的交流反馈也不仅仅是在开发团队的成员之间,常涉及各个开发团队,甚至还包括客户及其他第三方开发人员。其反馈的意见和信息有可能导致对软件的修改,小的可能只是对某个源文件中的某个变量的定义进行改动,大到重新设计程序模块甚至可能是整个需求的变动。

一个非常直接的反应是,必须引进一个版本管理机制,而且是广义上的版本管理。即,它不仅需要对源代码的版本进行管理,而且还要对整个项目所涉及的文档、数据、过程等进行关联和管理。这就是 VSTS 的版本控制系统(Team Foundation Version Control,TFVC)。

6.2.1　设置团队版本控制环境

TFVC 并不需要特别安装,在安装 TFS 的时候,相应的工具也随 VSTS 一起安装好了。所以首先要做的工作,就是设置团队开发的版本控制环境。

实际上,TFVC 版本控制的环境就是前面介绍的存储库、工作区、签入签出策略等这一机制,TFVC 版本控制管理的对象,就是这一机制下的存储库文件夹。当然,仅仅用一个文件夹来管理开发过程和开发制品是不够的,有太多不同属性的管理对象,如从面向用户的项目解决方案文档、项目过程文件,到源代码、运行程序文件、测试数据文件、帮助文件、数据库脚本、可重用构件库、第三方类库等。它们组成一个庞大的文件库,并分别放在不同的目录下。从配置管理角度看,这个文件库就是配置管理的文件系统。所以,设置团队开发的版本控制环境,也可以看成是设置好配置管理文件库(文件目录系统)。

其次,就是对 TFVC 涉及的一些设置项进行设置,包括源代码控制设置(见图 6-5)——文件签入签出的时候的策略。源代码控制文件类型设置("团队"→"Team Foundation Server 设置"→"源代码控制")——确定哪些文件类型允许多人同时签出并进行修改,然后由 TFVC 进行合并操作。TFVC 已经有了很多默认的文件类型,说明 TFVC 可以合并这样的文件。当然你也可以添加或删除,当你添加的时候,可能需要同时添加能够实现这一新类型文件合并的第三方工具。更多的设置可在 VS 菜单的"工具"→"选项"→"源代码管理"中找到,如可以定义插件、代理服务器选择、配置扩展的第三方用户工具等。可以逐个尝试它们到底能够做什么。

6.2.2　决定控制什么和由谁来进行控制

版本控制并不仅仅是记录或控制软件过程中制品的"版本",而是开发过程控制的重要手段。那么,版本控制到底要控制什么? 或者说,需要把什么置于版本控制之下?

6.1.3 节已经介绍了怎样向存储库和工作区添加一个文件,所以,如何将文件置于 TFVC 控制之下是很容易做到的。难的是,需要控制什么? 当然还有应该由谁来进行控制。

其实,这不是软件开发技术问题,也不单纯的是一个文件的版本问题,而是软件过程管理问题。因为,本质上,此时应该回答的是:这个项目开发过程的生命周期模型是什么;关键里程碑、基线和关键交付成果是什么;在这些里程碑时点上,过程应达到的状态是如何定义的;用什么方式检查和确认是否达到了预期的状态;以及由谁检查和确认。

上述问题 TFVC 不能回答你,只有你自己才能够回答。

TFVC 能够回答的是,如果需要,TFVC 能帮你做到什么? 例如,按照软件项目生命周期的工作项的时间管理要求,TFVC 能否做到自动的工作项提交与时间计划检查和提示、报警？交付成果的测试结果能否与测试策略相匹配并自动进行匹配检查和报告？

6.2.3　在开发中使用 TFVC 进行版本控制和管理

版本控制最基本的功能是对同一个文件同时多人，或一个人不同时间进行开发时，所需要实现的合并、回滚操作。如果仅仅是一个人，一条直线、"永远不回头"地编写、修改、提交你的程序或文档，那么，完全不需要版本控制和管理。所以，从某种意义上说，版本控制是运用在大型开发团队的大型项目中的。

在上节已经练习了有关对开发过程进行源代码管理的内容，在源代码管理之下，开发工程师每天从存储库中"下载"需要开发的"代码"到自己的工作区，且所获得的代码是最新版本的。然后，进行修改和测试，并签入到变更集中，从而使得 TFS 创建了一个新的软件版本。

实际在这已经用到了"版本"的概念，包括签出时获得最新版本、签入后更新变更集以及产生一个软件新版本。在更新过程中，我们无意中为版本控制做了一些事情。例如，签入的时候，需要写一些注释、定义为某一种状态等，这就是添加版本标签(早期的版本工具 VSS 最主要的功能就是给版本加标签)。一组被打上特定标签(状态)的文件，则构成了我们过程管理的"基线"。

版本管理的最主要功能是合并两个工程师同时修改的同一个文件，以及回滚到以前的某一个版本。因为篇幅限制，请有兴趣的同学自己阅读有关资料，进行练习。版本控制是配置管理系统的最核心和最基本的功能，而合并和回滚又是版本控制的基本功能，所以，你不愁找不到相关的资料。

目前，TFVC 只支持 Visual Studio 的开发，如果需要支持其他平台，如 Eclipse IDE，则可以找第三方的支持插件。

6.3　使用 TFB 进行构建与发布管理

与小型的开发团队不同，大型开发团队常常需要面对重现一个特定版本的要求。例如，发布一个新版本，为某版本建立基础(启动)版本，重现某版本以进行必要的维护等。面对这样的复杂局面，仅仅有上述的源代码管理和版本管理还不够，现代构建与发布管理则可以确保系统能达到这样的要求。微软版本控制的一个比较知名的产品是 VSS，这是一个相对比较"单纯"的版本控制软件，而 TFB 与 TFS 集成等功能。要详细了解两者的差别，可查看有关资料。

6.3.1　什么是现代构建与发布管理

现代构建和发布管理的环境如图 6-1 所示，构建与发布管理流程如下。

1. 标识用于生成工作版本的源文件版本并定义"基线"

现代工具应能提供这样的机制，用于识别和标识文件的特定版本。这通常采用打标签的方式来实现。可以对一个文件打标签，也可以对一组文件。这样，这一组文件就标识了一个"构件"。构件的版本被称为"基线"。

2. 创建和填充一个干净的工作区，选择所需版本并锁定工作区

这个步骤与创建工作区很相似，但是，这里还没有任何被检出的文件(所谓"干净"的)，并保证在生成阶段,也是干净的。因此,需要在生成期间锁定它们,以保证干净。在生成过程中,所谓干净,还必须是没有多余的和不必要的文件或代码,这是可以理解的要求。

3．执行和审查构建过程

构建还意味着从源代码转变为目标代码、库文件、可执行文件或可下载的图像文件等。它相当于一个系统的 make 过程。

审查是在构建的过程中,要追踪、监督和检查构建的每一步过程,结果是如何产生的、什么人做的操作、构建工具(编译器、链接器)的参数和选项是什么等。审查的记录可以用于对比两个不同版本的差异,支持重建新版本和打版本标签时的需要。

构建的环境必须是清晰、明确的,这是能及时实现构建的需要和基本条件。要实现这一要求,完整记录版本信息、环境信息、工具信息,甚至操作系统、硬件环境,都可能是必要的。

4．构建引起基线的进阶和构建生成新的审查文件

在这里,进阶指通过构建,基线被提升(进阶),对新构建产生的文件(新基线)要置于版本控制之下。构建产生新的审查结果文件,它们也应置于版本控制之下。这样做的目的是完整地标识产品和过程的历史,使版本管理保持连续。通过打标签的方法,标识这些新的版本和基线。

5．生成必要的介质

构建的结果通常是生成了一个可以在另一个干净的环境下,正确地安装新系统的"发布介质——系统安装盘"。可能是一张 CD-ROM,也可能是烧在芯片里。

可以看到,现代构建和发布管理已经把版本管理提高到了一个新的水平,为开发过程控制和管理提供了强有力的工具。

6.3.2　安装并配置 TFB

与 TFVC 不同的是,TFB 不是随 TFS 自动安装的,在 TFS 光盘 build 目录下,可以找到 Team Foundation Build 的安装程序。TFB 可以安装在开发 PC 上,也可以装在 TFS 服务器或单独的一台服务器上。运行 setup.exe 进行安装。TFB 的功能架构以及与 TFS 的关系如图 6-13 所示。在安装 TFB 后,需要对 TFB 进行配置。

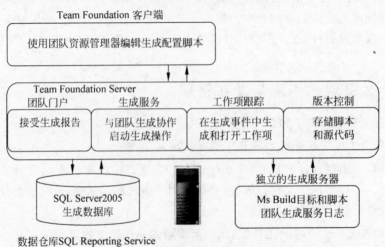

图 6-13　TFB 的架构

1. 设置时考虑的因素

在对生成进行设置时,应考虑以下一些要素:

(1)角色和权限:在安装 TFS 的时候,设定了几个系统管理和维护的用户角色,如安装用户 TFSSetup、服务用户 TFSService、报表用户 TFSReports 等,并给它们赋予了权限。现在,可以考虑谁将负责配置生成服务器。谁具有初始化生成、收集生成关键指标、修改生成过程的权限。

(2)策略:什么样的生成才是成功的生成,不成功如何处理。在何时以何种方式通知团队成员发生的生成错误。生成与测试、生成与签入的关系是怎么样的。

(3)过程:多长时间需要生成一次,是否每次签入就生成一次。

(4)集成:如何将 TFB 与当前的开发环境相集成,包括紧密的生成和连续集成。

2. 配置

在了解并考虑好上述问题之后,配置过程如下:在 VS 菜单上单击"生成"按钮,配置向导对话框的欢迎画面就会出现。可以看到,配置向导可以引导完成选择、配置、位置、选项、摘要等任务。

(1)欢迎:该配置向导首先为某一个生成方案选一个名字并添加一些注释。然后,单击"下一步"按钮。

(2)选择:在配置时,需要选择生成的工作区和对应的解决方案,如图 6-14 所示。

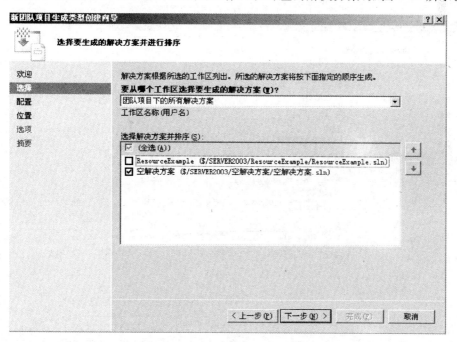

图 6-14　生成方案选择的对话框

如果此时还没有建立解决方案是做不下去的。可以先为项目和工作区创建一个空的解决方案(方法见 6.1.3 节),然后一定要签入,可选择签入测试策略(或没有)及与某工作项相关联。这样,在选择对话框中,就能看见这个解决方案了。

（3）配置：这里才是真正设置的开始。在图 6-14 所示的生成类型设置的画面上，选择"配置"项，就会出现如图 6-15 所示的配置管理器对话框。这里，可以指定生成 Debug 或 Release 版本，可以定义平台为 x86 或 x64。

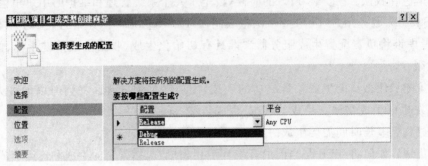

图 6-15　选择生成配置对话框

（4）位置：选择生成的位置，包括计算机、放置位置、生成目录。并设置为共享文件夹，给予必要的权限，否则生成将失败。

（5）选项：选项生成过程中的一些可选项，包括是否添加测试以及是否启用静态代码分析、单元测试、代码覆盖和自定义测试等。

（6）摘要：然后，会产生一个如图 6-16 所示的选择汇总，验证上述选择，最后单击"完成"按钮。

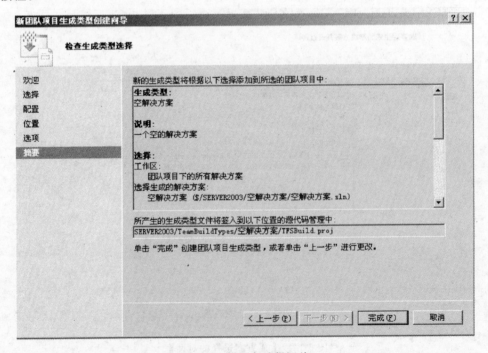

图 6-16　设置与选择汇总

配置完成后，TFB 将自动生成一个 XML 生成脚本，如图 6-17 所示，并将签入纳入到版本控制中。

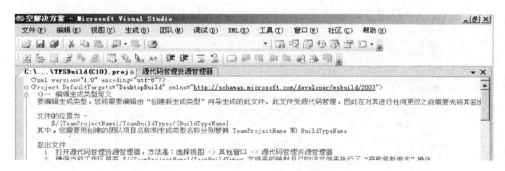

图 6-17　基于 XML 的生成脚本文件

这时,在团队资源管理器中,也可以看到一个名为"空解决方案"的生成类型节点,如图 6-18 所示。

TFB 目前能生成的只有微软公司的 Visual Studio 解决方案,而不能生成其他平台的项目。

如果需要,可以找找第三方的工具。

既然生成的脚本是 XML 格式的,当然对它进行编辑和修改也是很容易的,这样就可以对一个已有的生成脚本进行再加工。有兴趣的同学可以继续体验这方面的内容。

图 6-18　生成类型

6.3.3　使用 TFB 进行生成与每日集成

有了生成脚本,生成就很容易了。在编码工程师完成修改后,签入之前,可以选择先在本地生成。本地生成只运行编译和相关的测试,但不能更新工作项和其他依赖 TFS 的工作。因为,这只是你的"个人行为",还没有得到"组织的认可"。一旦签入后,生成就是在团队级别上进行的了,所以,团队生成不能忘记签入。

团队生成的方法是:在团队资源管理器上,选择"生成"→"生成团队项目<项目名>",出现生成对话框。选择生成类型与生成位置(注意生成的放置位置必须设置为共享),单击"生成"按钮,既开始进行生成。

团队开发的"每日生成"是推荐的方法,每日生成可以在每晚 12 点进行。实现每晚自动生成的方法是使用 Windows 的任务计划工具(Schedule Tasks):SCHTASKS.EXE。它的使用方法,可参看微软公司的相关资料。

6.3.4　查看 TFB 报告

收集并分析 TFB 报告是生成过程控制与管理的重要组成部分,通过报告,可以得到成功/失败的关键指标、历史趋势、生成状态等信息,可以看到错误和警告、变更工作集、工作项、代码覆盖率、测试结果等具体过程数据。在输出窗口,可以看到生成报告,如图 6-19 所示。

展开生成步骤,则有更详细的内容,如图 6-20 所示。

可以看到,每次生成后,TFB 除产生一个解决方案版本之外,还会产生与该版本相应的变更集,并与指定的工作项相关联。在图 6-20 中的生成没有包含测试(独立测试),因此,没有测试结果出现在生成报告中。版本发布在下节测试发布中介绍。

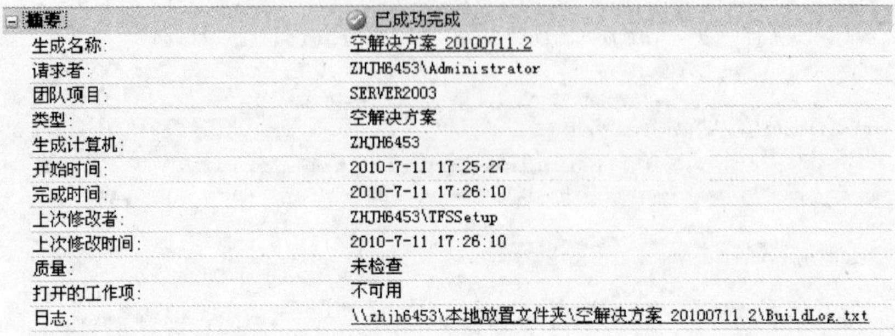

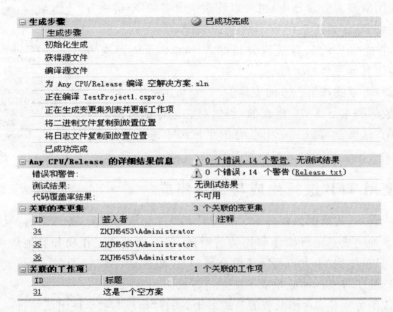

摘要	已成功完成
生成名称:	空解决方案 20100711.2
请求者:	ZHJH6453\Administrator
团队项目:	SERVER2003
类型:	空解决方案
生成计算机:	ZHJH6453
开始时间:	2010-7-11 17:25:27
完成时间:	2010-7-11 17:26:10
上次修改者:	ZHJH6453\TFSSetup
上次修改时间:	2010-7-11 17:26:10
质量:	未检查
打开的工作项:	不可用
日志:	\\zhjh6453\本地放置文件夹\空解决方案 20100711.2\BuildLog.txt

图 6-19 生成报告

生成步骤	已成功完成
生成步骤	
初始化生成	
获得源文件	
编译源文件	
为 Any CPU/Release 编译 空解决方案.sln	
正在编译 TestProject1.csproj	
正在生成变更集列表并更新工作项	
将二进制文件复制到放置位置	
将日志文件复制到放置位置	
已成功完成	
Any CPU/Release 的详细结果信息	0 个错误，14 个警告，无测试结果
错误和警告:	0 个错误，14 个警告(Release.txt)
测试结果:	无测试结果
代码覆盖率结果:	不可用
关联的变更集	3 个关联的变更集

ID	签入者	注释
34	ZHJH6453\Administrator	
35	ZHJH6453\Administrator	
36	ZHJH6453\Administrator	

关联的工作项	1 个关联的工作项
ID	标题
31	这是一个空方案

图 6-20 查看生成报告的细节

6.4 体验 VSTS 的单元测试与测试管理

软件测试是保障软件质量的重要手段，是软件工程的重要组成部分。测试的目的是运用软件工程提供的规范化的分析设计方法，避免错误的产生和消除已经产生的错误，使程序中的错误密度达到尽可能低的程度，为最终根除软件危机提供强有力的技术保障。所以，随着软件工程技术的发展，软件规模增大，软件测试在软件开发过程中的作用显得越来越重要。

6.4.1 测试的概念与 VSTS 的测试功能

在现代软件工程中，特别强调需要突破对测试的理解，着眼于整个软件生存期，而不仅仅是编码阶段的测试工作，软件测试活动与软件工程生命周期的关系，可以用 V 形结构表示，如图 6-21 所示。

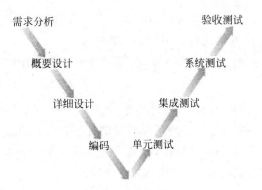

图 6-21　测试与生命周期的对应关系

　　V 形结构中的过程从左到右描述了基本的开发过程和测试行为。V 形结构的价值在于,它非常明确地表明了测试过程中存在的不同级别,并且清楚地描述了这些测试阶段和开发过程期间各阶段的对应关系。根据 V 模型,在开发的不同阶段,设计和安排与该阶段相对应的测试活动,可以在充分准备和明确目标的基础上,使测试工作有效地克服测试的盲目性,缩短测试周期,提高测试效率,并且起到测试文档与开发文档互查的作用。

　　在现代软件工程课程以及实训课程中,强调的重点是针对开发工程师自行进行的单元测试,如何进行控制和管理,并在这个基础上,组织集成和系统测试。本章将针对编码阶段的单元测试环节,重点介绍基于 VSTS 的单元代码测试和管理。

　　VSTS 提供了一种新的项目模板,称为"测试项目",可以有多种类型的测试项目,如单元测试、Web 测试、负载测试、手动测试和一般测试等,如图 6-22 所示。

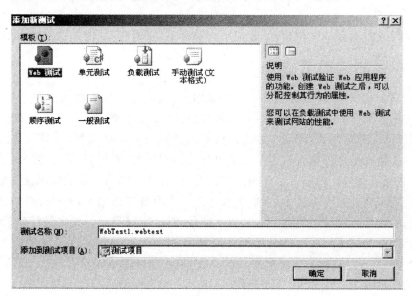

图 6-22　添加新测试项目

1. 单元测试

　　使用单元测试可以创建用 C++、Visual C♯或 Visual Basic 编写的源代码。单元测试可调用类的方法,传递合适的参数,并验证返回值是否为所期望的值。单元测试有两种专用变体:

（1）当将单元测试配置为针对数据源的每一行反复调用时，将创建数据驱动的单元测试。每一行中的数据都将由单元测试用作输入数据。

（2）ASP.NET 单元测试是演练 ASP.NET Web 应用程序中代码的单元测试。

2. Web 测试

Web 测试是对目标程序，发出一系列有序的 HTTP 请求，这些请求在 IE 浏览器的会话窗口中被记录下来，以分析每个反馈是否与预期行为一致。通过分析请求和反馈，可以获得与站点交互特定信息的详细测试报告，如某个特定页的返回结果是否包含指定字符串等。Web 测试可以反复进行，成为压力/负载测试的基础。

3. 负载测试

使用负载测试封装非手动测试，如单元测试、Web 测试和一般测试，然后通过使用虚拟用户运行它们。在负载下运行这些测试将生成测试结果，包括用表格和图形方式显示的性能计数器或其他计数器。

4. 一般测试

一般测试是经过包装后在 Visual Studio 中测试的现有程序。下面是一些可以将其变成一般测试的测试或程序的例子：

（1）使用进程退出代码通知测试是通过还是失败，用 Pass 或 Fall 值表示测试通过或测试失败。

（2）在测试方案期间用来获得特定功能的一般程序。

（3）使用特殊的 XML 文件（称为"摘要结果文件"）通报详细结果的测试或程序。

5. 手动测试

当测试任务将由测试工程师（而非使用自动脚本）完成时，使用手动测试类型。

6.4.2　单元测试的概念

单元测试是在软件系统最底层的、代码级别上，验证系统正确性的一种测试活动，它的方法主要有白盒和黑盒之分，白盒关注内部结构，黑盒关注整体功能。不论是黑盒还是白盒，由于测试情况数量巨大，都不可能进行彻底的测试。所谓彻底测试，是让被测程序在一切可能的输入情况下全部执行一遍。通常也称这种测试为"穷举测试"。"黑盒"法是穷举输入测试，只有把所有可能的输入都作为测试情况使用，才能以这种方法查出程序中所有的错误。实际上测试情况有无穷多个，人们不仅要测试所有合法的输入，而且还要对那些不合法但是可能的输入进行测试。"白盒"法是穷举路径测试，贯穿程序的独立路径数是天文数字，即使每条路径都测试了仍然可能有错误。E.W.Dijkstra 的一句名言对测试的不彻底性做了很好的注解："程序测试只能证明错误的存在，但不能证明错误不存在"。在实际测试中，穷举测试工作量太大，实践上行不通，这就注定了一切实际测试都是不彻底的。当然就不能够保证被测试程序中不存在遗留的错误。

VSTS 测试支持工具包括托管代码分析、C/C++代码分析、应用程序验证、重构与代码段管理、性能分析、测试用例管理、单元测试、Web 测试和压力/负载测试、手动测试等多项辅助测试功能。可以归类为单元测试的功能包括单元测试、代码分析和测试覆盖分析等。除此以外的其他功能，则可以归类为系统测试。VSTS 没有严格意义上的集成测试。VSTS

的测试管理除对测试活动本身进行工作任务管理外,最主要的管理功能,体现为软件过程重要组成部分的项目测试管理,包括测试结果报告、版本控制、工作项追踪等。

在本章以及下一章中,学习的重点是如何将这些方法有效地运用到软件开发过程中,并进行有效的管理。这是现代软件工程课程以及实训课程与软件测试课程的区别。

6.4.3　建立本地的单元测试环境

在 VSTS 中,团队开发和团队测试工具都提供了单元测试的功能。以下简单介绍如何在 VSTS 上建立单元测试的环境。

在开始进行单元测试前,需要先为测试代码建立一个"外壳"(在有些资料中,这个"壳"称为单元测试框架)。因为被测代码只是一个代码的"片段",还不是一个完整的系统(按Windows 的标准)。添加"壳"的过程比较简单,方法如下:

(1) 在 VS 上选择"文件"→"新建"→"项目"→Visual c♯→Windows→"控制台应用程序"命令。

(2) 输入程序名。

作为本地的单元测试,是否属于解决方案、是否要添加到源代码管理中等,可自行选择。但是,如果将来是需要进行源代码管理、版本管理的(本章前几节已介绍),则需要选择添加到源代码管理。单击"确认"按钮,如果选择的是加入到解决方案,则 VS 会继续提问添加到哪个团队项目中。

(3) VS 自动产生了一个"空壳"代码程序文件 Program.cs,如图 6-23 所示。空壳程序只有一个 Main 静态方法,没有实质内容。

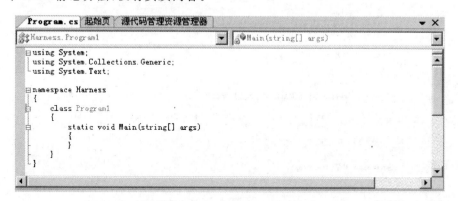

图 6-23　VS 单元测试"空壳"程序

(4) 当然可以把要真正实现的代码写在 Main 下面。

为了保持良好的结构——"壳"的"纯洁"性(壳就是壳,要测试的内容就是内容),把真正要测试的单元代码写在 Main 的下面。如图 6-24 中被框出来的部分。实际上,这里创建了一个所谓"适配器(插头/插座)"类 ImageTest,它去调用在 TestDrivers 命名空间中的 Run方法。当然,这里的 Run 方法也是空的。

(5) 进行简单的调试。

注意调试 Debug 和测试 Test 的不同。在 VS 菜单上选择"调试"→"启动调试"命令,生成和运行这个程序,确认一切正常。这样,这个"壳"就做好了。

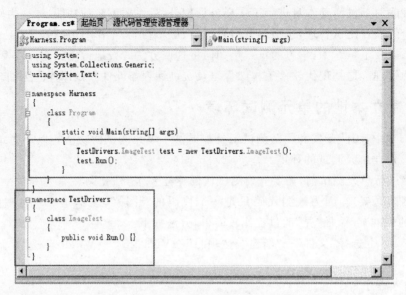

图 6-24　添加的代码

　　"壳"对程序实现是不产生实际意义的。现在,向"壳"里加需要测试的内容。在这个例子中,计算公式是:面积＝长 ＊ 宽。测试的例子是:当长＝2、宽＝3的时候,面积为6。

　　(6) 在适配器类 ImageTest 的 Run()方法中,添加 Assert 方法,顾名思义,Assert 用于比较预期值与程序提供的值,如果两个值不等,那么当前测试失败,如图 6-25 所示。

```csharp
using System;
using System.Collections.Generic;
using System.Text;

namespace Harness
{
    class Program
    {
        static void Main(string[] args)
        {
            TestDrivers.ImageTest test = new TestDrivers.ImageTest();
            test.Run();
        }
    }
}
namespace TestDrivers
{
    class ImageTest
    {
        private Ospacs.Image pic;
        public ImageTest() { pic = new Ospacs.Image(); }
        public void Run()
        {
            System.Diagnostics.Debug.Assert(pic.Area(3, 2) == 6);
        }
    }
}
namespace Ospacs
{
    class Image
    {
        public int Area(int length, int width) { return 0; }
    }
}
```

图 6-25　再次添加的代码

（7）增加一个新的命名空间 Ospacs,并执行 Area 的验证方法(预设一个调试验证的结果值)。在图 6-25 的下面方框中,填了一个 0,选择"调试"→"开始调试"命令,查看生成后运行的结果。

（8）由于 Image. Area()不能返回 6,则 VS 的运行窗口(黑屏)不消失,并出现一个"断言失败"的声明。

（9）修改程序,将 Image. Area()的返回值改为 6。这样,就顺利地通过了单元调试。

在上面的例子中,创建了单元测试所需要的一个"壳",并用预期结果对被测代码进行了检验。其中,一个程序文件包含了不同作用的三个类(Main、ImageTest、Image),从系统结构上讲,当然是不好的,用在这里,主要是想用最简单的形式,说明如何建立单元测试的环境。在组织单元测试的时候,应该把测试代码和真正的开发代码(被测代码)分成不同的组件。图 6-26 所示为 VS 单元测试的环境与测试过程,其中 ITU 是最终交付的软件。

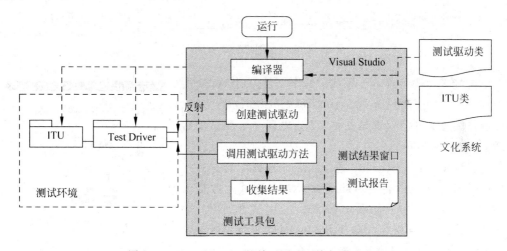

图 6-26　Visual Studio 的单元测试环境与测试过程

6.4.4　为单元测试设置 VS 项目

上面介绍的方法是编码工程师如何在本地测试自己的代码。为了在 VSTS 环境中运行单元测试,就必须创建一个 VS 测试项目,将其添加到包含了希望测试的 VS 项目解决方案中(作为本地测试,是否添加可自行决定)。添加到团队项目中进行测试的目的,是能在团队管理中对测试进行跟踪和报告。

创建测试项目有两个方法。在已有解决方案下(希望将项目创建在已有解决方案下),选择"添加"→"新项目"命令,就可以在实际测试之前,出现创建测试项目的对话框。另一个方法是在选择"其他窗口"→"起始页"→"创建项目"命令,打开"新建项目"对话框,如图 6-27 所示。

选择希望使用的语言以及该语言之下的测试选项,选择测试项目模板,并输入项目名、位置。两种方法的不同是前者加入一个已有的解决方案名(因此,没有必要提供输入解决方案名);后者是创建一个新的解决方案。

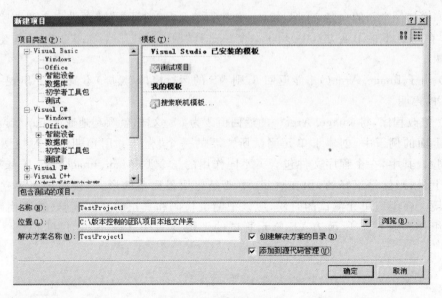

图 6-27　创建测试项目

单击"确定"按钮后,VS 添加了两个文件,如图 6-28 所示。其中一个是名为 localtestrun. testrunconfig 的 XML 测试运行配置文件。双击该文件,就会出现一个测试配置对话框,如图 6-29 所示。

它是测试配置工具,可以进行相应的选择配置。另一个文件是名为<项目名>. vsmdi 的 XML 测试元数据文件,双击此文件,将打开如图 6-30 所示的测试管理器。通过管理器,可以看到保存的解决方案的测试列表和所包含的其他测试信息。

图 6-28　生成的测试项目

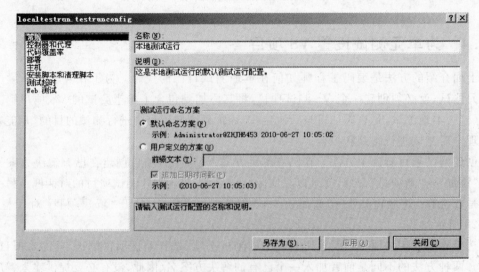

图 6-29　测试配置

创建测试项目以后,在图 6-28 中,还看到了一个空的测试文件 UnitTest1. cs。这就是一个"空壳"。选择"调试"→"启动调试"命令运行这个空壳,可以看到如图 6-30 所示的测试结果。

图 6-30 测试管理器画面

测试结果是"通过"。打开 UnitTest1. cs 看一下,可以发现,VS 加进了一些空的测试方法。这是单元测试的关键。

现在把上一节建立的单元测试程序 Program. cs,加到 UnitTest1. cs 中,再选择"调试"→"启动调试"命令,还是"通过"。在"测试"菜单下选择"启动选定的测试项目(不调试)"命令,结果也是通过,如图 6-31 所示。

图 6-31 "空壳"被测试通过

这是测试,而不是调试。现在相当于在实际被测代码(Program. cs)外面,不但添加了一个"壳",而且添加了"项目"、"解决方案"、"团队项目"三层"壳"。

6.4.5 使用测试管理器运行和管理单元测试

有关单元测试的管理,是在 VS 的测试管理器下进行的。测试管理器可以为 VS 的所有项目组织、编辑和执行测试功能。在创建了单元测试并生成项目以后,VS 的测试管理器可以自动为这个项目检查其所有的单元测试完成的情况。

只有安装了 Team Edition for SoftwareTests 版本,才有测试管理器。如果在菜单上没有"测试"→"窗口"→"测试管理"选项,双击刚创建的测试项目的<项目名>. vsmdi 文件,也可以打开一个测试管理器,如图 6-30 所示。测试管理器的左侧是测试列表,用于创建、选择和管理测试组;右侧是解决方案下的所有测试。

这个测试管理器像 MP3 播放器,对测试进行创建、选择、禁止、分组、排序、筛选,也可以从外部加载(本解决方案还没有测试项目时)或导入(本解决方案已有测试项目时)。

6.4.6 尝试 VSTS 的测试代码覆盖

在 VSTS 中,还支持所谓代码覆盖的测试管理。代码覆盖率将自动插入 instrumentation 跟踪逻辑,用于在测试执行过程中监控代码的执行情况,其最主要的功能是确定在单元测试过程执行的代码行。

双击解决方案下的 localtestrun. testrunconfig 文件，出现如图 6-32 所示的测试配置工具。

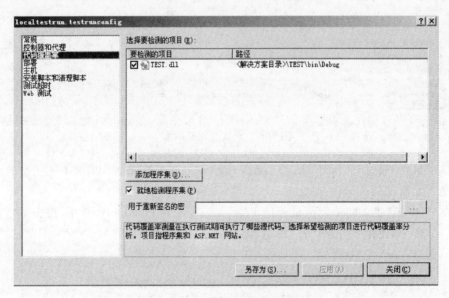

图 6-32　设置代码覆盖测试

在左边框中，选择代码覆盖率，在右边框中，勾选要检测代码覆盖的项目。然后，运行选择的测试（注意，是测试，而不是调试。在调试的时候，代码覆盖率报错，跳过去）。运行测试完成后，在测试结果窗中，选择代码测试率结果，则显示如图 6-33 所示的代码覆盖率结果统计。

代码覆盖率结果					
Administrator@ZHJH6453 2010-07-11 15:57 ▾					
层次结构	未覆盖(块)	未覆盖(% 块)	已覆盖(块)	已覆盖(% 块)
Administrator@ZHJH6453 2010-07-11 15:57:28	11	78.57%	3	21.43%
TEST.dll	11	78.57%	3	21.43%
{} Harness	3	100.00%	0	0.00%
{} Ospacs	2	100.00%	0	0.00%
{} TEST	0	0.00%	3	100.00%
{} TestDrivers	6	100.00%	0	0.00%

图 6-33　代码覆盖率结果

找找原因，为什么这些代码没有被执行？是程序逻辑有错，还是没有输入合适的测试数据？在代码测试结果页面上，双击覆盖＝0 的一行，在源代码文件中，找到未被执行的这行代码，该行被显示为红色。看一下为什么没有被执行，实际上，我们没有为测试写任何代码。试一试添加一些代码，再测一下覆盖。

在例子中，实现代码测试的 100％覆盖并不困难。但是，要在真实的软件项目中实现100％的测试覆盖率是非常难达到的。软件工程的总体目标是充分利用有限的资源，高效率、高质量地完成测试。运用软件工程提供的规范化的分析设计方法以及有效的管理手段，尽量避免错误的产生和消除已经产生的错误，使程序中的错误密度达到尽可能低的程度。为了降低测试成本，选择测试用例时，也需要注意遵守"经济性"的原则。第一，要根据程序的重要性和一旦发生故障将造成的损失确定它的测试等级；第二，要认真研究测试策略，以便能使用尽可能少的测试用例发现尽可能多的程序错误。掌握好测试的量和测试的度是至关重要的,有人在选择测试用例的时候,引入"优选法",取得了很好的效果。一位有经验的软件开发管理人员在谈到软件测试时曾这样说过:"不充分的测试是愚蠢的,而过度的测试是一种罪孽"。

6.4.7　运用 VSTS 托管代码分析工具

VSTS 提供了比代码覆盖更深入的代码分析工具,这就是代码分析。代码分析工具可以快速、简便地审查编写的代码,发现常见错误,给出错误/违背的标准,以及改进的建议。VSTS 的代码分析包括托管代码分析、C++/非托管代码分析、应用程序验证、性能分析等。

所谓托管代码(Managed Code)是指由公共语言运行库环境(而不是直接由操作系统)执行的代码。托管代码应用程序可以获得公共语言运行库服务,如自动垃圾回收、运行库类型检查和安全支持等。这些服务帮助提供独立于平台和语言、统一的托管代码应用程序行为。C# 和 VB.NET 就属于托管代码,而 C++ 则不是。托管代码分析是根据托管代码分析规则,对源代码进行分析,使得它们能够遵守.NET 框架设计指南中提出的实践以及微软公司推荐的其他最佳实践。这些规则有 200 多条,还可以自行定义和添加。

平时,托管代码是处于"禁用"状态的,要启用,可右击项目,打开项目的属性窗口,在左侧的选项卡中,选择"代码分析"项,就会出现如图 6-34 所示的选择框。

图 6-34　选择代码分析规则

选中"启用代码分析"复选框,也可以选择采用/禁止哪些分析规则,哪条规则被设置为警告,还是错误。默认是警告,不影响生成。在文件菜单上单击"保存"按钮保存你的设置。

一旦设置了启用代码分析,在每次签入或生成的时候,就会执行代码分析,当然也可以在生成菜单下,单独运行"代码分析"。对我们的例子,进行生成(方法见上节),看代码分析结果,如图 6-35 所示。

在输出结果中,显示了编译完成、进行代码分析,并提出了 12 个警告,但没有错误发生,表明生成成功。如果在选择代码分析规则时,把这 11 个规则中的某一个设置为错误,则生成将不能进行下去。

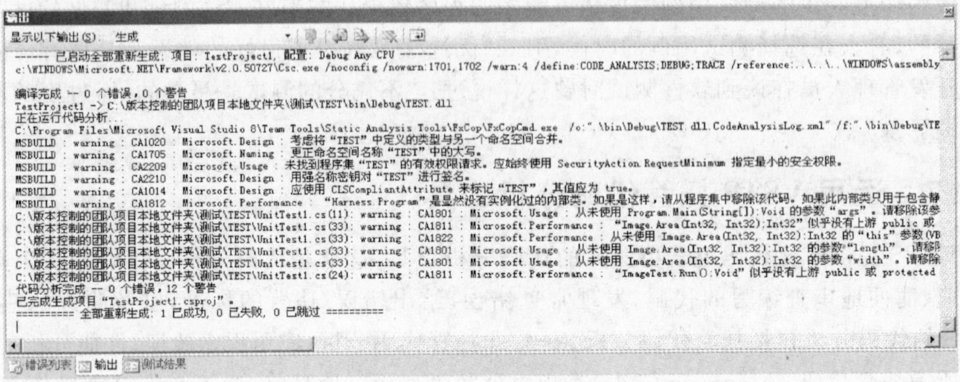

图 6-35　代码分析结果

再看一下代码列表,如图 6-36 所示,显示没有错误,但有 12 个警告,并给出了错误/警告所在的行与列。

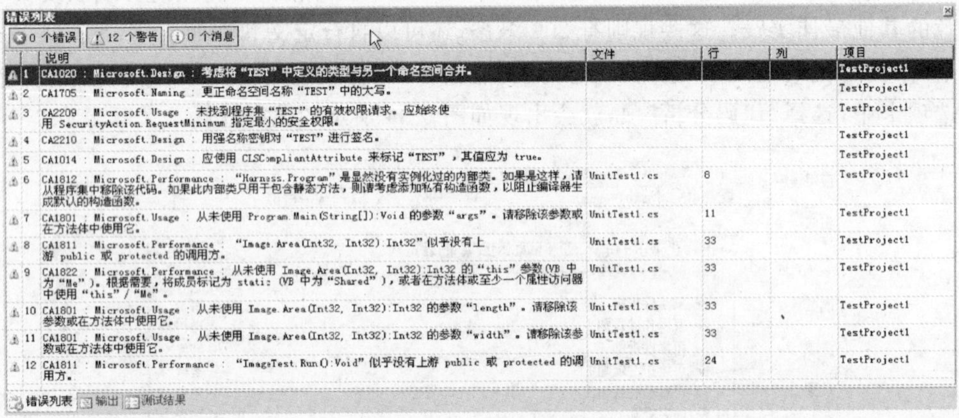

图 6-36　12 个警告列表

双击错误/警告信息,代码编辑器就会出现,并且将光标定位在相应行。代码分析的执行结果,被记录在名为<项目名>. CodeAnalysisLog. xml 的 XML 文件中,并被保存在\bin\Debug 或\bin\Release 目录下。这个结果也可以在 IDE 中被转换成 HTML 文件,用浏览器阅读。

了解了微软公司的托管代码分析,其他分析基本类似,请参考有关资料,自行练习。更进一步的分析规则定义、错误纠正等,已经属于编程范围,这里不再深入介绍了。

6.4.8　将测试与 TFS 集成并发布测试结果

1. 与 VSTS 集成

代码分析的结果如何与 VSTS 很好地集成是测试管理和软件过程管理最为关心的内容,集成的方法如下:

(1) 建立强制的签入策略,要求团队的所有编码工程师必须在签入前修改代码分析发现的错误和警告;否则,不能签入。

（2）在签入说明中（见图 6-9），确定修改完成后，签入之前，由谁评审该代码分析错误/警告以及修改情况。

（3）在实际签入的时候，可以将分析结果的错误/警告与工作项相关联（见图 6-12），并发布到团队网站上，也可以分配给相关的责任人进行监督。

2. 在 VSTS 上发布

发布团队开发过程的运行数据，是软件项目团队过程管理的重要内容。所发布数据的真实性、准确性，以及数据的精细程度，则反映了过程管理的水平。如果项目设置了 TFS 实例，则可以将测试与分析结果发布给 TFS 保存，并供有需要的团队成员实地查看，并跟踪与测试相关的关键指标。例如，质量指示器、代码覆盖详细信息等。由于测试运行的数据与生成相关联，所以，可以通过查看测试运行的数据来确定生成的质量。

1）发布的条件

（1）首先，与 TFS 实例建立连接。

（2）因为发布结果要与特定的生成相关联，所以至少需要一组团队生成。

2）测试发布的方法

（1）单击位于测试结果窗口工具栏中部的"发布"按钮，然后将看到如图 6-37 所示的发布测试结果对话框。其实，这里发布的不单是测试结果，生成版本与测试结果是同时发布的。

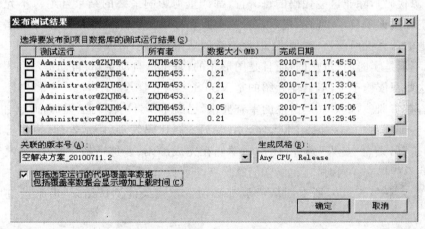

图 6-37 发布测试结果对话框

（2）选择发布到 TFS 数据库上的测试结果，包括选择是否也上传代码覆盖数据。

（3）单击"确认"按钮后，数据将被存储到 TFS 数据库中。这种发布可以通过设置 TFS 实例的自动发布周期，而实现自动、周期性地存储。

在测试结果窗口，可以看到"发布视图"图标，单击可看到每个发布的详细信息，包括状态和错误信息等。相关报告是 SQL Server Reporting Services 类型生成的报告，查看版本/测试报告有两种方法，在团队资源管理器上，选择"团队"→"显示项目门户"命令或选择"团队"→"显示报告站点"命令，然后选择"版本"就会出现相应的报告。

3. 查看发布结果

完成发布之后，团队其他成员就可以看见不同版本的测试结果。如此一来，测试、代码分析、构建的结果就不再是编码工程师个人的问题了。因为这些结果,都会被团队其他成员和管理者看到,并纳入管理。

选择"团队"→"项目警报"选项,就会出现警报通报选择框,选择"生成"项并输入要通报人的电子邮件地址。系统确认后,当每次生成时,就会用电子邮件的方式,通知相关人。

有关报告的应用将在第8章讨论。更详细内容,请查阅相关资料,由于篇幅所限,这里就不多展开了。

有关ATM扩展项目的具体代码开发过程管理,请大家在实践过程中进行体验。

6.5 本阶段小结——通过代码评审

6.5.1 理解实训项目的代码评审要求

代码评审是传统软件工程瀑布模型中几个主要的评审活动之一,其他评审活动还包括需求评审、设计评审和测试评审等。从本章的介绍中,对于程序本身而言,有编译及各种代码分析、测试覆盖、性能分析等辅助工具;对编码过程而言,有源代码管理、版本管理和构建管理工具。VSTS还可以把这些工作的成果,与工作项和相关责任人进行关联。因此,已经不需要更多的代码"审查",特别是不需要传统软件工程中的代码"走查"(审查人亲自"读"被审查者的源代码),除非这些代码的每一行,都严重地影响最终的结果且绝对不允许发生错误(如航空和航天项目)。现在,代码审查的形式和方法发生了很大的变化,审查者完全可以坐在他/她的计算机面前,自动地、随时地查看团队中任何一个成员的代码质量和编程进度。这些数据不但是实时的、量化的,而且是图形化的,是可以自动更新、自动提示和报警的。当然,所有这些都依赖于工具,目前介绍的是VSTS。

因此,在实训项目中,代码阶段的审查要求,已经不是针对编码工程师,而是针对VSTS系统。在实训项目中,会对每个同学,运用VSTS源代码管理、版本管理、构建管理以及测试和分析工具,设置"签入"条件,使得同学们在完成编码、并进行提交时,必须遵守这些要求,否则就不能提交。同时,还将同学们的提交与项目管理结合起来。例如:

(1) 每天下午5:00,所有团队成员都必须发布当天的测试结果,但不做进度和质量审查。

(2) 每周五下午5:00,每个团队成员发布的当天测试结果,是考查本周相关工作项质量、进度的依据,以此为绩效依据,并与项目计划相比较,评价团队成员本阶段的工作情况。

这就是代码审查。在这里,要求可以看到每个团队成员的项目计划、任务要求、质量标准,与今天(只是不考核)、本周(要考核)的实际情况相对应,进行检查和报告。在这里(实际上包括了软件开发生命周期全过程)将全部"兑现"在项目计划中所做的承诺。

6.5.2 开展实训项目的代码评审活动

项目经理为团队每个同学,设置源代码管理、版本管理、构建管理以及测试和分析工具等"签入"环境和条件。

每位项目团队成员将开发、测试和分析结果发布到TFS上,项目经理根据本周项目进度计划、任务要求、质量标准与实际情况进行对照,召开项目阶段总结会,报告每个团队成员代码阶段的工作绩效,并进行点评。

6.5.3　本章的理论基础和实践内容小结

本章的主要概念和理论介绍,在《现代软件工程》的第 7 章,特别是 7.5 节有关"配置管理"中,有关配置项、配置管理活动、版本控制、构建与变更管理等相关概念,对理解本章的一些基本方法,具有很重要的意义。没有配置管理的基本概念,将很难理解本章的内容。本章通过 VSTS 工具,具体学习和实践了源代码开发阶段的软件配置管理过程。通过这个过程的实践,我们心里终于比较"踏实"了。所谓"踏实"是指,更详细地了解并体验了一些更具体、更细致、更深入的软件过程控制与管理手段、工具和方法。有了这些手段和方法,软件过程的可控性和可管理性,不再是那么悬乎的概念,而变得具体、实在、可操作起来。反过来,也促使我们更明确地知道,软件生命周期模型划分、需求分解、架构定义这些前期阶段的工作的意义所在。

6.6　本章作业与问题

6.6.1　本章作业

作业:完成 ATM 扩展项目的代码编写,在源代码管理、版本管理、构建管理方式下,加入适当测试代码,进行调试和测试,测试内容应包括预期测试结果验证、代码覆盖、代码分析等内容,并将测试结果发布到 TFS 服务器上,使团队其他成员,在团队门户上可以看见工作情况和进展。

6.6.2　问题:更进一步的思考

(1) 配置管理活动与软件生命周期管理有什么关系? 如何理解软件配置管理活动是软件生命周期管理的具体体现?

(2) 在配置管理基本原理中,被管项目的"配置项"的选择和定义为什么非常重要? 它与以后的配置管理活动有什么关系?

(3) 在编码阶段,源代码管理、版本管理、构建管理和单元测试 4 项软件过程管理活动之间有哪些前后关联/协同关系? 为什么?

(4) 上述 4 项活动,与软件生命周期模型划分、需求分解、架构定义等前期开发活动有什么前后关联/协同关系? 为什么?

(5) 由于现在知道了代码开发阶段的配置管理活动过程,因此,假如让你再从头开始重新定义你的项目的软件生命周期过程,你会做哪些修改? 为什么?

第 7 章

系统测试与用户验收

实训项目到达这里,已经基本接近"尾声"。如果按"走"一遍"瀑布"模型过程(核心过程),暂不考虑"迭代"开发的话,已经完成了单元开发(当然,中间可能有小的并行、迭代等),现在要进入的阶段,称为系统测试和用户验收、交付阶段。

在说明这个阶段的任务之前,回顾第 6 章有关测试的 V 形结构(图 6-21)。第 6 章重点介绍了 V 形结构中,与编码阶段相对应的单元测试。现在关注的则是与详细设计所对应的"集成测试";与概要设计对应的"系统测试",以及与最终用户验收有关的"验收测试"。所谓"对应",是指在关注这些测试的时候,V 形结构告诉我们,右边"某某测试"是为了实现左边的那些生命周期阶段"目标"。

下面,本章就从集成测试开始。

7.1 集成测试

7.1.1 什么是集成测试

在传统软件工程中,集成就是把已经完成的模块"放在一起",而集成测试测的是模块的接口。数据在接口中是否如预期的那样——是否有丢失,是否如设计的那样相互配合,是否有副作用,以及单个模块的全局作用是否正确等。面向对象的设计对测试发生了一些影响,特别是 OO 体系结构中大量采用类的继承机制,如对基类的操作一直被传递到最终执行的派生类时,情况会怎样;多态情况下,在行为上有什么差异。这样的测试远比模块接口要复杂得多。

不论是否采用 OO 设计,集成测试是软件生命周期过程中一个规范的过程,构件单元通过开发、测试完成后,将被组装成系统(在 OO 中,组装甚至是在运行时刻进行的)。在这些构件被组装过程中,在尚未被系统接纳并成为系统的组成部分之前,需要精心测试那些已不再是"孤立",但还没有与系统"融为一体"的构件,特别是构件"集成"行为发生时("构件们"刚开始结合的磨合期)的有关内容。例如,行为、协同、集成后的整体性能等。这些测试需与之前的单元测试以及随后的系统测试协调起来。这就是集成测试。

并不是所有的软件系统都需要集成测试，如果软件开发采用的是个人"单打独斗"式的"作坊式"开发方式，如果系统的所有模块仅仅需要一种简单的"功能叠加"方式的组合，模块之间并无"交互/协作"关系，则集成测试几乎无事可做。显然，在大型项目、复杂系统以及良好系统架构的系统中，集成测试是必不可少的。

大型项目中，集成测试一般应由独立的测试小组来进行，而不是在项目开发团队中进行。实训项目虽然并不大，可能也并不复杂，但是，为了学习和实际感受过程的需要，如此前各章介绍的那样，有意将系统架构尽可能地设计完整，把模块尽可能地划分细致。这样，就为实践架构设计、集成测试创造了条件。我们需要学习集成测试这个重要的环节，因此，实训项目开发团队可以组织一个集成测试小组，参与到集成测试中来。

在开始进行集成测试之前，集成测试小组应考虑如下因素：

(1) 采用哪种系统集成方法进行集成测试。

(2) 集成测试过程中连接各个构件的顺序以及相应的测试顺序。

(3) 单元代码编写与单元测试的进度是否与集成测试的顺序一致。

(4) 测试过程中是否需要专门的硬件设备/软件等。

解决了上述问题之后，就可以列出各个构件的编写/单元测试、集成/集成测试的计划表，标明每个构件单元测试完成的日期、首次集成与测试的日期、集成测试全部完成的日期，以及需要的测试用例和所期望的测试结果。

在集成测试计划中，还特别需要考虑测试所需软件，包括基础性的软件，如驱动构件、桩构件、测试用例、生成脚本的版本等，以及集成测试工具的准备情况。

7.1.2　在"类"级别的集成测试

在集成测试阶段，首先关注的是"类"级别上的集成与集成测试。比类级别更小的单元是单个的类以及被类封装的方法。对它们的测试是单元测试的主要内容。因此，从这个角度看，类级别的集成测试，可以称为"类间测试"。所以，类间设计的思路是按照架构设计给出的子系统、类/对象这样的结构，验证系统集成的有效性，而不再深入到程序内部对程序代码进行检查。

类间测试的方法有很多种，如随机测试、划分测试（将类按不同的划分类型，如基于输入/处理/输出功能、基于状态转换、基于类操作的查询/计算/存储等属性，进行分割，测试不同类之间的集成行为），以及基于应用场景的测试。集成测试的设计比单元测试要复杂得多，原因在于，集成是类间的协作行为、是类的"群体行为"，甚至是"社会行为"，而不仅仅是模块的"个人行为"。静态的类划分（任务/职责/协作）、动态的消息、状态、行为等，都可能导致不同的、超出预期的结果情况。而这些情况，都需要测试用例设计者预先"假设"后，进行测试验证其发生或没有发生。

Kirani 和 Tsai 建议的类测试步骤如下：

(1) 对每个客户类、使用类操作列表生成一系列随机测试数据序列，并将此测试数据作为消息发送给与客户类请求对应的服务器类。

(2) 对客户类生成的每个消息，确定在服务器对象中的协作者类和对应的操作。

（3）测试服务器对象中的对应操作（已经被来自客户对象的消息调用），确定它做出正确处理后送回消息。

（4）对每个返回消息，确定下一个被调用的操作，并将结果记录到测试报告中。

至此，我们将用 VSTS 的 Web 测试工具体验上述集成测试过程。

7.1.3　使用 VSTS 的 Web 测试作为集成测试工具

从严格意义上来说，VSTS 并没有提供上述意义下的专门的集成测试工具，有资料介绍，可以与 VSTS 集成的集成测试框架（Framework for Integrated Test，FIT，是由 Wiki 的发明者 Wand Cunningham 开发的一套开源工具），其实并不是这里所说的集成测试工具，而是测试的"集成"工具，或更准确地说，只是自动测试运行的批处理工具。它可以用在大数据量的测试活动中，解决的是减轻测试运行的工作量问题，并不解决针对模块"结合"磨合期的测试问题（7.3 节模拟用户发布中将略有介绍）。

在实训项目中，可以用 VSTS 中的 Web 测试工具，体验在客户端与服务器之间进行集成时的集成测试过程。VSTS 的 Web 测试可以用来验证 Web 应用程序是否正确运行，它的验证方法是对客户和服务器之间交互时来回传递的 HTTP 请求/响应信息进行截取，分析每个请求/反馈是否与预期的行为一致。这个测试可以反复进行，因而，可以据此进行所谓的"负载测试"。Web 测试不限定仅仅是 ASP. NET 的应用程序，它可以测任何的 Web 应用程序，甚至是非微软平台。甚至在客户与服务器端之间，可以自动处理重定向、依赖请求、隐蔽字段等。

因为 VSTS 的 Web 测试是用来测试 Web 应用程序的，将它用作一般的集成测试，难免有些"强人所难"，特别是非 Web 应用的集成，显然是有局限和不充分的。

7.1.4　用 VSTS 的应用程序设计器创建一个 Web 应用

本节将模拟一个具有一个用户端和一个服务器端的 Web 应用，客户端和服务器端是两个不同的组件，现在将它们集成在一起的时候，需要进行集成测试。当然，它们是一个 Web 应用，所以可以使用 VSTS 的 Web 测试对它们进行测试。

在开始测试之前，需要先创建客户端和服务器端的应用程序，第 5 章已经介绍的 VSTS 应用程序设计器可以节省大量时间。这也是 VSTS 比 VS 更高一级的地方。以下是创建步骤：

（1）在 VS 中，连接到团队项目，在"创建项目"对话框中，选择"分布式系统解决方案"，把它命名为"我的分布式系统"并添加到源代码管理中。这时，VS 会自动生成一个名为"我的分布式系统.ad"的文件并在 VS 编辑窗口中打开。关闭它，并从解决方案资源管理窗口的相应文件夹中，删除这个空的 AD 文件，右键选择"签入"，完成第一步：创建一个名为"我的分布式系统"的解决方案的工作。

（2）选择已有的解决方案文件夹，右击鼠标，在菜单中选择"添加"→"新建分布式系统关系图"命令，在添加对话框中，选择"应用程序关系图"，取一个名字"我的应用程序"，点击添加，然后关闭对话框。至此，完成第二步：创建一个新的、名为"我的应用程序"的 AD 视图。

（3）点击 AD 视图中说明中的"工具箱"超链接，或从"视图"→"工具箱"中打开工具箱，在"应用程序"选项下，分别拖动一个 ASP. WebApplication、一个 ASP. NETWebService 组件和一个 ExternalDatabase 组件到 AD 视图上，在原名上双击一下，分别给它们重新命名为

"我的 Web 应用"、"我的 Web 服务器"和"我的数据库"。这一步完成了在视图上添加了一个空的服务器组件、一个空的应用程序组件和一个空的数据库组件。

（4）在"我的服务器"的 WebService 终结点上右击鼠标，选择"连接"，根据出现的对话框提示，选择使用者，即与名为"我的 Web 应用"组件进行连接；同样，单击"我的数据库"，选择数据库的使用者为"我的 Web 服务器"（对于有关数据库连接的选择，暂时不用理睬），这样，就将客户端、服务器、数据库连接到了一起。创建的结果如图 7-1 所示。

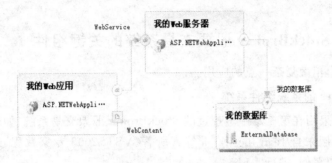

图 7-1 创建空的客户/服务器组件

签入，完成连接。

（5）在上述创建过程中，把客户端应用程序、服务器和数据库端的处理程序都看成是一个业务操作组件，但到目前为止，都还没有任何实际的"操作"。现在，就来添加一些操作。这里的操作，只是为了实际体验集成测试（在本例中，使用的是基于 Web 应用的组件集成测试），因此，实际操作的例子是非常简单的。

> 右击"我的服务器"WebService 终结点，选择"定义操作"，在 Web 服务详细信息窗口，选择"添加操作"，并输入操作名"找出客户档案"，类型为 String，说明："在数据库中搜索此客户的档案并返回结果"。展开这个操作节点，为该操作添加一个参数，输入参数名为 UserID，设置其属性为 Integer，说明："客户 ID 是唯一的"。这一步定义了客户端与服务器端的连接操作。

> 选择"我的 Web 服务器"与"我的数据库"的连接终结点，右击，选择"定义连接字符串"，出现如图 7-2 所示的连接属性对话框（这是在创建数据库连接时没有理睬的内容）。选择数据源为 Microsoft SQL Server(SqlClient)、服务器名为 ZHJH6453，采用 Windows 身份验证，选择数据库名为 master，单击测试连接。这时，一个"测试连接成功"的显示会出现在窗口上，表示模拟的服务器与数据库的连接成功了。单击"确认"并再次签入。这一步的工作是测试服务器与数据库的连接。在创建这个例子的数据库时，假定使用的是外部数据库，因此，在 AD 视

图 7-2 测试与服务器连接

图上,数据库的方框是阴影的(已实现)。而其他两个方框则还没有实现。

> 在"我的 Web 服务器"与"我的数据库"的属性中,将"语言"属性均改为 C♯(默认属性为 VB),然后,在 AD 图的空白地方,单击右键,选择"实现所有应用程序",弹出一个表示实现概要的对话框,单击"确认"按钮,关闭中途的警告信息,最后,重新生成解决方案,并签入。此时,在 AD 图上,所有的框都有阴影了,表示它们都已经被实现了。

至此,完成了一个拥有客户端、服务器端和数据库端的"完整"的 Web 应用的创建,但只是一个"空壳"而已。

7.1.5 实现 StockBroker 股票交易系统的关键组件

下面实现一个稍微复杂一点的应用。

1. StockBroker 的系统组件系统

在这里,还是采用在第 5 章中出现过的 StockBroker 股票交易系统(如图 7-3 所示)作为我们的案例(此案例来自 Jean-luc Davia 等人所著《VSTS2005 专家教程》)。ATM 扩展项目也可以参照这个案例,进行实现。

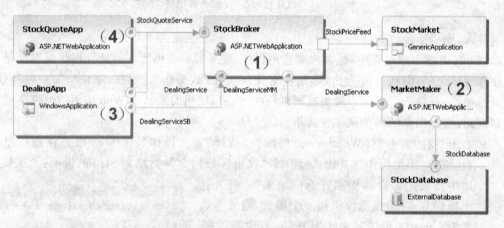

图 7-3　StockBroker 股票交易系统

与第 5 章关注架构不同,现在关注的是组件之间的集成测试。在 StockBroker 股票交易系统中,6 个组件的功能分别如下:

(1) StockQuoteApp 报告最新股票价格(ASP)。

(2) DealingApp 实现股票买卖交易(ASP)。

(3) StockBroker 证券公司(如华泰证券)的交易代理系统。

(4) StockMarket 股票交易所(上海)的系统。

(5) MarketMaker 一种自由撮合形成交易的股票代理公司。

(6) StockDatabase 假设系统使用统一的数据库(实际是分布的)。

2. StockBroker 系统组件

构成《股票交易》系统的 6 个组件之间的相互关系是请求—服务、消费—提供的关系,本质上是一种分工—合作的关系。它们之间的相互协作与分工如下:

① StockQuoteApp/DealingApp 调用 StockBrocker 的 StockQuoteService 的 getQuote

操作,获得最新股票信息。

② DealingApp 调用 StockBrocker 的 DealingService 的 buyStock 操作,委托证券公司购买股票。

③ StockBrocker 将请求委托给 MarkMake 的 DealingService 的 buyStock 操作,证券公司不能直接买卖股票,它委托证券交易所进行买卖。

④ MarkMake 对 StockDatabase 的 Deals 表进行更新,对客户和证券公司的数据都需要进行更新。

3. 实现 StockBrocker 系统

由于篇幅所限,同时,我们并不是为了完整实现这个股票交易系统,而是为了体验 Web 测试,特别是测试客户/服务器组件之间的协同,所以只实现部分操作,其中有些还是模拟的。实现的操作包括客户端 StockQuoteApp/DealingApp 获得股票信息的操作,客户端 DealingApp 向 StockBrocker 提出买卖股票的请求,StockBrocker 将请求转给 MarkMake,而 MarkMake 对请求进行处理并返回买卖结果。

在 VSTS 应用程序设计器下,实现上述应用的过程如下:

首先按照上一小节介绍的方法,在 AD 文件中,分别定义 StockQuoteApp、DealingApp、StockBrocker 和 MarkMake 四个组件,并将它们连接起来,然后全部生成程序(注意有些是用 C#、有些是用 Visual Basic 实现的)。然后,就可以开始为它们添加操作。

(1) 首先为 StockBrocker 添加支持 DealingApp 的 buyStock 请求的业务操作具体内容。方法是:单击 AD 图中 DealingApp 指向 StockBrocker 的 WebServiceEndpoint,右击,选择"定义操作",打开 Web 服务详细信息对话框,定义 StockBrocker 可提供的操作,如图 7-4 所示。

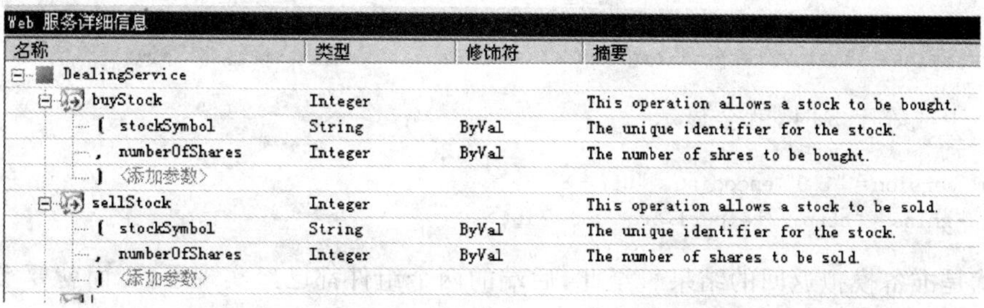

名称	类型	修饰符	摘要
DealingService			
buyStock	Integer		This operation allows a stock to be bought.
stockSymbol	String	ByVal	The unique identifier for the stock.
numberOfShares	Integer	ByVal	The number of shres to be bought.
) 《添加参数》			
sellStock	Integer		This operation allows a stock to be sold.
stockSymbol	String	ByVal	The unique identifier for the stock.
numberOfShares	Integer	ByVal	The number of shares to be sold.
) 《添加参数》			

图 7-4 买卖股票请求操作

这样输入以后,右击 DealingService.asmx 文件,选择在浏览器中查看。可以看到 bayStock 和 sellsock 两个选项,单击 bayStock 项,则链接到如图 7-5 所示的买股票的输入窗口页面。这个时候随便输入一些值,单击"调用"按钮,报告服务器错误,这个问题后面再解决。

另一个处理是针对查询股票价格(getQuote),仅仅为了进行测试,这里模拟产生一个 0~100 的数字,作为股票价格的返回值。在 StockQuoteService.vb 文件中,添加如图 7-6 所示的代码。

(2) 用相同的方法,为真正实现买/卖的 MarkMake 也添加买和卖的操作。方法与(1)相同。实际上,应用程序设计器可以把步骤(1)的操作直接"复制"。

buyStock

测试

若要使用 HTTP POST 协议对操作进行测试，请单击"调用"按钮。

参数	值
stockSymbol:	
numberOfShares:	

调用

```
Dim randomPrice As Integer
randomPrice = Rnd() * 10000
Return randomPrice / 100
```

图 7-5　买股票的操作页面　　　　　　　图 7-6　计算股票价格

但是，MarkMake 是再没有"推卸责任"的地方了（还没有真正的数据库），它必须给出一个返回值。

① 修改 DealingService.cs 文件，将第一个 throw new System.NotImplementedException() 一段（买股票）修改为（理由在上节已经说明）：

```
System.Random rnd = new System.Random(numberOfShares);
if (rnd.NextDouble() > 0.5) return numberOfShares;
else return 0;
```

即用一个随机数，作为股票买进的数量，如果交易没有发生，则返回 0。

② 将第二个 throw new System.NotImplementedException() 一段也做同样修改，只是这里回答的是股票卖出时的情况。

测试，选择在浏览器中运行 DealingService.asmx，选择买或者卖，填入股票号码和买卖的数量，单击"调用"按钮。当数量大于 5 时，就会在另一个窗口显示：

```
<?xml version = "1.0" encoding = "utf - 8" ?>
 < int xmlns = "http://tempuri.org/"> 6 </int >
```

而小于或等于 5 时，就会显示：

```
<?xml version = "1.0" encoding = "utf - 8" ?>
 < int xmlns = "http://tempuri.org/"> 0 </int >
```

这就是准备模拟返回的结果。至此，后端的两个组件都已经实现了，下面就要实现最前面的客户端程序了。

（3）实现客户端程序 DealingApp：DealingApp 的实现方法，与服务器端的有所不同。先看客户端程序的代码文件。在解决方案的 DealingApp 文件夹下，如图 7-7 所示，有一个 DealingApp.vb 文件，是客户端应用程序的 Windows From，右击它，选择"查看设计器"打开这个文件。现在打开的时候是一个空白的 From 框。实际上，这里打算用 Visual Basic 的 Windows From 设计器设计用户界面。为这个空白的用户界面添加两个标题（Enter StockSymbol/Enter Number of Shares）；三个文本框，分别是 StockSymbolInput（股票代码）、StockQuoteOutput（股票价格，但在这里我们暂时不会用到它），以及第三个文本框 QuantityInput（股票的数量）；再添加三个按钮，分别是 Get

图 7-7　DealingApp 文件夹

Latest Price(得到最新股票价格)、Buy(买)和 Sell(卖)。用查看代码的方式再看 DealingApp. vb
文件,上述添加全部由 VS 自动编写代码。

但还是需要再为每一个按钮(Get Latest Price 、buyStock 和 sellStock)添加执行代码。

三个按钮需要添加的代码如图 7-8 所示。

图 7-8　三个按钮的执行代码

测试 DealingApp 的 Windows 应用程序。注意,DealingApp 不是浏览器程序,而是一
个可执行的 VB 的. exe 代码文件。编译完成后,VS 告诉我们这个 EXE 文件被放在 C:\...\...
\DealingApp\bin\Debug\DealingApp. exe 下。直接运行这个程序,如图 7-9 所示,输入股
票代码,单击 Get Latest Price 项,就可以得到模拟的股票的价格(这要在(4)完成以后才会
显示出来)。输入一个数量,然后选择买卖,就会在一个打开的窗口显示模拟的买卖的数量
(买卖的数量大于 5 时),或得到 0(买卖的数量小于等于 5 时)。

图 7-9　客户端程序 DealingApp. exe 的操作界面

(4)在测试 DealingApp 的时候,单击获得股票信息后,还得不到任何返回信息。这就
是最后一步要完成 StockQuoteApp 的实现工作。有了实现 DealingApp 的基础,实现
StockQuoteApp 是非常容易的。两者之间的差别是,前者是 Windows 应用程序;后者是
Web 程序。这也就是 C/S 结构与 B/S 结构的差别。

与 DealingApp 一样,在解决方案下,同样有一个 c:\...\ StockQuoteApp\文件夹,在此
文件夹下,有一个 Default. aspx 网页文件,目前是一片空白(与文件 Form1. cs 类似,所不同
的是,它是 Web 应用程序)。另一个是 Default. aspx. cs,它是该 From 文件的隐藏代码文
件。现在,右击 Default. aspx 文件,选择"查看设计器"项打开这个文件,用 VS 的 Windows
From 设计器设计网页。我们为这个空白的网页添加两个标题(Enter StockSymbol/Get
Latest Price);两个文本框 StockSymbolInput(股票代码)、StockQuoteOutput(股票价格);
一个按钮 Get Quote(得到最新股票价格)。看一下 Default. aspx. cs 文件,上述添加全部由
VS 自动编写代码,如图 7-10 所示。

```
StockQuoteApp.WebServiceProxies.StockQuoteService QuoteService = new
    StockQuoteApp.WebServiceProxies.StockQuoteService();
QuoteService.UseDefaultCredentials = true;
StockPriceOutput.Text =
QuoteService.getQuote(StockSymbolInput.Text).ToString();
```

图 7-10   添加一段 Default. aspx. cs 代码文件

同样,还需要为按钮添加一些执行代码。这段代码的含义是,为 StockQuoteApp 组件创建 StockQuoteService 服务代理,按钮 getQuote 的操作使用 StockSymbolInput 的文本框内容作输入,输出显示在 StockPriceOutput 文本框中。

调试通过后,右击 StockQuoteApp 项并选择在浏览器中查看,就可以看到如图 7-11 所示的页面。输入一个股票代码,就能得到最新的股票价格。同样,在图 7-9 的客户端程序 DealingApp. exe 操作界面上,也真正能得到股票的价格了。

图 7-11   在浏览器中查看 Default. aspx

至此,完成了全部 4 个主要组件的模拟实现。

7.1.6   配置和创建 Web 测试

Web 测试的客户端和服务器可以都建在本地(服务器为虚拟路径)。VS 包含了 ASP . NET Development Server 的功能,它已经是一个最轻量级的 Web 服务器了。因此,在本地服务器上,也不需要安装 IIS。当 VS 退出时,Web 服务器会自动卸载。应用程序启动的时候,ASP. NET Development Server 默认地选择一个随机的端口,该端口号提示出现在屏幕右下角,这给测试带来一些麻烦。因为有时可能需要手动调整每次测试所需要分配的端口号。

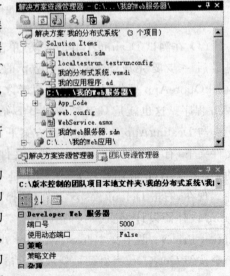

解决的方法之一是,在解决方案下,对指定的项目(如我的 Web 服务器)的属性栏中,将使用动态端口,改为 False。将端口号设置为一个合适的端口,如 5000,如图 7-12 所示。修改后可以看到,VSTS 自动更改了所使用的端口,并显示在屏幕的右下角。另一个方法是在以后介绍的上下文参数

图 7-12   选择采用固定端口

值中进行定义。

　　然后，要创建一个 Web 测试。创建的方法有三种：使用 Web 测试记录器自动创建；使用 Web Test 编辑器手动创建；使用代码指定每个操作。先使用最简单的方法——使用 Web 测试记录器自动创建。

　　在解决方案下，创建一个测试项目（添加｜新建项目｜C♯｜测试｜测试项目），然后，再在创建好的该项目上右击，在弹出的菜单中选择"添加"→"Web 测试"命令创建一个 Web 测试（命名为"我的 Web 测试"）。这时，会产生一个"我的 Web 测试.webtest"的测试记录文件，并自动打开了测试记录器和一个空白的 Web 网页。现在开始，就可以测试 Web 应用了。

7.1.7　开始模拟的 Web 测试

　　测试步骤如下：

　　（1）选择打开"我的 Web 测试.webtest"，实际上是打开了 Web 测试记录器，在记录器上的"我的 Web 测试"上右击，选择"添加记录"命令，开始进行 Web 测试记录。此时出现了一个左边是测试记录，右边是空白网页的窗口。在空白网页上，输入被测应用程序的 URL 为 http://localhost:5000/我的 Web 服务器/Webservice.asmx。出现如图 7-13 所示的结果。记住，此时的端口已经被修改过了，是 5000。用当时的 1195 端口试一下，系统报 404 号错误。

图 7-13　测试并记录测试结果选择 1

　　（2）找出此客户的档案，在新出现的网页上输入 UserID 的值为 999（随便输一个），单击"调用"按钮。结果如图 7-14 所示。左边记录中显示：窗体发布参数为 UserID＝999。超链接抛出了右边的一个异常报告窗口：输入字符串的格式不正确。

图 7-14　测试并记录测试结果选择 2

（3）关闭这个浏览器，在 VS 中，打开 WebService.cs 程序文件，将找出此客户的档案（int UserID）方法中的 throw 语句，用 return 语句替换掉，如图 7-15 所示，重新生成解决方案，再重复一遍测试，再次单击"调用"按钮时，出现了如图 7-16 所示的显示窗口。这是模拟 SQL 查询的返回结果。

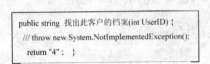

图 7-15　修改代码　　　　　　　　图 7-16　修改后的提示

到目前为止，我们测试了一个服务器模拟 SQL 查询请求，并返回模拟的查询返回值。

7.1.8　测试组件之间的操作

从软件系统集成的角度，对 StockBroker 系统进行的测试，就是把 StockBroker 系统的 4 个应用程序都看成是组件，更深入地测试它们之间的交互情况。本节要查看组件执行的结果记录、检查请求属性的执行情况、对事务进行跟踪、对特定数据进行跟踪、验证服务器的响应行为。

1. 查看组件执行的结果记录

这是最简单的测试。在 StockBroker 系统中，除 DealingApp 是 Windows 应用程序外，MarkMake、StockBrocker、StockQuoteApp 都是 Web 程序，因此，都可以在 Web 测试记录文件中，记录它们的操作。

按照上节介绍的方法，先在 StockBroker 解决方案下创建一个名为 TestProject 的 Web 测试项目，并产生一个 TestProject.webtest 的测试记录文件。为三个 Web 应用程序修改端口为 5000、5001、5002。

先看 StockBrocker 支持 DealingApp 的 buyStock 请求的业务操作页面，它的 URL 是 http://localhost:5000/Marketmaker/DealingService.asmx。在图的左半部分是测试记录，而右半部分是空白网页，在空白网页的浏览器上输入上述地址，选择买或卖的按钮，则出现了如图 7-5 所示的页面，继续输入股票名称和买或卖的数量，单击"调用"按钮，会弹出一个返回值窗口，模拟买或卖的结果。这些操作是上节已经实现的。选择不同的是，在它的左边，记录所有这些操作的过程，如图 7-17 所示。

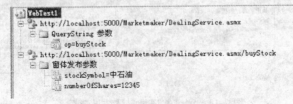

图 7-17　buyStock 的业务操作记录

这里记录了所有 Web 应用程序的交互信息,特别是组件之间的参数传递信息。展开记录,查看对 buyStock 的具体操作情况,可以看到 buyStock 操作传递的参数。因为例子非常简单,所以,这些记录看上去没有什么太大的意义。如果一个实际应用系统非常庞大、业务过程非常复杂(实际情况也确实如此),而又需要逐个地检查它们之间的操作关系,找出到底是谁发布了错误信息,导致产生错误的结果,查看这个记录还是很有帮助的。

2. 检查请求属性的执行情况

上述记录可能还不能帮助定位错误所在。那么,进一步的方法是通过对请求属性的检查,了解更详细的交互过程。

右击记录器中的一个请求,选择打开"属性"窗口,通过修改属性,测试更详细的内容,包括缓存控制、目标 URL、请求是否自动遵循重定向等。

3. 对事务进行跟踪

在 Web 测试中,所谓"事务"指一组逻辑上连续的步骤,对"事务"可以作为一个单元进行跟踪,如调用次数、请求时间、总共使用的时间等。

右击记录器中的一个请求,选择"插入事务"创建一个事务,如图 7-18 所示,给它命名,并选择开始或结束请求。可以看出,所谓"事务"就是把一组请求"捆"成一个称为"事务"的单元执行,并加以记录,而不是"逐个"请求地进行测试。事务跟踪主要用于下节介绍的负载测试中,作为测试运行单位使用。

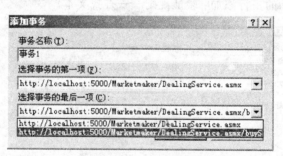

图 7-18 添加事务

4. 对特定数据进行跟踪

这是在跟踪时通过所谓"提取规则"实现的。提取规则用于从 Web 响应中获得指定的数据,并将其存储在被称为上下文参数的特定变量中,使得可以在后续的测试中访问这个变量,以验证是否符合预定的要求,并可以提供给随后的 Web 请求。

右击记录器中的一个请求,在弹出的快捷菜单中选择"添加提取规则"命令,在打开的如图 7-19 所示的对话框中,选择定义内置的提取规则,如属性值、窗体字段、HTTP 标头、正则表达式、文本和隐蔽的字段等。

5. 验证服务器的响应行为

如果仅仅对服务器的返回结果进行检查还觉得不够的话,例如,还需要了解服务器响应的内容和行为是否正确,验证规则提供了另一种验证方式。

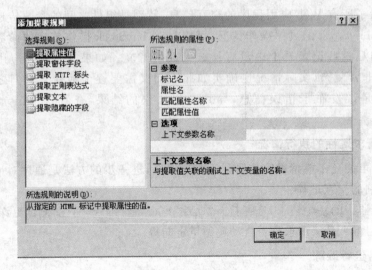

图 7-19   添加提取规则

右击记录器中的一个请求,在弹出的快捷菜单中选择"添加验证规则"命令,在图 7-20 所示的对话框中,在第二个规则选项"查找文本"的"所选规则的属性"详细列表中选择参数为"查找文本",并输入要查找的文本文字——buy Stock。是否识别大小写与是否采用正则表达式都选 False 项,而"如果找到文本则通过"则选 True 项。单击"确认"按钮,测试记录中出现如图 7-21 所示的一行添加:验证规则——查找文本。

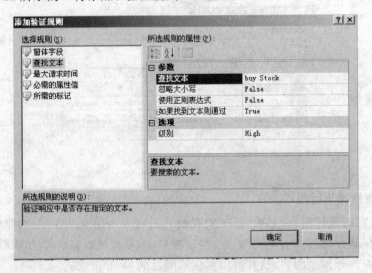

图 7-20   添加验证规则

右击 WebTest1 项,选择"Web 测试"项,再次运行刚才的程序,出现错误。检查后发现,请求中传递的文字应该是 buyStock,两个字之间没有空格,修改一下验证规则。再次运行,全部正确。验证规则对请求与响应之间的所有信息,都进行了"抽样"检验,所以,这个方法可以用于两个组件之间存在反复信息交互的过程检验。

更多的 Web 测试,可参考相关资料。

图 7-21　添加验证规则后

7.2　系统测试

再次回到图 6-21 有关测试的 V 结构，在 V 结构的右边，完成集成测试之后，再往上走，就是系统测试。顾名思义，系统测试与集成测试的区别是：测试是在系统一级、目标是针对 V 结构左边——概要设计，也就是根据架构设计的目标和要求进行测试的。架构设计除了需要实现用户的"功能"需求之外，更主要的是在特定的设计约束下、实现系统的非功能性需求，包括性能、与架构有关的关键质量属性等。作为这个方面的需求分析和设计，在第 4 和第 5 章中已经有所体验，在这里，我们看看怎么样检查、确认这些需求是否被实现以及实现的程度。

7.2.1　系统功能测试

功能测试是系统测试最主要的活动，系统测试中的功能测试与用户验收阶段的功能测试有相同的地方，也有不同的地方。相同的地方是：它们都是针对需求，测试系统的功能实现与否。而不同处则是：公司内部系统测试的功能需求与交付用户的功能需求，可能是同一个需求，包括可能不告诉用户的一些"内部"功能，这是很容易理解的。

7.2.2　系统性能测试

性能是软件系统开发者关注的一个重要的非功能性指标，性能问题可能有代码效率过低、内存分配过度、网络或业务处理逻辑的瓶颈等。有时，系统性能可能跟某一模块的算法好坏有关，但从系统架构设计的角度看，更多地与架构设计的好坏有关。例如，如何避免组件之间通信的瓶颈制约；如何将功能合理地分配给不同的组件，使之运行起来，不会忙闲不均；对组件完成功能所需要的共享资源进行合理的分配和调度等。性能测试就是通过对应用程序的行为进行观察和记录，发现上述问题，并帮助解决问题的测试工具。

性能测试的类型一般包括采样和检测两种。前者类似外部的观察者，周期性地对某些指标进行测量，取得"样本"，以发现问题；后者是在代码中的某些关键位置，插入一些跟踪标记，又称为"探测器"，当程序运行时，这些探测器就会记录下程序运行的情况，生成一份检测报告。两种方法各针对不同的测试需要，一般性能测试工作包括新建性能会话，选择性能分析方法及分析目标；使用性能资源管理器查看并设置会话属性；启动会话，执行应用程序和性能工具；审查性能报告中收集的数据。

有个非常重要的限制：性能分析不支持虚拟机。因为性能有的时候是与硬件关联密切的。这个比较容易理解。另外，性能分析与代码覆盖也是冲突的，所以，在进行性能分析的时候，请先关闭代码覆盖。最后，VSTS只支持2.0版本以上的ASP.NET，1.X不支持。

鉴于上述情况，请同学们在非虚拟机的环境下，尝试性能分析的功能，体验其中的奥秘吧。

7.2.3   系统负载测试

负载测试用于验证在多个并发用户情况下，Web服务器的应用程序是否能按预期执行并返回结果，负载测试是性能测试的一种，但更多关注的是多用户请求下的服务器和应用程序之间的响应性能，如所谓的"冒烟测试"和"压力测试"。下面，尝试一个负载测试的例子：

1. 创建负载测试

用与添加Web测试相同的方法，为StockBroker系统解决方案添加一个负载测试，图7-22为负载测试向导，在图7-23的对话框中，输入负载测试名，并选择思考时间。

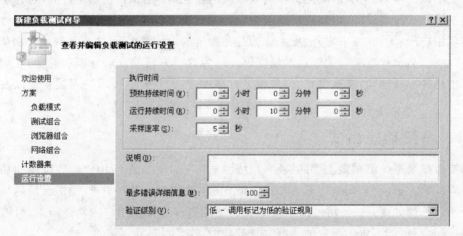

图7-22   创建负载测试向导的运行设置

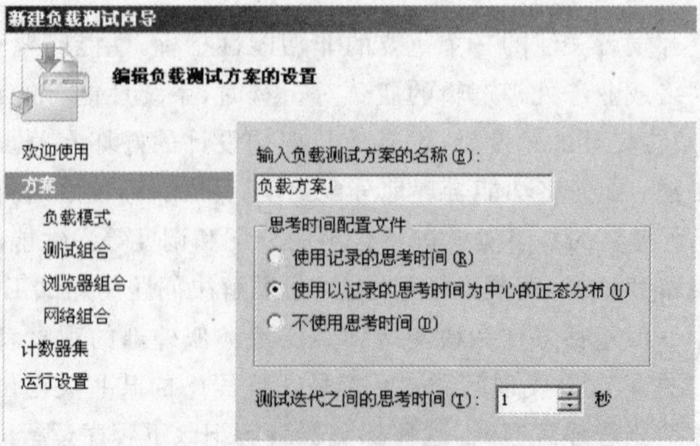

图7-23   创建负载测试向导

思考时间是为了模拟人工输入时所花的时间而设置的,采用正态分布的时间,并假定每次迭代时间为1秒。选择"下一步"按钮,确定负载模式。负载模式分为常量负载(一次确定用户数,在测试过程中保持不变)和分级负载(从开始用户数到最大用户数,分若干等级)。为了简单化,选择用户数25的常量负载。然后,将要测试的内容和频率,添加到测试组合中。向导列出解决方案的测试列表中的所有测试,选择 WebTest1 项,单击"下一步"按钮。接下来向导让你选择浏览器组合,向导提供了 Web 测试可以在多种浏览器上进行的选择,不过,我们只有 IE。下一步选择网络组合,同样,只选择 LAN。如果可能,请大家在不同的网络、不同的浏览器上尝试。下一步是选择性能计数器集,这是在测试涉及目标计算机以外的计算机时,才会用到,这里暂时没有这个情况。

最后是运行设置,如图7-22所示。包括设置预热时间,如果程序需要做一些与性能无关的准备的话,需要预留开始跟踪它的时间,如运行时刻的加载、缓存处理、预排序等。一旦这些准备活动结束,测试就开始。运行持续时间是真正测试的持续时间,采样频率是收集并记录下性能计数器的频率,数字越小,频率越高,收集的数据越多,对机器的"拖累"也就越大。最后,向导提示输入要采用哪些上节介绍的验证规则,因为,执行验证规则将影响性能,如果希望把性能测试与规则验证分开的话,选择"低"。单击"完成"按钮。至此,创建负载测试的工作就完成了。

2. 编辑负载测试

创建工作结束后,VSTS 生成了一个 LoadTest1.loadtest 文件,双击打开这个文件,出现如图7-24所示的负载测试编辑器,右击图中的各项,就会出现一些可编辑修改的对话框,可对刚刚定义的内容进行修改,添加更详细的内容。

3. 执行负载测试

可以在 VSTS 的各种窗口、负载测试编辑器、测试管理器、测试视图或命令行上启动负载测试。在测试管理器上单击,运行测试。出现测试正在进行中的提示,与以前的测试不同,这里,要等待较长的时间,因为在图7-22中设定的运行时间是10分钟。

图7-24 编辑负载测试

4. 查看并分析测试结果

在测试进行的时候,出现如图7-25所示的负载测试监控窗口。

可以查看测试过程。例如,右上角显示测试剩余的时间等。这个监视器最主要的功能就是关系图。左边的树型结构,显示了所有的性能计数器,单击某个计数器,右边就会出现相应的测试曲线。在例子中,在25个用户同时发出请求的情况下,平均请求时间为3.33秒,平均响应时间为1.05秒。要想看懂这些测试数据更进一步的含义,还需要更多的知识和经验。这里就不展开介绍了。

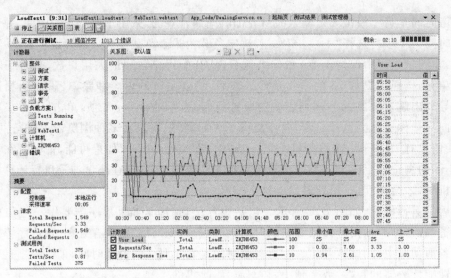

图 7-25　负载测试监控窗口

7.3　应用系统的发布过程

系统测试完成,接下来的工作就是应用系统的"发布"过程了。

7.3.1　部署与发布的概念

"部署"一般理解为把完成系统测试后的应用系统软件安装到真实的用户网络、服务器和客户端环境中,如图 6-1 中的第④步,并使之运行起来的过程。一个应用系统的"发布",则包含比"部署"更多的工作内容。

仅仅将通过测试的软件放到客户端可访问的服务器上,只是进行了"部署",还不能称为"发布","发布"是包含"部署"在内更大范围的一个概念。首先,用户服务器软件的安装,只是用户环境的一个部分,不是全部。其次,用户要想真正运行系统,只在服务器上安装应用系统软件是远远不够的。要做的工作至少还包括现场环境准备、设备安装调试、服务器操作系统/网络/数据库、存储设备安装调试、应用系统安装(部署)、用户测试、数据准备/迁移、应用系统割接/转换、进入正式的"试运行"阶段、开始试运行等(可能包括与手工、旧系统并行运行)。除此之外,提供文档资料、人员培训、系统维护和版本更新等,都是发布阶段必不可少的环节。所有这些活动的总和,称为应用系统的"发布"。这比操作系统、办公软件或数据库等商业软件的发布,要复杂得多。所以,如果开发的是这样的用户应用系统,那么,不到用户现场进行实地安装、运行、调试,并检验系统在用户真实环境下的使用情况(也称现场实施),还不能说,系统已经真正开发完成了。

7.3.2　应用系统的现场实施过程

应用系统的现场实施是软件开发过程必不可少的阶段。

对于称为"盒装软件"的商业软件,如 Windows、Word 等,"现场实施"的过程现在已经非常简单了。Windows XP/Windows 7 的安装已经做得非常"友好"。一个对计算机基本不懂的人,也能学会安装 Windows 系统。在 Windows 3.0 或 Windows NT 的时代,"装系统"纯粹是属于"技术活"。但对于一些财务软件这样的商业软件,安装(特别是设置)也不是那么简单的,因为此时,需要告诉安装程序一些系统参数、权限管理参数、基本数据输入等。而对于像 ERP、CRM 这样大型的"专用"的应用系统,实施过程已经演变成包括流程重组在内的大型咨询服务过程,已远不是装系统、设置系统参数这些概念了。

在软件工程概念下,软件开发被划分为若干个生命周期阶段,包括软件定义(问题定义、可行性研究)、需求分析、系统概要设计与详细设计、编码与测试(单元测试、综合测试)、软件实施和运行与维护。在时间点上,软件实施是系统开发完成集成测试和系统测试开始进入用户测试、现场安装、运行前的准备等,直到正式运行为止的工作阶段。在这个阶段,软件实施的任务是具体和明确的,就是从内部开发状态转变为进入用户现场,为系统正式运行所做的所有前期准备工作的状态。

行业应用系统的现场实施过程,不同系统现场实施的工作性质和工作量的差异,可能非常巨大。根据项目具体情况而不同,大致可分为前期(进入现场前)、中期(现场)和后期(试运行开始后)三个阶段。

一般而言,软件系统的实施工作包括如下内容:

(1) 产品的本地化与客户化。

(2) 用户培训。

(3) 实施的准备(组织、数据、环境、计划、工作分工)。

(4) 安装与调试、迁移与割接。

(5) 系统试运行与改进完善。

(6) 测试、验收与移交(运行控制、管理责任、文档)。

7.3.3　应用系统的现场实施活动

下面简单介绍应用系统的现场实施活动。

1. 产品本地化与客户化

软件产品的本地化最典型的例子是 Windows 的汉化。过去做汉化需要做逆向工程,现在只需要修改微软提供的信息库就可以了。但不论怎么简单,这一步是不能少的。这个本地化的工作,站在中国看,是产品开发(至少是完善);站在美国看,是本地化,是 Windows 软件在中国正式推向市场销售前的实施。

行业应用软件的本地化和客户化是指一个统一的软件系统版本根据不同地区的用户进行修改。例如,中国电信集团统一的软件版本,在新疆和福建就可能对一些业务细节存在不同的要求,因此,软件系统也就需要适应这样的要求,而做更改。这个工作称为本地化或客户化,也就是通常所说的"二次开发"。本地化是指区域的差别,而客户化指的是因具体客户要求而发生的改变。对开发者而言,出发点不同,实质含义是一样的,就是要改程序。

2. 用户培训

用户培训非常容易理解,但可能工作量非常巨大,所花成本也不少。如何充分利用用户的资源做好培训工作,是应该下工夫的地方。

3. 实施准备

实施准备看上去很简单,其实不然,以电信本地网资源管理项目为例,一个中等城市仅电缆与光缆的数据摸查和数据录入,就可能需要花 2000 万元人民币,时间可能需要半年到一年。因为数据量大、数据关系复杂，所消耗的人力物力，何止开发一套软件系统。

实施准备可能包括组织准备、数据准备、环境准备、计划准备、工作责任和分工等。《现代软件工程》教材中给出了一个具体系统实施的案例，从中也可以看出，就这么一个简单的新旧系统的数据搬迁，所涉及的准备工作是多么复杂。

4. 现场安装与调试、迁移、割接与回退

现场的安装和调试比较容易理解，但有时新系统与旧系统存在一个实时切换的问题。因此，在这样的条件下，就存在旧系统还继续延用的部分（如数据、外部网络、存储设备等，更换的仅仅是主机和应用系统）需要迁移到新的系统环境中去，这是迁移。

同时，新老系统是在"一瞬间"完成转换的，老系统不能停机，因此，转换就像有一把刀，一刀割掉老系统，接上新系统。因此，这称为"割接"。

迁移和割接后开始运行的新系统可能存在问题，在万不得已的情况下，可能还需要退回老系统运行。这是反向迁移和割接，称为回退。这不是简单地换回去，因为在新系统运行期间（可能只有几秒钟），已经产生了新数据，因此，回退不是仅仅恢复迁移前的数据。

迁移和割接时，需要准备回退方案。

5. 系统试运行与完善改进

应该说没有哪个系统刚一开通运行，就完全达到设计的要求。因此，在试运行期间进行修改是正常的。这段时间的长短根据具体的项目和业务的不同而不同。一般需要经过一个到几个客观的、具有某些可检验标志的周期。例如，电信的计费系统需要经过 3 个月出账的检验，账目核对（与手工并行）正确了，才可以基本确认系统没有什么大问题了。在此期间，修改是非常正常的。

6. 测试、验收与移交

用户验收测试、办理验收签字，向用户移交系统管理责任（删除开发人员的权限、变更相应的故障响应程序等）、移交相应的文档，系统进入到结束阶段。

7.4　模拟用户验收测试

作为软件工程实训项目，虽然不能完整体验用户现场的真实环境和实际实施过程，但是，如果不是以用户为对象、以用户需求为最后验收标准，那么，就可能会出现项目开发目标"虚化"、项目开发过程"简单化"的问题。难免出现"虎头蛇尾"的结局。

什么是"真"的，如何"真"的进行项目验收？由开发该项目的同学运行、演示一遍所实现的功能，能运行当然比连正常运行都做不到要好。但是，这是不够的。因为可能正常运行的只是几个最简单、最明显，而非最关键的用例。为此，作为实训项目最后成果的验收，并且是"真"的验收，本教程设计通过如下环节进行项目验收，即从使用者角度设计测试用例，随机抽查测试用例的执行结果。

7.4.1　制定《验收测试计划》

《验收测试计划》是验收测试活动的行动标准，也是测试的组织计划。规范的《验收测试计划》应明确用户验收测试的范围、内容、测试责任，需要花费的时间、条件和工具等，它使用

户和开发团队知道,验收测试阶段希望达到的目标和结果等。制定《验收测试计划》的活动的过程如表 7-1 所示。

表 7-1 制定《验收测试计划》过程

入口条件	1	集成和系统测试已经验收通过
	2	产品已经纳入配置管理受控库
输入	1	需求规格说明书
	2	整体测试计划
过程活动	1	测试负责人与 PM 根据整体测试计划的要求,与用户协调验收测试的时间、资源要求,以及相关验收标准等,形成验收测试计划
	2	验收测试计划完成后,由测试负责人组织评审委员会和用户对计划进行评审
	3	通过评审的验收测试计划,由 CME 纳入配置管理受控库中
输出	1	验收测试计划
	2	评审记录
退出标准	1	验收测试计划已经经过评审,并纳入配置管理

7.4.2 设计《验收测试用例》

测试用例是测试活动的具体工作任务单,设计测试用例的活动过程如表 7-2 所示。

表 7-2 设计验收测试用例

入口条件	1	验收测试计划已经通过评审,并纳入到配置管理
	2	负责验收测试的软件测试工程师和用户方测试人员已经清晰了解验收测试计划,并达成共识,且明确各自的验收测试任务
输入	1	验收测试计划
	2	需求规格说明书
过程活动	1	测试负责人与 PM 组织软件测试工程师和用户,根据验收测试计划和需求规格说明书设计验收测试用例
	2	验收测试用例内容主要集中在对系统的功能、性能、操作方便性、界面友好性等方面
	3	设计完成的测试用例由测试负责人组织评审委员会和用户对测试用例进行评审
	4	评审通过的测试用例,由 CME 纳入配置管理受控库
输出	1	验收测试用例
	2	评审记录
退出标准	1	验收测试用例已经经过评审
	2	验收测试用例已经纳入配置管理

表 7-3 所示为测试用例的参考示例。

相对于功能测试而言,测试用例(如表 7-3 所示)是具体确认软件功能是否达到需求要求的输入设计,它明确地描述检验软件是否满足需求的详细步骤。测试用例设计的关键,是必须有明确的操作步骤、期望结果,使之与实际测试结果对照。

表 7-3　一个测试用例的例子

测试用例名称	工号权限	被测子系统名	卡/号资源管理
测试用例来源	☑公司测试组　□ 内部测试抽查参考文档		
序号	测试用例描述		
XWYY001	测试目的	能否正确识别合法的操作员进入应用系统	
	测试步骤	1. 启动"卡/号资源管理"应用程序 2. 输入系统中不存在的工号 1000,再输入密码 12345,检查能否进入系统 3. 输入系统中存在的工号 nj001 和正确的密码,检查能否进入系统 4. 输入系统中存在的工号 yd002 和正确的密码,检查能否进入系统	
	输入数据描述	1. 工号 1000 根本不是系统合法的工号 2. 工号 nj001 是前台营业受理的工号,不能进入卡号资源管理系统 3. 工号 yd002 是卡号资源管理系统的工号	
	期望的结果	1. 工号 1000 无论如何进入不了系统,系统提示无此员工 2. 工号 nj001 也不能进入系统,系统提示该操作员无权进入卡号资源管理系统 3. 工号 yd002 可以进入系统,并能打开所有的功能菜单	
	测试结果描述	相符	
	测试人员		测试日期
	复测人员		复测日期
	备注		

7.4.3　实施验收测试

表 7-4 为实施验收测试过程。

表 7-4　实施验收测试

入口条件	1	验收测试用例已经经过评审,并纳入配置管理
输入	1	验收测试计划
	2	需求规格说明书
过程活动	1	进入验收测试,CME 根据验收测试计划任务分配,将验收用例提交给负责验收测试的软件测试工程师和用户
	2	如果验收测试在公司内部完成,软件测试工程师和用户将验收测试用例纳入开发库中,依据验收测试用例进行测试。在开发库中进行 checkout 和 checkin 操作,从而保留测试用例的完整版本
	3	如果验收测试直接在客户现场进行,则软件测试工程师将测试用例和测试记录表格带到用户现场,及时记录测试过程中存在的 Bug,并将完成的测试用例和已经解决的 Bug 记录打印,请用户签字确认
	4	测试中发现的 Bug 由软件测试工程师或用户输入到缺陷追踪系统中,并及时通知 PM,整个 Bug 的修改流程在缺陷追踪系统中完成
	5	PM 在接到通知后,对 Bug 进行判断,将 Bug 的修改任务指派给相应的开发工程师并及时通知
	6	开发工程师收到 PM 的通知后,对 Bug 进行判断,确认是否真正是 Bug,如果是,则对 Bug 进行修改,将修改措施记录到缺陷追踪系统中,并通知相应软件测试工程师或用户

续表

过程活动	7	如果判断不是问题,则开发工程师与软件测试工程师或用户进行沟通,达成共识后,软件测试工程师或用户将该问题解决,并通知测试负责人完成
	8	软件测试工程师和用户收到问题修改完成的通知后,重新进行测试,如果确信已经修改成功,则将该问题解决,并通知测试负责人完成
	9	如果重新测试后确认 Bug 没有修改成功,则软件测试工程师或用户与开发工程师进行沟通,由开发工程师重新进行修改。软件测试工程师或用户重新进行测试,直到修改完成
	10	如果对修改后的 Bug 测试过程中发现新的 Bug,则软件测试工程师和用户将 Bug 记录到缺陷追踪系统中,并通知 PM
输出	1	Bug 记录
推出标准	1	所有的 Bug 均记录到相关信息库中
	2	所有的 Bug 均得到适当的解决

7.4.4 编写《验收测试报告》

收集齐上述所有测试用例的实际测试结果,构成了编写《验收测试报告》的基本条件。测试报告是对所有测试用例进行测试的总结。

在测试报告中,应反映的问题如下:

1. 测试报告要点

(1) 测试中出现问题的统计汇总和分析。

(2) 未解决问题的汇总和解决方案建议。

(3) 回归测试的统计和分析。

(4) 对测试计划的总结或修改。

2. 测试报告样例

以下的例子是某公司《电信本地网网络资源管理系统》验收测试的一个实际测试报告。其中,功能测试错误类型定义如下:

(1) A 类——严重错误。

① 由于程序所引起的死机,非法退出。

② 死循环。

③ 数据库发生死锁。

④ 因错误操作导致的程序中断。

⑤ 功能错误。

⑥ 与数据库连接错误。

⑦ 数据通信错误。

(2) B 类——较严重错误。

① 程序错误。

② 程序接口错误。

③ 数据库的表、业务规则、默认值未加完整性等约束条件。

(3) C 类——一般性错误。

① 操作界面错误(包括数据窗口内列名定义、含义是否一致)。

② 打印内容、格式错误。

③ 简单的输入限制未放在前台进行控制。

④ 删除操作未给出提示。

⑤ 数据库表中有过多的空字段。

(4) D类——较小错误。

① 界面不规范。

② 辅助说明描述不清楚。

③ 输入输出不规范。

④ 长操作未给用户提示。

⑤ 提示窗口文字未采用行业术语。

⑥ 可输入区域和只读区域没有明显的区分标志。

(5) E类——测试建议。

针对软件使用中提出的可能更好的建设性建议。

测试记录如表7-5～表7-8所示。

表 7-5　测试记录 1

测试名称	用户验收测试	标识符	
测试时间		测试人	方方
操作序号	2	错误等级	D
测试输入	选择程序菜单中的网络资源菜单下的综合管理选项,单击系统,单击网元		
预期输出	查询条件输入栏的相对位置固定不变		
实际输出	查询条件输入栏的相对位置变换不定		

表 7-6　测试记录 2

测试名称	用户验收测试	标识符	
测试时间		测试人	方方
操作序号	3	错误等级	A
测试输入	选择程序菜单中的网络资源菜单下的综合管理选项,单击系统(或网元),输入查询条件,单击查询,双击结果集中的任意一条记录(前提是有查询结果),在弹出的系统(或网元)窗口里面选择类型选项		
预期输出	列表框里显示接入网的设备类型名称		
实际输出	列表框里显示传输网的设备类型名称		

表 7-7　测试记录 3

测试名称	用户验收测试	标识符	
测试时间		测试人	方方
操作序号	8	错误等级	B
测试输入	选择程序菜单中的网络资源菜单下的V5接口选项,单击"查询",选择一条记录,单击"删除",确认删除后,再单击"删除"或"修改"		
预期输出	弹出对话框,请选择一条记录		
实际输出	弹出错误对话框:Access violation at address 0048CE3B in module 'ResCable.exe'. Read of address 00000028.		

表 7-8　测试记录 4

测试名称	用户验收测试	标识符	
测试时间		测试人	陈华
操作序号	21	错误等级	C
测试输入	选择机房设备资源中的机盘类型——型号菜单,查询任一条机盘类型记录后进入机盘型号界面进行查询操作,查出有记录后不清空返回机盘类型操作界面,清空机盘类型界面,再进入机盘型号界面时,系统提示先选择机盘类型,确定后,重复上一步操作		
预期输出	应继续提示先选择机盘类型		
实际输出	直接进入机盘型号界面		

7.4.5　模拟用户验收测试

1. 模拟验收测试方法

实训项目的模拟验收测试,按以下方式进行:

(1) 参考上节介绍的方法,被测项目团队应编写较为完整的《验收测试用例》,如果有条件的话,请其他的团队(交叉)评审该测试用例,并请被测团队对不完善的地方进行修改。

(2) 不论何种情况,都由另外的团队(交叉)按审查、修改后的测试用例进行测试。

(3) 被测试的测试用例采用随机抽取的方法,按一定的比例产生。

(4) 本实训课程规定,在所有被随机抽取测试用例的测试中,不允许出现 A 级 Bug,一旦出现,则终止测试。判验收测试不通过。出现 3 次 B 级 Bug,立即停止测试,退回被测团队修改并重新自我测试。允许 C 级及以下 Bug 出现,测试完成后,被测团队应对 C 级及以下 Bug 进行修改,并请测试团队再次测试验证修改内容。项目成绩以上述测试验收结果为依据。

2. 验收测试要点

在实际设计过程中,建议如下:

(1) 在一定范围内,由被测团队提出的《验收测试用例》所涵盖的测试范围,可以小于该项目早前提出的需求范围(需求"缩水"),这是照顾到因学生业务水平、开发能力、实现环境,以及学生在项目开始阶段,由于对业务认识不足、对自己的能力和资源(可支配的时间、可获得的支持等)估计不足等因素造成实际实现功能或性能等需求远少于需求规范规定的范围的情况。这相当于圈了一个"考试范围"。

(2) 最终参与测试的需求范围是《验收测试用例》的基础,这个基础由被测团队和测试团队(本质上是课程组织和管理者)共同研究确定,一旦确定,并由此形成的《验收测试用例》,不可删改。这构成了验收标准的"底线"。这相当于在"考试范围"内的考题必考。

(3) 对形成的《验收测试用例》,根据时间和人力资源的情况,采用抽检的形式进行。这相当于"考试范围"内的必考题,采取抽查的方式进行考试。

希望通过上述方法,在考虑环境和条件不可能根本改善的情况下,能够部分解决项目检查真实性的问题。

3. 验收测试注意点

同时,还可以考虑:

（1）被测项目团队编写较为完整的《验收测试用例》。

（2）如有条件的话，请其他团队（交叉）评审该测试用例，并请被测团队对不完善的地方进行修改。

（3）不论何种情况，都由另外的团队（交叉）按审查、修改后的测试用例进行测试。

（4）测试用例采用随机抽取的方法，按一定的比例产生。

（5）规定测试结果与验收成绩的关系，对被测团队进行打分。

7.4.6　修改、修改、再修改

项目团队在这样的严格验收测试逼迫下，只能修改、修改、再修改，直到不再发现错误。这时才发现，认真编写测试用例是多么重要，它是判别能否允许我们"活下去"的标准。

7.5　对 ATM 扩展项目进行用户验收测试

作为实训项目的交付成果检验，项目测试和验收是一个必不可少的环节。与软件企业的真实用户验收不同，学生项目有一些自己的"特点"，因此，需要增加一些特殊的考虑和环节，才能真正达到"验收"的目的。这是课程项目设计必须考虑的因素；否则，项目实训将流于形式。

7.5.1　对 ATM 扩展项目进行验收测试的用户需求

在第 4 章中规定了故障处理系统的用户验收测试内容和测试过程。这是用户测试的需求来源。在制定测试计划、设计测试用例的时候，必须满足这个需求：

（1）在银行柜员终端上，完成开户操作，成功。

（2）ATM 上，在刚才开户的账户上，执行一笔正常的活期存款操作，存入 10 100 元；成功。

（3）查询该账户，余额为 10 100 元。

（4）在该账户上，取款 100 元，成功。

（5）查询该账户，余额为 10 000 元。

（6）以下操作为循环测试（执行 100 次）：

① 在该账户上取款 100 元（假定银行不限制每天取款操作次数）。

② 随机中断 100 次取款操作的 ATM—前置机—银行系统三者之间的通信（限每次只中断 ATM 与前置机或前置机与银行之间的通信一处），中断后立即恢复。故障处理系统在得知通信中断并又恢复后，进行故障处理，根据故障取款和恢复规则，完成该笔交易的恢复处理。

③ 完成被中断的交易。

（6）检查 100 次取款和故障处理结果，应该达到：

① 100 次取款交易，在故障处理系统的支持下，应能全部执行完成。

② 100 取款，应能够全部实现取款成功，直至该账户余额为 0。

③ 查询账户余额为 0，查询相关记录（储户账、流水记录等）信息正确。

（7）如果要求更高一点，选择多台 ATM 机，联在一个前置机和一个用户系统上，进行上述测试，一台 ATM 对应一个储户账户，或多台 ATM 对应一个储户账户（模拟 POS、网上交易）。

7.5.2　对 ATM 扩展项目进行用户验收测试的测试环境

计划搭建一个包含 ATM、前置机、银行账务系统服务器三个节点的网络系统，分别运行项目团队开发的 ATM、前置机、银行账务系统软件，模拟 ATM 业务，进行上述测试。

在搭建测试环境的时候，考虑以下几个问题：

1．测试故障处理的"有效性"

ATM 扩展项目是一个模拟项目，因此，不可能在真实的环境中进行测试。在模拟环境下，如何体现故障处理的"有效性"，应侧重测试故障恢复处理系统的处理方法与处理机制，是如何保证当故障发生之后，经恢复处理，达到使该笔业务和账务都能"完整"结束的。

2．测试故障处理的"实时性"

在模拟环境中，对"实时性"的理解和要求并不高。"实时性"的时间要求，不是时钟时间的分秒指标，而是交易业务顺序时间。即要求在下一笔 ATM 交易开始之前，完成上一笔故障交易的恢复（此要求的定义也并不太严格），使该储户能够继续进行希望的业务交易。这个要求和结果，在模拟环境下是可以达到并演示出来的。

3．有关故障的模拟问题

故障模拟，即通信中断的实现，可考虑在 ATM—前置机—用户系统三者之间增加一个中断发生器，所有三者之间的通信都需要通过这个中断发生器中转。因此，可以在这个转发器上，设置 N 个开关。开关 N 对应 ATM—前置机—用户系统三者之间通信的"趟"数。某个开关关闭，则导致 ATM—前置机—用户系统交易过程中，某"趟"通信中断。随后，通信又被恢复。这个过程可以是顺序的，也可以是随机的，以检查各种故障情况都能够被合理地记录、分析、处理、恢复为目的。

4．有关自动测试

可以编写一些测试脚本，实现 100 次（甚至更多的）交易测试。

7.5.3　对 ATM 扩展项目进行用户验收测试的过程组织

验收测试过程按照上述测试要求，根据学生和环境情况进行组织。要求每个项目组都要通过测试。

在学生项目验收测试过程中，由于没有真正的用户，不是真实的验收，因此，另一个重要的问题，就是如何检验学生项目是真实的、独立完成的。直白一点来说，就是如何"打假"的问题。

这里的"真实性"是指 ATM 项目（仅要求扩展部分）是否是学生真实地、自我独立地完成的。独立性包括项目结果、项目开发过程，都是项目团队、团队中的每个角色、项目团队中的每个个人真实地参与，并按项目目标、计划和要求动手实践，最后完成的。除了 ATM 基本部分可以来自网上，其余部分都需要自己实现，不得从网上或其他项目组移用。也不能在一个项目团队中，只有少数人干活，另一些人不但能力差、对项目开发没有什么贡献，反而是"坐享其成"。

这个问题始终是学生实践项目检查验收的难题,因为,首先,在相同作业要求下(为相同的课程目标,设计各不相同的作业,是非常困难的),软件的复制是非常简单的情况,检查项目结果是否"抄袭"、检查项目团队中每个人是否尽心尽力,不但工作量非常巨大,而且几乎是不可能的。其次,目前巨大的师生比差距,不论老师多么尽心,也不可能全面了解每个学生的能力和程度,因此,依靠老师判断某个学生是否"抄袭",几乎不可能。

在本实训课程验收环节,作者设计了如下的过程检验方法,实践上述的设计思想:

(1) 结合 MSF 模型,将实训课程项目的生命周期模型尽量划分得细致,关键事件和关键交付成果非常明确,过程阶段和内容要求非常具体。学生必须按这个模板,完成作业,进行提交。生命周期阶段的要求、提交成果的模板在各章中都有说明。而阶段模板,不仅仅是提交制品的一个样板,每项小标题都是与评审标准对应的,因此,学生必须按过程要求,完成作业。这为过程和结果检查奠定了良好的基础。

(2) 在 VSTS 上进行提交,提交时间可以有明确的记录。最先提交的项目团队,一般不会是"抄袭"别人的团队;反之,则要注意一下了。

(3) 每个阶段都召开项目经理和专职(需求、架构、测试等)经理评审会,平时也不定期地抽查其他团队成员,询问开发过程中出现的情况。既检查督促项目进度,也会发现各项目团队可能发生的问题。这样做的好处是,至少项目经理和专职经理必须认真对待生命周期这个阶段的工作。每个人都扮演了一个角色,所以,至少这个角色他是认真做了的,没有人可以替代他。

(4) 最后验收阶段,除了上述用户验收测试之外,考虑给每个项目团队增加一个需求变更,并限时完成。在需求环节,应报告需求变更带来的波及影响分析结果;在架构环节,应报告架构对策和实现方法;在测试阶段,应给出变更后的测试用例。然后,再去进行需求变更的编码,完成变更,并通过预期的测试。这样的环节设计,有利于考查项目团队真实的开发能力。在第三届软件创新大赛的决赛阶段,我们就设置了这样的过程,对那些"实力"不强的队伍,真的可能要让他们出一身汗,而那些"银样蜡枪头"们,则可能早早地就"知难而退"了。

(5) 最后的课程考试,主要考《现代软件工程》的基本原理,基本原理在软件项目实践中的运用,特别是,在软件过程的某些关键环节上,基本原理的要求是什么? 项目的实际需求是什么? 项目团队的决策是什么? 实现和提交的结果是什么? 所有这些,都要与实际情况保持一致。批考卷的时候,把同一个项目组同学的答卷放在一起看,看有没有什么不一致的地方,相信项目经理、多数人的回答应该是准确的。

7.5.4　对 ATM 扩展项目进行用户验收测试的测试用例

有关 ATM 扩展的测试用例,请同学们根据需求,以及 7.4.2 节的样例设计编写,这里就不介绍了。

关于测试用例的使用,注意事项与 7.4.5 节"模拟验收测试方法"相同。

7.6　本阶段小结——通过用户验收测试

学生项目的验收历来是一个头痛的问题。首先,由于学生在用户需求、业务背景、实现环境等方面的欠缺,其次是老师的检查验收手段的限制,使得学生项目多为"模拟",而失去了太多的"真实"成分(内容的真实与过程的真实)。项目"虎头蛇尾"、"有名无实"的情况比较普遍,最终,这样的实践过程只能追求"重在参与",而实际只有少数团队、个别能力突出的同学,真的实现了他们的系统,得到了难得的锻炼和体验。为了克服这样的局面,在外部,我们不得不借助于"大赛"这样的检验形式(将评委当用户),但其作用毕竟也是有限和局部的。最关键的还是需要依靠学校自身体制的完善、依靠学生的自觉。

本课程努力追求的一个目标,就是通过软件过程管理实现过程真实(类似司法实践中的"程序正义"),进而达到结果真实。验收就是这个过程的最后环节。

7.6.1　理解实训项目的用户验收测试要求

在上节中,我们设计了实训项目的最后验收测试方法,这个方法的目的是在现有条件下,尽可能地追求结果和过程的真实性,在考虑环境和条件不可能根本改善的情况下,能够部分地解决项目成果真实性的问题。

7.6.2　开展实训项目的用户验收测试活动

在模拟用户测试验收过程中,要注意:

(1) 被测项目团队编写较为完整的《验收测试用例》。

(2) 如有条件的话,请其他团队(交叉)评审该测试用例,并请被测团队对不完善的地方进行修改。

(3) 不论何种情况,都由另外的团队(交叉)按审查、修改后的测试用例进行测试。

(4) 测试用例采用随机抽取的方法,按一定的比例产生。

(5) 规定测试结果与验收成绩的关系,对被测团队进行打分。

(6) 在测试项目成果的同时,也检查项目过程,其成绩应占一定的比例。

7.6.3　本章的理论基础和实践内容小结

本章包括学习和实践集成测试、系统测试和用户验收测试的内容,这部分的内容在软件工程实践中是很重要的一个部分。测试的关键,一个是"真",一个是"实";否则,就失去了测试的意义。可惜由于种种原因,学校环境和学生项目,总是难于达到希望的效果,难于得到实际的锻炼和体验机会。即使本课程,也只是涉及"皮毛"而已。

7.7　本章作业与问题

7.7.1　本章作业

作业:自行设计并完成集成测试和系统测试,完成用户验收测试和过程检查,记录测试结果。

7.7.2 问题：更进一步的思考

(1) 在 ATM 扩展项目的故障恢复系统开发中，集成是指什么？集成测试要测试什么？

(2) 在 ATM 扩展项目的故障恢复系统开发中，系统测试要测试什么？它与用户验收测试有什么不同？

(3) 在设计用户验收测试用例的时候，为什么要考虑测试"连续"做 100 笔恢复交易？

(4) 需求变更后，需求的变化反映到架构上，应从哪些方面去分析变更对架构的影响？

(5) 为什么可以部分地从过程的"真实性"上考查项目结果的真实性？

第 8 章

实训项目的结束与总结

完成系统测试和用户验收,还得把最后一个,但也是非常重要的工作做完才行,这就是项目的结束和总结。

8.1 理解实训项目的结束活动与要求

本章的内容,在学校的教科书和课程上,可能基本不涉及。因为这是非常"工程化"、属于"管理"而非"技术"的问题,但是确实是个非常实际的问题。它不但和管理有关,而且与工程、与技术都有非常密切的关系。

8.1.1 项目管理中的项目结束活动

在真实的工程环境下,从项目管理(PMBOK 的定义)的角度讲,验收测试结束,系统开始试运行(维护工作属于另一个项目了),项目进入项目管理 4 个生命周期阶段的最后一个阶段——结束阶段。此时,项目团队要移交工作成果(系统光盘、文档、资料等)、移交系统维护和管理的责任;要归还物品、清理施工和(现场)工作场地、结清各种费用。完成后,项目团队或许就可以撤离用户现场,回到公司。这些工作在项目结束阶段,被称为"交付"。这是项目结束阶段规定的三个输出之一。

回公司,项目团队需要进行文件归档和内部项目总结(项目后评审),这是另两个输出。本章要做的工作,主要是指项目的总结(评审)。项目总结并不只是开个会,总结一下项目的成绩,检讨存在的问题。这个工作如果只是一种形式,一种程序,而无实质内容的话,则对项目管理而言,几乎毫无意义和价值。那么,什么是项目后评审,项目完成后,要评审什么? 目的和意义何在?

首先,项目后评审是由组织(公司)或代表组织的项目管理部门(如项目管理办公室 PMO)对实际承担项目任务(通过《项目章程》书面确认)的项目团队实际完成的项目成果和过程(以事实和证据为准)进行的审核和评价的活动,其目的如下:

（1）在组织内部（区别于用户），对已完成的项目的结果和过程进行验收确认，这个确认是组织对项目组工作绩效的评价（评价标准，内外有别），是对项目组进行奖罚的依据。

（2）经验与教训的总结，这个经验和教训，不仅仅是评价事情做得对还是错，而是以实际结果/数据（量化）为依据，进行事实判断。例如，项目计划阶段确定的那些项目目标的取舍、项目计划时间的长短、项目预算成本的高低、项目开发平台的优劣、需求的稳定程度、组件的重用程度、项目质量/测试的控制与把握程度等，不但要检讨项目组做得是否合适，更重要的是检查目标/指标订得是否合适、恰当。所以，从这层意义上看，项目总结更是为下一个类似项目制订计划的时候，是否需要调整基准，储备更准确的判断依据。从软件过程角度看，组织下一步应该如何改进软件过程能力和水平，改进的地方在哪方面，总结可以提供非常明确、非常具体、数字化、实例化的证据。因此，项目总结与软件过程改进、技术方法提升，都有着密切的关系。量化的评价与改进，并能与业内基准进行比较，是高级别软件过程成熟度组织的标准。

8.1.2　评价与度量的对象

课程结束、项目交付，评价总结的对象，第一当然是直接参与课程和项目的同学。其次，也应该评价和度量另一个主要的参与者——老师（包括课程设计、课程组织、教学、实验环境和条件等）。两个目标相同，方法各不相同。我们将在以下部分分别进行讨论。

8.1.3　评价"度"的把握

实训课程、学生项目，在应该达到的水准方面，当然不能跟公司，甚至是高成熟度的企业相比。但是，我们又要学习这样的方法。将来或许有一天，自己当车间主任的时候，也想当一个高水准车间的高水平的车间主任，并不只是混个"位子"而已。所以，我们不能就此放弃。那么这个矛盾怎么平衡？换句话说，我们应该怎么来把握这个评价的"度"呢？

可以从布鲁姆"教育目标考查分类法"中获得启示。在认知领域，教育目标达到与否的考查，按照布鲁姆"教育目标考查分类法"，从低到高，可分成知道、领会、应用、分析、综合、评价6个层次。

在最高目标（评价）与最低目标（知道）之间，有6个层次，如果暂时还不能达到综合评价的水平，至少可以追求一下知道、领会、应用这三个层次。因此，我们确定实训课程评价标准的"度"，定在"领会和应用"。

8.1.4　评价要素的选择

如何在领会和应用层面上，评价和度量课程的成效？具体而言，度量哪些对象？怎么来度量呢？软件质量评价度量模型提供了一个可资参考的范例。

被业界普遍认同的软件质量度量模型（美国的 B. W. Boehm 和 R. Brown 先后提出，并被纳入 IEEE 标准 1061—1998 标准），提出了一个以质量需求为"根"，需求特性、可度量的子特性为"节点"，度量为"叶"的4层次树型结构。这个模型本质上，是一套从评价质量需求到具体度量的、连贯一致的，但同时具有高度可操作性的质量度量方法论。

参考上述模型，建立一棵从评价目标（领会和应用）出发的"评价树"，对"树"的分解，就是具体的评价要素、评价标准（得分、扣分）点。

由于评价对象的不同（学生项目团队与课程老师），其工作目标一致，但工作方法完全不同，因此，评价标准不同。我们应该有两棵"树"，分别针对项目团队和课程本身。

8.1.5 针对项目团队的"评价树"

图 8-1 所示是针对项目团队评审的质量要素和质量特性。在以下各节,将根据这些要素继续进行分解,以获得这些质量特性的度量方法和评价方法。

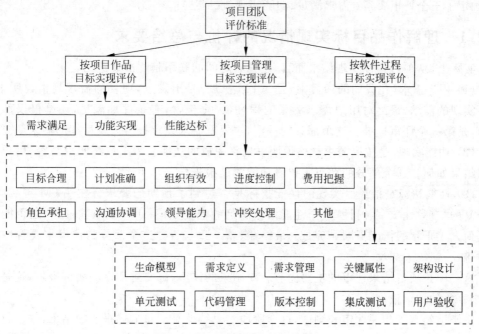

图 8-1 针对项目团队的评价"树"

8.1.6 针对实训课程本身的"评价树"

图 8-2 所示是针对课程本身的评审质量要素和质量特性。同样,下面也会有根据这些要素分解获得的质量特性的度量方法和评价方法。

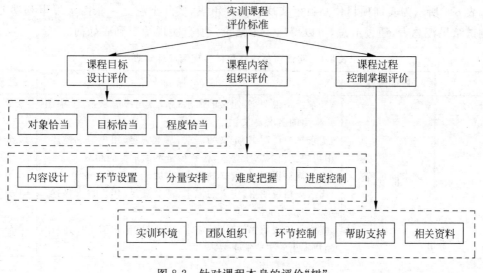

图 8-2 针对课程本身的评价"树"

8.2 基于项目作品目标实现与否的项目团队评审

按项目作品目标实现与否的项目团队评审,是图 8-1 最左边方框的内容,在这个方框中,确定了三个评审要素:需求满足、功能实现、性能达标。

8.2.1 理解作品目标实现情况的评价与总结要求

实际上,从项目目标实现结果而言,这三者之间的联系是逐次递进的。

(1) 用户需求(在我们的项目中,是 ATM 扩展)是出发点,项目的需求规格说明书(确定要实现的需求)最终对用户需求满足的程度(完全包含,有条件地满足,还是仅仅部分满足?),是第一个评审标准。这个部分的评审,主要看需求评审报告以及后续的需求变更。

(2) 功能实现,是按照需求规格说明书最终完成的功能。需求最终实现与否,用户验收测试结果如何。这个部分的评审主要看功能测试报告。

(3) 性能达标是指最后实现的性能指标是否达到了预期的要求。在 ATM 扩展中,故障恢复的"有效性"、"实时性"这个性能指标满足的程度如何;100 次取款过程,是否能在没有任何人工干预的情况下顺利完成;最终账、款一致与否。这个部分的评审主要看性能测试报告。

这三项是项目结果评审的主要内容。对结果的评审,都要看评审和测试报告,这是最直接、最真实的评审依据。

由于已经有了相关评审和测试,这个阶段的总结就是汇总上述报告的结果,并进行最后的分析、评价。实际上,这里的工作也是对项目过程的检查。因为往往在需要汇总和总结的时候才发现,当时相关评审/测试并没有做或者做了,但并没有规范的记录和报告留下来。那么,现在进行总结、补写评价和测试报告,可能就没有多少真正"总结"的意义,仅仅流于形式,为总结而总结。

8.2.2 实训项目作品目标实现情况的测试与评审

表 8-1 所示为实训项目作品目标实现情况评审表,实际上它是一张需求评审和功能/性能测试结果汇总表,通过汇总,可以得出一个结论:项目实现情况到底如何。

表 8-1 实训项目作品目标实现情况评审表

	评审内容	评审标准	结论
1	需求满足情况	《需求规格说明书》定义的需求,满足《用户需求描述》中用户提出的需求要求	9 分 □
		《需求规格说明书》定义的需求,基本满足《用户需求描述》中用户提出的需求要求,仅有少量不太重要的删减	7 分 □
		《需求规格说明书》定义的需求,附加了一些限定条件	5 分 □
		《需求规格说明书》定义的需求,部分满足《用户需求描述》中用户提出的需求要求	1 分 □
		《需求规格说明书》定义的需求,未满足《用户需求描述》中用户提出的主要需求要求	0 分 □

	评审内容	评审标准	结论
2	功能实现情况	用户功能验收测试通过,实现的功能符合《需求规格说明书》的需求定义	9分 □
		用户功能验收测试基本通过	7分 □
		在限定条件下,用户功能验收测试基本通过	5分 □
		用户功能验收测试部分通过	3分 □
		用户功能验收测试的主要功能没有通过	1分 □
3	性能达标情况	用户性能验收测试通过,系统性能符合《需求规格说明书》的需求定义	9分 □
		用户性能验收测试基本通过	7分 □
		在限定条件下,用户性能验收测试基本通过	5分 □
		用户性能验收测试部分通过	3分 □
		用户性能验收测试的主要性能指标没有通过	1分 □

8.3　基于项目管理目标实现与否的项目团队评审

本节评价项目管理目标的实现与否,如图 8-1 所示的第二个方框。

与作品目标评审不同,对于实训项目、学生项目,项目管理目标评审具有较大的难度,因为这毕竟不是企业,更不是规范的企业项目。但是,这正是本课程要学习、要锻炼、要体验的内容。

克服困难的关键,是针对学生项目的特点,有的放矢地进行设计。在要求与检查点上,既不能一概求全,也不能毫无要求。做到有所取,有所舍。

8.3.1　理解项目管理目标实现情况的评价与总结要求

基于学校和学生项目的特点,对项目管理目标实现与否的评审,重点考察项目团队中关键角色,以及若干关键项目管理活动情况。它包括项目经理在团队中的作用、目标范围控制、团队内的沟通、协调与冲突处理机制等,不严格按计划与实现的对比方式,评审项目计划、成本、质量等一般项目管理要素。只要求报告在项目过程中,具有这些控制活动存在(举例说明),并要求项目团队能达到的效率和精准程度,这时要充分考虑学生项目的情况。我们的要求是知道、领会、应用。

为此,设计了软件项目管理汇报提纲,项目团队按照这个提纲要求的内容,如实报告项目情况即可。这份汇报提纲设计了 10 个方面的问题,是课程在项目管理方面所关注、所要求、需要评审检查的。通过项目团队报告、自查、指导老师检查、验证的方式进行评价。

这份汇报提纲,也是第三届全国大学生软件创新大赛决赛的预赛阶段,项目管理评审组的评审报告。

8.3.2　项目管理目标实现情况的报告与评审

评审活动按项目团队报告、团队自评与指导老师检查、验证、评审方式进行。项目管理过程情况汇报提纲(采用 PPT 形式报告,报告总页数不超过 20 页)如下,其中每个问题后面的数字,是建议 PPT 的页数。

(1) 简单介绍项目的动机和开发目标(1)。

(2) 简单介绍项目经理个人在本项目开发和管理过程中的作用(包括目标把握、责任划分、问题发现、方案决策、组织协调、团队效率等),以及不足之处(2)。

(3) 介绍本项目团队的人员组成、角色分工、角色责任,举例说明他们在项目过程中曾经发挥的作用或没有尽到责任的地方与原因(3)。

(4) 结合软件生命周期模型,从项目目标范围管理的角度,举例说明项目经理或项目团队在本项目开发过程中的成功之处,以及遗憾或不成功的地方,说明原因(3)。

(5) 从项目的计划、成本、质量管理的角度,举例说明项目经理或项目团队在本项目开发过程中的成功之处,以及遗憾或不成功的地方,说明理由(3)。

(6) 用一个项目过程实例,说明本项目开发过程中沟通与协调机制是如何发挥作用的(2)。

(7) 用一个项目过程实例,说明本项目开发过程中激励机制是如何发挥作用的(2)。

(8) 用一个项目过程实例,说明本项目开发过程中冲突防范与冲突化解机制是如何发挥作用的(2)。

(9) 介绍项目团队应对变更、突发事件、意外情况时的项目管理过程(1)。

(10) 其他需要补充说明的内容(1)。

表 8-2 所示是相关评审表,包括自评、指导老师检查评价。

表 8-2　项目管理目标实现情况评审表

评审标准	评分
项目经理有良好的项目管理知识和经验,团队内角色分工明确,形成分工协作的氛围,项目过程均在预期的计划内实现	9分 □
在团队中,项目经理的角色起到了关键的作用,但其他角色则没有	7分 □
虽然开始的时候是一个项目团队,但随着项目的展开,项目计划、规范、要求、控制都不知道去了哪里,项目经理也忙他自己的事了	5分 □
由一个人事先出来协调安排,然后各自完成,需要协调的话,自己找相关的人协调	3分 □
基本没有项目团队的概念,各自分工独立完成,最后"拼凑"在一起	2分 □
只由个别人完成,其他人基本无事可干	1分 □

8.4　基于软件过程管理目标实现与否的项目团队评审

软件过程管理所要检查的内容,是图 8-1 最右下方方框中列出的部分。

8.4.1　理解软件过程管理目标实现情况的评价与总结要求

与项目管理目标实现情况检查一样,软件过程管理的目标实现情况,也是课程所关注的重点。同样,其检查评价方法也是一个难点。评审方法与项目管理情况检查一样,选择符合学生情况的若干度量属性,设计一个汇报提纲,项目团队根据提纲要求,进行总结和报告。

8.4.2　实训项目软件过程管理目标实现情况的报告与评审

为了简化过程,主要选择需求、架构、测试三个主要软件过程环节进行汇报。如果可能,还可以根据图 8-1 的设计,增加单元测试、版本管理等其他环节。所有汇报采用 PPT 形式报告,报告总页数不超过 20 页,其中每个问题后面的数字是建议 PPT 的页数。

1. 需求过程情况的汇报提纲

(1) 简单介绍项目的动机和开发目标(1)。

(2) 简单介绍项目需求的获取过程(1)。

(3) 采用 UML 或其他有序的、结构化的方法,描述项目的主要功能需求和部分非功能性需求(4)。

(4) 描述项目的需求边界,并说明范围限定的理由(2)。

(5) 通过 1～2 个例子,介绍项目的需求分析过程,包括需求排序、需求平衡与取舍等过程的例子(2)。

(6) 通过 1～2 个例子,介绍对需求进行文档化或数据库化或采用需求管理工具,进行处理、记录、存储、管理的过程,展示部分经过上述处理后的需求项(4)。

(7) 通过示例,展现 1～2 个功能需求与非功能需求的可检验性(2)。

(8) 通过示例,展示 1～2 个需求项的状态与基线,静态可定义、动态可追踪、可比较、可报告的过程(2)。

(9) 是否发生过需求变更,报告需求变更的影响分析和变更实现过程(1)。

(10) 其他需要补充说明的内容(1)。

2. 架构设计过程情况的汇报提纲

需求过程的评审标准如表 8-3 所示。

表 8-3 需求过程实现情况评审表

评 审 内 容	评 审 标 准	评分
需求定义与需求管理过程:考察作品需求定义与需求管理过程的规范性与可管理水平。包括充分的需求条目化、根据目标和资源等限制条件进行需求范围边界定义,对需求进行处理和记录、存储和描述需求状态与基线,采用适当的需求管理工具,以提供需求可使用、可追踪、可评价、可控制的能力	采用主流的需求管理系统记录管理需求,范围明确,且具有可验证、可追踪、可控制和管理性	9 分 □
	需求明确、范围清楚,具有可测试验证性,但仅采用文字形式描述需求,需求难于追踪、状态判断和管理	7 分 □
	用文字形式描述了大部分需求,具有一定的可用性,但不具有可验证性和可管理性	5 分 □
	从需求描述中能基本了解大致的需求,但不完整,无确定边界,更无法验证管理	3 分 □
	需求表述简单,存在随意性,无范围界定,难于使用、检验,更无法追踪和管理	2 分 □
	无明确需求、描述含糊不清	1 分 □

(1) 简单介绍项目的动机和开发目标(1)。

(2) 采用 UML 架构图或其他合适的方式介绍项目的软件架构(3)。

(3) 简单介绍项目团队从 OOA 到 OOD 的设计过程(2)。

(4) 简单介绍架构设计过程中,项目团队基于开发架构、物理架构、运行架构、逻辑架构、数据架构中某些(不要求全部)架构设计要素,所做的模块(组件/构建)划分、连接方式选择、连接关系设计(4)。

（5）采用用例场景的形式，介绍架构设计中与架构设计有关的 1～2 个关键质量属性需求（2）。

（6）具体介绍针对上述关键需求的应对战术与设计方案（3）。

（7）具体介绍满足上述关键需求的实际设计效果（2）。

（8）对上述关键需求的实现过程进行自我评价，提出尚未实现或可继续改进和完善的地方（1）。

（9）当发生需求变更的时候，是如何进行架构影响分析，并提出基于架构设计的应对方案的（1）。

（10）其他需要补充说明的内容（1）。

3. 系统测试情况的汇报提纲

架构设计过程评审标准如表 8-4 所示。

表 8-4　架构设计过程实现情况评审表

评审内容	评审标准	评分
构架分析与设计：考察团队对软件系统构架及关键需求的关注与理解，包括对系统构架的描述，关键质量属性的场景、影响、对策、效果预期有评价等。	对构架设计有充分的认识和理解，针对特定关键属性需求，有周到的设计安排	9 分 □
	构架逻辑结构清晰、合理，描述了部分关键的属性需求和应对方法	7 分 □
	组件、连接、连接关系清晰，子系统划分合理，组件之间有一定的协同机制，但构架设计不够细致，对关键需求关注不够	5 分 □
	将软件构架等同功能模块结构或层次结构，仅对模块/层次之间的调用进行了介绍，不知道有什么关键属性需求	3 分 □
	基本无软件构架的概念，也不知道关键属性，仅用功能模块图/类图代替系统构架图	2 分 □
	对软件构架知识基本不了解、无构架考虑	1 分 □

（1）简单介绍项目的动机和开发目标（1）。

（2）简单介绍项目团队系统级测试的测试组织和测试计划，包括测试范围、测试内容、测试责任、测试时间、测试条件和测试工具等（3）。

（3）通过示例，展示项目团队从需求规格说明书（需求用例、业务模型等）到测试用例的对应关系与测试设计过程（测试用例的设计过程）（3）。

（4）展示至少两个完整的功能性需求的测试用例和实际测试结果（4）。

（5）展示 1～2 个完整的非功能性需求的测试用例和实际测试结果（3）。

（6）通过示例，展示一个完整的回归测试和分析的例子（1）。

（7）通过示例，展示一个完整的测试覆盖和统计的例子（1）。

（8）给出项目团队的测试管理活动过程中进行量化管理的例子（1）。

（9）当发生需求变更的时候，是如何进行测试设计变更并重新组织测试的（2）。

（10）其他需要补充说明的内容（1）。

系统测试过程评审标准如表 8-5 所示。

表 8-5 系统测试过程实现情况评审表

评审内容	评审标准	评分
系统测试与管理：重点考察了解参赛团队系统级的测试和测试管理过程、所达到的程度，包括测试设计与过程组织、测试用例产生、测试度量与统计、回归测试控制等过程	有完备的测试设计，过程规范，有详细的检查、纠正、度量、分析和控制记录	9 分 ☐
	有详细的系统功能测试用例设计和测试/回归测试记录、有统计和分析	7 分 ☐
	按提供的功能测试用例进行了系统测试，但无法保证测试的完整性	5 分 ☐
	对关键测试结果/过程存在疑问，无其他资料能够进一步验证或说明测试过程的实施	3 分 ☐
	有一些测试设计和实测结果不足以证明作品的主要目标已经实现，测试的成果不能完整、可重复地验证呈现	2 分 ☐
	无测试验证环节，系统目标不能通过测试证明其可以有效运行	1 分 ☐

8.5 本阶段小结——对实训课程本身的总结与评价

本节讨论对《软件工程实训课程》本身的总结与评价，如图 8-2 所示，评价内容包括课程的目标设计、内容组织和过程控制。所以，评价既包含"课程评价"，也包含"课堂评价"。两者的区别是，前者评价在课程体系中本课程的目标和相应内容设计是否得当，相当于最终产品目标的设计评价。而后者是对实现课程目标的过程评价。目前，软件工程教学的教改研究和探索很大部分集中在前者，虽有一定意义，但如果没有过程保证，难免流于形式和空想。

课堂教学过程的有效组织，是目标实现的基础，甚至影响目标设计。因此，过程对效果的影响，即课堂评价，是教学评价的一个重要环节，也是教学管理的基本内容。但是，由于目前社会发展和国内教育体制下存在的一系列问题，导致客观、公正地开展课堂评价并获得真实、有价值的评价结果存在极大的难度，并成为当前急切需要解决的一个现实课题。

8.5.1 传统课程评价方法的弊端

课程评价的传统方法，包括课程目标阐述（教学大纲）、目标实现的设计（课程设计）、课程实践的数据收集（学生考试、督导听课、学生调查和反馈等）与评价等。

1. 教学大纲和课程设计

这是每个学院过几年就要讨论一次、修改一遍、教学院长履行管理职责的最基本、最主要的工作内容。课程目标设计，涉及该课程在整个培养体系中的定位和作用、位置，达到的目标，检查的方法。实际上跟软件项目的目标、范围定义一样重要。学院如何把握好这个环节，院长是否熟悉被管理的对象（如软件学院之培养目标——软件工程），个中情况，有目共睹。

2. 成绩评价

学生项目（学生的项目大作业）的验收历来是一个头痛的问题。首先，由于学生在用户需求、业务背景、实现环境等方面的欠缺,其次是老师的检查验收手段的限制,使得学生项目多为"模拟",而失去了太多的"真实"成分(内容的真实与过程的真实)。项目作业设计表面上看"富丽堂皇",实际过程"虎头蛇尾"、"有名无实"的情况比较普遍,最终,这样的作业,大多数学生只能"重在参与",或许只有少数团队、个别能力突出的同学,真的实现了他们的系统,得到了难得的锻炼和体验。

8.5.2　对课程评价方法的改进

本课程仍然按"成果"与"过程"两个方向进行评价,方法如下:

1. 用大赛的成绩来进行检验

为了克服成绩评价的"不可靠"局面,我们不得不借助于外部"大赛"这样的检验形式。外部大赛的成绩,较之校内考试,在更大的范围内是公开、公平、公正的,学生因种种原因,也有参与的积极性。在目前阶段,如果实训课程能够与校内外、国内外大赛相结合,提高学生参赛的积极性和能力,对学生、对课程都有很好的辅助作用。

问题是,目前在高校内举办的大赛很多,鱼龙混杂。参赛学生出于不同目的,有的学生从来不参与这些活动,有些学生从二年级开始就进入这样的"江湖"中摸爬滚打,熟能生巧,因此未来借助这类大赛进行"评价"的公开、公平、公正性,可能并不可靠,则借鉴作用也将越来越有限。

2. 采用模拟用户测试验收的方法进行检验

采用 7.5 节和 7.6 节模拟用户测试验收的方法对项目团队进行成果检验,是本教程设计的验收方法之一。该方法最主要的着力点是,从需求开始,项目所实现的功能和性能必须是在有限时间、有限成本、有限环境条件下可检验的,这是 CMM/CMMI 需求评审的基本要求,正可以借鉴到实训课程项目验收中。只不过我们的"有限时间、有限成本、有限环境条件"是学校的环境。如果不考虑这个"有限"因素,必然导致前述的"虎头蛇尾"结果。

这个方法的问题,还在"有限"条件本身。即是否存在需求与有限条件之间的一个"最小交集";人的因素(任课老师、学生素质等),又起到什么决定性作用。

3. 设计实训课程的过程质量模型,按照过程模型进行检验

本课程提出并建立了一个"基于过程"的课堂评价与度量模型,并给出了一套明确的、切实可行的课堂评价方法和评价标准。在课程设计上,定义了实训项目的思想与组织准备(第1章)、目标与范围(第2章)、项目管理(第3章)、需求过程(第4章)、架构设计(第5章)、源代码控制与版本/构建管理(第6章)、测试与验收(第8章)以及项目结束(第9章)等各环节,对上述环节,除在每一阶段需要进行阶段评审验收外,还在项目结束的结束阶段选择最主要的要素(项目管理与软件开发的需求、架构、测试)进行总的检查验收(本章8.3、8.4节)。

上述工作,除了让学生实践一个完整的软件过程外,就课程本身而言,意在用关键过程点的集合,构成反映整体教学效果的过程度量与评价模型。阶段评审和总结,是针对学生项目的,也是针对老师和课程的。课程评价不再只依赖最后的成绩,而是分布在课程的各阶段、各关键属性要素上。总目标、总体内容安排、全过程控制被合理地分解为子目标、子目标内容、子过程。

4. 借助 VSTS 工具,进行过程管理与控制效果检验

能够实现上述基于"过程"模型的课程度量与评价标准、评价方法,最大的原因就是借助了微软公司的 VSTS 平台,帮助控制和管理学生项目过程、真实记录过程结果。实际上,借助 VSTS 建立了一个实训课程的过程模型(瀑布模型),并根据教学目标,定义了过程模型中各生命周期关键活动的关键属性与教学效果评价属性,并根据实际结果进行过程评价。

由于是在 VSTS 平台上、借助软件工程的过程控制与管理思想,并根据 VSTS 提供的报告对课程过程,特别是学生项目完成的情况,进行控制和管理,并根据其结果进行评价,因此这个结果是真实和可信的。

8.5.3 课程目标与过程评价的实践

除此之外,在课程开始、课程中、课程结束的时候,不妨采用"问卷调查"的方法,进行"摸底"与评价。与以往学校教务部门或学院领导每学年进行的调查问卷表相比,这里的调查问卷内容比较细致,更贴近教学目标、教学内容和教学过程,而不是仅仅针对一般教学环节、泛泛地调查所谓任课教师的"课程准备"、"语言表达"、"师生互动"等问题,更不是只有"好"、"较好"、"一般"、"较差"这样的简单判词。

以下所设计的调查问卷表,分别在课程的开始、二周后、需求过程结束后、课程全部结束后进行,可供参考。

表 8-6 所示是课程开始阶段的第一次问卷调查,本表的调查对象是选修本课程(必选课)的研究生班的学生,调查的目的是对选课学生基本情况和职业发展趋向的"摸底",以及第一节课后,对课程目标的了解和认同程度。该调查将提供选修学生的基本背景和学习目的,这是课程目标设置或调整的依据(入口条件),也是最后课程评价的依据。

表 8-6 学生基本情况与学习需求调查表

_____年秋季研究生"软件工程实训"课程意见反馈表(1)

姓 名_____ 学 号_____ 年 月 日

1. 个人本科阶段基本情况

(1) 本科毕业的院校、专业名称:

院校:_____ 专业:_____

(2) 本科期间是否选修过《软件工程》课程(32 学时以上):有□ 没有□

(3) 在校期间是否参加过一个较完整的软件项目实践活动:有□ 没有□

(4) 毕业实习/实践情况:

□ 在企业参加的毕业实习,实习时间为[ ],实习单位是:_____

□ 在校内参加的毕业实习,实习时间为[ ]

□ 因为[考研、],没有参加毕业实习

(5) 毕业设计与论文情况

本人的毕业设计与论文的课题是:_____

□ 该论文的课题背景来源于毕业实习项目:来自实习项目 □ 与实习项目无关□

2. 发展趋向与学习需求

(6) 研究生毕业后的个人发展志向

□软件开发企业 □不一定是软件企业,但属于 IT 企业 □其他单位的 IT 部门

□一般企业 □政府机关/事业单位 □教育/文化 □其他,找到工作就行

(7) 在软件企业中的岗位志向(3～5年后)(非软件企业不填)

□编码工程师 □测试工程师 □需求分析师 □架构师 □项目经理 □技术经理

□销售经理 □售前工程师 □其他,没有特别的想法

(8) 你对本课程目标、内容安排、实践环节等的意见和建议:

① 认同课程目标和内容安排,希望再补充一点: _____

_____

② 对课程目标基本认同,但建议内容作如下修改(取消和增加): _____

_____

③ 我不认同这个课程目标,因为: _____

_____

④ 我对"软件工程实训"这门课程的其他希望和要求:

表 8-7 所示是课程二周之后进行的问卷调查,主要了解二周课程之后,学生对课程内容的接受程度以及与课程要求之间存在的差距,这是老师应该注意调整的地方。

表 8-7　二周课程后的情况调查

_____年秋季研究生"软件工程实训"课程意见反馈表(2)

姓　名_____ 学　号_____ 年　月　日

1. 对二周课堂教学情况的意见反馈

(1) 本课程的讲授老师是:_____ □不知道

采用的教材是:_____ □不知道

是否能拿到教材,何时可以拿到 □已经拿到 □开学后一月内 □不知道何时

(2) 对本课程课时数、是否有上机实践、学期成绩怎么计算 □大致知道 □不知道

(3) 在上次老师调查了解《课程目标和学习需求》时,我的意见是

□认同 □基本认同 □不认同 □未填写认同与否 □不记得填的什么了

(4) 本人的基础与课程的要求

□没有问题 □虽有一些差距,但不是问题 □有差距,但我会努力 □差距较大,试试看吧

□如果老师不改变,只有我改变(换班)了

(5) 这二周讲授的主要内容是:

□软件工程的框架与生命周期模型 □软件测试方法

(6) 二周课程的理论部分

□ 理解没有问题 □基本能理解 □还需要自己再琢磨一下 □难于理解

(7) 本周微软 MSF 模型与 VSTS 实现方法的概要介绍部分

□ 能明白 □基本知道是怎么回事 □大致明白,但还需要自己再摸索 □不懂

(8) 老师穿插介绍的企业实际应用的案例部分

□ 能够理解 □基本能理解 □虽然不是很明白,但大致可以理解 □基本不知所云

(9) 就课程的目前阶段而言,我的感觉:

□太慢了,不要过于迁就少数学生 □老师的要求,我基本都达到了 □距离老师的要求我还有些差距,需要自己再补充学习一点内容 □感觉太快,我跟不上

(10) 对以后课程的希望:

□ 就这样上,没有意见 □ 总体没有什么意见,但某些方面我希望老师能改进一下,我会跟老师沟通 □ 我有意见,但老师要照顾大多数,估计不太可能改变 □我认为我的意见代表了大多数意见,所以,必须跟老师提出来,进行调整

(11) 对老师表现的评价

□ 不错,很对我的胃口 □ 虽然开始的时候,感觉不适应,但慢慢能适应 □ 不是很认同,但我不太计较 □ 非常反感,这样下去只好换个班了

2. 对二周实践环节情况的意见反馈

(1) 客观条件与环境:

□准备好了,没有问题 □计算机还没有 □软件没有 □操作说明没有

(2) 实践情况:

□全部完成 □正在进行,只是时间问题 □有些技术困难,但自己能解决 □自己解决有困难,正在寻求帮助 □求助无望,等待中 □没有信心能完成,压力很大

表 8-8 所示是在课程某一阶段进行的问卷调查。调查的第一部分,是设置的 20 个选择题,涵盖这一阶段基本理论和项目实践的内容,请同学们用 20 分钟,快速回答。然后,再填写第二部分的问卷。

表 8-8 对课程接受程度的自我测试

_____年秋季研究生"软件工程实训"课程意见反馈表(3)

姓 名_____ 学 号_____ 年 月 日

第一部分:自我能力测试

答题要求:请在每小题的四个选项中选择你认为最合适的一个答案,多选无效。

(1) 一般认为,就现在的软件开发而言,传统的瀑布模型的实用价值是( )。

A. 已经没有任何实用价值了,只有讲到软件发展史的时候才会被提到

B. 有很大实用价值,软件开发团队需要先用好瀑布模型,然后再考虑其他模型

C. 说不清楚,看情况而定

D. 要根据项目情况,有的项目还是能用的

(2) 软件生命周期模型与软件开发过程的关系是（ ）。

A. 是进度检查的基线

B. 是产品阶段的基线

C. 是质量保证的基础

D. 为产品、项目、支撑环节提供了平台和框架

(3) RUP 模型更好地反映了现代软件工程的要求，是因为（ ）。

A. 我并不这么认为，因为它太贵了，我用不起

B. 有 Rational 这样的公司支撑，产品做得好

C. 更符合 UP 的理念，综合性很强

D. 提供了一套简洁的模板

(4) 软件产品开发与软件项目开发的区别是（ ）。

A. 没有什么区别，只是名称不同

B. 软件产品是软件项目中的一个内容

C. 软件产品可以包括多个软件项目

D. 项目是产品的具体实施，各自的目标不同

(5) 确定项目范围边界的主要因素是（ ）。

A. 依据用户需求及项目资源，对项目做什么和不做什么的定义

B. 根据用户需求决定的功能点数

C. 表现、控制、存储处理之间的边界

D. 主机、网络、用户端等设备之间的边界

(6) 项目章程的最主要意义是（ ）。

A. 描述项目的内容和项目团队的组成结构

B. 确认项目诞生并为项目经理授权

C. 确定项目经理的奖金数目

D. 定义项目的目标和范围

(7) 项目管理中的里程碑事件作用是（ ）。

A. 项目团队一起喝庆功酒的日子

B. 给公司领导汇报项目进度的依据

C. 项目进行绩效考核和沟通协调管理的依据

D. 向用户施加压力的工具

(8) 现代需求管理所理解的用户需求描述是（ ）。

A. 需求是用户对他们需要得到的产品和服务的要求的记述

B. 需求是用计算机术语、DFD 图等专业工具记录的用户的要求

C. 需求是系统测试用例、验收文档和用户手册

D. 需求是对系统将要实现的功能、性能、质量和必须满足的约束的叙述

(9) 最确切描述角色与用例概念的一句话是（ ）。

A. 角色是人物，用例是人物的行为

B. 角色是系统的访问者，用例是他访问系统的目的

C. 角色是与系统交互的人或其他系统,用例是角色完成的事件序列

D. 角色是外部的系统,用例是外部系统对内部系统的影响

(10) 需求获取阶段寻找关键用户的目的是(　　)。

A. 别人签字没有用

B. 别人不知道有什么业务需求

C. 他知道要开发的系统最终要解决什么关键问题

D. 他的职位最高、权利最大

(11) 需求获取阶段建立的业务模型与项目范围的关系是(　　)。

A. 良好的业务模型是项目开发范围内的任务之一

B. 良好的业务模型是确定项目范围的依据

C. 良好的业务模型有利于开发团队与用户就项目范围进行沟通

D. 良好的业务模型是项目团队理解用户需求的最好形式

(12) 现代软件工程需求开发阶段的需求分析是(　　)。

A. 是一个在较高级别上对系统进行抽象定义的过程

B. 是一个细化系统定义,并在需求与设计之间进行平衡的过程

C. 是一个将用户语言描述的需求转化为计算机软件专业术语描述的过程

D. 是一个用流程图、DFD图、E-R图描述需求的过程

(13) 需求形式化的意义是(　　)。

A. 使得对需求有一个形式化的描述和定义

B. 使得需求在可分解、可追溯的基础上进行开发和管理

C. 使得需求可以用数据库的方式进行记录

D. 使得对需求的理解消除歧义性

(14) 用需求数据库的形式管理需求的基础是(　　)。

A. 需求需要合适地数据化

B. 需求需要进行合适的分解

C. 需求管理需要合适的权限

D. 需求管理需要合适的描述

(15) 软件开发的基线的含义是(　　)。

A. 是软件制品通过测试和评审,成为继续开发或发布的基准

B. 是软件项目任务的阶段验收标准线

C. 是软件项目完成的质量标准线

D. 是软件项目完成日期的终止线

(16) 需求状态的意义是(　　)。

A. 需求是有生命的

B. 需求的基线与需求状态有关

C. 项目的进度情况与需求的状态有关

D. 需求状态构成控制软件开发过程的需求基线的里程碑

(17) 需求追踪链的意义是指(　　)。

A. 需求可以形成一条衔接关系

B. 需求被链接起来以后可能更好地进行管理

C. 可以验证需求实现的程度,跟踪需求实现的过程

D. 可以检查项目任务完成的程度

(18) 需求的稳定性(　　)。

A. 可以减少与用户在需求方面的矛盾和冲突

B. 可以检查需求管理与开发的效率和控制水平

C. 可以减少系统的开发模块,提高软件的重用程度

D. 可以加强团队内部就需求问题的沟通和协调一致

(19) Borland CaliberRM 的基线管理可以做到(　　)。

A. 可以在需求发生改变的时候自动改变基线定义

B. 可以定义需求达到的某个状态并加以检查和控制

C. 可以授权某些人修改需求

D. 可以检查和评审需求是否符合用户需要

(20) Borland CaliberRM 的需求追踪表现为(　　)。

A. 可以定义一棵需求树

B. 需求项可以分配给特定的责任人

C. 需求项之间可以建立链接

D. 某一需求项发生变化时,可以自动改变另一个需求项

第二部分:对二周课堂教学情况的意见反馈:

(1) 在回答上述 20 题时,□很有把握 □要稍微想一下 □反复权衡了很久 □一头雾水

(2) 这二周的课堂教学部分

□ 理解没有问题 □基本能理解 □还需要自己再琢磨一下 □难于理解

(3) 上机实践方面:□没有问题 □虽有一些差距,但不是问题 □有差距,但我会努力 □差距较大,我要找老师谈谈

(4) 指定教材的相关章节 □认真读过 □浏览了一下 □草草翻了翻 □完全没看

(5) 老师的课件 □认真读过 □浏览了一下 □草草翻了翻 □完全没看

(6) 在本课程之外,我还看了一些相关参考书并上网查找了一些资料 □是 □否

(7) 已经上的 4 周 8 次课 □我一次也没有缺课 □因其他原因,我缺课 次

(8) 对 VSTS、Borland CaliberRM 等工具软件

□除老师讲的内容外,我还找了一些资料,自己深入地学习

□虽然想多学点,但基本看不懂,也就放弃了

□打算以后有时间再学,没有在这方面花更多的时间

□估计以后也不会用,根本没打算在上面多花时间

表 8-9 所示是本课程结束,总结阶段的问卷。该问卷在课程结束后,根据课程所学的质量度量模型和度量方法,对本课程进行评价。问卷包括课程目标本身实现与否的评价、目标实现过程属性的分解与评价两个部分。

表 8-9 课程结束后的课程目标实现与否的评价

_____年秋季研究生"软件工程实训"课程意见反馈表(4)

姓 名_____学 号_____年 月 日

基于 IEEE 1061—1998 质量度量与评价模型的"软件工程实训"课堂评价

1. 确定课堂教学的质量需求
(1) 依据课程目标的课堂质量度量与评价需求:
① 本课程的目标之一:通过课堂教学和实践环节的结合,把现代软件工程的一个完整过程,即从项目、产品、研发管理者的角度,将软件工程过程管理的主要知识呈现给学生
② 本课程的目标之二:通过适当的实践环节,让学生能够在实际演练中掌握软件工程的基本工具、技术和方法
(2) 对(老师)目标实现与否的客观评价要求:
① 大多数同学认同教学目标和内容
② 课堂教学和实践环节,力求能够帮助同学达到预期目标
③ 同学们平时的反馈和考试、项目实践成绩证明,课程基本达到了预定的目标
④ 对本课程的成绩,总体评价是满意的
2. 质量需求属性描述:
(1) 目标认同
(2) 老师的教学过程体现了"力求……"
(3) 同学平时的感受和反馈
(4) 考试成绩
3. 针对"力求……"属性的质量特性分解,并选择度量和评价方法
(1) 要素 1:
(2) 要素 2:
(3) 要素 3:
(4) 要素 4:
4. 根据评价和度量方法,进行度量与评价
(1) 要素 1
☐
☐
☐
☐

（2）要素 2

☐
☐
☐
☐

（3）要素 3

☐
☐
☐
☐

（4）要素 4

☐
☐
☐
☐

5. 根据度量和评价结果，提出改进意见和建议

（1）根据 _____
　　建议 _____
（2）根据 _____
　　建议 _____
（3）根据 _____
　　建议 _____
（4）根据 _____
　　建议 _____

　　上述评价方法与过去方法最大的不同就在于，评价活动是按课程的生命周期阶段、是在生命周期阶段的关键里程碑时点上，针对关键事件和关键交付物成果所进行的评价。它是把课程的预期目标明示，然后进行实施，再进行评价的过程，而非由目标设定者、执行者，或评价者任一方凭其主观想象，主观评判的。因而，具有真实性和有效性。这一过程使得教学领导不会成为"封建家长"，教师也不能凭借自己的专业难为别人所知（且有一定的知名度）而"我行我素"。实际上，这就是软件工程思想在教学活动中的运用。

8.5.4　本章的理论基础和实践内容小结

　　本章是学习和实践了项目管理的最后阶段——项目结束。结束的核心是项目后评价，评价的难点是质量属性和度量方法。特别针对学生项目、教学活动，与软件企业的项目和过程相比，学校的这些过程更加不"规范"。本章基于软件过程管理的基本思想，分别设计了针对学生项目过程和教师教学过程的一个评价模型，并提出了具体的评价标准，应属于教学改革的一种尝试。

8.6   本章作业与问题

8.6.1   本章作业

作业：分别完成实训课程中对本项目团队的项目成果、项目管理和软件过程的评价，完成对课程本身的评价。

8.6.2   问题：更进一步的思考

（1）为什么过程评价比成果评价更难？

（2）在学生项目的项目管理过程评价中，为什么特别关注项目经理的个人作用？

（3）在学生项目的软件过程评价中，为什么把需求变更及其响应，作为一个突出的观察点，并在需求、架构、测试各环节中进行考察？

（4）传统课程评价的弊端主要是哪些？存在的原因是什么？

（5）将软件工程的思想引入课程评价，给课程评价带来了哪些变化？

参 考 文 献

[1] 张家浩. 现代软件工程. 北京：机械工业出版社,2008.

[2] Jean Luc David,Tony Loton,Erik Gunvaldson. Visual Studio 2005 Team System 专家教程. 金宇林,唐海洋,周耘译. 北京：清华大学出版社,2007.

[3] Will Stott,James Newkirk. Visual Studio Team System 更佳敏捷软件开发. 刘志杰译. 北京：电子工业出版社,2009.

[4] Sam Guckenheimer,juanj. perez. 软件工程实践. 苏南译. 北京：机械工业出版社,2007.

[5] 邹欣. 移山之道：VSTS 软件开发指南. 第 2 版. 北京：电子工业出版社,2008.